毛姆 短篇小说全集

FOOTPRINTS
IN
THE
JUNGLE

丛林里的脚印

〔英〕毛姆 著

薄振杰 主编

李佳韵 董明志 译

人民文学出版社
PEOPLE'S LITERATURE PUBLISHING HOUSE

William Somerset Maugham
Footprints in the Jungle

图书在版编目(CIP)数据

丛林里的脚印/(英)毛姆著;李佳韵,董明志译
. —北京:人民文学出版社,2020(2023.1 重印)
(毛姆短篇小说全集)
ISBN 978-7-02-015584-2

Ⅰ.①丛… Ⅱ.①毛… ②李… ③董… Ⅲ.①短篇小
说-小说集-英国-现代 Ⅳ.①I561.45

中国版本图书馆 CIP 数据核字(2019)第 175512 号

责任编辑　朱卫净　邱小群
封面设计　钱　珺

出版发行　人民文学出版社
社　　址　北京市朝内大街 166 号
邮政编码　100705

印　　制　山东新华印务有限公司
经　　销　全国新华书店等

开　　本　899 毫米×1240 毫米　1/32
印　　张　10.125
字　　数　253 千字
版　　次　2020 年 6 月北京第 1 版
印　　次　2023 年 1 月第 3 次印刷

书　　号　978-7-02-015584-2
定　　价　55.00 元

如有印装质量问题,请与本社图书销售中心调换。电话:010 - 65233595

"一花一世界"

——《毛姆短篇小说全集》总序

一 引言

在现代英国文学史上，毛姆（William Somerset Maugham，1874—1965）是一位多才多艺、成就斐然的重要作家。他的社会阅历之广博，创作生涯之漫长，几乎无人堪比。毛姆一生著有二十一部长篇小说、一百五十多篇短篇小说、三十一部戏剧、两部文学评论集、三部游记、四部散文集和两部回忆录，是二十世纪上半叶英国文坛极负盛名的一位能工巧匠。尽管评论家们历来对他褒贬不一，毛姆本人也曾戏称自己为"二流作家中的佼佼者"，但他却是同时代的英国作家群体中寥若晨星的几位雅俗共赏的经典作家之一。他在读者中所享有的声誉远胜于文艺批评界对他的认可度。他的作品，尤其是短篇小说，一直深受读者的喜爱，不仅在欧美反复再版，而且被翻译成多种文字，并改编为戏剧或拍摄成电影，在世界各地广为流传，甚至走进了各类教材。人们对他作品的阅读和研究兴趣至今方兴未艾。

文学向来是生活和时代的审美反映。文学创作的对象是人的社会生活，或者说是社会生活中的人，而社会生活则是文学创作的唯一源泉。作家靠着充实的生活，才可能写出真正的作品。毛姆丰赡的文学成就与他纷繁复杂的生活经历以及独特的审美经验密不可分。他所描写的生活是一个现象与本质、偶然性与规律性、具体性与概括性相融合的不可分割的整体，表现了他对生活和时代整体的透视和评价。他笔下的每一个故事都不啻为一个完整的"自我世界"，一个具体场景的展现即可烛照出一个时代和一代人生活的整体面貌。

毛姆很会讲故事。他在创作中常常刻意追寻人生的曲折离奇，布下疑局，巧设悬念，描述各种山穷水尽的困境和柳暗花明的意外结局。他的作品对上流社会的揭露和批判入木三分，对人的本性的刻画尤为深刻，而且故事性强，情节跌宕多变又不落窠臼。他的故事融思想性和娱乐性于一体，在艺术表现手法上常有神来之笔，隽语警句俯拾即是，幽默的揶揄或辛辣的讽刺随处可见，达到了内容与形式的完美结合。

二 毛姆小传

毛姆出身于律师世家，祖父是英国声名显赫的律师，父亲是英国派驻法国大使馆的律师，其长兄也是闻名遐迩的律师，曾担任过英国大法官兼上议院议长，另外两个哥哥也都是著名律师。毛姆于一八七四年一月二十五日出生在巴黎，他的第一语言是法语，自幼便接受了法国文化的熏陶。他八岁时母亲死于肺结核，十岁时父亲死于癌症，双亲的早逝给他留下了难以磨灭的心灵创伤。一八八四年，他被伯父接回英国，送入坎特伯雷一所贵族寄宿制学校就读。由于英语不好，且身材矮小，常常被同学耻笑，加之伯父生性严峻高冷，缺少沟通，致使毛姆落下了终身间隙性口吃的缺陷。幸运的是，童年的种种不幸遭遇竟然变成了一种伟大而珍贵的馈赠，不仅激发了他的语言和文学天赋，也造就了他善于精妙讥诮、辛辣讽刺的本领，这种本领在他以后的文学创作中随处可见。

毛姆十六岁中学毕业。在伯父的支持下，他于一八九〇年赴德国海德堡大学修习文学、哲学和德语。在此期间，他编写了一部描写歌剧作曲家生平的传记作品《贾科莫·梅耶贝尔传》(*A Biography of Giacomo Meyerbeer*，1890)，并与一个年长他十岁的英国青年相恋。次年他返回英国，被伯父安排在一家会计事务所工作，但一个月后他便辞去了这份工作。伯父希望他继承家族传统当律师，但他不感兴趣；伯父继而又劝说他在教会担任牧师，他又因为口吃无法胜任；他想在政府任职，但伯父认为这不是一个高尚的绅士应当从事的职业。最后，在朋友劝说下，伯父勉强同意他进入伦敦圣托马斯医学院学医，同时以实习医生的身份在贫民区兰贝斯为穷苦人接生、治病。五年后，他取得外科医师资格，但并未正式开业行医，因为他从十五岁起就开始练笔写作，渴望成为一名职业作家。他的第一部长篇小说《兰贝斯的丽莎》(*Liza of Lambeth*，1897)，就是根据他当见习医生在贫民区为产妇接生的经历，用自然主义手法写成的。他在作品中以冷静、客观甚至挑剔的目光审视人生，笔锋凌厉、超逸，富有强烈的嘲讽意味。这部小说大获成功，首版几周之后便告售罄，这促使他立即放弃了医生职业，从此开启了长达六十五年的文学生涯。为积累创作素材，他在西班牙、法国等欧洲各国游历了近十年，创作了十部长篇小说、大量散文、文学评论、新闻报道和短篇故事。一九〇七年，他的剧作《弗里德里克夫人》(*Lady Frederic*，1903)首次在伦敦公演，好评如潮。第二年，伦敦西区有四家剧院同时上演他的四部剧本，盛况空前，他成为了英国名噪一时的剧作家，从而也使他创作舞台剧的热情一发不可收。一九〇三至一九三三年间，他编写了近三十部剧本，深受观众的欢迎。

第一次世界大战爆发时，毛姆因已超过服兵役年龄，便自告奋勇地加入了英国红十字会组织的"文艺界战地救护车队"(Literary Ambulance Drivers)，在欧洲前线救治伤员。这支救护车队的二十四名成员里有美国作家约翰·多斯·帕索斯、E. E. 卡明斯、欧内斯特·海明威等人。一九一四年十一月初，毛姆结识了同在这支救护车队中、来自美国旧金山的文学青年弗里德里克·哈克斯顿（Frederic Gerald Haxton，1892—1944），两人遂成为好友并发展成同性恋人，这种关系一直存续了三十一年，直至哈克斯顿于五十二岁时在纽约死于肺癌。在此期间，毛姆始终孜孜不倦地坚持创作，并在敦刻尔克附近的军营里校对了他的长篇巨作《人生的枷锁》（*Of Human Bondage*，1915）。这是一部具有自传性质的小说，描写了医科大学生菲利普·凯里受到不合理的教育制度的摧残和宗教思想的束缚，在爱情上屡遭打击的人生经历，表现了作者对新思想和新的人生道路的向往与追求，是毛姆最重要、流传最广的作品之一。小说出版之初曾受到英美两国一些评论家的抨击，但是美国小说家兼文学评论家西奥多·德莱塞却对它赞誉有加，称它为"天才之作"、"堪与贝多芬的交响曲相媲美"，将这部小说高举到了经典之作的地位。

一九一五年九月，毛姆加入英国情报机构，负责在瑞士搜集情报，监视和记录参战各国派驻日内瓦的使节们的外交活动。一九一六年，他辞去间谍工作，与哈克斯顿结伴而行，首次前往南太平洋诸岛，为他的长篇小说《月亮和六便士》（*The Moon and Sixpence*，1919）收集素材。这部小说以法国印象派画家保罗·高更的经历为原型，描写一位画家来到南太平洋中的塔希提岛，与当地土著人共同过着原始的生活，创作了不少名画。小说表现了这位天才画家对社会的逃避和对艺术的执著追求，这是毛姆又一部广为流传的重要作品。一九一七年六月，他再次受聘为英国"秘密情报局"（后简称"MI6"）的军官，被秘密派往俄国，肩负劝阻俄国退出战争的特殊使命，并与临时政府的首脑克伦斯基有过接触。两个半月后他回国述职时，俄国爆发了"十月革命"。毛姆自认为继承了父亲的律师天赋，具有沉着冷静、多谋善断、慧眼识人的本领，不会被表象所迷惑，是适合做间谍的人才。后来，他以这段间谍和密使的经历为素材，写出了脍炙人口的《英国特工》（*Ashenden: Or the British Agent*，1928）。他在该系列故事中，塑造了一位风度翩翩、精明强干、特立独行的特工阿申登。这部小说对英国小说家伊恩·弗莱明（Ian Lancaster Fleming，1908—1964）影响颇深，在他后来创作的长篇系列小说《詹姆斯·邦德》（*James Bond*）中的那位风靡全球的主人公邦德，可谓与阿申登一脉相承。

在一九一五至一九一六年间，毛姆与英国著名药业巨擘亨利·卫尔康姆（Henry Wellcome，1853—1936）风姿绰约的妻子赛瑞（Syrie Wellcome，1879—1955）有过一段婚外情，并与她生下女儿丽莎。他们于一九一七年五月正式结婚，遂将女儿改名为玛丽·毛姆（Mary Elizabeth Maugham，1915—1998）。然而这段婚姻并不幸福，俩人终于在一九二七年宣告离婚。毛姆于一九二八年迁居法国，在海滨度假胜地里维埃拉的卡普费拉镇买下了占地面积达九英亩的莫雷斯克别墅。此后他的大部分岁月都在这里度过。这座豪华别墅也是当时英法文人和上流社会名流常相聚的文艺沙龙之地。

一战结束后，毛姆曾多次前往远东和南太平洋地区旅行，足迹遍布东南亚各国、南太平洋诸岛、中国和印度等地。毛姆历来喜欢将沿途的所见所闻、风土人情和自己的真实感受详细记录下来。正因如此，他的许多游记、随笔、散文、戏剧和长短篇小说都写得栩栩如生，具有鲜活的生活气息和时代的可感性。一九二〇年，他来到中国的大陆和香港，写下游记《在中国的屏风上》（*On A Chinese Screen*，1922），并以中国为背景，创作了长篇小说《面纱》（*The Painted Veil*，1925）和若干短篇小说。此后他又游历了拉丁美洲。毛姆的作品之所以能够引起不同国家、不同时代和不同阶层读者的兴趣，都与他作品中富有浓郁的异国情调和他丰富的阅历息息相关。

二十世纪二十至三十年代，毛姆依然保持着旺盛、高产的创作势头，各类作品层出不穷。长篇小说《寻欢作乐》(*Cakes and Ale*，1930)堪称他艺术上最圆熟的作品。这部小说以漫画式的笔调描绘一战后英国文艺圈内各种可笑和可鄙的人与事，锋芒毕露地鞭笞和嘲讽西方社会种种光怪陆离、尔虞我诈的丑陋现象。迷人的酒吧侍女罗西，是毛姆笔下最为丰满的女性形象，而故事里的另外两位作家则是毛姆在影射英国作家托马斯·哈代和休·华尔浦尔。短篇故事《相约萨马拉》(*An Appointment in Samarra*，1933)以巴比伦的古老神话为题材，表现"叙事者和主人公的最终归属都是死亡"的主题。美国小说家约翰·奥哈拉(John O'Hara，1905—1970)曾宣称，他的同名长篇小说《相约萨马拉》(*Appointment in Samarra*，1934)的创作灵感即得益于毛姆。《总结》(*The Summing Up*，1938)则是一部文字优美、可读性极强的作家自传，毛姆以直白、坦诚的语言描述了自己的创作生涯和心路历程。

二战爆发后，由于法国沦陷，毛姆在一九四〇年逃离了里维埃拉，旅居美国。在此期间，他应英国政府的要求发表过数次爱国演讲，号召美国政府支持英国联合抗击纳粹法西斯。在洛杉矶时，他改编了不少电影脚本，是当年稿酬最高的作家之一。之后他相继在南卡罗来纳、纽约、罗德岛等地居住，潜心于文学创作。长篇小说《刀锋》(*The Razor's Edge*，1944)即是他旅美期间的作品。《刀锋》是毛姆的重要代表作，描写一名年轻的美国复员军人如何丢掉幻想、探索人生终极意义和存在价值的艰苦历程，富有哲学和美学意蕴。故事的场景大多在欧洲和印度，但主要人物均为美国人，主人公拉里·达雷尔以著名哲学家维特根斯坦为原型。作品中表现的东方神秘主义和厌战情绪，激起了正身处二战硝烟烽火中读者的心灵共鸣，那些引人入胜的故事情节和通俗易懂的艺术表达形式，也深得历代读者的喜爱。

一九四四年毛姆回到英国，两年后再度返回他在法国的别墅。此后，除外出采风，他常年居住在此，尽管已年逾七十，却仍笔耕不辍，主要撰写回忆录、文学评论和整理旧作。一九四七年，他设立了"萨默塞特·毛姆文学奖"（Somerset Maugham Award），用于奖励优秀作品和资助三十五岁以下杰出文学青年。英国著名作家 V. S. 奈保尔、金斯利·艾米斯、马丁·艾米斯、汤姆·冈恩等，都曾获此奖项。一九四八年，他出版了以十六世纪西班牙为背景的长篇小说《卡塔丽娜》（Catalina: A Romance），并陆续发表了《作家笔记》（A Writer's Notebook，1948）、《随性而至》（The Vagrant Mood，1952）、《观点》（Points of View，1958）、《回望》（Looking Back，1962）等著作。毛姆曾收藏了大量戏剧油画，数量仅次于英国嘉里克文艺俱乐部的藏品。从一九五一年起，这些油画在英、法各地巡回展出达十四年之久，一九九四年被收藏在英国戏剧博物馆。为表彰毛姆卓越的文学成就，牛津大学在一九五二年授予他荣誉博士学位，英国女王在一九五四年授予他"荣誉爵士"称号，并吸纳他为英国"皇家文学会"成员。一九五九年，毛姆完成了最后一次远东之行。一九六五年十二月十六日，毛姆在法国与世长辞，享年九十一岁。去世前夕，他将自己的全部版税捐赠给了英国皇家文学基金会。

三 毛姆短篇小说的艺术特色

毛姆享有"故事圣手""英国的莫泊桑""二十世纪最伟大的短篇小说家"之盛誉。在跨越两个世纪的文学生涯中，毛姆曾数度将他的短篇小说汇编成册出版，如《方向集》（Orientations，1899）、《叶之震颤》（The Trembling of A Leaf，1921）、《木麻黄树》（The Casuarina Tree，

1926）、《阿金》(*Ah King*，1933）、《四海为家的人们》(*Cosmopolitans*，1936）、《杂如从前》(*The Mixture As Before*，1940）、《环境的产物》(*Creatures of Circumstance*，1947）等。一九五一年，他从中甄选出九十一篇精品佳作，汇编为洋洋三大卷《短篇小说全集》。一九六三年，英国企鹅出版公司将其改为四卷本重新刊印。此后，该版本被多次再版，并被翻译成各种文字，在世界各地广为流传至今。这套《毛姆短篇小说全集》(7 卷）即据此译出，以飨我国读者。

毛姆的创作始终坚持把读者放在首位，力求"投读者所好"，创作"具体、充实、戏剧性强的故事"。他的短篇小说有伏笔、有悬念、有高潮、有余音，结构紧凑、情节曲折，强调故事的完整、连贯和生动。他的短篇小说大体可分为三大类：以欧美为背景的"西方故事"；以南太平洋、东南亚、中国和印度等为背景的"东方故事"；以及"阿申登间谍故事"系列。

叙事视角与叙事声音　毛姆的短篇小说大多采用第一人称视角讲述，故事中的"我"几乎就是毛姆本人的形象：温厚、友善，喜欢读书和打桥牌，对世事和人生的千变万化充满好奇。故事常常用一种漫不经意的口吻开头，然后娓娓道来发生在普通人身上的那些富有传奇色彩的经历，犹如在向朋友闲聊他道听途说来的轶事趣闻，因而能快速地拉近作品与读者间的距离。即便在以第三人称讲述的故事中，叙事者通常也是个置身局外的旁观者，只是用其敏锐的目光观察事件的发展，偶尔加以评判，与毛姆的"我"如出一辙。在聆听那些或身陷囹圄、或心怀鬼胎、或历经磨难，往往也是可笑之人的主人公诉说衷肠时，这位"旁观者"至多只是点点头，或宽慰地附和几声。换言之，故事里"重中之重"的叙述者常常扮演着一个次要的角色，但他始终是一位饱经世故、处事不惊、温文尔雅的人。

他的叙事声音富有通感，文情并茂，言近旨远，斐然成章，即使是讽刺挖苦也不乏幽默感，而且总是那么超然而儒雅。在很多故事中，叙事声音通常出自一个见多识广的作家，他周围的大都是上层社会的名流，如作家、歌手、演员、政要，或他所熟悉的绅士，而作为作者的毛姆与他笔下的叙事者间的界线却被有意混淆了。采用这种若是若非的叙事声音，无疑增添了故事的可信度，然而这种将真实生活中的人与事作为创作原型的手法，难免会使心虚者"对号入座"，招来非议。我们不难看出，在他创造的这个首尾呼应的文学世界里，既有令人着迷的社会各阶层人物的百态脸谱，也有出人意表的启示和顿悟。

人物塑造 一个多世纪以来，受弗洛伊德和拉康理论的影响，文学创作和文艺批评越来越重视"意识流"和"心理现实主义"，试图通过心理分析来解读人的内心世界，解构人脑的思维机理和对客观世界的认知。但毛姆既没有像詹姆斯·乔伊斯和弗吉尼亚·伍尔夫那样采用"意识流"手法，通过心理描写"由内向外"地塑造人物，也没有像 E. M. 福斯特和 D. H. 劳伦斯那样去深入探究两性关系相和谐或相对抗的深层原因，而是在他创作中始终坚持现实主义和自然主义传统。尽管他在一些作品里对人物的心理活动和情感变化也描绘得细致入微，富有艺术张力，但这不是他关注的焦点。他的大部分故事主要涉及的是社会生活中人的世态百相，叙事者似乎也只关心眼前人物的外表形象。正因为如此，他的故事能最大程度地贴近读者的现实生活。

毛姆笔下的人物大多是肖像式的，常"以貌取人"，通过对人物直观、具体的描绘来揭示其内在的心理和性格特征，寥寥数笔就将人物从外表到灵魂刻画得活灵活现，有时甚至连故事情节也因此而外化地显现出来。毛姆不仅采用人物的对话和各种错综复杂的矛盾冲突来铺设和展开情节，而且常常以人物的仪表容貌为线索，着重描写他们在面对一系列事件、场景和紧要关头时做出的反应，细腻地刻画他们在表情、姿势、言行举止、生存方式甚至穿着打扮等方面出于本能或习惯性的细节变化，以此突显人物的本质特征，由表及里、有血有肉地塑造人物形象。即使在那些描写惊心动魄的谋杀或惨不忍睹的自杀事件的故事中，人物的心理活动往往也是通过其外表形象及其微妙的变化表现出来，而叙事者则不露声色，保持着冷峻、超然的态度。读者看到的往往是表象，并保持着一定的审美距离，很少能走进这些各具特色人物的内心世界，因为叙事者讲述的大多是他"事后"听来的，或通过"第三者的叙述"得来的故事。这种由"物理境"向"心理场"渗透的写法使人物形象显得更加丰满，也更容易使读者有身临其境的感觉，诚如奥斯卡·王尔德的那句绝妙的遁词所言："只有浅薄的人才不以貌取人。"①

艺术真实　艺术真实是文学的基本品格，文学作品所反映的善与美必须以真为伴。毛姆短篇小说的成功秘诀就在于其源于生活又高于生活。他的很多故事，究其本质而言，是经过他自出机杼的拔高，已经升华为艺术真实的"街谈巷议"。除了利用第一人称或第三人称的叙事者在故事中夹叙夹议、推波助澜之外，毛姆还时常别出心裁地呼唤读者的"群体意识"，因为他笔下的人物及其非凡的人生故事，往往正是人们在日常生活中耳熟能详或津津乐道的人与事。这些源自生活、为大众所喜闻乐见的"民间杂谈"、"桌边闲话"和"内幕新闻"，经过作者融会贯通的再创造之后，往往被赋予了崭新的艺术魅力，既能满足读者的猎奇心理，也能激发人们的心灵共鸣。尤其在以南太平洋诸岛和远东各地为背景的故事中，毛姆不但以精湛的笔触如实记述了英属末代殖民地的社会风貌、生活习惯和旖旎的自然风光，还刻意使用当地的土语和词汇来描写富有东方神秘色彩的宗教礼俗、田园房舍，以及人们的服饰装束、菜肴饮品、交往方式等，栩栩如生地展现

---

① 语出《道林·格雷的画像》第二章。

了当地原生态的生活。这些富有原始质朴的乡土气息的故事，使人百读不厌。

毛姆一生走南闯北，交游广阔，结识了大量禀赋各异的人，从高官贵族，到平民百姓，从欧洲白人到土著居民，三教九流无所不有。如同他在很多故事中所说，作为深谙人情世故的作家，人们愿意向他敞开心扉，吐露衷肠，使他获得了大量真实的创作素材。经过艺术提炼后，这些或凄婉动人、或骇人听闻的奇人逸事都被他绘声绘色地融化在作品里。毛姆喜欢搜集和讲述来自现实生活中的人们千姿百态的人生故事，他笔下的主人公们也喜欢讲故事和听故事，而不少故事本身也会交待或评判故事的来龙去脉（即所谓"环环相扣"的"故事套故事"）。这些具有艺术品质的真实故事，既使读者真实地认识和了解历史的原貌，感悟人生，也使作品拥有了持久的生命力。

反讽　在人类思想史和文学批评史上，反讽是理论家们争论已久、各执己见的话题。长期以来，研究者们从哲学、语言学、修辞学、叙事学、跨文化研究等领域对其进行阐发，使反讽得到了较为全面的诠释。

反讽源于古希腊语 *eironeia*，意为"装傻"，原指苏格拉底式的谈话方式：即在智者面前装作一无所知地请教问题，结果却推演出与之相反的命题。反讽的基本特征是"言非所指"或"言此而意反"的二元对立。言语反讽又称反语（verbal irony），是一种修辞手段，与讽刺和比喻相近，其意义产生于话语的字面意思与真实内涵的不符甚至悖反，并能不动声色地传递某种情感诉诸，听者／读者可从这种"表象与事实"相互矛盾的对比反观中解读出具有幽默或讽刺意味的"韵外之韵"。戏剧性反讽则是一种文学表现方法，具体可分为悲剧性反讽、结构性反讽、情境反讽和随机反讽等，其意义蕴涵在作品的整体结构之中，通过故事的语境和情节铺展来实现：读者对故事里的事件、场景、个人命运的了解会先于或高于"身在其中"的人物，因此，故事中的人物的言行举止、动机和目的往往与读者的理解和审美体验相冲突，呈现出截然不同甚至完全相反的意义。在文学叙事中，作者不仅通过话语层面的反讽，更通过现象与本质、期望与现实、主观意志与现存伦理等方面的相互矛盾、相互排斥、相互消解来表现人的认识能力和价值取向的相对性、多重性和心智活动的复杂性，藉以形成强烈的反讽意味，从而增强故事的戏剧性效果和艺术张力。

如同欧·亨利、契诃夫、莫泊桑，毛姆也是善于使用戏剧性反讽的行家里手。我们可以看到，在悲剧故事中，他常常直截了当地采用悲剧性反讽，故事的主人公大多是"被命运之神捉弄的傻瓜"——满怀希望、孜孜以求地想实现某个既定目标，经过百般努力和抗争后却发现，结果总是事与愿违、适得其反。在言情故事、间谍故事和寓言故事中，毛姆常巧妙运用随机反讽、情境反讽和结构性反讽，由低到高、张弛有度地构建不同层级的反讽意义，使故事情节峰回路转，并逐步将故事推向高潮。在叙事进程中，毛姆常将叙述的焦点集中在读者、叙事者与主人公之间在伦理判断和心理期待等方面的审美差距上，通过多角度的交替变换和对比关照，形成多层次、多维度的反讽。故事戛然而止的零度结尾或出人意表的结局往往蕴含着幽默而又深刻的道德意义，耐人反复回味。这是他的短篇故事常使人掩卷之余久久难以忘怀的另一个原因。

中年视阈　毛姆在短篇小说创作上取得卓越成就的另一重要原因或许与他的年龄有关。早在一八九九年毛姆就有短篇小说集问世，但他自认为这些故事不够成熟。晚年他在选编这套《短篇小说全集》时，便没有将那些早期作品纳入其中。毛姆真正开始热衷于创作短篇小说是在一战结束之后。一九二一年出版的《叶之震颤》标志着他在这一领域的新高度。这时他已人到中年，具有宽广的视野、丰富的经验和敏锐独到的见解。他创作的优秀、精湛的短篇小说，大都是他年届五十之后写成的。

　　毛姆已臻成熟的创作观和审美取向使他讲述的故事都带有意味深长的人生哲理和岁月的厚重感。毛姆经历过爱德华时代的歌舞升平和维多利亚时代的空前繁荣，纵情参与过英国上流社会声色犬马的时尚生活和法国名人荟萃、灯红酒绿的社交聚会，但他并没有像司各特·菲茨杰拉德那样去描绘朝气蓬勃、怀揣理想的年轻一代在面对令人眼花缭乱的现实世界和"美国梦想"时的惊奇不已以及他们在理想幻灭之后的失望、彷徨与悲哀，也没有像海明威那样浓笔重墨地记叙"迷惘的一代"在巴黎天马行空、纸醉金迷、放浪不羁的生活景象。他描写的常常是年长的一代人稳练达观、富有雅趣的行事作风和虚怀若谷的境界。作为一个饱经沧桑、老成持重的作家，他的激情已经渐渐淡去，能够以冷静、超脱的姿态看待世态炎凉和生死人生。他笔下的主人公们也常以疑惑、忧戚、嘲讽的眼光看世界，尽管偶有迷离困窘、错愕惶恐，但终究还是表现得温厚、儒雅、理性、风趣。无论风云变幻，他都处之泰然，始终保持着他那份闲情逸致和文质彬彬的良好修养。

　　同样，毛姆笔下的女主人公大多也是与他本人年龄相仿、已身为人母甚或祖母的女人。故事中虽不乏清纯美丽的少女和风骚冶艳的美妇，但他着重描写的并不是她们年轻貌美的姿容或离经叛道的表现，而是长辈对她们的担忧和管束。值得一提的是，毛姆的同性恋倾向使他描绘的女性形象与众不同。他对女性的态度向来礼貌得体，既没有把她们塑造成供男人去勾引和发泄的对象，也没有墨守成规地谴责和批判她们不守妇道的堕落行为，而是客观中肯、准确传神地描摹她们本来的面貌，把她们从外表到心灵刻画得惟妙惟肖。为了创造喜剧效果，他的故事中有时会出现饱经风霜、邋遢干瘪、面目丑陋，却浓妆艳抹、搔首弄姿的老妇人，但作者同样也对她们寄予了深厚的同情。这是毛姆不同于新生代年轻作家、常被读者和评论家们所称道的一大特点。

剖析人性　毛姆对人性的深切理解和锐敏透彻的洞察力与他的家庭背景、童年经历和他后来在坎坷的职业生涯中逐渐形成的人生观密不可分。毛姆一生见证了整整三代人的盛衰变迁。他亲历了两次世界大战的浩劫，切身体验过英国宦海沉浮和文坛争衡的滋味，亲眼目睹了各色人物的悲欢离合和命途多舛的凄凉境遇，而他的个人生活中也多有艰辛和变故，因此，对人生的态度他总体上是消极、悲观的。在他看来，人的命运是由各种充满变数、个人无力左右的外界因素和偶然事件决定的。他是个无神论者，认为基督教信仰纯属一派胡言。他蔑视"普渡众生"之说，不相信上苍能拯救芸芸众生。他也不相信善良和美德是人类与生俱来的本性，甚至对人的聪明才智也持怀疑态度。这些尖锐的观点和他对人的本质的深刻认识，使他的作品具有一种愤世嫉俗、悲天悯人的基调，再用他所特有的寓庄于谐、意在言外的讽喻形式和戏谑幽默、引人发噱的精妙笔调表现出来，非常迎合普通读者的心理诉求和审美品位。

对人性鞭辟入里的剖析应该是毛姆的作品最震撼人心的显著特色，也是他的每一篇短篇小说几乎必不可少的重要内容和主题。作为当过医生和间谍的作家，毛姆无疑会将这些经历糅合到他的创作中去。他常常会别开生面地以医生的眼光审视和剖析人的本性和良知，或从间谍和侦探的视角去探究和破解现实生活中各色人物的日常活动、行为方式、爱恋与婚姻、希望与失望、道德与罪孽等的成因和导致他们最终结局的奥秘，将人性中可憎可悲的阴暗面，诸如怯懦、嫉妒、傲慢、虚荣、愚妄、歧视、偏见、自私、自负、贪婪、色欲、势利、骄横、残忍等缺陷，毫无保留地展示在读者面前，并对其根源加以深入细致的剖析，做出恰如其分的评判。在这些故事里，我们可以清楚地看到，他对盛行于西方上流社会的因循守旧、浮华炫鬻、腐败堕落之风深恶痛绝，对欧洲中上阶层的绅士贵妇、神甫和传教士、政界要人、商界大贾、文艺圈名流，以及英国派驻在南太平洋和东南亚等殖民地的总督和各类官员充满了鄙夷和嫌恶之情，经常站在道德的制高点上，以犀利、辛辣的笔锋揭露和抨击他们欺世盗名、尔虞我诈、恃强凌弱、伤天害理、草菅人命、肆意践踏法律和人的尊严，以及嫖妓、通奸、乱伦等道德缺失的恶劣行径，毫不留情地讽刺和痛斥他们表面上道貌岸然、实为男盗女娼的虚伪本质。对于生活在社会底层的穷苦人和殖民地的土著居民，他却有一颗仁厚友善、宽宥大度、以礼相待的心。尽管他在作品中也常常会善意地取笑他们的愚昧无知和缺少教养，幽默地调侃他们刁顽古怪的性格和某些滑稽可笑的恶习和癖好，揶揄和嘲讽他们的自私自利、目光短浅等缺点，但他喜欢这些淳朴、善良、耿直的民众，对他们怀有真挚的同情、怜悯和关爱之心。

毛姆对人性细腻、透彻的剖析和拷问使他刻画的形形色色的人物，还有那些刺穿人心的故事，不仅富有不可抗拒、令人着迷的艺术魅力，而且具有极强的说服力和可信度，因为那些讽刺和鄙夷、怜悯和感伤，是经历过苦难和创伤，见识过世道悲凉的人才能有的感悟。这样的文学作品无疑具有强大的感染力，可改变人们对人性的根本认识，甚至刷新人们的世界观。

鲜活明畅的语言　毛姆虽说成名已久，但他并没有像同时期的其他现代主义作家那样勇于革故鼎新。就文体艺术而言，他没有多少实验性或"先锋派"的创举，而且对文辞奥博、用典繁芜的文风也不以为然。毛姆的语言以清新流畅、简洁朴实、诙谐幽默、通俗易懂见长，尤其注重让人"看着悦目、听着悦耳"。他的叙述鲜有生涩冷僻或华美娇饰的辞藻堆砌，几乎没有诘屈聱牙、艰涩难懂的句法结构，更罕用深奥玄妙的心理描写，而是采用贴近生活、直白易懂的语句和扣人心弦的情节来讲述故事。我们常可以看到，他一个段落就能将一个人物的容貌特征勾勒得纤毫毕见，然后便执手牵引着你缓缓走进他布下的迷宫，在张弛有度的节奏中一步步走向令人意想不到的情景和地域，循序渐进地发现始料不及的惊天秘密，最终到达快意恩仇的结局，或走向假作悲哀、实则富有喜剧色彩的故事高潮。

毛姆向来喜欢从现实生活中去捕捉和采撷鲜活、生动的语言。那些自然、人人皆知的语句经过他的打磨之后，被赋予了新的含义，一经问世便广为流传，成为人们常挂嘴边的时尚用语甚至金科玉律，尤其为普通读者所喜爱。在他的作品中，无论借景抒情、或阐发议论、或人物对话，毛姆一般采用口语化的语言，以一种体恤人意、推心置腹、犹如在酒吧与朋友交谈的口吻娓娓道来，仿佛他就在你的眼前，在不露声色地运用他的睿智和冷幽默与你侃侃而谈，并煞有介事地向你讲述"蜚短流长"、令人称奇的坊间传闻。这些故事会令你时而忍俊不禁，时而目瞪口呆，时而又不寒而栗。他善于运用富有活力的意象比喻，善于借助特定的细节来渲染和烘托气氛，那些精湛的象征和比拟常含有多种层次的意义和情感，能诱发丰富的联想，使读者进入如梦如画的意境。此外，毛姆设譬的智慧和他特有的暗含讥讽的幽默格调也无处不在。即使在主题非常严肃或描写血腥凶杀案的故事里，他也照样妙语如珠，精辟、凝练、发人深省的隽语警句和至理名言俯拾即是，运用得恰到好处。这些特点使他的故事不仅具有极高的可读性，而且具有极高的欣赏性和美学意义。毛姆鲜活明畅、幽默风趣的语言是他能拥有无数读者的一个重要法宝。

四　毛姆短篇小说的迷人魅力

这套《毛姆短篇小说全集》(7卷)题材广泛，风格多样，几乎囊括了短篇小说这一文学样式的所有类别：爱情故事、间谍故事、悬疑故事、恐怖故事、童话故事，历险小说、惊悚小说、艳情小说，赌场见闻、幽默小品等应有尽有，而且长短相宜，各具特色，中篇短篇辉映成趣，可谓名篇荟萃，异彩纷呈。这些作品如实反映了社会生活中各个层面的世情风貌和各种矛盾与冲突，触及到人类灵魂最深处的隐秘，力透纸背地揭示了人的本性中的善恶是非及其可悲、可恨、可怜、可笑之处，同时寄托了作者深藏若虚的忧患意识和人文情怀。这些风格各异、富有奇趣的故事的共同点是：主题明确，结构严谨，情节引人入胜，语言幽默晓畅，寓意深刻隽永。每一篇都堪称经典之作。

文学作品的功用之一就是给人带来阅读的快感。毛姆的短篇小说不仅内容丰富多彩，艺术表现形式也不拘一格：有言重九鼎的社会伦理小说，有感人至深的悲情故事，有令人唏嘘的人生无常，有令人毛骨悚然的惨案，也有皆大欢喜的喜剧和令人捧腹的闹剧，更有美轮美奂、令人心驰神往的异域风情的描写，凡此种种，不一而足。这些各有千秋的故事有供娱乐消遣的，有令人扼腕感慨的，也有让人会心一笑的，故事的结尾一般都含有振聋发聩的反讽意义或耐人寻味的弦外之音。读者倘若看厌了那些揭露和批评社会丑恶现象和人性阴暗面的故事，不妨转而去浏览那些滑天下之大稽的历险故事，或者去翻阅那些篇幅短小、却笑话迭出的轶事趣闻之作。无论是为了欣赏名作、陶冶情操，还是为了猎奇解颐、消磨时光，读者都能从这部全集中找到适合自己当下心情的故事。尽管有评论家认为，其中一篇很短的故事《一位绅士的画像》是例外，但这个短篇也写得妙趣横生，值得玩味。毛姆短篇小说的迷人魅力就在于其老少皆宜、雅俗共赏。

五　无法终结的结语

毛姆是一位视野广阔、博闻强识的文学家和旅行家。他一生探奇览胜，足迹几乎遍及欧亚美三大洲。这些故事大都以他自己在英国和世界各地的切身经历为原型和素材创作而成的。让人匪夷所思的是，毛姆本人的身影何以会毫不避讳地时时出现在故事里，而且常以第一人称来讲述那些奇人奇事，我猜想，这也许正是他屡遭英国上流社会的嫉恨，却让普通读者倍感亲切的原因所致吧。

毛姆笔下的版图幅员辽阔，从欧洲到南美洲，从南太平洋到亚洲，这些地域都是他的故事的生发地。值得注意的是，这些故事里的人物虽然来自不同国度，操各种语言，穿不同服饰，肤色和形象迥然有别，但本质上却如此惊人地相近——他们的所思所想，他们的爱与恨，甚至连欺骗和撒谎的招数都大同小异。我们不可否认，世界各地的人们确有诸多相通之处，但也存在千差万别。毛姆以不同的故事向我们展现的正是这个千奇百怪的世界里同时并存、互为映衬的同质性和异质性的相互交融和碰撞，以及由此而产生的无穷魅力，正所谓"一花一世界"。

至于毛姆是不是"二流作家"，还是由读者来评说为好。

吴建国

2020 年 3 月 5 日

目录

前言

关于这些故事，我想说明一点。读者会注意到很多故事都用了第一人称写作。这是种古老的文学传统。佩特罗尼乌斯·阿尔比特①的《萨蒂利孔》以及《一千零一夜》里许多讲故事的人都用过这种方法，目的自然是为了让故事听起来更加可信。比起讲述发生在他人身上的故事，读者更愿意相信某个人讲述的亲身经历是真实的。另外，从故事叙述者的角度写作还有一个优点，作者只需要告诉读者他知道的事实，把他不知道或无法知晓的部分留给读者想象。以前，有些用第一人称写作的小说家并未留意这一点，把小说的主角不可能听到的长篇对话叙述出来，把主角不可能看见的事件也描写出来。小说的真实性因此大打折扣，而真实性恰恰是第一人称写作的优势。不过，叙述故事的"我"和其他人一样，都是故事里的人物，可能是主人公、旁观者，或是知情人。不管怎样，这个"我"是书中的人物。用这种方法写作，作家是在创作虚构的小说，如果作者把故事里的"我"写得比他本人更加聪明冷静、精

① 佩特罗尼乌斯·阿尔比特（Petronius Arbiter，?—66），古罗马政治家、小说家，生活于罗马皇帝尼禄统治时期。《萨蒂利孔》是一部诗文结合的长篇讽刺小说，描绘了公元一世纪罗马的社会生活。

明勇敢、足智多谋、幽默明智，那么读者肯定会沉迷其中。读者应当牢记，作者并非是在描述真实的自己，而是出于讲故事的目的，创造出了这样一个人物。

（李佳韵　译）

上校夫人 ①

这一切都发生在战争爆发之前那两三年。

佩里格林夫妇正在用早餐。尽管只有他们两个人，尽管餐桌很长，但他们却分别坐在餐桌的两端。四面墙壁上悬挂着乔治·佩里格林上校先祖们的画像，这些画像均出自当年那些名噪一时的画师们之手，抬眼望去，列祖列宗全都在俯视着他们。男管家把当日早晨送达的邮件拿进屋来。邮件中有写给上校的几封信，是几封公函，有《泰晤士报》，还有寄给他妻子艾薇的一个小邮包。佩里格林上校朝那些信件看了看，然后便翻开《泰晤士报》浏览起来。他们用完早餐，起身离开餐桌了。他留意看了一眼，发觉妻子还没有打开那只包裹。

"那是什么？"他问道。

"不过是几本书罢了。"

"要我帮你打开吗？"

"你看着办吧。"

他不喜欢剪断打包的绳子，于是就费了点儿力气把绳结解开了。

"哎呀，全都是一模一样的书嘛，"拆开包裹后，他说道，"你为什么会要六本同样的

---

① 收录于 1947 年出版的短篇小说集《环境的产物》(*Creatures of Circumstance*)。

书呢?"他翻开其中的一本。"诗歌。"接着,他看了看书的扉页。这时,映入他眼帘的是:《金字塔的消逝》,E.K.汉密尔顿著。伊娃·凯瑟琳·汉密尔顿:这是他妻子出嫁前的闺名。他露出惊讶的表情,笑盈盈地望着她。"艾薇,你写书啦?你可真是个很有心机的人物啊。"

"我还以为这种东西不会引起你多大兴趣呢。要给你一本吗?"

"唔,你知道的,诗歌并不是我的专长,不过——行,给我一本吧,我会拜读的。我把书拿到书房去。我今天早上有不少事情要处理呢。"

他收拢起《泰晤士报》、他的那些信件,还有那本书,走了出去。他的书房是一间相当宽敞、舒适宜人的屋子,里面有一张大办公桌,有几张皮质扶手椅,墙上挂着他称之为"狩猎战利品"的饰物。那几排书架上既有可供查阅的各类工具书,也有关于农耕、园艺、捕鱼、狩猎等方面的书籍,还有一些描写上一场战争的书籍,在那场战争中,他荣获过一枚十字军功勋章①和一枚杰出服务勋章②。他结婚前一直在威尔士近卫团③服役。战争接近尾声时,他退役了,在距离谢菲尔德④大约有二十英里的地方定居下来,住在一座宽绰明亮的豪宅里,过起了乡绅般的生活。这座宅邸是他的一位祖先在乔治三世⑤统治时期建造的。乔治·佩里格林家的这座庄园占地面积约一千五百英亩,他凭着自己的才干把庄园管理得井井有条。他是当地的一名治安

---

① 十字军功勋章(MC),属于铁十字勋章的一种,授予没有直接参加战斗却对战争进程有贡献者,例如军医、炊事员、文职人员等等。

② 杰出服务勋章(DSO),一般奖励少校军衔以上的军官,极少但也有时奖励表现特别突出的下级军官。

③ 威尔士近卫团(Welsh Guards),建立于1900年。

④ 谢菲尔德(Sheffield),伦敦以外英国最大的8座城市之一,建在7座山之上,坐落于英格兰南约克郡。

⑤ 乔治三世(Geroge III,1738—1820),1760年10月25日登基为大不列颠国王及爱尔兰国王。

法官①，工作尽职尽责。在狩猎季，他每星期会抽出两天时间，带着猎犬骑马去打猎。他是个神枪手，高尔夫球也打得不错，如今虽已年过半百，但他依然能打一场艰苦卓绝的网球赛。即便他号称自己为全能的运动达人，人家也不会持有异议。

近年来，他渐渐有些发福了，但他依然还是个形体健美的男子汉；他身材魁梧，满头灰白色的鬈发，只不过头顶开始有点儿稀疏了。他长着一双率真的蓝眼眸，五官清秀，气色也很好。他是个热心公益的人，担任着当地各类组织的主席，而且，随着他的身价以及社会地位的提升，他成了一名忠实的保守党党员。他关心那些生活在他这片庄园里的人，把保障他们的福利视为己任，令他欣慰的是，他了解艾薇，知道她是个值得信赖的人，能够委托她去照料病人、援助穷人。他在村头建立了一个简易的乡村医院，自掏腰包雇请了一名护士。对于那些接受过他救济的人，他只要求他们在选举中，不管是全郡选举，还是全国普选，都要选他为候选人。他是个与人为善的人，对待下属和蔼可亲，也能体恤佃户，在附近的绅士阶层中人气颇高。如果有人当面称赞他是个笑口常开的大善人，他会感到心满意足，同时也会流露出一点儿不好意思的神色。这正是他想达到的效果。他并不企求比这更高的褒奖。

说来也算倒霉，他膝下无子嗣。他完全可以做一个非常称职、严慈并济的好父亲，他会按照培养绅士应有的方式来培养自己的儿子，他会送他们去伊顿公学②读书，你们都懂的，也会教他们钓鱼、射击、骑马。鉴于目前这种状况，他的一个侄儿，即他哥哥的儿子，便成了他的继承人。上校的哥哥是在一场车祸中丧生的。这孩子人虽

---

① 治安法官（Justice of the Peace），法、英、美等国家基层法院法官的职称。
② 伊顿公学（Eton），英国最著名的贵族中学，由亨利六世于 1440 年创办。

3

不坏，却一点儿也没有继承他老爹的风骨，一点儿也没有，简直相差太远了，各位看官，反正信不信由你，他那愚蠢的母亲马上就要送他去一所男女生同班学习的学校念书了。艾薇让他既伤心、又失望。诚然，她是一位淑女，也拥有一小笔属于她自己的钱款；她把这个家管理得不知有多好，是一位很有教养的女主人。村子里的人都很喜欢她。他当初娶她为妻的时候，她还是个漂漂亮亮的小美人，肤若凝脂，浅棕色的头发，身段苗条，精力也很旺盛，而且网球打得也不赖；他无法理解她为什么不能生育；当然，她现在已经不那么风姿绰约了，年龄应该四十有五了；皮肤变成了黄褐色，头发失去了往日的亮泽，人也瘦得像根麻杆。她的穿戴向来都很整洁、合体，不过，她似乎并不太在意自己的形象，她从不化妆，甚至都不抹口红；有时候，她也会好好打扮一番去参加某个晚会，这时候，你还是能看出她昔日的迷人风采的，不过，一般情况下——唉，她就是那种很不起眼，你几乎不会留意去察看的女人。她的确是一个好女人、好太太，不能生孩子不是她的错，但是，这种事情要是落在一个想让自己的骨肉来继承家业的男人头上，那可就太不幸了；她没有一点儿活力，这就是她的问题所在。他认为自己当初在向她求婚的时候，还是深爱着她的，不管怎么样，对一个想结婚、想安家立业的男人来说，有这份爱意就足够了。可是，随着时间的推移，他发觉他们彼此间压根儿就没有什么共同的志趣爱好。她对打猎不感兴趣，觉得钓鱼也很无聊。久而久之，两人的关系自然就日渐疏远起来。说句公道话，他不得不承认，她从来没有跟他胡搅蛮缠过。他们从来没有当众大吵大闹过，私下里也从来没有发生过任何口角。她似乎觉得，他一个人独来独往是理所应当的。他时不时地会去一趟伦敦，但她从来没有想过要陪他一起去。他在那边有一个女孩子，得啦，确切说来，她已经不是女孩子了，即使还算年轻，也有三十五岁了，但她是个金发女郎，而且很有肉感，他只需提前给她发一份电报就行，然后他们便一起吃饭、看戏、过夜。唉，一个男人，一个健康、正常的男人，生活中也需要有点儿乐子。他忽然想到，即使艾薇不是这样一个好女人，她说不定也能做一个让人更加满意的妻子；可惜这种念头并不是他所喜欢的，便赶紧把这个念头从脑海中打消了。

乔治·佩里格林看完了《泰晤士报》，由于他是个处处替别人着想的人，便摇了摇铃，吩咐管家把这份报纸给艾薇送过去。接着，他看了看手表。现在是十点半，他约了一名佃户在十一点钟见面。他还有半个钟头的空闲时间。

"我还是看一看艾薇写的书吧。"他暗自思忖道。

他微微一笑，拿起了这本书。艾薇在她自己的起居室里藏有很多趣味高雅的书，虽然不是他感兴趣的那一类，可是，既然妻子喜欢读这些书，他也不好横加反对。他注意到，他此刻捧在手里的这本书，页数不超过九十页。这当然是优点。他认同埃德加·爱伦·坡①的观点，诗歌就应该短小精悍。不料，翻看了几页之后，他却发现，在好几首诗里，艾薇创作的诗句虽然长短不一，却都写得过于冗长，而且还不押韵。他不喜欢这种诗。他记得自己还是个小男孩的时候，在他上的第一所学校里曾经学过一首诗，那首诗是这样开头的：男孩站在燃烧的甲板上②，后来，在伊顿公学，他还学过这样一首诗，开篇第一行便是：你已行将灭亡，无情的国王③；此外，他还读了《亨利五

---

① 埃德加·爱伦·坡（Edgar Allan Poe, 1809—1849），19世纪美国诗人、小说家和文学评论家，美国浪漫主义思潮时期的重要成员。

② 这句诗选自法国诗人让-雅克·勒赛克尔（1946— ）的诗集《胡诌诗集》，让-雅克·勒赛克尔是法国第十大学语言学教授，代表著作有《马克思主义语言哲学》。

③ 这句诗选自英国诗人托马斯·格雷（1716—1771）的诗集《墓畔挽歌》，托马斯·格雷是英国18世纪重要抒情诗人。

世》①；他们必须读完这个剧本，尽管读得一知半解。他带着惶惑的心情，盯着艾薇的这本书一页页看起来。

"这哪儿称得上我所说的诗歌啊。"他自言自语地说。

幸好不是整本书都像这样。书中穿插了一些看上去似乎十分怪异的诗作，有几行诗句由三个或四个单词组成，有些诗句则一行有十个或十五个单词，谢天谢地，书中有一些小诗，写得非常简短的小诗，尚能按照同样长度的诗行来押韵。有几页只写着标题：十四行诗，出于好奇，他数了数有几行；这些诗的确是十四行。他读了读。这些诗本身似乎没有什么问题，但他不太明白究竟写的是什么。他再次暗暗默念道：你已行将灭亡，无情的国王。

"可怜的艾薇。"他叹了口气。

就在这时，他在等着见面的那个佃农被领进了书房，他赶忙放下手头的书，热情地向来客打了声招呼。他们马上谈起了正事儿。

"艾薇，你的书我拜读过了，"他们坐下来用午餐的时候，他说道，"蛮好的。印这本书花费了你不少私房钱吧？"

"没有，我很幸运。我把书寄给了一个出版商，他马上就接受了。"

"亲爱的，在诗歌上是赚不到多少钱的。"他用温厚、亲切的口吻说道。

"可不是嘛，我也觉得没什么钱可赚。班诺克今天一早来见你，是为了什么事情？"

班诺克就是他在拜读艾薇的诗集时打断他的那个佃农。

"他看中了一头纯种公牛，想找我提前预支这笔钱去把它买下来。

---

① 《亨利五世》(Henry V)，是英国剧作家威廉·莎士比亚（1564—1616）创作的戏剧，以
1414 年至 1420 年间英法两国交战并最终靖和的历史事实为背景。

他是个老实人，所以我就有点儿动心了，打算答应他的要求。"

乔治·佩里格林看得出来，艾薇不愿谈论她那本书，于是，他便撇开了这个话题，心里并没有为此而感到过意不去。他暗自庆幸的是，她在书的扉页上用的是她自己出嫁前的闺名；他估计，目前大概还没有人听说过这本书，不过，他对自己这个不同凡响的姓氏向来怀有自豪感，他可不愿看到某个该死的"一行一便士"的穷酸文人在哪家报纸上公然取笑艾薇为之所付出的努力。

在接下来的几个星期里，他总觉得还是策略点儿为好，不要向艾薇提起关于她怎么会不知深浅地想尝试写诗的任何问题，艾薇自己也从来没有提及过此事。不提此事是他们彼此心照不宣地达成的一个共识，仿佛写诗是一件不太光彩的事情似的。没想到，后来却发生了这样一件怪事。他因为有些业务上的事情必须去一趟伦敦，一到伦敦，他便带着达芙妮出来吃晚饭了。达芙妮就是那个女孩子的名字，他无论何时进城，都要和她在一起消磨几个小时，享受这种你情我愿的快乐时光，这已经成了他的习惯。

"哎呀，乔治，"她说道，"人们近来都在津津乐道地谈论一本书，那本书是不是你的老婆写的？"

"你说这话究竟是什么意思？"

"嗯，有这么一个家伙我刚好认识，此人是一位评论家。有一天晚上，他带我出去吃饭，还随身带来了一本书。'有没有适合我看的东西？'我说，'那是本什么书？''哦，我觉得这本书不是你所喜欢的，'他说，'这是诗歌。我最近就在给这本书写评论。''我从来不看诗歌。'我说。'这可是我迄今所读过的最火爆的作品，'他说，'这本书就像刚出炉的糕点一样畅销呢。而且写得也好极了。'"

"这本书的作者是什么人？"乔治问道。

"一个名叫汉密尔顿的女人。我的朋友告诉我说，这并不是她的真名。他说，她的真名叫佩里格林。'真有意思，'我说，'我刚好认识一个名叫佩里格林的朋友。''他是陆军上校，'他说，'住在谢菲尔德附近。'"

"但愿你没跟你的那些朋友说起过我。"乔治皱着眉头，恼火地说道。

"亲爱的，别发火呀。你把我当成什么人了？我只是对他说：'不是同一个人。'"达芙妮咯咯儿地笑了起来，"我朋友说：'听说他是一个十足的老顽固，是一个像布林普上校①那样的人。'"

乔治倒也挺有幽默感。

"你还可以说得再夸张一些呀，"他笑道，"要是我妻子写出了一本书，我应该是第一个知道的人，对不对？"

"我看也是。"

不管怎样，反正这种事情也提不起她的兴趣，所以，上校开始说其他事情时，她就把这件事给忘了。他也将此事抛在了脑后。他的判断是，这事儿没什么大不了的，准是那个荒唐可笑的傻瓜评论家在拿达芙妮开玩笑呢。达芙妮是因为听说这是一本内容非常火爆的书，才硬着头皮读下去的，结果却发觉，那不过是一大堆句子写得长短不一的胡言乱语，他想想都觉得好笑。

他是好几个俱乐部的会员，第二天，他想在其中一个俱乐部里用午餐，这家俱乐部坐落在圣詹姆斯大街②上。那天下午，他打算搭乘早一点儿的火车返回谢菲尔德。去餐厅前，他坐在舒服的扶手椅上，自斟自饮地享用着雪利酒，正在这时，一位老朋友忽然朝他走来。

---

① 布林普上校（Colonel Blimp），20 世纪英国漫画家大卫·洛（David Low，1891—1963）创作的人物，一个思想顽固的矮胖退休军官。

② 圣詹姆斯街（St James' Street），位于伦敦市中心的位置，因其为上流人士的出入场所而极享赞誉。

"哟，老弟，近来日子过得还好吧？"他说道，"摇身一变，成了文艺界名人的丈夫啦，你感觉怎么样？"

乔治·佩里格林朝他这位朋友看了看。他觉得自己从对方的眼中看到了一丝闪闪烁烁的戏谑之情。

"我不明白你在说什么。"他答道。

"别装模作样啦，乔治。人人都知道，E.K.汉密尔顿就是你太太。区区一本诗集能取得这么大的成功，这样的事情可不常有。你瞧，亨利·达什伍德正在和我一起用午餐呢。他想见见你。"

"真是活见鬼，亨利·达什伍德是什么人？他为什么想见我？"

"哎呀，我亲爱的朋友，你成天在乡下忙活些什么呢？亨利大概是我们目前所看到的最出色的评论家。他为艾薇的书写了一篇非常精湛的评论。听你这话的意思，不会是她没给你看过吧？"

乔治还没来得及回答，他那位朋友就把一个男人召唤过来了。此人又高又瘦，大脑门儿，蓄着山羊胡子，鼻梁很长，身躯佝偻，整个儿就是那种乔治一看就打心眼儿里讨厌的人。大家互相做了一番介绍。亨利·达什伍德坐了下来。

"不知佩里格林太太是否来伦敦了？我倒很想见她一面。"他说。

"没来，我太太不喜欢伦敦。她更喜欢乡下。"乔治生硬地回答道。

"针对我那篇评论，她给我写了一封热情洋溢的信。我感到很高兴。想必你也知道，我们这些评论家常常备受苛责，却挣不到几个钱。她这本书简直让我惊叹不已。这部作品内容新鲜，很有独创性，写法非常现代，而且读起来一点儿也不晦涩。不管是自由诗①，还是古典格律诗，她似乎都能运用自如。"当然，作为一名评论家，他似

————————————————

① 自由诗（free verse），按照语言的抑扬顿挫和意象模式，而不是按照固定韵律写出的诗。

乎觉得还应该提出点儿批评意见。"有时候，她在音韵上会出点儿小差错，但是，你在艾米莉·狄金森[1]的作品中也会发现同样的问题啊。她有几首短小精悍的抒情诗简直像出自兰德[2]的手笔。"

对乔治·佩里格林来说，这些话全都是不着调的一派胡言。这家伙不过是一个故作高雅、令人作呕的穷酸文人罢了。不过，上校是个很有风度的人，他得体而又客气地回答了对方，而亨利·达什伍德却好像没有听见他的话一样，又继续说道：

"话说回来，这本书之所以会如此不同凡响，是因为每一行诗句里都跳动着激情。在这些年轻的诗人当中，居然有那么多人活像得了贫血症似的，个个都萎靡不振、感情冷漠、缺乏血性，无动于衷地一味只凭理智行事，但是，在这本书中，你读到的是活生生的、赤裸裸的、返璞归真的激情；当然，像这样深厚、真挚的情感往往都具有悲剧色彩——啊，我亲爱的上校，海涅[3]曾经说过，诗人常常会把自己巨大的悲伤化为小小的歌谣，这话说得千真万确啊。你知道吗？时不时地，每当我在一遍又一遍地诵读这些令人断肠的诗篇时，我就会情不自禁地想到萨福[4]。"

对乔治·佩里格林来说，这番话说得实在太离谱，他站起身来。

"行啦，承蒙你的这番好意，对我妻子的这本不足挂齿的书说了这么多的好话。我相信，她一定会很开心的。可是，我得赶紧走了，我要去赶火车，还得先去吃口午饭。"

---

① 艾米莉·狄金森（Emily Dickinson，1830—1886），美国传奇诗人，被视为20世纪现代主义诗歌的先驱之一，代表作有《云暗》《逃亡》《希望》等。

② 沃尔特·萨维奇·兰德（Walter Savage Landor，1775—1864），英国著名诗人、作家。

③ 海因里希·海涅（Heinrich Heine，1797—1856），德国抒情诗人和散文家，被称为"德国古典文学的最后一位代表"，代表作有《罗曼采罗》《佛罗伦萨之夜》《游记》等。

④ 萨福（Sappho，约前630或者前612—约前592或者前560），古希腊著名的女抒情诗人，一生写过不少情诗、婚歌、颂神诗、铭辞等。

"该死的傻瓜。"他气恼地暗暗骂了一声,登上楼梯,朝餐厅走去。

他回到家时正赶上吃晚餐。等艾薇上床睡觉后,他走进书房,想把她那本书找出来看看。他觉得自己有必要再翻一翻这本书,了解一下书里到底有什么值得他们如此大惊小怪的东西,可他找不到这本书了。肯定是艾薇拿走了。

"真可笑。"他咕哝道。

他已经告诉过她,他认为这本书还是挺不错的。作为丈夫,他还应该说些什么呢?得啦,说什么都无所谓。他点燃烟斗,翻看着《田野》[①],一直看到睡眼蒙眬。不过,说来也巧,大约过了一个星期之后,他必须进城去,要在谢菲尔德待上一整天。他在谢菲尔德自己所熟悉的俱乐部里用午餐。快要吃完的时候,他忽然看见哈维瑞尔公爵走进屋来。此人是当地赫赫有名的大人物,上校当然认识他,但也仅限于互相寒暄一下而已。他很惊讶地发现,公爵竟是冲着他来的,因为他径直在他的餐桌前停下了脚步。

"你太太不能来参加我们的周末聚会,真是太遗憾了,"公爵说,语气里似乎既有热诚,又带着点儿顾虑,"我们请了好多人来呢。"

乔治大吃一惊。他揣测着,大概是哈维瑞尔公爵夫妇邀请了他和艾薇周末去他们家做客,而艾薇却在他面前只字未提,就断然拒绝了。他镇定自若地回答说,他也觉得很遗憾。

"但愿下次能成。"公爵和颜悦色地说道,随后便走开了。

佩里格林上校憋着一肚子火。回到家后,他对妻子说:

"喂,听我说,我们收到了去哈维瑞尔公爵家做客的邀请吧,这

---

① 《田野》(*The Field*),英国 1853 年创立的关于乡村生活的杂志,以射击、钓鱼、打猎等主要内容。

究竟是怎么一回事？你为什么偏要说我们不能去呢？我们之前还从来没有接到过这种邀请呢，他们家有咱们郡最好的射击场。”

“这一点我倒没想到。我还以为这种活动只会让你感到无聊呢。”

“真是活见鬼，你至少也该问一声我想不想去才对。”

“抱歉。”

他仔细打量着她。她的表情里似乎带着点儿他琢磨不透的意味。他皱了皱眉。

“他们不至于没有邀请我吧？”他大声吼道。

艾维有点儿脸红了。

“嗯，说实话，你就是没有受到邀请。”

“我说，他们也真他妈的太不懂礼貌了，居然只请你，不请我。”

“我猜想，他们大概以为，这不是你所喜欢的聚会。你知道的，公爵夫人就喜欢跟作家之类的文人打交道。她邀请了亨利·达什伍德，就是那个评论家，也不知是怎么回事儿，他很想见见我。”

“艾薇，还真得谢谢你拒绝了。”

“不管怎么说，这也是我应该做的呀，”她笑了笑，犹豫了一下之后，又接着说，“乔治，我的出版商想在月底前的某一天为我举办一场小型晚宴，当然，他们也想请你来参加。”

“哦，我觉得这种场合不太适合我。如果你想去的话，我就陪你一起去伦敦。我可以找个人陪我一起吃晚饭。”

这个人就是达芙妮。

“我估计，这种晚宴没多大意思，不过，他们倒相当重视。美国出版商已经接手了我这本书，第二天，他们要在克拉里奇大酒店① 为

---

① 克拉里奇大酒店（Claridge's），伦敦历史悠久的五星级酒店，坐落在伦敦梅菲尔大街，创建于 1856 年，以其奢华和传统著称，是英国标志性建筑，历来备受英国王室的眷顾，是 20 世纪 20 年代的政治家、时装设计师、文艺界明星们的钟情之地。

我举办一场鸡尾酒会。如果你不介意的话，我想让你一起去参加。"

"听上去无非就是一场无聊透顶的活动，不过，如果你真想让我去的话，我会去的。"

"承蒙你这么体贴。"

这场鸡尾酒会让乔治·佩里格林感到头晕目眩。到场的人多得很。有些人乍看上去好像还不算太卑劣，有几位粉墨登场的女士模样相当漂亮，不过，在他看来，有几个男的似乎相当令人生厌。在每个人面前，他都被介绍为佩里格林上校，E.K.汉密尔顿的丈夫。现场的男士们似乎都跟他无话可说，而女士们看到他却都有说不完的话。

"你一定为你的妻子感到骄傲吧。这部作品精彩极了，对不对？你知道吗？我是坐下来一口气把这本书看完的，简直令人爱不释手啊，看完之后，我忍不住又捧读起来，而且又从头至尾读了第二遍。我简直被这本书迷恋得神魂颠倒了。"

英国出版商对他说：

"二十年来，我们没有一本诗集取得过这么大的成功。我从没见过这么多的好评。"

美国出版商对他说：

"这部作品堪称无与伦比。在美国肯定会成为一本非常轰动的书。你就等着瞧吧。"

那个美国出版商还向艾薇献上了一大束香气四溢的兰花。真他妈的荒唐可笑，乔治暗暗思忖道。他们进场的时候，人们都把注意力集中在艾薇身上，显而易见，那些人说的无非都是些当面吹捧她的话。她听着这些奉承话，脸上洋溢着和颜悦色的微笑，偶尔也说上一两句表示答谢的话。她兴奋得脸都微微有些绯红了，不过，她似乎表现得很从容。虽然乔治觉得这些阿谀奉承只不过是一大堆废话，纯属胡说八道，但他赞许地注意到，妻子在以恰如其分的方式应对这一切。

"好吧，有一点，"他暗自思忖道，"你还是能看得出来的，她是一位淑女，这才是最他妈的让人赏心悦目的一道风景线，可以说，在场的这些人谁也比不上她。"

他喝了好多杯鸡尾酒。不过，有件事老是在困扰着他。他注意到，在那些经过介绍才刚刚认识的人当中，有几个人看待他的眼光似乎颇有些古怪，他思来想去，怎么也弄不明白那是什么意思。有一次，他悠闲地溜达到了两个女人的身边，只见她俩正并肩坐在沙发上，他总感到她俩是在谈论他，走开之后，他差不多可以断定了，她们在窃笑。他暗自庆幸的是，这场酒会总算结束了。

在返回酒店的出租车里，艾薇对他说：

"亲爱的，你今天的表现好极了。你可真是出尽了风头啊。那些女孩子简直个个都对你赞不绝口：她们觉得你太帅了。"

"女孩子，"他刻薄地说道，"不过是些老妖精罢了。"

"亲爱的，让你感到厌倦了吧？"

"喝得醉醺醺的啦。"

她同情地捏了捏他的手。

"我希望你不要介意，我们还要再等一会儿，然后乘下午的火车回去。我上午还有些事情要处理。"

"不介意，没关系的。你要买东西吗？"

"我确实想买一两样东西，但是，我得先去拍照。我讨厌这个主意，可是，他们认为我应该去拍几张照片。为了打进美国市场，你懂的。"

他没说什么。但他有自己的想法。在他看来，要是美国的读者大众看到的肖像人物是这样一个丑陋、干瘪的小妇人，他们准会大为震惊，而这个小妇人就是他的妻子。他向来有这种印象，在美国，人们喜欢的是光鲜亮丽的女人。

他还在浮想联翩。第二天，趁着艾薇外出的当儿，他去了自己所熟悉的那个俱乐部，径直来到楼上的图书室。一进图书室，他就动手查找起最近这几期的《泰晤士报文学副刊》《新政治家》以及《旁观者杂志》。不一会儿，他就把有关艾薇那本书的评论都找了出来。他并没有仔仔细细地翻阅那些文章，不过，只需粗略扫一眼就足以发现，这些评论都是极尽溢美之词的东西。随后，他去了皮卡迪利大道①上的书店，他偶尔会在那家店买书。他已拿定主意，要好好读一读艾薇写的这本乱七八糟的玩意儿，至于她是怎么处理她之前给他的那本的，他不想再去问她。干脆自己去买一本得了。进书店之前，他先看了看橱窗，第一眼看到的就是醒目地展示在里面的《金字塔的消逝》。愚蠢至极的标题！他走进店内。一个年轻人迎上前来，问他需要什么。

"没什么，我就随便看一看。"倘若一开口就提出要买艾薇的书，他会觉得很难为情，他觉得还是自己找为好，找到之后再把书拿到售货员那里去结账。可他怎么也找不着，最后，他看见那个年轻人又走到他身边来了，便刻意用漫不经心的口吻问道："顺便问一下，你这里有没有一本叫《金字塔的消逝》的书？"

"新出的版本今天早上刚到。我帮你去拿一本来吧。"

过了一会儿，那小伙子就拿着书回来了。他是个矮墩墩的年轻小伙子，长着一头乱蓬蓬的橘红色的头发，戴着一副眼镜。乔治·佩里格林身躯高大、威武挺拔，而且很有军人派头，整整高出了他一大截。

"这是新出的版本吗？"他问道。

---

① 皮卡迪利大道（Piccadilly），英国伦敦中心区的繁华街，以时髦的商店、俱乐部、旅馆和住宅著称。

"是的，先生。这已经是第五次印刷了。这本书很畅销，卖得差不多跟小说一样好。"

乔治·佩里格林犹豫了一会儿。

"依你看，这本书为什么会这么成功？我时常听到的是，现在已经没人愿意读诗了。"

"哦，想必你也知道，这本书写得很好。我自己也读过。"这个年轻人显然很有文化修养，但说话仍带着点儿伦敦东区①的口音。乔治本能地采取了一种居高临下的态度。"这就是人们所喜欢的故事。既有性爱情节，又有悲剧色彩，你懂的。"

乔治微微皱了皱眉头。他渐渐听出了名堂：这小伙子颇有些不知天高地厚。这本该死的书里居然还有故事，这一点至今还没有一个人向他提起过，他从那些评论文章中也没有看出端倪。那小伙子继续说道：

"当然，这些情节只是浮光掠影，一带而过，但愿懂我的意思。我的阅读体会是，她的个人经历或多或少激发了她创作的灵感，就像豪斯曼②写出了《什罗普郡少年》一样。她之后就再也写不出其他什么东西了。"

"这本书多少钱？"乔治打断了他的唠叨，冷冰冰地说道，"你用不着包起来，我可以把它塞在我的衣服口袋里。"

十一月的早晨阴冷潮湿，他穿着一件很厚实的长大衣。

在火车站，他买了几份晚报和杂志，随后，他便和艾薇在一等车厢两个面对面的角落里相安无事地坐了下来，翻看着手头的报刊。到

---

① 伦敦东区口音（Cockney），指东伦敦（East London）以及当地民众使用的伦敦方言，在伦敦的工人阶级中很常见。

② 阿尔弗雷德·豪斯曼（Alfred Houseman, 1859—1936），英国著名悲观主义诗人，作为田园式、爱国主义、怀旧的创作高手，至今受到英国人的欢迎，著有诗集《什罗普郡少年》和《最后的诗章》。

了五点钟时，他们一块儿走进餐车，一边用茶点，一边闲聊了几句。列车到站后，他们坐上在等候着他们的轿车，驱车回到家里。俩人洗完澡，换好衣服去用晚餐。吃罢晚餐后，艾薇说她已经累得不行了，想上床睡觉去了。她亲了亲他的额头，这是她早已养成的习惯。过了一会儿，他来到客厅，从大衣口袋里掏出艾薇的那本书，然后钻进书房，埋头看起来。对他来说，阅读诗文并不轻松，尽管他看得很认真，每个单词都无一遗漏地看过来，但他还是有些摸不着头脑。于是，他又从头开始，再次通读起来。他越读越感到心神不宁了。不过，他并不是一个头脑愚笨的人。读了第二遍之后，他已经把这本书的大致内容了解得一清二楚了。这本书有一部分采用的是自由体诗，还有一部分则遵从传统格律诗的写法，但书中所叙述的故事情节还是前后连贯的，即使是智力最平庸的人也看得出来。书中描写的是一段激情澎湃的恋爱经历，这场恋爱发生在一个已经徐娘半老的已婚女人和一名青年男子之间。乔治·佩里格林像在做一道简单的加法运算题一样，轻而易举就厘清了其中的一步步环节。

　　这本诗集是以第一人称创作的，开篇描写的是，这位青春已逝的妇人忽然又惊又喜地发现，有一个正值青春年华的小伙子爱上了自己。她迟疑着，不敢相信。她觉得肯定是她自己在自作多情。后来，当她出乎意料地发现自己也情深意浓地爱上了这个年轻男子时，她紧张得不知所措了。她暗暗告诫自己，这种事情很荒唐；由于他们俩年龄相差悬殊，倘若她任凭自己的感情发展下去，只会结下不幸的苦果。她竭力想阻止他，不让他向她表白，然而，这一天终于还是来了，他对她说，他爱她，并逼着她承认说，她也爱他。他央求她和他一起去私奔。她无法抛弃自己的丈夫，无法抛弃自己的家庭；况且她还是个已经渐渐步入老龄的女人，而他还这么年轻，他们将来会有什么样的人生？她怎么能指望他的爱情会一直持续到天荒地老呢？她恳求他行行好，别再来纠缠她了。没想到，他竟然爱得那么热烈奔放。他要跟她做爱，一心一意地要跟她做爱。僵持到最后，在她浑身发抖、心慌意乱、春情荡漾的境况下，她终于顺从了他。接下来描写的是一段让他们心醉神迷的幸福时光。整个世界，每一天都过得浑浑噩噩、单调乏味的世界，因为有了这份可歌可颂的爱情而变得异彩纷呈了。爱情之歌从她的笔端倾泻而出。女诗人崇拜她那个情郎青春勃发、雄健阳刚的肉体。乔治在读到她如何赞美他那宽阔的胸膛、苗条的腰身、健美的大腿，以及他那平坦的腹部时，不禁涨红了脸。

很火爆的作品，这是达芙妮的朋友曾经说过的话。事实果然如此。真令人作呕。

书中有不少伤感的小诗表达了她的悲叹之情：一旦她的情郎终将离她而去时，她的人生会变得多么空虚。不过，这些小诗都是以一句发自内心的呐喊结尾的：为了她所拥有的这段无上幸福的情缘，纵然让她尝遍世间所有的苦难也是值得的。她写下了他们一起度过的那些兴奋得浑身颤栗的不眠之夜，以及激情过后遍体酥软的那种倦慵，是那种倦慵让他们渐渐平静下来，彼此相拥着酣然入睡的。她写下了那种令人销魂蚀骨的感受：在那些短暂的、偷来的片刻欢愉中，尽管充满危险，但他们强烈的情欲使他们忘却了一切，他们水乳交融地沉溺在两情相悦的爱欲之中。

她本来以为这段婚外情大不了只是几个星期的事儿，没想到，这段恋情竟奇迹般地一直持续下来了。其中有一首诗写道：三年过去之后，他们彼此倾心相爱的劲头依然丝毫未减。他似乎仍在初心不改地催促她和他一起去私奔，逃往异国他乡，到意大利的某个山城去，到希腊的某个小岛去，到突尼斯 [①] 的一座有城墙环绕的城市去，这样，

---

① 突尼斯（Tunis），北非国家，首都为突尼斯。

他们就能永远生活在一起了。在另一首诗里，她恳求他要安于现状，得过且过。他们的幸福是朝不保夕的幸福。或许是正是由于他们要面对形形色色的困难，而相聚的机会却少之又少，他们的爱情才得以如此长久地保持着最初那令人心醉神迷的兴奋的。后来，突然间，那个年纪轻轻的男人亡故了。至于他是怎么死的，什么时候死的，在什么地方死的，乔治却不得而知。接下来是一首很长的挽歌，描写了她肝肠寸断的悲痛之情，那是一种刻骨铭心的悲痛，那是一种她深陷其中而无力自拔的悲痛，那是一种她不得不隐瞒得滴水不漏的悲痛。尽管她的生命之光已经熄灭，尽管她已被内心极度的痛苦折磨得憔悴不堪，但她还得摆出一副高高兴兴的样子，照样去举办各种聚会，照样去出席各类晚宴，表现得像平常一样端庄得体。全书的最后一首诗由四节简约的诗句所组成，作者伤感地接受了她痛失恋人的现实，并向操纵人类命运的黑暗力量表达了她的感谢之情，不管怎样，至少也让她有幸享受到了一段无与伦比的幸福时光，这可是我们这些浅薄的人梦寐以求的最大的幸福啊！

　　乔治·佩里格林终于把书放下时，时间已经是凌晨三点钟了。他似乎觉得，他在每一行诗中都听到了艾薇的心声，他一次又一次地看到了他时常听见她使用过的那些措辞和文句，书中还有一些细节是他们彼此都很熟悉的情景，这一点是毫无疑问的。她讲述的就是她自己的亲身经历：她曾经有过一个情人，而她那个情人已经亡故了，这是明摆着再清楚不过的事实。掩卷之余，他最深刻的感受并不是恼怒，不是震惊，也不是沮丧，虽然他也确实感到有些沮丧，感到有些震惊，但更多的还是诧异。艾薇竟然有过一次婚外恋，而且还是一次放浪形骸、激情燃烧的婚外恋，简直太让人难以置信了，这就好比放在他书房壁炉台上玻璃缸里的那条鳟鱼一样，那是他迄今所钓到的最漂亮的一条鳟鱼，没想到它竟冷不防地甩起尾巴来了。他这时才恍然大悟，他先前在俱乐部跟那个男人打招呼时，在他眼睛里看到的那种非常滑稽的神色究竟是什么意思了，他总算弄明白了为什么达芙妮在谈论这本书时，会开心得好像在说一个天机不可泄露的笑话的原因了，也明白了在那次鸡尾酒会上，当他经过那两个女人身边时，她们为什么在他背后窃笑的原因了。

他惊出了一身大汗。紧接着，一阵暴怒顿时袭上心来，他随即一跃而起，要去叫醒艾薇，毫不留情地要求她对此做出解释。然而，走到门口时，他又收住了脚步。他到底抓住了什么把柄呢？一本书而已。他记得自己曾经对艾薇说过，他认为这本书挺不错。诚然，他当时还没有读完这本书，可他文过饰非地假装自己通读过了。倘若他承认自己说过这种话，那他就成了个彻头彻尾的大傻瓜。

"我必须小心行事才行。"他咕哝道。

他打定主意，要再等上两三天，先把这件事考虑周全了再说。没多久，他就盘算好该怎么做了。他上床休息了，但辗转反侧，久久难以入眠。

"艾薇，"他反反复复地暗自寻思着，"艾薇，在芸芸众生中怎么偏偏……"

第二天早上，他们一如既往地在用早餐时见面了。艾薇依然如故，还是那么文静、素雅、泰然自若，还是这样一个压根儿不愿花工夫去梳妆打扮，好让自己显得年轻些的中年妇女，还是这样一个浑身上下没有一点儿他依然称之为"女人味儿"的女人。他打量着她，因为他已经有好多年没有这么仔细打量过自己的妻子了。她和往常一样，神情安详，心平气和。她那双淡蓝色的眼睛平静得没有一丝忧愁，坦荡的眉宇间也没有任何愧疚之色。她说了几句她平日里常说的话，都是些一成不变、无关痛痒、随口说说的话。

"那两天在伦敦忙得团团转，好在又回到乡下来了。你今天早上打算做什么呢?"

这种女人真让人不可理解。

三天后,他去找自己的法律顾问了。亨利·布莱恩既是乔治的律师,也是他的一个老朋友。他有一处乡间别墅离佩里格林家不远。多年来,他们常在彼此的猎场里打猎。亨利一个星期有两天在乡下做乡绅,其余五天则在谢菲尔德做律师,处理繁忙的律师事务。他是个身躯魁梧、体格健壮的汉子,平时总是风风火火的,笑声也很爽朗,这些特点表明,他喜欢让人家把他当成一个本质上特别爱好运动的人,而且还是个大好人,只是偶尔才会想起来,他还是一位律师。但他其实是一个精明强干、处世圆通的人。

"哎唷,乔治,今天是什么风把你给吹来啦?"看见手下人把上校领进了他的事务所时,他声若洪钟地说道,"在伦敦玩得开心吗? 我正打算下星期带我老婆上那儿去玩几天呢。艾薇还好吗?"

"我今天来找你,就是为了艾薇的事儿,"佩里格林说罢,满腹狐疑地瞪了他一眼,"你有没有看过她那本书?"

由于最近这几天里心烦意乱,他变得越发敏感了,况且他也察觉到了,律师的面部表情微微有点儿变化。看样子他好像陡然间起了戒备之心似的。

"没错,这本书我已经看过了。很了不起的成就,对不对? 想不到艾薇突然在诗歌领域里崭露头角了。真可谓奇迹层出不穷啊。"

乔治·佩里格林差点儿要大发脾气了。

"这本书让我成了一个彻头彻尾的该死的傻瓜。"

"嚯,乔治,你胡说八道什么呀! 艾薇写了本书并没有什么坏处啊。你应该为她感到高兴、感到骄傲才对。"

"别说这种废话吧。那本书写的就是她自己的亲身经历。这一点你心里有数,其他人也都知道。我估计,唯独我一个人蒙在鼓里,不知道她那个情人是谁。"

"老兄啊，创作中有这样一种东西，叫做想象力。我们完全有理由认为，整个故事全都是虚构出来的。"

"听我说，亨利，我们认识这么多年了，彼此都知根知底。我们在一起享受过形形色色的快乐时光。跟我说实话吧。你能当着我的面，直言不讳地告诉我，你相信这是一出虚构出来的故事吗？"

亨利·布莱恩很不自在地在椅子上挪动着。乔治老兄的话音里流露出的那种苦恼着实让他感到有些不安。

"你没有权利向我提这种问题。你去问艾薇吧。"

"我不敢。"乔治痛苦地停顿了片刻。然后才回答道："我怕她告诉我事情的真相。"

接下来是一阵让人很难受的沉默。

"那小子是谁？"

亨利·布莱恩直视着他的眼睛。

"我不知道，即使知道，我也不会告诉你的。"

"你这个蠢猪。难道你看不出我现在的处境吗？你是不是觉得被人当成一个十足的笑柄非常好受？"

律师点上一支烟，默不作声地抽了好一会儿。

"我不知道我能帮你做什么。"他终于开口说道。

"我估计，你自己也雇请了一些私家侦探。我想让你派他们去做这件事，让他们把样样事情都查个水落石出。"

"老兄啊，派私家侦探去调查自己的妻子，这可不是什么光彩的事情。再说，即使你眼下想当然地认为艾薇曾经有过一次婚外恋，那也是好多年以前的事情了，我估计恐怕查不出任何把柄来。他们好像非常小心，把自己的行迹掩盖得干干净净。"

"我不管。你就派那些侦探去调查吧。我要知道事情的真相。"

"乔治，我可不愿做这种事情。如果你执意要这么干，那你去找别人干好了。你听我说，就算你抓到了证据，能够证明艾薇曾经对你有过不忠的行为，你又能怎么办呢？要是因为你妻子十年之前跟别人有过通奸行为，你就要跟她离婚，在别人看来，你还是显得很傻啊。"

"不论怎样，我都可以凭这一点来跟她斗一斗，逼她把事情讲出来。"

"你不妨现在就可以这么做，但是，你我心里都有数，如果你执意要这么做，她就会离你而去。你舍得让她像这样离开你吗？"

乔治满腹怨气地瞪了他一眼。

"我不知道。我过去一直觉得她是个非常难得的好妻子。她把家务事管理井井有条，我们从来没有在用人方面出过任何乱子；她在园艺方面很有办法，创造了很多奇迹，除此之外，她还赢得了村里所有人极高的称赞。但是，去他妈的！我也得考虑一下我的自尊啊。既然我已经知道了，她曾经下流地在肉体上背叛过我，我怎么能再和她继续同居下去呢？"

"你一直都那么矢志不渝地忠诚于她吗？"

"或多或少，有过几次，你知道的。不管怎么说，我们结婚也将近有二十四年了，但艾薇向来不大喜欢床笫之事。"

法律顾问惊讶得微微竖起了眉毛，不过，乔治因为在搜肠刮肚地考虑自己该怎么说，没有注意到。

"我不否认，我时不时地会去找点儿乐子。男人需要这些。女人就不同了。"

"这种话只有我们这些男人说得出口。"亨利·布莱恩说罢，淡然一笑。

"即使我怀疑女人会不守妇道，我也绝对不会怀疑到艾薇头上来。我的意思是，她可是个特别挑剔、出言也很谨慎的女人啊。到底是什么原因促使她写出这本该死的书的？"

"我估计，那是一段痛彻心扉的经历，对她来说，用这种方式把它宣泄出来，或许是一种解脱吧。"

"好吧，即使她非写不可，那她为什么不用一个笔名来署名呢？真是活见鬼！"

"她用的她出嫁前的闺名。依我看，她大概觉得这就足够了，假如这本书没有造成这么令人惊讶的轰动，那她的想法也是合情合理的。"

乔治·佩里格林和亨利此时正面对面地坐着，中间隔着一张办公桌。乔治的胳膊肘支在桌子上，手托着腮帮子，皱着眉头在想心思。

"连这小子是个什么样的人都不知道，这事儿实在太窝囊了。人家甚至都辨别不出他是否算得上一个有教养的人。我的意思是，说不定他就是一个农场打工仔，或者是某个律师事务所里的小职员，谁知道呢。"

亨利·布莱恩忍了又忍，没让自己笑出来，等他答话的时候，眼睛里流露出的是一种体贴、宽容的神情。

"鉴于我非常了解艾薇，我认为，这个男人十有八九还算不错吧。不管怎么样，反正他不是我这个事务所里的职员，这一点我可以肯定。"

"对我来说，这不啻为一个沉重的打击，"上校叹了口气，"我原以为她很喜欢我呢。她要是不恨我，她就不会写出那样的书来。"

"哦，这一点我可不敢苟同。我认为，她不大可能怀有仇恨之心。"

"你不会自说自话地认为她爱我吧。"

"不会。"

"好吧，她觉得我怎么样？"

亨利·布莱恩身子仰靠在转椅上，若有所思地望着乔治。

"冷漠，可以这样说吧。"

乔治禁不住打了个了哆嗦，脸涨得通红。

"不管怎么说，反正你现在已经不爱她了，是吧？"

乔治·佩里格林没有直接回答他。

"生不了孩子，这种事情对我的打击实在太大了，在我看来，她让我很没面子，但是，我从来没有让她看出我的心病。我对她一直都很温柔。在合情合理的范围之内，我对她努力尽到了我应尽的职责。"

律师抬起一只大手掌捂住自己的嘴巴，把他嘴唇上已经微微漾开的笑意遮掩起来。

"这种事情对我的冲击非常严重，"佩里格林继续说道，"这算他妈的怎么回事儿！即使是十年前，艾薇也不是一个涉世未深的少女呀，上帝作证，她那时候的模样就不怎么好看。简直太丑了。"他深深叹了口气。"如果换了你，你会怎么做？"

"等闲视之。"

乔治·佩里格林突然直挺挺地在椅子上坐起身来，板起面孔，严厉地望着亨利，他当年在检验自己的兵团时，一定也是这副面孔。

"这种情况我不能视而不见。我已经成为别人的笑料了。我以后再也抬不起头来了。"

"胡说八道。"律师厉声喝道，但随即又换上了一副和颜悦色、亲切友好的态度。"老兄，你听我说，那个男的已经死了，而且这一切都发生在很久以前。这事儿就算了吧。去跟大家说说艾薇的这本书，去大张旗鼓地赞扬这本书吧，告诉人们，你为她感到多么骄傲。一定要表现得煞有其事，仿佛你对她十分信任似的，装作你早就看出来了，她根本不可能背叛你。这个世界发展得那么快，而人们的记忆力又是那么差。大家很快就会淡忘了。"

"我忘不了。"

"你们夫妇俩都已人到中年了。她为你付出的代价也许比你自己所想象的还要大得多，再说，如果没有她，你会非常寂寞的。我认为，即使你忘不了这件事，那也没关系。只要你那个稀里糊涂的脑袋里能牢牢记住这一点就行：艾薇身上还有很多你永远也不可小觑的过人之处，比你的这点儿能耐强多了，一切就会朝好的方向转化啦。"

"这算他妈的怎么回事儿，你说得好像我才是那个应该受到谴责的人似的。"

"不，我认为该受谴责的人不是你，不过，我也吃不准艾薇究竟该不该受到谴责。我估计，她那时并不想跟那个小伙子坠入情网。你还记得结尾处的那几首小诗吗？那几首诗留给我的印象是，尽管他的死亡让她万分痛苦，她却以某种令人意想不到的方式愉快地接受了这个结局。她自始至终心里都很清楚，把他们维系在一起的那根纽带有多脆弱。那个小青年是在他自己的初恋正处于巅峰状态时死去的，根本不知道人世间能持续到天长地久的爱情是多么罕见；他只知道爱情的极乐之处和美妙之处。在她沉浸在自己这段辛酸、悲痛的往事之中时，想到他再也用不着承受人间的一切哀愁了，便从这种思绪中得到了些许安慰。"

"老兄，你说的这些话让我有点儿摸不着头脑。我或多或少明白你的意思了。"

乔治·佩里格林郁郁寡欢地盯着办公桌上的墨水台。他一时说不出话来，律师以好奇而又同情的目光打量着他。

"你有没有意识到，无论她有多苦闷，她都从不让自己的心迹流露出来，她得有多大的气魄才能做到这样啊？"他温和地说道。

佩里格林上校叹了口气。

"我现在已经心灰意冷了。我估计你说得没错，对无法挽回的事情哭也没用，如果我还这么小题大做，只会把事情搞得更加糟糕。"

"所以？"

乔治·佩里格林惨淡地笑了笑。

"我接受你的劝告。我就等闲视之吧。由他们把我当成一个该死的大傻瓜好了，让他们见鬼去吧。说实话，如果没有艾薇，我也不知道该怎么办。不过，我跟你说，有一点我到临死的那天恐怕都想不通：那家伙到底看上她什么了？"

（吴建国　译）

蒙特雷戈勋爵①

　　奥德林医生看了看摆在他办公桌上的那台座钟。现在是五点四十分。他感到有些诧异，那位病人竟然迟到了，因为蒙特雷戈勋爵向来以其准时准点而引以为豪的。这位勋爵喜欢用说教的方式发表自己的高见，明明是一句普普通通的话，从他嘴里说出来似乎就成了一句警世格言。他常挂嘴边的话是，和聪明人打交道，守时是一句表达敬意的赞扬，和蠢人打交道，守时则成了一句叱责。蒙特雷戈勋爵和他约定的见面时间原本是五点三十分。

　　奥德林医生的外表并没有什么可让人刮目相看的特别之处。他又高又瘦，肩头窄小，还略有点儿驼背；他的头发已经灰白、稀疏；一张蜡黄色的长脸膛上布满了深深的皱纹。他今年还不到五十岁，但看上去比他的实际年龄老多了。他那双浅蓝色的大眼睛显得很疲惫。只要和他待上一会儿，你就会注意到，他那双眼睛几乎不怎么转动；那双眼睛一直就那样定定地注视着你的脸，不过，那双眼睛显得十分虚无缥缈，根本就没有流露出任

---

① 这个故事首次发表于 1939 年，收录于 1940 年出版的短篇小说集《换汤不换药》(The Mixture As Before)。

28

何意思，因而不会让你感到惴惴不安。那双眼睛很少会闪动着炯炯有神的喜色。那双眼睛既没有任何线索可供你去揣摩他内心的想法，也不会因为他讲的那些话而有所变化。要是你很善于察言观色，说不定会意外地发现，奥德林医生眨眼睛的次数比我们大多数人都要少得多。他那双手略有些偏大，手指很长，指尖纤细；那双手很柔软，但又很坚实，凉丝丝的，而不是又冷又湿的那种。除非你特意留心去察看，否则，你根本就说不清奥德林医生的穿着究竟有什么特点。他的衣服都是深色的。他的领带也是黑色的。那身衣服把他那张蜡黄色的、皱纹密布的脸膛衬托得更加没有血色，使他那双淡蓝色的眼睛也变得更加黯淡无光了。他留给你的印象就是一个身患重症的病人。

奥德林医生是一名心理分析师。他阴差阳错地选择了这份职业，因而对自己所从事的这个行当一直心存疑虑。战争爆发的时候，他刚拿到行医资格没多久，还在各家医院里实习；他自告奋勇地向军事当局报名参了军，捱了一段时日之后，他就被派往法国去了。直到那个时候，他才发现自己怀有过人的天赋。他用自己那双凉爽、坚实的手触摸病人时，能够为他们缓解痛苦，与那些饱受失眠折磨的人侃侃而谈时，常常可以诱导他们渐渐进入睡眠的佳境。他说起话来慢条斯理。他的声音并没有什么特色可言，说话的时候语调一成不变，但听上去却像音乐似的悦耳动听、温和软糯，让人昏昏欲睡。他劝告人们必须休息，不必发愁，必须睡觉；于是，停工歇息的想法便悄然潜入了他们劳累的筋骨，安之若素的心境驱散了他们胸中的焦虑，好比在拥挤的长椅上为自己找到了一席之地，睡意顿时袭上了疲倦的眼帘，犹如春天的绵绵细雨浸润在刚刚翻新过的泥土上。奥德林医生发现，用他那低沉、单调的声音说话，用他那双淡蓝色的、安详的眼睛看着他们，用他那细长、坚实的手摸一摸他们疲劳的额头，他可以抚慰他们紊乱的心境，解决困扰他们的纷争，消除在日常生活中时时折磨他们的种种恐惧心理。有时候，他的治疗似乎真有神奇的功效。曾经有一个人因为被一颗突然爆炸开来的炮弹深埋在泥土下，丧失了语言功能，他让这个病人重新开口说话了；还有一个人，由于在一起飞机坠毁事件中被摔得全身瘫痪了，他让这个人恢复了四肢的运动能力。他无法理解自己所具有的这些神奇的力量。他是一个凡事都持怀疑态度的人，这是他的一个性格特点，虽然人们说，就他这种情况而言，第一要义就是要相信自己，但他怎么也做不到；能独具慧眼地看到他的治疗效果的人，恰恰正是那些最不愿相信他的旁观者，这使他不得不违心地承认，自己确实具有某些特异功能，让他能够做到某些连他自己都无法加以解释的事情来，至于这些既令人费解、又无法确定的特异功能究竟是从哪里来的，他却不得而知。战争结束之后，他去了维也纳，在那儿研习医术，后来又去了苏黎世①；再后来才在伦敦定居下来，运用自己所习得的这种如此让人匪夷所思的医术开业行医。如今，他操此业已经有十五年了，在他所从事的这个专业领域里也赢得了显赫的名声。人们口口相传地念叨着他所做出的这些令人啧啧称奇的事情，尽管他收费昂贵，但前来找他看病的人却多得让他目不暇给。奥德林医生知道自己确实取得了一些非常了不起的成就：他挽救了想要自杀者的性命，他救出了不少关在精神病院里的人，他为那些屡屡落难、生无可恋的人化解了郁积在心中的隐痛，使他们成了有用之才，他让许多不幸的婚姻转化成了幸福美满的婚姻，他根除了人们的某些变态的本性，从而让许多人不再被可憎的恶癖所奴役，他让心灵病态的人恢复了健康；尽管他做了这一切，然而在他的内心深处，他仍然将信将疑，总觉得自己的行径简直无异于一个江湖骗子。

施展某种连他自己都弄不明白的才能，这有违他本人的意愿；对

---

① 苏黎世（Zurich），瑞士城市，瑞士最大城市和历史悠久的工业中心。

自己的医术毫无信心，却要利用他所治疗的那些病人对他的信任来赚钱谋生，这也背离了他诚实做人的原则。他现在富裕起来了，即使不工作也足可以生活得很好，况且这份工作已经把他累得精疲力竭了。他曾经十几次萌生过要放弃行医的念头。弗洛伊德①、荣格②，以及其他心理学家写的著作，他都拜读过，却没有一本让他感到满意。他私下里坚定不移地认为，他们的理论纯属故弄玄虚，是糊弄人的，然而，话说回来，那些研究结果，尽管适用面很狭窄，其道理却是不言自明的。这十五年来，找到他设立在威姆波尔街③的这间昏暗、简陋的诊室来向他求医问诊的病人络绎不绝，还有什么样的人性他没有见过？他们向他倾诉的那些鲜为人知的内幕，有时候完全是迫不及待地主动向他吐露的，有时候是怀着羞愧感，或有所保留，或怀着满腔的怒火向他诉说的，他早就习以为常、见怪不怪了。这世上再也没有什么事情可以让他为之而感到震惊。如今，他已经深深领教到了这些人多么会撒谎，领教到他们的虚荣心是何等的飞扬跋扈；他知道，这些人身上还有许多远比这更加糟糕的事情，但是，他心里有数，那些事情不该由他来加以评判或谴责。可是，年复一年，由于耳边老是听到这些耸人听闻的私房话，他的脸色变得愈发灰暗了，皱纹明显加深了，那双淡蓝色的眼睛也越来越疲惫了。他很少开怀大笑，不过，时不时地为了消遣而看一会儿小说时，他偶尔也会微微一笑。这些作者当真以为他们笔下的男男女女都是那样的人吗？但愿他们知道活生生

---

① 西格蒙德·弗洛伊德（Sigmund Freud，1856—1939），奥地利精神病医师、心理学家、精神分析学派创始人。他开创了潜意识研究的新领域，1899年出版《梦的解析》，被认为是精神分析心理学的正式形成。
② 卡尔·荣格（Carl Gustav Jung，1875—1961），瑞士心理学家。创立了荣格人格分析心理学理论，把人格分为内倾和外倾两种，主张把人格分为意识、个人无意识和集体无意识三层。
③ 威姆波尔街（Wimpole Street），伦敦威斯敏斯特的一条"医疗街"。

的人有多复杂，有多不可逆料，人们的灵魂深处同时并存着哪些不可调和的元素，究竟是哪些不可告人、凶险莫测的明争暗斗在苦苦折磨着他们！

现在是五点四十五分了。奥德林医生依然记忆犹新，在所有找上门来向他求医问诊的那些稀奇古怪的病案中，当数蒙特雷戈勋爵的病案最为奇怪。首先，这位病人的个性特点就让这个病案显得尤为突出。蒙特雷戈勋爵是一位很有才智、出类拔萃的人物。他不到四十岁就被任命为外交大臣了，如今，在位三年之后，他总算看到自己定下的政策得到卓有成效的实施了。人们公认他为保守党①内最有能力的政治家，仅仅因为他父亲是一位有爵位的贵族，父亲离世后，那个世袭的爵位便会传给他，他就不能继续留在下议院了，这才断了他一心要登上首相宝座的念想。不过，在当今这种讲民主的时代，即使英国首相的人选绝无可能在上议院里产生，也没有什么能够阻挡蒙特雷戈勋爵在下一届由保守党执政的政府里继续担任外交大臣，这样一来，他就能长期执掌着本国外交政策的走向。

蒙特雷戈勋爵拥有许多优秀的品质。他集聪颖和勤奋于一身。他游历甚广，去过很多地方，能流利地使用好几国语言。从少年时代起，他就一门心思地钻研起了外交事务，而且一直心无旁骛地力求使自己通晓其他国家的政治和经济状况。他很有胆识、见微知著、坚毅果敢。他是一位很有口才的演说家，无论在演讲台上，还是在下议院里，都思路清晰，表达精确，而且常常妙语如珠。他是一位才情横溢的辩论高手，那种能言善辩、对答如流的天赋总是能博得满堂喝彩。他具有良好的气质风范，是一个身材高挑、相貌英俊的男子汉，虽说

---

① 保守党（Conservative Party），英国老牌大党，距今已有 300 多年的历史，是英国两大主要资产阶级政党之一，另一个是工党。

有些秃顶了，也略嫌太胖，不过，这反倒为他平添了几分稳健、成熟的气度，因而对他大有裨益。年轻的时候，他多少还算有点儿运动员的才能，是牛津大学赛艇队的划桨手，此外，他还是英格兰赫赫有名的神枪手之一。二十四岁时，他娶了一位芳龄十八岁的姑娘为妻，那姑娘的父亲是一位公爵，母亲是美国人，也是一位美国富豪庞大家产的唯一继承人，因此，她既有地位，又有财富，婚后为他生了两个儿子。他们私下里已经分居好几年了，但是在公开场合，他们依然俨如一对恩爱夫妻，这样做既保全了面子，双方似乎也都没有什么别的感情纠葛可以让那些爱飞短流长的人有机可乘去窃窃私语地说闲话。蒙特雷戈勋爵确实太过雄心勃勃，太过卖力地工作了，还必须再加上太有爱国情怀这一点，因此，凡是有可能干扰到他的职业生涯的任何消遣娱乐活动，统统都诱惑不了他。长话短说吧，他身上的确具有许许多多的优点，足可以使他成为一个深受人们爱戴、事业一帆风顺的公众人物。不幸的是，他也存在不少非常严重的缺点。

他是个极其令人不快的势利眼。倘若他父亲是第一代获得爵位头衔的贵族，你对这号人或许还不至于感到太诧异。如果一个律师、一个制造商，抑或一个酿酒商，有幸被册封为贵族了，那他的儿子必然会骄横恣肆地倚重于他所拥有的这个显贵身份，这一点还是可以理解的。蒙特雷戈勋爵的父亲所拥有的伯爵头衔，是查理二世①无中生有地加封给他的，这个家族的第一代伯爵原先所获得的男爵称号，可以追溯到玫瑰战争②时期。三百年来，这个爵位的继承者们都与英格兰最高贵的家族有联姻关系。但是，蒙特雷戈勋爵未免也太看重自己的

---

① 查理二世（Charles II，1630—1685），苏格兰、英格兰及爱尔兰国王，生前获得多数英国人的喜爱，以"欢乐王""快活王"闻名。
② 玫瑰战争（Wars of the Roses），是英王爱德华三世（1327—1377 在位）的两支后裔兰开斯特家族和约克家族的支持者为了争夺英格兰王位而发生于 1455—1485 年间的断断续续的内战。

出身了，活像一个暴发户①心里只想着自己的钱财一样。只要一有机会，他就向别人炫耀自己的出身，绝不会错失良机。他有时会刻意摆出他那与生俱来的优雅秀逸的派头，不过，这也仅限于和那些他自认为与他的身份和地位不相上下的人在一起时。对于那些他视之为社会末流的无名之辈，他就表现得非常冷傲、蛮横了。他对自己的佣人很粗鲁，对手下的干事和文书们也时常大肆辱骂。在他先后被派去工作过的那几个政府部门里，级别较低的官员个个都对他又怕又恨。他那种骄横跋扈的态度着实让人受不了。他自以为是地认为，他比大多数他必须与之打交道的人都要聪明得多，动不动就想让人家领教这一点。他无法容忍人的本性所造成的诸多弱点。他觉得自己生来就是发号施令的，但凡有人希望他听一听别人的意见，或者很想听他说明一下他做出这些决定的理由，他就会气得大发脾气。他自私到了无以复加的地步。他把别人好心给予他的帮助一概视为理所当然的事情，一律归因为他所拥有的社会地位和聪明才智，因而根本用不着感恩戴德。他脑子里从来就没有想过自己也应该为别人做点什么。他有很多死对头：他太瞧不起这些人了。他看不出这帮人里有谁值得他去出手相助、表示同情、予以怜悯。他没有一个朋友。他的上司们不信任他，因为他们怀疑他的忠诚；他的同僚们不喜欢他，因为他太横行霸道、太盛气凌人了；然而他的优点又是那么名副其实，他的爱国情怀那么有目共睹，他的聪明才智那么稳练可靠，他管理各项事务的能力那么超群出众，人们也只好对他听之任之。之所以会造成这种局面，十之八九是因为他在某些场合会大显风采，令人为之而倾倒；每当他跟那些他自认为与他旗鼓相当的人打成一片时，或者与他一心想弄到手的人待在一起时，或者在陪同外国政要，或者有贵妇名媛在场时，

---

① 此处原文为法语：nouveau riche，意为"新富，暴发户"。

他会表现得很开朗、很风趣，而且温文尔雅；这时候，他的言谈举止会让你不由自主地想到，他血管里流淌着的血液与切斯特菲尔德伯爵 ① 是一脉相承的。他就事论事时往往能一语中的。他有时也会表现得轻松自然、通情达理，甚至感情深厚。他的学识的渊博程度和他那敏锐的鉴赏力会让你大为惊讶。你没准会以为，他就是这世上最值得经常交往的人，你或许会忘记他昨天还羞辱过你，明天遇见你时很可能会假装没看见你。

蒙特雷戈勋爵差点儿就没能成为奥德林医生的病人。有个秘书给这位医生打来电话，告知他说，勋爵大人想找他看病，如果医生愿意出诊，可以在第二天早上十点到他府上来一趟，勋爵大人将恭候他到来。奥德林医生回复说，他没法到蒙特雷戈勋爵的府上来出诊，不过，他倒很乐意先预约一下，时间暂定在后天下午五点钟，在他的诊所里单独与他会面。秘书记下了这个信息，但很快便打电话回来说，蒙特雷戈勋爵坚持要在他自己家里见奥德林医生，出诊费可以由这位医生自行决定。奥德林医生答复说，他只在自己的诊所里接待病人，如果蒙特雷戈勋爵不打算过来见他，那他就爱莫能助了，并对此深表遗憾。十五分钟后，秘书向他转达了一条简短的口信，说勋爵大人将于五点钟前来就诊，但不是后天，而是明天。

蒙特雷戈勋爵后来被领进屋来时，却并没有立刻走上前来，而是伫立在门口，态度傲慢地朝这位医生上上下下打量着。奥德林医生看得出来，他正憋着一肚子火呢，于是便默默地用他那双不动声色的眼睛凝视着他。在他眼里，这是一位身躯魁伟的男子汉，头发已经趋于

---

① 切斯特菲尔德伯爵（Lord Chesterfield，1694—1773），英国政治家和文学家。因写给私生子菲利普·斯坦霍普（Philip Stanhope）的书信而闻名。这些书信风格简洁优美、充满了处事智慧、睿智的建议和犀利的评论。直到现在，"切斯特菲尔德式"（Chesterfieldian）仍然表示温文儒雅的意思。

花白，脑门儿上的头发已经开始脱谢，为他的这副尊容增添了几分高贵的派头；一张虚胖的脸上轮廓分明，五官端正，却带着目空一切的架势。他这模样看上去还真有点儿像十八世纪波旁王朝①的某个皇亲国戚。

"奥德林医生，看来要想见你一面确实很难啊，简直不亚于想跟一个首相见面。我可是一个忙得不可开交的人。"

"你愿不愿坐下来说？"奥德林医生说。

他脸上没有显露出任何表情，蒙特雷戈勋爵的言辞丝毫也没有让他为之而动容。奥德林医生端坐在桌边的椅子里。蒙特雷戈勋爵依旧站着，眉头紧锁的面容显得越发阴沉了。

"我想，我应该告诉你，我是国王陛下的外交大臣。"他尖刻地说道。

"你愿不愿坐下来说？"奥德林医生又说了一遍。

蒙特雷戈勋爵做了个手势，仿佛表明他马上就要转身离去，昂首阔步地走出这间屋子似的；不过，即使这就是他的本意，他显然也做了重新考虑，决定改变主意了。他没说二话，坐了下来。奥德林医生把一本很大的登记簿翻开来，拿起了钢笔。面对这个病人，他连头也没抬，就在上面写起来。

"年龄？"

"四十二。"

"结婚了没有？"

"结过婚了。"

"结婚多少年了？"

---

① 波旁王朝（Bourbon），是一个在欧洲历史上曾断断续续统治纳瓦拉、法国、西班牙、那不勒斯与西西里、卢森堡等国以及意大利若干公国的跨国王朝。

"十八年。"

"有孩子吗？"

"有两个儿子。"

奥德林医生一边听着蒙特雷戈勋爵在生硬地回答他的问题，一边把这些资料都逐一记录下来。随后，他仰靠在椅背上，两眼望着这位勋爵。他没说话，只是看着，表情很严肃，那双浅蓝色的眼睛一动不动。

"你为什么要来见我？"他终于问道。

"你的大致情况，我早已有所耳闻。据我所知，卡努特夫人就是你的病人。她告诉我说，你的诊疗对她还是有一定作用的。"

奥德林医生没有回答。他那双眼睛仍然在凝视着对方的脸，然而，那双眼睛却还是那么虚无缥缈，没有表露出任何意思，你没准会以为，他甚至对眼前这位勋爵也视而不见。

"我可创造不了什么奇迹。"沉思良久，他最终说道。虽然脸上没有笑容，却有一丝淡淡的笑意在他眼睛里一闪而过。"就算我创造了什么奇迹，皇家内科医学院 ① 也不会认可的。"

蒙特雷戈勋爵不由得"嘿嘿"一笑。这声笑似乎化解了他对医生的敌意。他说话的口气顿时变得和蔼起来。

"你的名气非同凡响。人家好像都很相信你。"

"你为什么要来见我？"奥德林医生又问了一遍。

现在轮到蒙特雷戈勋爵缄口不语了。看这样子，他好像有什么难言之隐，不便回答这个问题。奥德林医生在耐心等着他。最后，蒙特雷戈勋爵总算想要搜肠刮肚地诉说一番了。他终于开口说道：

---

① 皇家内科医学院（Royal College of Physicians），英国一所久负盛名的内科医学院，成立于 1518 年。

"我的身体十分健康。前两天我刚做过体检，就是一次常规性的体检而已，为我做体检的是我的私人医生，奥古斯塔斯·菲茨赫伯特爵士，我想，你大概听说过他吧，他告诉我说，我的身体素质棒得像一个三十来岁的男子汉。我工作很卖力，但我从来不觉得累，再说，我也很喜欢我的工作。我烟抽得很少，我喝酒也很有节制，绝对适可而止。我的运动量很充足，生活也很有规律。我是一个十分健全、正常、精力旺盛的男人。我完全可以料想到，你准会认为，我来找你看病是一种非常荒谬、非常幼稚的举动吧。"

奥德林医生心里明白，自己非得给他治病不可了。

"我不知道我有没有什么办法来医治你的病。我试试吧。你感到很苦恼吗？"

蒙特雷戈勋爵皱起了眉头。

"我现在从事的这份工作很重要。我受命做出的各项决定往往都举足轻重，有时会影响到国人的福利待遇，甚至会影响到世界的和平。最为重要的是，我做出的判断必须经过再三权衡，力求稳妥才行，我的头脑也必须保持思路清晰。我向来都把清除一切私心杂念，免得受其干扰，妨碍我为国大显身手，视为我的职责所在。"

奥德林医生的那双眼睛始终在密切注视着他。他看得出来，这里面大有名堂。他心中有数了，眼前这位病人言过其实的谈吐和狂傲得不可一世的自尊心只不过是一种表象，其背后却深埋着一种他自己所无法排解的焦虑。

"我之所以请你务必痛痛快快地到这里来一趟，是因为我从以往的经验中得知，在医生的诊疗室这种又暗又脏的氛围中，人们往往更容易敞开心扉，畅所欲言，这是在人们自己所熟悉的环境里做不到的。"

"这里的环境确实又暗又脏。"蒙特雷戈勋爵尖刻地说。他停顿了一下。显而易见，这个向来自恃清高、头脑如此敏锐、决断能力如此强悍的家伙从来还没有碰到过什么困惑不解的难题，但此刻却尴尬得不知如何是好了。他微微笑了笑，目的是为了向这位医生表明，他很坦然，但他的眼神却泄露了他内心的惶惶不安。他再次开口说话时，声音里夹杂着一种矫揉造作的诚意。

"全是些微不足道的小事情，我自己都觉得不大好意思拿这种事情来麻烦你。我估计，你大概只会劝我别犯傻，别来浪费你的宝贵时间吧。"

"即使是一些看上去极其微不足道的小事情，有时也具有其不可小觑的一面。这些小事情说不定就是一种已经成为痼疾的精神紊乱的症状。再说，我的时间完全可以根据你的情况来安排。"

奥德林医生的说话声虽然低沉，却说得语重心长。他侃侃而谈时的那种毫无抑扬顿挫的腔调竟然具有令人不可思议的安抚作用。蒙特雷戈勋爵沉思良久，终于横下心来，打算坦诚相见了。

"事实情况是，我最近老是做一些非常讨厌的梦。我知道，对梦里的事情斤斤计较确实很傻，可是——唉，实话实说吧，我很担心，这些梦已经把我搅扰得心烦意乱了。"

"你能不能跟我说说某个梦境？"

蒙特雷戈勋爵笑了笑，可是，他本想装着若无其事的微微一笑，结果却变成了满面愁容的苦笑。

"这些梦实在太荒唐了，连我自己都觉得不好意思说给别人听。"

"没关系。"

"好吧，我做的第一个梦大约在一个月之前。我梦见自己来到了在康尼马拉庄园举办的一场舞会上。那是一次由官方举办的正式舞会。国王和王后都会到场，当然，大家都要把勋章佩戴起来。我当时就佩戴着绶带和星形勋章。我走进了他们家一个貌似衣帽间的地方，想脱下身上的大衣。那里当时有一个很不起眼的男人，名叫欧文·格里菲思，他是议会的一名威尔士议员，我实话告诉你吧，看到他我很诧异。他是个非常粗俗的人。我暗暗寻思道：'天呀，莉迪亚·康尼马拉做得实在太过分了，她下次还会把什么人请过来呢？'我估计，他当时也在相当好奇地朝我打量着，但我根本没去理会他；事实上，我装作没看见这个相貌猥琐的无赖，就径直上楼去了。我估计，你从来没有去过那里吧？"

"从来没有去过。"

"可不是嘛，那种豪宅的确是你这辈子都不大可能会去的地方。那是一个相当俗不可耐的豪宅，但是人家有非常精美的大理石楼梯，康尼马拉夫妇站在楼梯顶上迎接各方宾客。我和康尼马拉夫人握手的时候，她惊讶地朝我看了一眼，然后竟咯咯儿地笑了起来；我没有放在心上，她是一个非常可笑、缺少教养的女人，言谈举止比她那位祖先也好不到哪里去，当年是查理二世把她那位祖先册封为女公爵的。我不得不承认，康尼马拉家的那些会客室都很富丽堂皇。我一路走了过去，一边走一边跟几个人点头、握手；随后，我便看到德国大使正在和一位奥地利大公①说话。我尤其想跟他交谈一下，于是，我就走上前去，朝他伸出手来。那位大公一看到我，顿时就爆发出一阵哄笑。大庭广众之下，我感到深受侮辱。我板起脸来，上上下下地打量着他，没想到，他竟然笑得更起劲了。我正要开口厉声呵斥他时，周围突然变得鸦雀无声了，我马上意识到，是国王和王后到场了。我立即背过身去，不再理睬那个大公，赶紧迈步走上前来，偏偏就在这时，我猛然发现自己居然没穿裤子。我下身只穿着一条丝质短裤，而且还挂着猩红色的吊袜带。难怪康尼马拉夫人刚才会那么咯咯儿地

---

① 大公（archduke），旧时公国君主，尤其是奥匈帝国皇太子的称号。

笑！难怪那个大公会那样哈哈大笑！我无法告诉你当时那种处境有多尴尬。简直羞死人了。我一觉醒来时，已经惊出了一身冷汗。啊，你不知道，等我发现这只是一场梦时，这才松了一口气。"

"这种梦算不了什么，这种类型的梦也不算太稀罕。"奥德林医生说。

"我想，也许不算太稀罕吧。没想到，第二天就发生了一桩咄咄怪事。我当时正在下议院的选民接待厅里，猛然发现那个名叫格里菲思的家伙慢吞吞地从我身边走了过去。他特意低下头去，朝我的腿瞟了一眼，然后就明目张胆地直视着我的脸，我差不多可以肯定，他在朝我挤眉弄眼。有一个荒谬的想法忽然涌上了我的心头。他昨天夜里亲眼看到我在梦里当众出丑了，这会儿还在拿我当笑话看呢。不过，我当然知道，这是不可能的，因为那只是一个梦。我冷冷地朝他瞪了一眼，他便继续往前走去。但是，他却咧开大嘴笑得简直得意忘形了。"

蒙特雷戈勋爵从上衣口袋里拿出手帕，擦了擦手掌。他现在一点儿也不想隐瞒自己烦乱的心态了。奥德林医生一直在目不转睛地看着他。

"再跟我说说别的梦吧。"

"那是第三天的晚上，这个梦甚至比起先那个梦还要荒诞不经。我梦见自己来到了议院。那里正在举行一场关于外交事务的辩论，对于这场辩论，不仅本国人，全世界的人都怀着无比庄重的心情在密切关注着。政府已经决定，要改变一下现行政策，这对大英帝国的未来势必会产生重大影响。这是个具有历史意义的场合。议院里当然座无虚席。所有的外交大使全都到场了。旁听席上也都挤满了人。当晚要发表重要演讲的人非我莫属。我已经做了精心的准备。像我这样的人难免有不少死对头，有很多人都嫉恨我在这个年纪就获得了这么高的地位，即使是那些最绝顶聪明的人，在我这个年龄，也都会安于现状，相对稳定地韬光养晦的，因此，我下定决心，我的演讲不仅要与这个场合相称，还要让那些诋毁我的人哑口无言。一想到全世界都在全神贯注地倾听我的演讲，我就激动不已。我立即挺身而起。如果你去过议院，你就知道那种情景了，议员们在辩论期间会叽叽喳喳地相互交谈，稀里哗啦地查找资料，翻看报告。但是，轮到我发言的时候，全场顿时一派肃静，那是一种犹如置身在墓地里的肃静。突然间，我看到了那个面目可憎、形象猥琐的无赖，那个威尔士议员格里菲思，就坐在我对面的一个席位上。他在冲着我吐舌头做鬼脸。我不知道你有没有听过那首在歌舞杂耍剧场里常唱的很低俗的歌，歌名叫《双座脚踏车》①。这首歌好多年前非常流行。为了向格里菲思表明我有多嫌恶他，我唱起了这首歌。我把第一段歌词完完整整地唱了一遍。刹那间，全场一片讶然，我刚唱完，对面席位上的人马上就狂呼乱叫起来：'再来一个，再来一个。'我举起一只手，示意大家静一静，接着又唱起了第二段。整个议院里的人都呆若木鸡地在听我唱，随后，我便感觉到，我的歌唱得越来越不对劲儿了。我很恼火，因为我有一副男中音的好嗓子，于是，我横下心来，决意要让他们好好欣赏一下我的这份才艺。我开始唱第三段的时候，议员们开始哄笑起来。笑声一下子就响彻全场了；那些大使们、外国贵宾席上的那些外国来宾们、女宾席上的那些淑女贵妇们，还有那些新闻记者们，他们有的笑得花枝乱颤，有的笑得声若洪钟，有的笑得前仰后合，有的笑得在席位上翻来滚去；大家都笑得停不下来，唯独只有坐在我身后前排席位的那些大臣们没有笑。在这种不可思议、前所未有的喧闹声

---

① 《双座脚踏车》(A Bicycle Made for Two)，是美国流行歌曲女作者哈里·达克雷（Harry Dacre, 1857—1922）创作于 1892 年的一首歌曲，原名为《黛西·贝尔》(Daisy Bell)，原本是一首欢快活泼的圆舞曲，至今仍被人们所传唱。

中，他们个个都目瞪口呆地坐在那里。我朝他们瞥了一眼，顿时就醒悟过来，这才明白自己铸成的大错有多严重。我自作自受地成了全世界的笑料。我痛苦地意识到，我应该引咎辞职才对。我一觉醒来才知道，这只是一场梦。"

在讲述这个梦的过程中，蒙特雷戈勋爵自命不凡的派头渐渐散失殆尽了，讲完之后，他已是脸色苍白，浑身发抖。不过，他还是努力让自己镇定下来。他强作欢颜，把一丝笑意挤上了他那颤抖的双唇。

"这场梦实在太荒诞，连我自己都觉得很好笑。我也没再多想，第二天下午走进议院时，我一直感到自己的精神状态很好。这天的辩论虽说没多大意思，但我必须守在那儿才行，于是，我就翻阅着几份我需要多加注意的文件。不知出于什么原因，我偶然抬起头来看了看，偏偏看到格里菲思正在发言。他那一口浓重的威尔士乡土音让人听着很不舒服，他的外表形象也不讨人喜欢。我想象不出他能讲出什么值得我去洗耳恭听的内容。我正要继续翻阅我手头的文件，却忽然听见他引了两句《双座脚踏车》里的歌词。我不由自主地朝他瞥了一眼，正好看到他那双眼睛在直勾勾地望着我，脸上带着挖苦、嘲弄的表情，朝我龇牙咧嘴地笑着。我微微耸了耸肩。一个地位卑贱、长相猥琐的威尔士议员竟敢这样看着我，未免也太滑稽可笑了。奇怪的是，他居然从那首害人不浅的歌曲中引用了两句歌词，那可是我在梦里从头唱到尾的歌啊，天下竟有这么凑巧的事儿！我继续埋头翻看着手头的文件，我不妨实话告诉你吧，我发现自己很难把注意力集中在那些文件上了。我真感到有点儿困惑不解。欧文·格里菲思曾经出现在我的第一个梦里，就是我梦见自己置身在康尼马拉家的那个梦，事后，我也非常确切地感受到：他知道我当众出丑的殇事儿。他恰好又引用了那两句歌词，难道这只是一个无独有偶的巧合？我扪心自问，难不成他和我在做着同样的梦？当然，这个想法无疑很乖谬，因此，我横下心来，不想再考虑这件事了。"

　　两人一时无话可说。奥德林医生审视着蒙特雷戈勋爵，而蒙特雷戈勋爵也在愣愣地望着奥德林医生。

　　"别人的梦一般都很枯燥乏味。我妻子以前偶尔也会做梦，第二天就一定要把她梦见的那些事情详详细细、不厌其烦地说给我听。我觉得这种事情真让人发疯。"

　　奥德林医生淡淡地笑了笑。

　　"你没有让我感到枯燥乏味。"

　　"我再跟你说一个梦吧，那是我时隔几天之后做的。我梦见自己走进了坐落在莱姆豪斯大街①上的一家酒馆。我这辈子一次也没有去过莱姆豪斯，我觉得，自从我进了牛津大学以来，我压根儿就没有踏进过一家酒馆，没想到，在我眼里，我走进的这条大街和这家酒馆，完全就像我熟门熟路地去过那儿似的。我走进了一间密室，我也不知道这到底是不是人们常说的那种雅座包间，还是那种'非请莫入'私密包间；室内有一个壁炉，壁炉的这边是一张很大的皮质扶手椅，另一侧是一张小沙发；有一排巨大的吧台横贯于整个房间，从吧台上抬眼望去，你可以窥见室外的公共酒吧。靠门的地方摆放着一张大理石桌面的圆桌，桌边有两把扶手椅。那是一个星期六的晚上，酒馆里人头攒动。屋子里虽然灯火通明，但烟味很浓，把我的眼睛熏得火辣辣的痛。我打扮得像个不修边幅的粗人，头上戴着一顶帽子，脖子上围着一块手帕。在我看来，在场的大多数人似乎都喝得醉醺醺的了。我觉得这种情景很好笑。屋里有一台留声机在响着，也可能是一架收音机，反正我也分不清。壁炉前有两个女人在搔首弄姿、扭胯摆臀地跳舞，有一小群人聚集在她们周围，有的在嘻嘻哈哈地哄笑，有的在大

_____

① 莱姆豪斯大街（Limehouse），位于东伦敦区，旧时为华人聚居区。

呼小叫地喝彩、有的在扯着嗓子唱歌。我走上前去，想看个究竟，却听有个男人对我说：'比尔，要不要来杯酒？'桌子上有几只玻璃酒杯，里面装满了暗黑色的液体，我明白，那就是所谓的黑啤酒。他递给了我一杯，由于我不想太惹人注目，就把这杯酒喝了下去。其中一个还在跳着舞的女人突然甩开对方直冲过来，一把抓住酒杯。'喂，你这是什么意思啊？'她说，'你刚刚喝下的那杯是我的啤酒。''啊，真不好意思，'我说道，'是这位先生主动递给我的，我就理所当然地以为，这杯酒是他请我喝的。''没关系，哥们儿，'她说，'我不介意。你过来陪我跳个舞吧。'我还没来得及反对，她就扑上来一把拽起我，于是，我们就彼此相拥着跳起舞来。转眼间，我还没弄清是怎么回事儿，就发现自己坐在了那张皮质扶手椅里，而那个女人则坐在我的大腿上，我们在卿卿我我地喝着同一杯啤酒。我实话告诉你吧，在我的生活中，性行为从来就不是什么美妙的、不可或缺的事情，我年纪轻轻就结了婚，因为就我的地位而言，婚姻不仅对我有利，也是为了能一劳永逸地解决性爱问题。我有两个儿子，那是我早就拿定主意要生的，后来，我就把这事儿完全放在一边了。我一直都很忙，因而也无暇顾及这种事情，况且像我这样的人，纯粹就生活在公众的视线里，做任何可能会引发绯闻的事情都是极其愚蠢的。一个政治家所能拥有的最宝贵的资本，莫过于一份在女人问题上无可责难的履历。我无法容忍那些为了女人而自毁前程的男人。我最看不起这种人了。坐我腿上的这个女人已经喝醉了；她既不年轻，也不漂亮。说实话，她就是一个衣冠不整、人老珠黄的妓女。她让我内心充满了厌恶感，可是，当她把嘴巴凑到我的嘴巴上，而且在亲吻我时，尽管她呼出的气息散发着难闻的啤酒味，尽管她满口龋齿，尽管我也憎恨我自己，可我偏偏就想跟她做爱——我一心一意地想要跟她做爱。突然间，我听到了一个声音。'这就对啦，老弟，好好享受吧。'我抬头一看，来者正是欧文·格里菲思。我拉开架势，要从椅子上一跃而起，但是那个倒霉透顶的女人不肯放开我。'你别理他，'她说，'他不过就是个好管闲事的家伙。''你继续做呀，'他说，'我了解莫丽。她绝对会让你体会到，她值得你花这笔钱。'令我恼火的倒不是因为我在做这种荒唐事时被他撞见了，而是他居然敢称我为'老弟'，这让我非常愤怒。我把压在我身上的那个女人推在一边，站起身来，横眉冷对地正视着他。'我不认识你，我也不想认识你。'我说。'没关系，我认识你呀，'他说，'莫丽，我对你的忠告是，务必要拿好你的钱，他一得手就会赖账了。'旁边的桌子上刚好有一个啤酒瓶。我二话不说，一把握住瓶颈，抢起酒瓶照着他的脑袋恶狠狠地砸了下去。我竟然做出了如此暴力的举动，顿时就被吓得猛然惊醒过来。"

"这种类型的梦并非无法加以解释，"奥德林医生说道，"对于那些在品行方面无可指摘的人而言，这不啻为上苍有意施加在他们头上的报复行为。"

"这个说法未免有些荒谬。我把这个梦告诉你，并不是为了这个梦本身。我是为了说明第二天所发生的事情，才把它讲给你听的。我当时正急着要查找什么东西，就匆匆走进了议院的图书馆。我找到了那本书，马上就翻看起来。我坐下来时并没有注意到格里菲思恰好就坐在我旁边的椅子上。有一个工党议员一进屋，就径直朝他那边走去。'哎呀，欧文，'他对他说，'你今天看上去病恹恹的嘛。''我头痛得很厉害，'他答道，'我感觉就像脑袋被人家用酒瓶子砸了一样。'"

这时，由于极度的痛苦，蒙特雷戈勋爵的脸色已是一片晦暗。

"我当即就明白了，我原先将信将疑，而后又觉得十分乖谬而把它撇在一边的那个想法果然是真的。我就知道，格里菲思老是在做和我相同的梦，对于这些梦，他也记得和我一样清楚。"

"这恐怕也是一个巧合吧。"

"他说话的时候，并没有对着他的朋友说，而是别有用心地冲着我说的。他铁青着脸，闷闷不乐地望着我。"

"为什么每次都是上述这个男人出现在你的梦里，你能说说你有没有从中得到过什么启示？"

"没有。"

奥德林医生的那双眼睛始终没有离开过他这位病人的脸，他看得出来，对方撒谎了。他手里拿着铅笔，漫不经心地在吸墨纸上画出了几条乱糟糟的线。要想让人们说实话，往往得耗费不少时间，不过，他们知道，倘若他们自己不肯说，医生也拿他们没办法。

"你刚才向我描述的那场梦发生在大约三个多星期之前。从那以后，你有没有做过什么梦？"

"每晚都做。"

"这个名叫格里菲思的男人每次都出现在你的梦里吗？"

"是的。"

医生在吸墨纸上又胡乱画了几条线。他要让这小小诊室里的肃静气氛、简陋的设施和昏暗的灯光，对蒙特雷戈勋爵的敏感性产生一定的作用。蒙特雷戈勋爵蜷缩着身子坐在椅子上，扭过头去，这样一来，他就不会正视着对方那双神色严肃的眼睛了。

"奥德林医生，你一定要治治我的毛病。我已经被逼到走投无路的地步了。再这样下去，我就要发疯了。我现在很怕上床睡觉。我已经有两三个晚上没睡觉了。我整晚坐着看书，要是感到困了，我就披上大衣出去走走，一直走到我精疲力竭。但是，我必须睡觉才行啊。有那么多亟待我去处理的工作呢，我必须保持最佳工作状态；我必须全面掌握好我手中的各项权力。我需要休息；睡觉根本无法让我得到休息。我一入睡就开始做梦，而那个俗不可耐、卑鄙下流的混蛋每次都出现在我的梦里，这家伙老是在龇牙咧嘴地朝我笑，老是在嘲弄我，看不起我。这是一种极其倒霉的折磨啊。我实话告诉你吧，医生，我压根儿就不是我梦里的那号人；要是拿这些梦来评判我，未免太不公平了。你随便找个人去打听一下就知道了。我是一个诚实、正直、作风正派的人。不管是私下里，还是在大庭广众之下，谁也不会针对我的道德品质说三道四。我立下的人生志向就是要报效我的祖国，使国家不断强盛。我有钱，有地位，我从不会被平民阶层的诸多诱惑所左右，所以说，廉洁奉公根本算不上对我的一种褒奖；无论什么样的荣誉，无论什么样的个人好处，无论什么样的一己私念，都不可能诱使我间不容发地背离我的职业操守。我牺牲了一切，目的就是为了成为我现在这样的人。成就伟业固然是我的人生目标。成就伟业已经指日可待，可我竟变得越来越胆怯了。我不是那种吝啬、卑劣、懦怯、淫猥之徒，不是那个面目可憎、形象猥琐的家伙所看到的那号人。我告诉了你三个梦，这些梦算不了什么；那家伙目睹我做出了这么野蛮、这么令人发指、这么不知羞耻的事情，就算我的人生与之休戚相关，我也不会告诉别人的。但他却记忆犹新。我简直无法直面他，因为我在他眼中看到的是那种嘲笑和厌恶的神色，我甚至连说话都要犹豫再三，因为我知道，我的话在他看来可能全都是骗人的鬼话。他看到我做的那些事情，任何有点儿自尊的人都不屑于做的，但凡做了这些事的人，往往都会被逐出他们所在的社交圈，或者被判处长年的徒刑关押在牢房里；他听到过我的污言秽语；他看到过我不仅荒淫无耻、而且令人作呕的一面。他鄙视我，从此再也不会装模作样地掩饰他的厌恶感了。我告诉你，如果你拿不出什么办法来医治我的毛病，我要么自杀，要么就杀了他。"

"如果我是你，我才不会去杀了他呢，"奥德林医生用他那宽慰人心的嗓音，泰然自若地说，"在这个国家，杀戮同胞的后果不堪设想。"

"我总不至于因此而被处以绞刑吧，不知道你说的是不是这个意思。有谁会知道是我杀了他呢？我做的那个梦已经教会我该怎么做了。我告诉过你，在我用啤酒瓶砸了他脑袋之后的第二天，他就头痛得很厉害，视线也模糊不清。是他自己这么说的。这就表明，他在醒着的时候，是能够感觉到熟睡时发生在他身上的事情的。下次我再揍他，就不是拿酒瓶子了。哪天晚上，我做梦的时候，准会发现自己手里拿着一把刀，或者口袋里揣着一支左轮手枪，我一定会这么做，因为这个欲望实在太强烈了，到时候，我就瞅准机会一蹴而就。我会像宰猪一样一刀捅死他，像杀狗一样一枪打死他。要对准他的心脏痛下杀手。到那时，我就不用再受这种恶魔缠身般的折磨了。"

某些人或许会认为，蒙特雷戈勋爵已经疯了；从医这么多年来，奥德林医生一直在与那些罹患心理疾病的人打交道，因而深有体会，要想画出一条分界线，把我们姑且称之为心智健全的人与我们姑且称之为精神错乱的人区分开来，有多令人难以信服。他很清楚，这世上表里不一的人有多常见，那些在众人看来很健康、很正常的人，那些看上去似乎缺乏想象力的人，那些在日常生活中尽职尽责，既能为自己增光添彩，又能造福于亲朋好友的人，一旦你赢得了他们的信任，一旦你撕开了他们戴给世人看的面具，你就会发现，他们内心里不仅怀着极其丑陋的变态心理，而且乖僻得令人不可思议，精神上的越轨已经到了异想天开的地步，就这方面而言，你不妨称他们为精神病患者。倘若把这类人关进疯人院，你把全世界所有的疯人院都用上，恐怕都不一定够用。无论如何，我们总不能因为一个人做了些离奇古怪的梦，这些梦进而又造成了他极度的精神衰弱，就以此来证明他患有精神病。眼前这个病案尤为突出，不过，在奥德林医生的观察之下，这个病案与找上门来求他看病的其他人相比，倒是最为夸张的一个；

不管怎么说，他还是有些吃不准，不知他每每行之有效的那些治疗方法，这次是否还能用得上。

"你有没有向我的其他同行咨询过？"他问道。

"我只向奥古斯塔斯爵士咨询过。我仅告诉他说，我老是做噩梦，对此苦不堪言。他说，这是由于我长期超负荷工作造成的，建议我坐游轮出去放松一下。这太有违常理了。目前的国际形势需要时时加以关注，我怎么能丢下外交部不管呢。我是必不可少的人，这一点我知道。在眼下这个关键时刻，我的一举一动直接关系到我的大好前程。他给我开了些镇静药。那些药一点儿效果也没有。他又给我开了些滋补药。这些滋补药非但不起作用，反而比不吃还要糟糕。他就是个老糊涂。"

"为什么偏偏总是这个特定的男人非常执著地出现在你的梦里，你能给出什么缘由来吗？"

"你之前问过我这个问题。我已经回答过了。"

没错。但是奥德林医生对他的回答并不满意。

"你刚才几次提到'折磨'这个词。欧文·格里菲思为什么偏要折磨你呢？"

"我不知道。"

蒙特雷戈勋爵的目光有点儿躲躲闪闪了。奥德林医生心里有数，他没有说实话。

"你之前有没有伤害过他？"

"从来没有。"

蒙特雷戈勋爵并没有做出任何举动，但奥德林医生却有一种奇怪的感觉，认为他已经退缩进了自己的内心世界，不愿多谈了。他看得出来，眼前是一个身躯魁梧、充满自尊的男人，这副形象会让人觉得，刚才向他提出的这几个问题不啻为一种唐突无礼的诘问，然而，尽管如此，在这种表象的背后却是某种难以言说的躲闪和惊慌，会使你情不自禁地联想到一头被困在陷阱里的惊恐不已的动物。奥德林医生探过身来，用他那炯炯有神的目光逼得蒙特雷戈勋爵不得不正视着他的眼睛。

"你能肯定吗？"

"非常肯定。你似乎不大明白'道不同不相为谋'这个道理，我们今天这个状况是沿着截然不同的路径一路走过来的：在这个问题上，我不愿再唠唠叨叨地反复说了，不过，我必须提醒你一下，我是联合王国的外交大臣，而格里菲思则是工党的一个默默无名的党徒。理所当然，我们之间在社交方面没有任何往来；他是个出身极其卑微的人，我无论到哪个场所去，都不大可能会碰到他这号人；在政治上，我们各自的立场也泾渭分明，相去甚远，因而绝不可能有任何共同之处。"

"除非你告诉我事情的全部真相，否则我也拿不出什么办法来帮你。"

蒙特雷戈勋爵抬了抬眉毛。他的说话声也变得越来越尖利刺耳了。

"奥德林医生，我不习惯有人怀疑我说的话。如果你执意要这么做，我想，再这样占用你的时间就无异于在浪费我的时间了。烦请你把你的收费标准告诉我的秘书吧，他会负责任地让有关部门把支票寄给你的。"

尽管我们必须注意观察奥德林医生脸上的那种表情，但你还是会觉得，他似乎压根儿就没有听见蒙特雷戈勋爵所说的这番话。他仍在不慌不忙地直视着对方的眼睛，他的说话声依旧还是那样严肃、低沉。

"你有没有无意间做过什么事得罪过这个人，他或许就把那件事当成一种伤害了？"

蒙特雷戈勋爵犹豫了。他扭过脸去望着别处，然而，没过一会儿，仿佛奥德林医生的那双眼睛里有一种扣人心弦的力量令他无法抗拒似的，他又回过头来。他闷闷不乐地回答道：

"倘若他就是个龌龊、平庸、不足挂齿、满嘴污言秽语的无赖就好了。"

"可是，这不恰恰正是你已经形容过的他的个人形象嘛。"

蒙特雷戈勋爵叹了口气。他彻底垮了下来。奥德林医生知道，这声叹息意味着，他最终会说出他直到这时还憋在肚子里不肯说的真心话。如此看来，奥德林医生已经用不着再催问了。他垂下眼帘，再次在他的吸墨纸上画起了谁都不明其意的几何图形。这种沉默的气氛持续了两三分钟。

"我也巴不得把一切都告诉你，说出来也许会对你有点儿用处。如果说我之前没有提到过这些事情，那仅仅是因为这些事情太无关紧要，所以我才觉得，这些事情不大可能跟我的病情有什么关联。格里菲思在上一轮的选举中赢得了一个席位，他立马开始招人讨厌了。他父亲是一名矿工，他自己在童年时代也在矿上打过工；后来在几所寄宿制学校做过老师，还做过新闻记者。他就是那种半生不熟、刚愎自用的知识分子，学问上一知半解，怀有许多考虑欠周的想法，提出的各种方案都不切实际，义务制教育从劳动阶层培养出来的就是这种人。他长得骨瘦如柴、面色灰白，看上去活像被饿得半死不活的人一样，表面看来，他的形象总是非常邋遢；老天知道，议员们现如今都不太注重自己的着装打扮了，但是，他身上的衣服简直就是在亵渎议院的尊严。他那身衣服寒酸得极其惹人注目，衣领从来没有干净过，领带从来没有一次打得像模像样；他看上去好像已经有一个月没洗过澡了，他那双手也很肮脏。工党有两三个人坐在在前排席位上，这几个党徒还是有一定能力的，但其余的人就无足轻重了。这就好比在瞎子的王国里，独眼的人就能称王：因为格里菲思能说会道，而且对好几项议题都掌握了不少一鳞半爪的信息，他那一方的总干事一有机会就推举他上台发言。他本人似乎也对外交事务很感兴趣，还一个劲儿地拿一些荒唐可笑、令人厌烦的问题来问我。不瞒你说，我一瞅准机会，就痛快淋漓地斥责他一顿，因为我觉得他活该如此。从一开始，我就讨厌他说话的方式、哭哭啼啼的腔调，庸俗不堪的土音；他那种神经质的演讲风格让我感到极其烦躁。他说话相当滑头，总是一副半真半假、欲言又止的样子，好像上台发言是对他的一种折磨似的，仿佛他是迫于某种强压在心的激情才不得不上台发言的。他总是说一些很能蛊惑人心的事情。我承认，他时不时地也会展露一下他那很善于大吹大擂的口才。这对他们那个党派里思维混乱的党徒具有一定的影响力。他们果然被他那套热情洋溢的说词给打动了，他们不像我这样讨厌他那种多愁善感的做派。一定程度上的多愁善感是政治辩论中家喻户晓的常用伎俩。治国理政的着眼点是本国的自身利益，但他们宁可相信，利他主义才是他们的终极目标，如果一个政治家能够用花言巧语和冠冕堂皇的漂亮话来说服全体选民，使他们相信，他拼命讨价还价既是为了国家的利益，也是为了造福于全人类，那他就是一位当之无愧的政治家。像格里菲思这样的人常犯的一大错误是，他们只看到这些花言巧语和冠冕堂皇的漂亮话的表面意义。他就是个怪胎，一个反复无常、阴险毒辣的怪胎。他号称自己是个理想主义者。他常挂嘴边的都是些令人生厌的胡说八道，就是知识界人士已经烦了我们多少年的那些瞎话。诸如什么'不抵抗主义'、'四海之内皆兄弟'之类的论调。你知道的，那都是些根本办不到的废话。最糟糕的是，他的这些言论不仅煽动起了他自己的政党，甚至使我们党内的那些缺乏常识、不明是非的人也左右摇摆起来。我听到过不少风言风语，说工党组阁的政府要是上台执政，格里菲思十有八九能捞到个一官半职；我甚至还听到过这种传闻，说他很想进入外交部。这种想法虽说是无稽之谈，但也不是完全不可能。有一天，我恰好要为一场针对外交事务的辩论作总结性讲话，那场辩论是格里菲思做的开场发言。他讲了足足有一个小时。我觉得这是一个给他泼冷水的极好机会，可以灭绝他的嚣张气焰，老天作证，先生，我做到了。我把他的演讲批驳得体无完肤。我指出了他的论证漏洞百出的地方，着重强调了他认识上的不足。在下议院里，最具杀伤力的武器就是大肆奚落：我模仿他的腔调嘲笑他，用开玩笑的方式戏弄他；我那天状态很好，整个议院的人都笑得前仰后翻。他们的笑声让我更加兴奋。我把自己的水平发挥得淋漓尽致。反对党都满脸沮丧、一言不发地坐在那儿，即便这样，他们当中也有几个人忍不住大笑了一两次；看到你的同行，或者说你的政敌，被当成傻瓜让人翻来覆去地捉弄，你知道的，并不算一件过分得让人无法容忍的事情。要是这世上真有人被当作傻瓜让人捉弄过，那我就把格里菲思当成了一个大傻瓜，好好捉弄了他一回。他缩成了一团，颓丧地坐在其中一个席位上，我看到他脸色越发苍白了，没一会儿就用双手捂住了脸。等我坐下的时候，我已经把他干掉了。我彻底摧毁了他的威信；等到一个由工党组阁的政府上台执政时，他再想捞取官职的机会，恐怕比门口的那位警察好不了多少。我后来听说，他父亲，那个老矿工，还有他母亲都专程从威尔士赶过来了，同来的还有他那个选区里支持他的诸多选民，原本是想来亲眼目睹他大获全胜的。他们看到却只是他颜面丢尽的下场。他之前已经以微乎其微的优势赢得了他那个选区的支持。这个小小的变故说不定就随而变之地让他丢掉了他应有的席位。不过，那就不关我的事了。"

"如果我说你毁了他的前程，这话会不会说得太重了？"奥德林医生问道。

"我觉得，你这话不算太重。"

"这是你对他造成的一次非常严重的伤害。"

"那是他自作自受。"

"你有没有对此感到内疚过？"

"我想，怎么说呢，要是我知道他父母当时都在场，我或许会给他留点儿脸面，让他少受点儿屈辱。"

奥德林医生已经没有更进一步的话要说了。他准备采用这样一种他自认为行之有效的方法来治疗他这位病人。他试图通过暗示，让他在醒着的时候别老想着自己做过的那些梦；他试图让他尽量睡得深沉些，这样他就不会做梦了。他发觉蒙特雷戈勋爵的抗拒心理无法破解。僵持了近一个小时后，他打发他离开了。自那之后，他又见了蒙特雷戈勋爵五六次。他的治疗对他毫无用处。那些令人毛骨悚然的梦照样每晚都来侵扰这个不幸的人，很明显，他的病情开始急剧恶化起来。他疲惫不堪。急躁易怒的脾气已经到了无法控制的地步。蒙特雷戈勋爵很生气，因为这种治疗并不见效，尽管不见效，可他还得继续治，不仅因为这似乎是他唯一的希望，也因为总算有个人可以让他敞开心扉说说话，对他来说，这不啻为一种宽慰。奥德林医生最后得出的结论是：唯独只有一个方法可以让蒙特雷戈勋爵从中求得解脱，但是，他很清楚这个病人的情况，因而深知，此人绝对不会、永远也不会自觉自愿地采用这个方法。若想让蒙特雷戈勋爵免受这种日趋严重的精神衰竭之苦，就必须劝导他迈出这一步，而这一步必定又与他那引以为豪的出身和他那自满自得的心态相抵触。奥德林医生认为，针对这种情况，拖延是万万不可取的。他正在通过暗示法来治疗这个病人，经过几次就诊后，他发现病人对这一疗法越来越容易接受了。久而久之，他终于努力让他的病人进入嗜睡状态了。他用舒缓、轻柔、单调的声音安抚着病人饱受折磨的痛处。他一遍又一遍地重复着同样的话。蒙特雷戈勋爵安安静静地躺着，两眼紧闭，呼吸匀称，四肢松弛。随后，奥德林医生依然用他那慢条斯理的语调念念有词地说着他事先准备好的这番话：

"你会去找欧文·格里菲思道歉的，说你因为导致他蒙受了那么大的伤害，感到很过意不去。你会对他说，你将在力所能及的范围内尽力而为，弥补你对他造成的损伤。"

这番话对蒙特雷戈勋爵所起的作用，犹如拿一条皮鞭照着他的脸重重地抽了一记一样。他浑身一哆嗦，马上从催眠状态中惊醒过来，随即便一跃而起，站立在地上。他两眼迸发出熊熊怒火，冲着奥德林医生滔滔不绝地喷出了一连串气急败坏的谩骂，诸如此类的骂人话甚至连他自己都闻所未闻。他辱骂他、诅咒他。他骂出的全都是那种污秽不堪的脏话，奥德林医生虽然听过各种各样的下流话，有时是从那些贞洁、尊贵的女人口中听来的，但他还是感到很惊讶，此人居然也知道这些下流的字眼。

"向那个肮脏、猥琐威尔士佬道歉？我宁愿去死。"

"我认为这应该是唯一可取的办法，只有这样，你才能重新调整好自己的心态。"

奥德林医生平时很少看到一个应当还算心智健全的人竟会勃然大怒到如此失控的地步。他那张脸涨得通红，眼珠暴凸得简直要迸出来了，嘴角边也确实泛起了白沫。奥德林医生冷静地注视着他，同时也是在等待这场风暴自行平息下去。没过一会儿，他就看到蒙特雷戈勋爵精疲力竭了，由于这么多个星期以来一直处于精神极度紧张的状态，他早已虚弱不堪，现在终于偃旗息鼓了。

"坐下吧。"奥德林医生这时才说，口气很严厉。

蒙特雷戈勋爵垂头丧气地在一张椅子里坐了下来。

"天呐，我已经疲乏到极点啦。我必须先休息一分钟，然后就走。"

他们坐了大概有五分钟，在这期间，双方自始至终都没吭声。蒙特雷戈勋爵简直就是个地地道道的恶棍，一个在大发淫威的恶霸，但他毕竟还是个绅士。当他打破这沉默的气氛时，马上就恢复了他的自制力。

"我刚才对你的态度恐怕太粗暴无礼了。我感到很羞愧，居然对你说了那些话，我现在只能说，如果你执意不肯再跟我交往下去了，你的做法也是合情合理的。但愿你不会这样做。我觉得，我一次次来找你就诊，的确对我很有帮助。在我看来，你是我唯一的希望。"

"对于你刚才说的那些话，你千万别再多想了。那都是些无关紧要的话。"

"但是，有一件事你可千万别要求我去做，那就是，向格里菲思表示我的歉意。"

"关于你的情况，我已经再三考虑过了。在这件事情上，我不会不懂装懂，但我认为，你想获得解脱的唯一机会，就是按照我刚才提出的那个办法去做。我的看法是，我们每个人都不是单单只有一个自我，而是由很多个自我构成的，鉴于你对格里菲思造成的伤害，你身上的其中一个自我便凸显出来了，而且是以格里菲思的形态呈现在你脑海之中的，在惩罚你以前残酷无情的所作所为。假如我是一个牧师，我会告诉你，是你的良心接纳了这个人的身形和容貌，在鞭笞你去悔悟，说服你去弥补过错。"

"我问心无愧。即便我把这个人的前程打得粉碎了，那也不是我的错。我镇压他就像把我花园里的一条鼻涕虫踩在脚下一样。我没什么可后悔的。"

这就是蒙特雷戈勋爵临走前甩给他的话，话音刚落，他就扬长而去了。奥德林医生在等待蒙特雷戈勋爵再次前来就诊的时候，一边翻阅着自己所做的笔记，一边细细斟酌着究竟有没有万全之策，自己该怎样做才能使这位病人清楚地认识到他那种心态，既然常用的治疗手段都毫不见效，他感到单凭一己之力可能无济于事了。他瞄了一眼时钟。现在是六点钟。奇怪，蒙特雷戈勋爵怎么还没到呢。他知道，他说好要来的，因为有个秘书早上打来电话说，他会在老时间前来见他的。他一定是被刻不容缓的工作给拖住了。这个想法促使奥德林医生考虑起了另一件事：蒙特雷戈勋爵已经不太适合工作了，他的身体状况根本不适宜去处理国家大事。奥德林医生有些疑惑，不知自己是否有必要去接触一下某个当权人物，比如首相，或者外交部常任副部长，把自己的诊断结论告知于他：蒙特雷戈勋爵已经严重心智失常，把重大事务交给他去处理很危险。这是一件颇为棘手的事情。他说不定会因此而招来不必要的麻烦，甚而会遭到严厉的斥责，以出力不讨好而告终。他耸了耸肩。

"不管怎么说，"他暗自寻思着，"在最近这二十五年期间，这些政客已经把世界搅得一团糟了，依我看，无论他们是精神错乱，还是心智健全，都没有多少差别。"

他摇了摇铃。

"如果蒙特雷戈勋爵现在来了，请你务必告诉他，我约了另一个病人在六点十五分见面，所以，我恐怕就不能见他了。"

"好的，先生。"

"晚报来了没有？"

"我去看看。"

没过一会儿，仆人就把报纸拿了进来。首页上赫然刊登着一条巨幅通栏标题：**外交大臣不幸罹难**。

"我的上帝啊！"奥德林医生失声叫道。

仅此一次，他破天荒地感到心头一阵绞痛，没法像往日那样镇静自若了。他很震惊，极为震惊，不过，他也并没有全然感到意外。蒙特雷戈勋爵说不定会自寻短见，这种可能性已经有好几次出现在他脑海中了，这就是一起自杀事件，他对这一点毫不怀疑。报纸上说，蒙特雷戈勋爵当时正在地铁站等车，而且一直站在月台的边缘，等到列车进站时，有人看到他忽然一头摔倒在轨道上。据推断，那是他突发眩晕症所引起的。那篇报道接着又说，由于过度操劳带来的恶果，蒙特雷戈勋爵已经患病在身几个星期了，但他认为自己不能置身于事外，因为目前的外交形势需要他予以坚持不懈的关注。这就是内部相互倾轧的现代党派关系施加在那些身居高位的大人物身上的一种重负，蒙特雷戈勋爵不过是又一个牺牲品而已。报上有一篇圆滑的小文章论及了这位已故政治家的才华与勤奋，爱国情怀与远见卓识，随后便是各种各样针对首相继任者人选的种种猜测。奥德林医生把这些都看了一遍。他没有喜欢过蒙特雷戈勋爵。他的死亡在他心中引起的主要情感是对自己的不满，因为他实在拿不出任何办法去救治他。

也许他错就错在没有与蒙特雷戈勋爵的私人医生取得联系。他不免有些泄气，每当治疗失败，使他苦心孤诣的努力付诸东流时，他都有这种气馁的心情，因此，他对自己赖以谋生的这套经验主义学说的理论与实践越发打心眼儿里反感起来。他要应对的是那些黑暗而又神秘的力量，这或许已经超越了人的聪明才智所能理解的范围。他就像一个被蒙住了双眼的人，在竭尽所能地一路摸索着前往连他自己也不知道究竟是哪里的地方。他无精打采地一页页翻看着这份报纸。突然间，他吓了一大跳，口中又一次不由自主地惊呼了一声。他的目光落在了一小段文字上，这段文字刊登在一个专栏靠近底部的位置：**下议院有一名议员猝死**。他念道：欧文·格里菲思先生，某某党派的成员，当日下午在舰队街①突发疾病，被送往查灵十字医院②时，发现他已经气绝身亡了。据初步推断，他的死亡属自然原因，但有关方面仍将对其死因展开调查。奥德林医生简直不敢相信自己的眼睛。难道蒙特雷戈勋爵在此前那天晚上所做的梦里终于忍无可忍地拿起了武器，拿起了他之前就想拿起的刀或枪，愤然杀死了那个折磨自己的人？难道这种鬼魂附体般的谋杀过了几个小时之后，同样也在清醒的格里菲思身上见效了，就像他上次在梦中拿啤酒瓶敲击了格里菲思的脑袋，格里菲思第二天就头痛欲裂一样？换句话说，难道在蒙特雷戈勋爵以寻死来获得解脱之后，他曾经毫不留情地伤害过的那个死对头，依然不肯善罢甘休，也逃脱了他自己不免一死的命运，追随他去了另一个世界，要继续在那儿折磨他？倘若这样，岂不更加神秘、更加骇人听闻？这件事太让人匪夷所思了。明智的做法是，干脆把这件事纯粹当作一种无独有偶的巧合得了。奥德林医生摇了摇铃。

"告诉弥尔顿夫人，我很抱歉，今晚不能见她了。我身体不太舒服。"

这话倒是真的；他就像得了疟疾一样浑身发抖。由于怀着某种唯灵论的意识，他似乎在遐想着一个满目萧瑟、阴森可怖、虚无缥缈的世界。灵魂的茫茫黑夜吞没了他，于是，他体会到了一种诡谲、原始的恐惧感，至于恐惧什么，他却说不出来。

（吴建国　董明志　译）

---

① 舰队街（Fleet Street），伦敦市内一条著名的街道，因邻近的弗利特河（The Fleet）河而得名，汉译"舰队街"系误译沿用至今。一直到上世纪80年代，舰队街都是传统英国报馆和媒体的集中地，被称为英国报纸的老家。至今，舰队街依旧是英国媒体的代名词。
② 查灵十字医院（Charing Cross Hospital），英国一家集教学、科研于一体的综合性医院，位于伦敦西北部。

为人处世①

　　我不喜欢提前很久和别人定下约会时间。你怎么知道过了三四个星期，你愿不愿意和某个人共进晚餐呢？这段时间里，可能会有其他事情冒出来，你宁可去应付那些事情，也不愿意去事先约定的饭局；而且对方提前这么久就邀请你，等于告诉你宴会很隆重，要你盛装出席。可是你不喜欢又能怎么办呢？距离约定的日子还有很久，主人觉得客人肯定能够妥善安排时间，如果你不想去，为了礼貌，你得找个非常充分的理由婉拒邀请。一旦你接受了邀请，那么这件烦心事会在之后的一个月里一直阴沉沉地悬在你的心上，打乱重要的计划，把你的生活搅得一团糟。要想解决麻烦，只有一个办法，那就是在最后一刻说你去不了了。但是我始终没有勇气这么做，也总是有诸多顾虑，从未真的把这个想法付诸行动。

　　因此，在六月的某个晚上将近八点半的时候，我怀着些许烦躁的心情，离开半月街上的寓所，去麦克唐纳家参加晚宴。他们的家离得不远，拐过街角就到了。我挺喜欢这家人的。很多年前，我给自己立下一条规矩，

---

① 这个故事首次发表于1929年，收录于1936年首次出版的短篇集《四海为家之人》（ *Cosmopolitans* ）。

如果我讨厌某些人，或是看不上他们，我就绝对不吃他们的饭。虽然这样一来，我受到热情款待的次数少了很多，但是我仍然认为有这条规矩是件好事。麦克唐纳一家人都很好，不过他们能不能办好一场宴会则全靠运气。这家人有种错觉，觉得如果邀请六位客人来吃饭，客人之间无话可谈，那么这顿晚宴就是搞砸了，可是如果把人数乘以三，请来十八位客人就一定能够成功。我到得有些晚，这也是无可奈何的事，要是你住得离赴约的地方太近，不值得特意乘坐出租车过去，就很可能会迟到。我被带进一间房间，里面挤满了人。我只认识几个人，一想到要在漫长的宴会上绞尽脑汁地同两个陌生人七拉八扯地谈天，我的心顿时就沉了下去。后来，当托马斯·沃顿和玛丽·沃顿夫妇走进房间，我看到他们，一下子如释重负，等到晚宴开始，我发现自己的座位就在玛丽·沃顿旁边，更是喜出望外。

托马斯·沃顿是名噪一时的肖像画家，年轻时看似前途大好，但是后来沉寂无名，批评界早就不把他当回事儿了。他的收入还不错，每年都把作品送去皇家学院预展，画得一丝不苟，可是内容千篇一律，不是猎狐乡绅就是富商巨贾，观众匆匆瞥上一眼就走开了。其实大家也愿意欣赏他的作品，因为他这人真的不错，心地善良又和蔼可亲。如果你恰好是位作家，见到他这么真心诚意地喜欢你创作出来的任何东西，哪怕你的成就微不足道，他也对你佩服得五体投地，你会希望自己可以在不违背良心的前提下，对他的作品也适当地赞美一两句。只可惜，他的画作真的乏善可陈，作为这位肖像画家的朋友，你只能抓住怎么夸都不会出错的一点夸奖他。

"这幅肖像画真是栩栩如生啊。"你说。

玛丽·沃顿曾经是红极一时的音乐会演唱家，至今仍有几分当年优美动听的音色。她年轻的时候，肯定非常漂亮。如今她五十三岁了，容貌已经显出老态。她的五官略显硬朗，皮肤粗糙，脸上布满皱纹，但是她有着一头浓密卷翘的灰白短发，美丽的眼睛里闪烁着聪慧的光芒。她穿着典雅，不赶时髦，对层层叠叠的珠串和造型别致的耳环情有独钟。她生性直率，若是别人犯了蠢，她准是头一个打趣的人，加上她天生一副伶牙俐齿，说话不怎么中听，所以很多人都不喜欢她。但是她很聪明，这点没人能够否认。她不仅在音乐方面颇有造诣，而且博览群书，热爱绘画，对艺术的领悟能力超出常人。她对现代艺术的喜爱并非只是流于表面，而是发自内心的热爱。她曾经以非常低廉的价格收藏了很多无名画家的作品，后来这些画家个个都成名了。你在她的家里可以欣赏到最新问世、最艰涩难懂的音乐作品，欧洲任何一位小说家或是诗人的惊世之作想要为大众所接受，都得由她保驾护航，以急先锋的姿态对抗世俗的批判。或许你会说，她的格调高雅，远在一般人之上；确实是这样；不过，她的品位也是几乎无可挑剔的，判断能力很强，对艺术的一腔热忱更是没有半分虚假。

最崇拜她的人当数托马斯·沃顿。玛丽还是演唱家的时候，托马斯就深深地爱上了她，苦苦哀求她下嫁。玛丽先后拒绝了他的六次求婚，我觉得她最后嫁给他的时候，心里仍然是犹豫的。她原以为托马斯会成为举世闻名的大画家，却最终发现他不过是个规规矩矩的画匠罢了，既缺乏独创性，又没有想象力，她觉得自己被骗了。鉴赏家对托马斯不屑一顾的态度更是让她羞愧得无地自容。托马斯·沃顿很爱他的妻子，把她的评价看得最重，宁可从她嘴里听到一句称赞的话，也不要全伦敦的报纸连篇累牍的溢美之词。可是玛丽太率直了，说不出违心的话。她对他的作品弃如敝屣，这种态度深深地刺伤了托马斯的心，虽然他假装拿这些事情开玩笑，但是你可以看出他心里非常恼恨她说话不留情面。有时候，他想要克制住愤怒的情绪，可是他那张长长的马脸还是会气得通红，眼睛里笼罩上一层怨恨的阴影。这对夫妇不合的事情在朋友圈里早就不是秘密了。更让人受不了的是，他们常常当着众人的面争吵不休。不过，沃顿对外人提起玛丽，总是满口爱慕之词，但是玛丽不如他言行谨慎，她的密友都知道她有多么厌恶托马斯。她承认托马斯身上有优点，比如心地善良、慷慨无私；她坦率地承认他的优点；但是与此同时，托马斯也很狭隘、好辩，又自以为是，这些缺点让人很难和他相处。他称不上是艺术家，而艺术是玛丽·沃顿在这世界上最在乎的东西。她在这点上绝不会妥协半分。其实玛丽没有意识到，沃顿正是因为感情受到了伤害，才会生出让她难以忍受的种种缺点。她不断地刺伤他的心，于是，他竖起自我保护的屏障，变得独断专行，听不进不同意见。这个世界上，最糟糕的事情莫过于你把某个人的认可看得比天大，而那个人却压根瞧不上你；所以，尽管托马斯·沃顿性情褊狭，但是你也很难不同情他。但是，如果我的描述让你觉得玛丽是个贪婪讨厌、自命不凡的女人，那么这对她也有失公允。她对朋友非常忠诚，相处起来也很愉快。你可以和她聊起任何一个话题。她的言谈机智幽默，整个人热情洋溢，生气勃勃。

眼下，玛丽坐在主人的左手边，和身边的人谈天说地。我和邻座的客人正说着话，忽然听到大家被玛丽的俏皮话逗得哈哈大笑，料想她今晚肯定如鱼得水。她状态极佳的时候妙语连珠，没人能够比得上她。

终于，她朝我转过来，我对她说："你今晚的兴致很不错嘛。"

"你很意外吗？"

"没有，意料之中。难怪大家一个接一个地请你去做客。你很会活跃气氛，在宴会上游刃有余。"

"我只是略尽绵薄之力，回报主人的盛情款待罢了。"

"对了，曼森还好吗？前几天有人告诉我，他要去疗养院做手术。希望不是什么严重的毛病。"

玛丽没有立刻回答我，她停顿了一会儿，脸上仍然笑意盈盈。

　　"你没有看今天的晚报吗？"

　　"没有，我一直在打高尔夫球。回到家洗完澡，换身衣服就来了。"

　　"他今天下午两点去世了。"我大吃一惊，正要叫出声来，她却示意我别这么做。"当心喽。汤姆[1]像只猎狗一样死死地盯着我呢。大家都在看我。他们知道我爱慕曼森，但是不确定他是不是我的情人，就连汤姆也不知道；他们都等着看我的反应呢。请你装作是在谈论俄国芭蕾舞团的样子吧。"

　　就在这个时候，桌子另一边有人跟她说话。她习惯性地朝后仰了仰头，宽大的嘴边噙着微笑，对那个人反唇相讥，她应对得又快又巧妙，惹得所有人捧腹大笑。接着，大家又开始天南海北地聊起来，而我还陷在听到消息的震惊中，没能缓过神。

　　我知道，所有人都知道，整整二十五年来，杰拉德·曼森和玛丽·沃顿一直如胶似漆。他们在一起这么久，哪怕道德观念最保守的朋友，最初对此事大为震惊，也早就宽容地认可了他们的关系。现在，他们已经步入中年，曼森六十岁，玛丽只比他小几岁，到了他们这个年纪，要是还不能随心所欲地做自己想做的事情，那也太荒谬了。有时候，你会在一家不起眼的餐馆里看到他们两个人坐在僻静的角落里，或是看到他们在动物园里散步，你不禁会想，他们为什么要对这段感情遮遮掩掩呢，毕竟这是他们的事情，和别人无关。不过当然啦，还有我们的托马斯呢。他嫉妒得发疯，和玛丽当众吵过好几次，就在不久之前，他们又大闹了一场，最后他逼迫玛丽发誓再也不和曼森见面。玛丽当然食言了，她也知道托马斯怀疑他们仍然有来

---

[1] 托马斯的昵称。

往，所以她小心防范，以免被他抓到把柄。

托马斯也不容易。如果没有曼森，我想这对夫妻还能凑在一起磕磕绊绊地过日子，玛丽也只能接受托马斯是二流画家的事实，然而，玛丽和曼森走到一起后，更加怨恨自己以前对托马斯看走了眼。情人才华横溢，而丈夫庸庸碌碌，两相对比，天壤之别，实在叫人咽不下这口气。

"和汤姆在一起的时候，我觉得自己像是被关在不透气的房间里，到处是灰扑扑的俗气摆设，我快要被憋死了，"她对我说，"但是和杰拉德在一起的时候，我像是站在群山之巅，呼吸着纯净的空气。"

"女人有可能只是爱上男人的思想吗？"我本着纯粹的探究精神向她发问。

"除了思想，杰拉德还有什么？"

这个问题，我得说，把我难住了。杰拉德自然没有吸引我的地方；但性是奇妙的，我几乎可以肯定，玛丽在杰拉德·曼森身上发现了被大多数人忽略的魅力和外貌上的吸引力。曼森是个干瘦的小老头，长了张一看就是受过良好教育的脸，脸色苍白，镜片背后的蓝眼睛黯淡无光，圆溜溜的秃顶亮得发光，这副模样一点也不像个浪漫的情人。从另一方面来讲，他确实是一位敏锐犀利的批评家，写的散文也是精彩绝伦。曼森瞧不上英语作家，除非对方已经入土为安，我挺讨厌他这点的，但是知识界非常欢迎他的观点，那些人一直觉得自己国家的作家写不出好东西，曼森在那群人中间的影响力可大了。有一次我对他说，即便一句话是陈词滥调，只要用法语写出来，在他看来也是真知灼见，他觉得这个玩笑很不错，便"借"用在自己的一篇散文里。其实，他不是不愿意称赞当代的作家，只不过把好话全都留给用外语写作的那些人。最气人的是，没人能够否认他自身文采斐然。他的文笔雅致，博学多闻，文章精深但不矜傲，笔调幽默却不轻浮，文字精致而不做作。他随手写成的小文章可圈可点，散文更是篇篇佳作。我和曼森在一起觉得不怎么愉快，可能是因为我没有见过他最好的一面吧。认识他这么多年，我从未听他说过一句俏皮话。他寡言少语，一旦发表评论，说的话又像天书一样难懂。即便只是想象自己和他单独度过一个晚上，我就已经提不起劲了。我一直想不明白，这么个板正、无趣的小个子男人，怎么就能写出那么优美、机智、让人会心一笑的文字呢？

我更想不明白的是，玛丽·沃顿是多么果敢直言、活泼大方的一个人呀，怎么偏偏对他用情至深呢？这些事情说不清、道不明，但是很显然，这个易怒、乖戾的怪人身上有一些非常吸引女人的东西。杰拉德的妻子也很爱他。那个邋遢、无趣的胖女人把他的生活搞得一团糟，可是又拒绝给他自由，还发誓说如果杰拉德离她而去，她就自杀。她的精神有些不正常，常常歇斯底里，杰拉德怀疑她真的会说到做到。有一天，我和玛丽一起喝下午茶，她心烦意乱，我问她发生了什么事，她突然哭了起来。原来那天中午她和曼森一起吃饭，看到他和妻子大吵一场以后整个人都垮了。

"我们不能再这样下去了，"玛丽哭着说，"这样会毁了他的生活，也会毁了所有人的生活。"

"你们为什么不迈出那一步呢？"

"哪一步？"

"你们相爱这么多年，彼此知根知底；现在你们的年纪渐渐大了，也不知道还能在一起多久；这样一段旷日持久的感情若是无疾而终，就太可惜了。你们现在维持这种关系，对曼森夫人和汤姆又有什么好处呢？难道你们把自己搞得一团糟，他们就会开心吗？"

"不会。"

"那么，你们为什么不抛开一切，离开这里呢？管它会发生什么呢，随它去好了。"

玛丽摇了摇头。

"我们一直在讨论这件事情，足足讨论了二十五年。我们不可能这么做的。这么多年来，杰拉德没有一走了之，就是为了照顾他的女儿。曼森夫人也许很爱她的孩子，但是她不会照顾她们，只有杰拉德能把孩子们好好地抚养成人。现在她们都出嫁了，可是杰拉德已经习惯了这种生活。我们又该做什么呢？去法国还是意大利？我不能把杰拉德同他身边的人和事撕扯开来，他会受不了的。他已经老了，没法再开启一段新的人生。再说了，托马斯虽然很烦人，当着别人的面发脾气，我们两个人争吵不休，互相怄气，但他还是爱我的。到了最后关头，我也不忍心抛下他。他没了我，会不知所措的。"

"这是个无解的局。我深深地为你感到难过。"

突然，玛丽红艳艳的大嘴边上绽放出一抹灿烂的笑容，苍老憔悴的脸庞顿时光彩照人；我惊讶极了，那一刻，她真的很美。

"你不用难过。刚才我的情绪有点低落，哭过以后感觉好多了。虽然这段感情让我痛苦不已、伤心难过，但是不管拿什么东西和我交换，我都不会答应。我的爱让我如痴如醉，为了那几次片刻陶醉，我宁愿把这样的生活再过一遍。我想，杰拉德也会对你讲一模一样的话。哦，这一切都值了。"

我不禁为之动容。

"毋庸置疑，"我说，"这就是爱情。"

"是的，这就是爱情，我们只能苦苦忍受。爱情里没有出路。"

如今，突然发生了这件伤心事，出路来了。我稍稍转过去看玛丽，她察觉到我的目光，也朝我转过身来，嘴边带着点笑意。

"你今晚为什么来这里呢？你肯定很伤心吧。"

她耸了耸肩膀。

"我能做什么呢？我梳妆的时候，在晚报上读到了讣告。他让我为了他的妻子着想，不要给疗养院打电话。这个噩耗也宣判了我的死亡。我心如死灰。可是，今晚我必须来。我们一个月前就接到了邀请，我临时又能用什么借口搪塞汤姆呢？按理说，我和杰拉德已经有两年没见过面了。你知道吗？这二十年来，我们每天都给对方写信。"她的下嘴唇微微地颤抖着，她咬住嘴唇，脸上扭曲出一个痛苦怪异的表情；然后，她笑了笑，又重新振作起来。"他带走了我的一切，但是我不能让今晚来参加宴会的人失望，对不对？他总是说，我很懂得为人处世之道。"

　　"幸好宴会不会拖到很晚，你可以早点回家。"

　　"我不想回家。我不想一个人待着。我甚至连哭都不敢哭，因为哭过以后，我的眼睛会红肿不堪，而明天我们请了很多人来吃午饭。对了，你来不来？我还缺一个人。我必须表现得好好的；汤姆还希望在午餐会上谈成一笔肖像画生意呢。"

　　"天啊，你真是勇气可嘉。"

　　"你觉得我很勇敢吗？要知道，我的心已经碎了。我想，也正是因为这样，我才能轻松地面对现在这些事情吧。要是杰拉德还在，他肯定也希望我微笑着面对一切。他会非常喜欢这种讽刺意味十足的场面的。他一直觉得法国小说家最擅长写这类故事了。"

（李佳韵　译）

教堂司事①

这天下午，内维尔广场上的圣彼得教堂里举行了一场洗礼，此时，阿尔伯特·爱德华·福尔曼仍然穿着司事长袍。他还有一件全新的司事长袍，褶线笔挺分明，仿佛不是用羊驼毛编织的，而是用恒久不变的青铜锻造出来似的。他把新的长袍留到婚礼和葬礼上穿（时髦人通常选择在内维尔广场上的圣彼得教堂举行这些仪式），现在身上的这件也很好，仅次于那件全新的。他穿上司事长袍，感到心满意足，因为这件衣服象征着他尊贵的职务，等到脱下长袍（下班要换衣服回家），他觉得非常尴尬，像是少穿了一件衣服似的。他很珍惜这件长袍，会亲自熨烫平整、折叠整齐。他在这座教堂担任了十六年司事，有过很多件一模一样的长袍，但是即便穿旧了，他也舍不得扔掉，而是把每一件都整整齐齐地用牛皮纸包起来，收藏在卧室衣橱最底下的几个抽屉里。

司事无声地忙碌着，把彩绘木盖板盖在大理石洗礼池上，把椅子搬走。这把椅子之前是拿给一位年迈体弱的夫人坐的。等到牧

---

① 1929 年首次发表的短篇小说，收录于 1936 年首次出版的短篇小说集《四海为家之人》（Cosmopolitans）。

师换好衣服从祭衣室①里出来，他进去整理一遍，就可以回家了。不一会儿，他看见牧师穿过圣坛，在主祭坛前屈膝跪了一下，然后沿着走廊朝这边走来；可是，牧师依然穿着法衣。

"这人在磨蹭什么呢？"司事自言自语道，"他不知道我就等着回去喝茶吗？"

这位新近上任的牧师年过四旬，面色红润，精力充沛，但是阿尔伯特·爱德华仍然很怀念上一任牧师。上任牧师是个老派人，布道的时候娓娓道来，说话声音悦耳动听，经常和身份尊贵的教友外出用餐。他喜欢教堂里的事务一切照旧，但是也从来不为小事发牢骚；不像新来的这一位，总想要在每件事情里插上一脚。不过，阿尔伯特·爱德华不是斤斤计较的人。圣彼得教堂坐落在高级社区，教众都是显贵人物。新牧师是从东区②来的，没人指望他立刻学会像上层教众一样低调行事。

"总是这么忙忙叨叨的，"阿尔伯特·爱德华说，"行吧，给点时间，他会学起来的。"

牧师走到离司事不远的地方停了下来，隔开这段距离，他无需拔高嗓门对司事说话，毕竟这里是做礼拜的地方，大声讲话是不合适的。

"福尔曼，来一下祭衣室好吗？我有话对你说。"

"好的，先生。"

牧师等他走近了，和他一起往回走。

"今天的洗礼很顺利呀，先生。您刚把小娃娃抱起来，他就不哭了，真有趣啊。"

---

① 祭衣室一般设在祭台附近，为弥撒时牧师更衣的场所，亦为存放各种弥撒祭器的地方。
② 东区（East End），指伦敦城以东、泰晤士河以北的区域，无明确的划分界线。19世纪时这里聚集了大量贫民和外来移民。

"我发现小孩子们经常会这样，"牧师微微一笑，"毕竟我和他们打过不少交道，熟能生巧嘛。"

牧师隐隐地感到骄傲，几乎每次他用那样的方式把哇哇大哭的婴儿抱起来，他们都会安静下来。他也不是没有注意到，自己身披白色罩袍，把婴儿稳稳地托在臂弯里的时候，孩子的母亲和保姆看着他，眼睛里都流露出赞赏的神色。司事知道牧师喜欢听别人恭维他的才能。

阿尔伯特·爱德华跟着牧师走进祭衣室，有些惊讶地看到房间里还有两位教会执事①。他之前没有看见他们走进来。那两个人对他友好地点了点头。

"下午好，大人。下午好，先生。"他一一问候过他们。

两位执事都上了年纪，担任执事的年头几乎和阿尔伯特·爱德华做司事的时间一样久。他们坐在餐桌旁边，牧师在他们中间的椅子上坐下来。这张漂亮的长餐桌是上一任牧师多年前在意大利买的。阿尔伯特·爱德华隔着桌子和他们面对面，不知道究竟发生了什么事，觉得有点不自在。他还记得上回教堂的管风琴手惹出了一点儿麻烦，大家不得不大费周章对外隐瞒那件事。像内维尔广场上的圣彼得教堂这样的地方是容不得一丁点丑闻的。牧师的气色不错，和善的面容透露出坚决、果断的神色，那两个人却显得有些忧虑。

"他肯定在对他们唠叨，肯定是，"司事暗想，"哄他们去做什么事，可是他们不愿意照做。准是这样，等着瞧吧。"

不过，他的脸上没有显露出半点心里的想法。阿尔伯特·爱德华的脸庞轮廓深邃，气度尊贵。他毕恭毕敬地站着，没有一点卑躬屈膝的感觉。得到教会的职务之前，他当过仆人，不过雇主都是上等人，他的仪态和举止也都完美无缺。起先，他在一位富商身边当差，按部

---

① 教会执事，指由当地教众推选出来协助牧师管理教堂日常事务的人。

就班地从四等男仆升到一等男仆；之后，在一位孀居的贵妇身边做过一年管家，手底下没有其他仆人；再后来，直到圣彼得教堂的职位空出来之前，他一直在一位退休的大使家里担任管家，手下有两个人供他使唤。他又高又瘦，不苟言笑，姿态高贵，即使看起来不像是一位公爵吧，也像是专门扮演公爵的老派演员。他行事老练果断，气度沉稳自若，个人品德也毫无瑕疵。

牧师语气轻快地开了口。

"福尔曼，我们想和你谈一谈，这件事说来有点尴尬。你在这里工作了很多年，我想爵爷大人和将军与我一样，都认为你尽职尽责，做得非常好。"

两位执事点了点头。

"但是就在前几天，我得知了一件很不寻常的事情，觉得有义务告知两位执事。我非常震惊地发现，你竟然不识字。"

司事的脸上不见半分尴尬。

"上一任牧师知道这件事，先生，"他答道，"他说不打紧。还常说在他看来，这世上的人就是读书读得太多了。"

"这是我听过的最匪夷所思的事情了，"将军喊道，"你是说，你在这座教堂里做了十六年司事，可是从来没有学过读书识字？"

"我从十二岁就开始给人当差了，先生。最早的时候，有个厨子教过我，但是我好像没那个天分，后来一直忙忙碌碌地没有时间学习。我也从未真的想要学。在我看来，很多年轻人在书本上浪费了太多时间，他们本来可以去做些有用的事情。"

"难道你就不想了解一下新闻吗？"另一位执事说，"没有想过给谁写信吗？"

"没有，大人，我不识字也不碍事。近些年的报纸上都有图片，我看一眼图片就知道发生了什么事情。我的老婆识文断字，如果我要写信，就让她代笔。我并不是单纯靠运气走到今天的。"

两位执事有些为难地看了一眼牧师，随即低头看着桌子。

"是这样的，福尔曼，我已经和两位先生讨论过了，我们一致认为这样下去是不行的。像内维尔广场上的圣彼得教堂这样的地方不可以任用一个大字不识的司事。"

阿尔伯特·爱德华消瘦、泛黄的脸颊顿时涨得通红，他不自在地挪了挪脚，但是什么也没说。

"请不要误会，福尔曼，我不是对你不满意。你的工作做得不错，我对你的品德和能力给予最高的评价，可是万一因为你不识字闹出了意外，我们没有道理承担那样的风险。这是为了保险起见，也是原则问题。"

"你就不能学一学吗，福尔曼?"将军问道。

"不行，先生，我恐怕做不到，现在太迟了。我已经老了，既然我小时候也不能把那些字母塞进脑子里，那么现在也不太可能学会。"

"我们不想为难你，福尔曼，"牧师说，"但是我和两位执事已经决定了。你有三个月的时间，如果到时候还没学会，恐怕只能离开这里了。"

阿尔伯特·爱德华一直不喜欢这位新牧师。从一开始他就说，任命他接管圣彼得教堂是错误的安排。这里的教友都是上层人士，他不是合适的牧师人选。现在，他的背脊挺直了一些。他很清楚自己的价值，不会让别人骑到自己头上来。

"非常抱歉，先生，这么做恐怕不行。我的年纪太大了，学不会新的东西了。我目不识丁照样过了很多年——不是我自夸，自夸不可取——可以这么说，仁慈的上帝赐予我这样的生活，在这种情况下，我仍然尽到了自己的职责，即便现在有机会学，我觉得我也不想学了。"

"这样的话，福尔曼，恐怕你现在就得走人。"

"好的，先生，我理解您的决定。只要您找到接替我的人，我愿意立刻递上辞呈。"

牧师和两位执事离开了教堂，阿尔伯特·爱德华以一贯得体礼貌的姿态在他们身后关上了大门。他刚才面对打击尚能泰然自若，但是现在再也无法保持镇定了，他的嘴唇微微地颤抖起来。他慢慢地拖动脚步，走回祭衣室，把司事长袍挂在专用的衣帽钩上。想到这件长袍曾经见证过那么多隆重的葬礼和时髦的婚礼，他叹了一口气。他收拾好所有东西，穿上外套，拿起帽子，从侧廊走去门口。他锁上了教堂大门，漫步穿过广场，他沉浸在忧愁中，在路口转错了弯，没有走上回家的路——家里有香浓的热茶在等着他。他心情沉重，走得很慢，不知道今后该怎么办。他不想回去做仆人；不管牧师和执事怎么说，把内维尔广场上的圣彼得教堂打理得井井有条的人是他。这么多年来，他的生活一直由自己做主，决不会再自降身份受雇于他人。他积攒了不少钱，但是如果今后没有分毫进账，靠这点钱是维持不下去的，何况生活开销似乎连年水涨船高。他从未想过自己会为生计犯愁。圣彼得教堂的司事就像罗马的教皇，是一经选用终身侍奉上帝的呀。他还时常想象，在自己死后第一个礼拜日的晚祷上，牧师会在讲道时亲切地提到他们已故的司事——阿尔伯特·爱德华·福尔曼，赞扬他多年来一直忠诚尽职，褒奖他楷模般的高尚品德。他深深地叹了一口气。阿尔伯特·爱德华不沾烟酒，但不是那么地绝对，也就是说，他不介意在晚餐时分来杯啤酒，疲倦的时候也会抽支烟。现在，他就很想抽上一支烟，让自己好受一些。他身边没有带烟，于是四处张望，想找一家店买包"金叶"①牌香烟。他没有在附近看到烟店，

---

① 金叶（Gold Flake）是印度帝国烟草公司生产的一种香烟。20世纪初在印度非常流行，出口至英国、爱尔兰、加拿大等国。

于是往前走了一段路。这条街很长，两旁各式各样的商店鳞次栉比，却没有一家店是卖香烟的。

"这太奇怪了。"阿尔伯特·爱德华说。

为了确认自己没有看错，他又重新走了一遍。没有，一家都没有。他停下脚步，看着街边的商店若有所思。

"不可能只有我一个人路过这里想买包香烟吧，"他说，"如果在这里开一片店，卖点香烟、糖果之类的东西，生意肯定会很好。"

他突然惊醒似的一震。

"这个主意不错，"他说，"真是奇怪，好主意往往在你毫无准备的时候自个儿冒出来。"

他转身往回走，回到家里用了茶。

"今天下午你的话很少，阿尔伯特。"他的妻子说。

"我在想事情。"他说。

他把这件事情仔仔细细地琢磨了一遍，第二天又去了那条街。也是好运眷顾，恰好有家小店在招租，条件正符合他的需要。二十四小时以后，他已经把店铺租下来了，过了一个月，阿尔伯特·爱德华·福尔曼已经永远地离开了内维尔广场上的圣彼得教堂，摇身一变，成了卖香烟、报纸的小店主。他的妻子埋怨说，他现在的身份和圣彼得教堂的司事比起来简直是天差地别，他却说，人应当顺应时代往前走，教堂不再是原来的样子了，往后他会把属于凯撒的归还给凯撒①。阿尔伯特·爱德华的生意非常好，差不多过了一年，他想再开一家店，雇一个人打理。他又找到一条没有烟草店的长街，租下一间店铺，进货开张。第二家店的生意也很好。然后，他想既然两家店都

---

① 出自《圣经·新约·马太福音》第22章第21节。有人问耶稣，罗马政府管辖下的犹太人是否应该向政府缴纳人头税，耶稣回答说："凯撒的物当归给凯撒，神的物当归给神。"意为个人应该尽俗世的义务。

经营得不错，那么再开半打也不在话下。于是，他走遍了伦敦的大街小巷，无论在哪里，只要看到有条长街上没有香烟店，但是有店面招租，他就把店铺租下来。就这样过了十年，他手上已经有了十多家店铺，收益十分可观。每逢周一，他会亲自去每家店里收取一周的盈利，然后把钱拿去银行存起来。

有一天早上，他正在银行把一沓钞票和一袋沉甸甸的硬币存入户头，柜员对他说，经理想要见他。他被领进办公室，经理和他握了握手。

"福尔曼先生，我想和您谈谈您在我们银行存的这些钱。您知道具体金额吗？"

"不是最清楚，先生；不过我心里大致有数。"

"不算您今天早上存入的这笔，您户头里的存款已经超过三万镑了。这个数字非常可观，要是拿来投资的话，我想准能赚得更多。"

"我不想要冒险，先生。我知道钱存在银行里是最安全的。"

"您一点也不用担心。我们会为您推荐一些金边债券①，绝对可靠。投资的收益可比银行存款的利息多得多啊。"

福尔曼先生高贵端庄的脸上露出了为难的神色，他说："我从来没有接触过股票证券，只能让你们全权代理了。"

经理笑了一笑："我们会把所有的事情都处理好。下次您来银行，只要签几份转让授权书就行了。"

"签字我倒是会，"阿尔伯特迟疑着说，"可是我怎么知道我签的是什么呢？"

"我想，你总该看得懂字吧。"经理的语调有点尖锐。

福尔曼对他笑了一笑，像是在安抚他似的。

---

① 指过去英格兰银行代表财政部发行的债券。因债券纸质凭证的边缘烫金，故称为金边债券。

"好吧，先生，问题就在这里。我不识字。我知道这听起来很不可思议，但事实就是这样，我不识字，也不会写字，我的名字还是开始做生意之后才学会写的。"

经理惊讶得一下子从椅子上跳了起来。"这是我听过的最匪夷所思的事情了。"

"您看，是这样的，先生，我一直没有机会学习，等到机会来了又为时已晚，而且不知怎么地我也不想学了。我这人有点倔。"

经理瞪大了眼睛看着他，好像在瞅着一头史前怪物似的。

"您是说，您一手创建了这份可观的事业，攒起了一大笔财富，足有三万英镑之多，但是大字不识？我的上帝啊，好家伙，要是您识字的话，现在指不定能成什么样啊。"

"我可以告诉您答案，先生，"福尔曼气度高贵的脸上露出一抹微笑，"我会是内维尔广场上的圣彼得教堂的司事。"

（李佳韵　译）

客居异乡①

　　我是一个喜欢由着性子云游四方的人，不过，我旅游并不是为了去看那些气势宏伟的纪念碑，那些东西实在让我觉得没多大意思，也不是为了欣赏什么美丽的风景，因为我很快就会玩累了。我出去旅游是为了看人。不过，对于那些大人物，我是能避则避的，即便某个总统或国王就在马路对面，我也不会横穿马路前去觐见他们；如果能够通过阅读书籍来了解作者，通过欣赏画作来认识画家，我会感到心满意足的；然而，在旅游的时候，我会不辞劳苦地走上一百里格②的路前去看望一位传教士，就因为之前听到过有关他的一段传奇经历，也可以在某个条件极差的旅馆里住上两个星期，目的只是为了增进我与某个台球计分员的交情。我不妨这样说吧，这世上有一类人，我不仅经常偶然碰到，而且每次都会令我在深感惊讶的同时，还能体会到一点儿别样的乐趣，若不是因为这样，无论遇见什么样的人，我都不会感到诧异的。那些上了年纪的英国女人就属于这类人，她们通常都拥有充足的财富，人

---

① 这个故事首次发表于 1924 年，收录于 1936 年出版的短篇小说集《四海为家之人》（ *Cosmopolitans* ）。

② 里格（league），旧时长度单位，1 里格约为 5572.7 米。

们却发现她们独自生活在天南地北，生活在这世上令人意想不到的地方。如果你听说她住在意大利某个小镇外的某幢山顶别墅里，是附近这一带唯独仅有的英国妇女，你会觉得，这并不足为奇，在安达卢西亚①，倘若有人把一座孤零零的大庄园②指给你看，告诉你说，有一位英国贵妇已经在那里居住多年了，你对此差不多也早有思想准备了。但是，如果你听到有人说，在中国的某个城市里，唯独仅有的一个白人是一位英国女士，而她既不是一名传教士，也没人知道她为什么住在那里，这就不免让人有些惊奇了；同样令人惊奇的是，在南太平洋的某个岛屿上也生活着这样一个英国女人，在爪哇岛③腹地的某个大村子的村头，也有一位英国女人独居在一幢孟加拉式的平房里。这些女人啊，她们过着遁世隐居的生活，既没有朋友，也不欢迎陌生人来访。虽然她们或许已经长年累月没看见过她们自己这个种族的人了，路上遇到你时，照样会扬长而去，好像压根儿就没看见你似的。要是你滥用自己的国籍，冒昧地前去拜访她们，那她们很可能会让你吃闭门羹；但是，如果她们让你进门了，就会从银质茶壶里给你倒一杯茶，用老伍斯特郡产的瓷盘给你端上些具有苏格兰风味的司康饼。她们会彬彬有礼地和你交谈，仿佛她们是在肯特郡教区牧师的住宅里招待你一样，不过，等你告辞的时候，她们绝不会流露出任何具体的还想和你继续交往下去的愿望。人们不禁会白费力气地瞎猜疑，到底是什么莫名其妙的冲动促使她们要与自己的亲朋好友相分离，要舍弃她们天生就喜欢的一切兴趣爱好，就这样隐居在一片异国他乡的？她们究竟是为了追寻浪漫，还是为了追寻自由呢？

---

① 安达卢西亚（Andalusia）是位于西班牙最南的历史地理区，也是西班牙南部一个富饶的自治区，州府为西班牙第四大城市塞维利亚。
② 此处原文为西班牙语：hacidenda，意为"庄园"。
③ 爪哇岛（Java），印度尼西亚的第五大岛，南临印度洋，北面爪哇海，是世界上人口最多，也是人口密度最高的岛屿之一。

但是，在我遇见过的，或者仅仅听说过的所有这些英国妇人当中（因为我前面已经说过，这些人很难接近），有一位在我的记忆里至今依然栩栩如生，那是一位上了年纪的老妇人，居住在小亚细亚①。那时，经过一段冗长乏味的旅途之后，我来到了一个小镇上，打算再从那里出发，去攀登一座闻名遐迩的高山，于是，他们便带我去了坐落在山脚下的一家布局杂乱无章的旅馆。那天夜里，我很晚才到，在旅客登记簿上签上了我的名字。我上楼来到自己的房间。屋里很冷，我换衣服的时候被冻得浑身瑟瑟发抖，不过，没过一会儿，我就听到门口有人在敲门，那个导游兼翻译走进屋来。

"这是尼克里尼夫人②吩咐我给你送过来的。"他说。

让我大为惊讶的是，他递给我的是一个热水袋。我感激不尽地伸出双手接了过来。

"尼克里尼夫人是谁?"我问道。

"她是这家旅馆的老板。"他答道。

我让导游向她表示感谢，他随后便转身退了出去。我怎么也想不到，在小亚细亚的一家很不起眼的小旅馆里，而且还是由一个年迈的意大利女人所经营的，竟然有这样一个精美的热水袋。我现在最想要的东西莫过于热水袋了（要不是因为我们都对这场战争嫌恶得要死，我倒可以跟大家讲一个故事，这个故事说的是，在佛兰德斯③正在遭受狂轰滥炸的时候，有六个男人是如何冒着生命危险从一个庄园里去拿热水袋的）；于是，第二天一早，我就问导游是否可以见一见尼克里尼夫人，这样我可以当面向她表示感谢。在等着见她的时候，我绞

---

① 小亚细亚（Asia Mionr），是亚洲西南部的一个半岛。北临黑海，西临爱琴海，南濒地中海，东接亚美尼亚高原，半岛大部分属土耳其领土。
② 此处原文为意大利语：Signora，在意大利语中意为"夫人"、"太太"。
③ 佛兰德斯（Flanders），中世纪欧洲一个伯爵的领地，包括现在比利时的东佛兰德省和西佛兰德省，以及法国北部的部分地区。

尽脑汁地思索着"热水袋"这个词用意大利语该怎么说。过了一会儿，她进来了。她是个身段矮矮胖胖的妇女，举止不无庄重，身上系着一条镶着蕾丝花边的黑围裙，头戴一顶小小的黑色蕾丝帽。她交叉着双手站在那儿。这副模样让我大为惊讶，因为她看上去确实很像是英国某个豪门望族家里的女管家。

"先生，您有话要跟我说？"

她是一个英国女人，因为单凭这几个词，我就确切无疑地听出了她话音里带有一丝伦敦东区的口音。

"我想感谢你给我送来了这只热水袋。"我有点儿不知所措地说。

"先生，我从访客登记簿里看到，您是英国人，我向来都会给英国来的绅士们送一个热水袋过来。"

"说真的，这个做法很让人受用的。"

"先生，我为已经故去的奥姆斯葛克勋爵服务了很多年。他以前出去旅游的时候，每次都会带着热水袋。还有什么别的事儿吗？"

"眼下没有了，谢谢你。"

她彬彬有礼地朝我微微点了点头，随即便转身退了出去。我有点纳闷，不知像这样一个滑稽可笑的英国老妇人怎么会摇身一变，就成了小亚细亚一家旅馆的老板娘。要想跟她套近乎可不容易，因为她很清楚自己的身份，她本人大概也经常会摆出这副老板娘的派头，所以才始终与我保持着一定距离。她在一户英国贵族家庭里当用人也不是一无所图地白干的。但是，我一再坚持，终于说动了她，这才邀请我在她自己的小客厅里喝了一杯茶。我因此而得知，她曾经是某位奥姆斯葛克夫人的贴身侍女，而尼克里尼先生 ① 则是勋爵老爷的厨师（提起她那位已经作古的丈夫时，她只用这个称谓）。尼克里尼先生是一

_____

① 原文为意大利语：Signor。

位相貌英俊的男人，多年来，他们俩一直"情投意合"。等到俩人都积攒下了数额可观的一笔钱时，他们就结了婚，并辞去了这份伺候人的差事，想寻觅一家旅馆自己来经营。他们在一则广告上看到了这家旅馆，便把它买了下来，因为尼克里尼先生觉得，他也该在这世上闯荡一下，长长见识才对。那都是将近三十年前的事了，尼克里尼先生去世也有十五年了。从那之后，他的遗孀一次都没有回过英国。我问她是否从来都不怀念家乡。

"我这样说，并不等于我不想回去看上一眼，尽管我也能估计到，那边恐怕已经有了翻天覆地的变化。但是，我家人当年不喜欢我决意要跟一个外国人结婚的念头，打那以后，我就没跟他们说过话。当然，这边有很多事情跟家乡那边大不一样，不过，让人惊奇的是，你渐渐对什么都习以为常了。我见过不少大世面。我现在也说不清，他们在伦敦那种地方过的那种单调乏味的生活，我是不是还过得惯。"

我笑了笑。因为她说出来的话与她的仪态很不协调，真让人不可思议。她不啻为遵从上流社会礼仪习俗的典范。她居然能够在这片荒无人烟、简直尚未开化的乡野里生活了三十年之久而丝毫未受其影响，这太令人匪夷所思了。尽管我不懂土耳其语，而她能流畅地说这门语言，但我坚信，她说出的土耳其语绝大部分都不正确，而且还带着浓重的伦敦东区的乡土音。我估计，虽然她经历了这么多的枯荣沉浮，但她依然还是原来那个一丝不苟、拘谨古板、侍奉英国贵妇的女仆，时刻知道自己的身份，因为她早已对什么都见惯不怪、荣辱不惊了。她把一切事物的来临都当作理所当然的事。但凡不是从英国来的人，她一律都视其为外国人，因而才会把某某人当作近乎于弱智的愚蠢之人，因而才认为，必须对此人的所作所为予以体谅。她以暴虐的手段统治着自己的员工——难不成连她都不懂一个大户人家的上级仆人该怎样行使自己的权威向下级仆人发号施令吗？——因此，旅馆里处处都收拾得干干净净、井井有条。

"我只是尽我所能罢了。"我就这一点向她表示祝贺时，她说，依旧站着，如同她每次和我说话时那样，双手也恭恭敬敬地交叉着。"当然，我们不能指望外国人的思想观念跟我们的思想观念一模一样，但是，就像老爷以前经常对我说的，我们务必要做的事情，帕克啊，他对我说，我们这辈子务必要做的事情是，一定要充分利用好我们现有的原材料。"

但是，她把自己最令人惊奇的一大秘密一直保留到我临走的前夕才说出来。

"先生，趁您还没走，我很想请您见见我的两个儿子。"

"我还不知道你有孩子呢。"

"他们一直在外出差嘛，不过，他们刚刚回来了。您见到他们保准会大吃一惊的。可以这样说，他们是我亲手调教出来的，所以，等我哪天去世后，他们弟兄俩会继续经营这家旅馆的。"

过了一会儿，两个身材高挑、肤色黝黑、体格健硕的年轻小伙子走进了大厅。她顿时两眼放光，露出了喜色。他们迎面朝她走来，拥抱了她，啧啧有声地亲吻了她。

"先生，他们不会说英语，但是，他们能听得懂一点儿英语，当然，他们会说土耳其语，说得和当地人一样流利，还会说希腊语和意大利语呢。"我和这对兄弟握了握手，随后，尼克里尼夫人朝他们吩咐了几句，他们就走开了。

"太太，他们很英俊，"我说，"你一定为他们感到很自豪吧。"

"是啊，先生，他们是好孩子，两个都是。他们从来没有给我惹过一丁点儿麻烦，从出生那天起就没有，而且他们长得也活像尼克里尼先生。"

"我敢说，没有人会想到他们的母亲是一个英国人。"

"先生，确切地说，我并不是他们的生母；我刚才就是吩咐他们去向她问好的。"

我想，我当时大概显得有点儿困惑不解了。

"他们是尼克里尼先生跟一个希腊姑娘生的儿子，那姑娘以前一直是这个旅馆的员工，由于我自己没生孩子，我就收养了他们。"

我搜肠刮肚地想找出一句话来说。

"但愿您别认为尼克里尼先生有什么该受指责的地方，"她说着，稍微挺直了腰板，"先生，我可不愿让您这么想。"她又把两只手重叠起来，带着自尊、拘谨、满足都兼而有之的神情，补上了最后一句："尼克里尼先生是一个精力旺盛、非常好色的男人。"

（吴建国　董明志　译）

大班①

　　他是个重要人物，他比任何人都清楚这一点。他在中国最重要的英资洋行工作，担任分行经理，这间分行也不可谓不重要。三十年前，他初来乍到，还是个不谙世事的小职员，如今凭借实力，一路平步青云，回首往事，他的脸上露出了一抹浅笑。他出生在巴恩斯②一个普通的家庭里，全家人都挤在一栋小小的红房子里，那个地方有很多这样的红房子，一栋挨着一栋，连成一长排。巴恩斯地处郊区，当地人拼命模仿上流社会，可是到头来，那里还是一幅萧索、颓败的模样。回想起过去，再看看现在这座宏伟的石砌公馆，开阔的围廊，宽敞的房间，这里既是公司办事处，也是他的住所，他满意地笑了。现在的生活截然不同了。他想起以前放学回家（他在圣保罗学校③念书），和父母还有两个姊妹坐在一起吃晚茶④，每个人有一片冷餐肉，面包和黄油管够，茶里加了很多牛奶，想吃什么就自己拿，然后他又想到了现在吃晚餐时的排场。他总是正装打扮，不

---

① 最早收录在 1922 年首次出版的旅行札记《在中国屏风上》（On a Chinese Screen）。大班一词为旧时对中国洋行老板的称呼。

② 巴恩斯（Barnes），英国地名，伦敦郊外的一个地区。

③ 圣保罗学校（St. Paul's School）是一所创办于 16 世纪的私立学校，位于伦敦巴恩斯。

④ 傍晚用的膳食，通常有茶。

管是独自吃饭还是宴请宾客，都要求三个仆人在一旁伺候。最能干的仆人对他的喜好一清二楚，他从来不用为家务琐事操心；而晚餐总是有模有样的，他会穿着晚礼服用餐，前菜、烤肉、甜点和咸味小吃样样不缺，即便临时邀请客人来家里吃饭也没有问题。他喜欢享用美食，不明白为什么一个人吃饭就不能和招待客人时吃得一样讲究。

的确，他现在飞黄腾达了，回不回家已经无所谓了。他已经有十年没有回过英格兰了，每逢公休假期，就去日本或是温哥华度假，在那里准能遇到来自中国沿海的老朋友。他在老家一个人都不认识。姊妹们都寻到了门当户对的婚姻，丈夫是小职员，儿子也是小职员。他和他们一点也谈不来，那些人无聊透顶。不过，他尽到了亲戚的义务，每到圣诞节，给他们寄去一匹上乘的丝绸、一些精美的绣品或是一箱茶叶。他为人并不吝啬，母亲在世的时候，他定期汇给她一笔养老金。但是，他退休后不想回英格兰，很多人退休以后选择回国，多数人晚景凄凉，这些事他都看在眼里。他打算在上海的跑马场附近购置一栋房子：打打桥牌，养几匹马，玩玩高尔夫球，就这样舒舒服服地安度晚年。不过，他还要工作好些年才需要考虑退休的事呢。再过五六年，等到希金斯退休回国，就轮到他执掌上海的总公司了。眼下，他对这里很满意，享乐之余还可以攒起一笔钱——你在上海可没法攒起钱来。比起上海，这个地方还有一个优势：他是侨民团里最有威望的人，没有人敢忤逆他，就连领事也是小心翼翼地避免得罪他。有次，他和一位领事起了点争执，最后下不来台的人不是他。回想起那件事，大班耀武扬威地扬起了下巴。

然后，他又笑了起来，他现在的心情非常好。他刚刚在汇丰银行享用了一顿美妙的午餐，眼下正往自己的办公室走去。银行的人招待得十分周到，美酒佳肴应有尽有。他先是喝了几杯鸡尾酒，然后尝了些绝妙的苏玳葡萄酒①，最后来了两杯波特酒②和优质的陈年白兰地。他觉得舒畅极了。离开的时候，他做了一个少有的决定——走回去。轿夫抬着轿子，隔开几步跟在后面，生怕他突然想要坐轿子，不过，他此刻很想活动活动腿脚。最近一段时间，他运动得很少。既然已经胖得骑不了马了，那么想要运动就更难了，但是即便如此，还是可以养几匹马的呀。春风和煦，他一路漫步溜达，想到了春季赛马会。他有几匹初次上场的新马，并对它们寄予了厚望，办公室里有个小伙子竟然骑术了得（得提防别人挖他墙脚，上海的希金斯，那个老家伙愿意出一大笔钱挖人呢），他应该能够赢下两三场比赛。还有他的马厩，那是全城最好的马厩。大班得意扬扬地想着，像鸽子一样挺起宽阔的胸膛。今天的天气真不错，活着真好呀！

经过公墓的时候，他停下了脚步。干净整齐的墓园伫立在那里，彰显着英国侨民团的富有。每次走过这处公墓，他都觉得无比自豪，为自己是英国人感到高兴。公墓所在的土地原本一文不值，随着这座城市越来越繁荣，现在可值一大笔钱呢。有人提议把公墓迁去别处，把这块地皮卖掉盖房子，但是侨民们在情感上无法接受，极力反对。一想到逝去的同胞都安息在这座岛屿最值钱的土地上，大班就心满意足。这说明有比金钱让他们更在乎的东西。让钱见鬼去吧！一旦说到"要紧的东西"（大班最爱把这句话挂在嘴边），哈，大家就会意识到金钱并不代表一切。

他打算散步穿过墓园。园内一排排墓碑打理得十分干净，小径上不见杂草，到处是一派生机勃勃的景象。他悠闲地迈着步子，挨个儿念出墓碑上的名字。有三座墓碑并排立在一起：他们是玛丽·巴克斯

---

① 苏玳酒，一种甜白葡萄酒，产自法国波尔多苏玳地区。
② 波特酒，一种葡萄牙的甜红葡萄酒，通常配甜点饮用。

特号帆船的船长、大副和二副，都死于 1908 年那场台风。他对那件事情记忆犹新。在拳民暴乱①中被屠杀的两位传教士和他们的妻儿都埋葬在一处。这简直耸人听闻！大班在意的不是传教士的惨死，而是——岂有此理！怎么能让他们死在中国人手里呢？接着，他走到一座十字架跟前，认出了上面的名字。爱德华·穆洛克，好小伙子，只是身体承受不了那么多酒精，把自己活活喝死了，可怜的家伙，死的时候才二十五岁。大班知道很多人死于酗酒过度，墓园里还有好几个干净的十字架，上面刻着男人的名字，年纪全在二十五到二十七岁之间，他们背后的故事都一样：这些人漂洋过海来到中国，第一次见到这么多钱，他们都是好小伙子，喝起酒来不要命，但是身体经不住酗酒过度，最终长眠于此。在中国沿海的土地上和人拼酒，不仅头脑要清醒，身体也要顶呱呱的。这种事情当然让人难过啦，但是，一想到有多少个年轻的小伙子被他灌到地底下去了，大班就忍不住微笑起来。有个人的死为他的晋升铺平了道路，那是他公司里的年轻人，职位比他高，脑子十分活络：要是那家伙现在还活着，大班的位子就未必是他的了。真是世事难料呀！啊！这里沉睡着年轻的特纳夫人，维奥莱特·特纳，当年她是多么地娇小迷人呀，他们还有过一段风花雪月的故事呢。她死的时候，他的心都碎了。大班看了一眼墓碑上的年纪。如果特纳夫人活到现在，也是人老珠黄了。他想到这些死去的人，感到无比满足。他打败了他们所有人。这些人已经死了，而他还活着，上帝为证，他才是最后的赢家。望着眼前密密麻麻的墓碑，大班轻蔑地笑了，兴奋得差点就要搓起手来。

"谁都没有轻视过我。"他喃喃自语道。

地下的亡者在窃窃私语，大班对他们怀着善意的轻蔑。他慢慢地

---

① 即 1900 年的义和团运动。

往前走，突然看见两个苦力①在掘一座新的墓穴。他大吃一惊，没听说过最近有侨民过世呀。

"那是谁的墓？"他大声问道。

那两个苦力看也不看他，只顾埋头干活。墓穴挖得很深，他们站在坑底，一锹一锹地铲起泥土，重重地抛到地面上。大班在中国住了很久，但是对中文一窍不通，在那个年头，大家都觉得没必要学这该死的当地话。他用英语问苦力这是谁的墓，可是他们听不懂，叽里呱啦地对他回答了一串中文，气得他大骂他们是无知的蠢货。他知道布鲁姆太太的孩子生病了，可能已经死了，但是如果那孩子真的死了，他肯定会有所耳闻。而且，小孩子的墓穴没有这么大，这是个成年人的墓穴，足够容纳一个身材魁梧的成年人。这事实在太诡异了。大班后悔闯进墓园，急匆匆地走出去，一屁股坐进轿子里。刚才的好心情统统化为乌有，他不安地皱起眉头，一回到办公室就喊来助手："喂，彼得斯，最近有谁死了，你知道吗？"

彼得斯一无所知。大班百思不得其解，让一个中国职员去墓园问那两个苦力。他坐下来，动手签了几封信。不一会儿，职员回来报告说，苦力已经走了，墓园里一个人也没有，他找不到人打听。大班心里有些不痛快，他不喜欢被蒙在鼓里。他的仆人应该知道这件事，仆人的消息总是很灵通。大班派人把他叫来，可是仆人也没有听说侨民里有人过世。

"你们都说没有人过世，"大班怒气冲冲地说道，"既然如此，那么那个墓穴又是怎么回事？"

他吩咐仆人去找看管墓园的人把事情问清楚，没有人过世就让人挖墓穴，到底是在搞什么名堂。

---

① 旧时殖民者对当地出卖力气干重活的工人的贬称。

仆人正要出门时，他又吩咐说："走之前给我来杯威士忌苏打。"

不知道为什么，大班觉得看到那座坟墓让他很不舒服。他努力不去想那件事。他喝过威士忌感觉好多了，做完了手上的工作，又上楼翻了几页《笨拙》杂志①。再过一会儿，他要去俱乐部打几盘桥牌，然后回来吃晚餐，但是只有听过消息后，他才能放心，于是他坐着等回音。没过多久，仆人回来了，还带来了看管墓园的人。

"你让人挖墓穴做什么？"大班直截了当地问看园人，"没有人过世。"

"我不挖坟。"看园人操着一口不太标准的英文答道。

"你在讲什么鬼话？今天下午明明有两个苦力在那里挖墓穴。"

两个中国人面面相觑。紧接着，仆人说他们去过墓园，但是那里没有新立的坟墓。

大班张口结舌。

"可是，该死的！我亲眼看到了。"他想要这么说。

但是，他最终没有说出口，艰难地把话咽了下去，脸憋得通红。两个中国人眼睛一眨不眨地看着他。他有一瞬间觉得透不过气来。

"行了，滚吧。"大班喘着粗气说道。

等他们刚走出去，大班又扬声唤仆人进来，叫他去弄点威士忌。仆人脸上挂着冷漠的神情，让人看了就恼火。他用手帕擦拭汗津津的脸，端起酒杯送到嘴边，手一个劲地发抖。随便他们怎么说吧，他确实看到了那个墓穴。他现在还能听见苦力铲起泥土，高高地抛到地面上的一声声闷响。这意味着什么？他感到心脏怦怦乱跳，浑身不对劲，但是他努力让自己镇定下来。这些都是胡思乱想。假如他们说的是真的，那么那座坟墓就是他的幻觉。现在他最好出发去俱乐部，要

---

① 《笨拙》（Punch），1841 年创立的英国周刊杂志，内容以幽默和讽刺漫画为主。

是正好碰到医生，就让他给自己瞧一瞧。

俱乐部里的每个人看起来都和往常一样。大班也不明白，为什么自己会期待他们变得不一样。他觉得安心了不少。这些人在一起相处了许多年，生活规律，有板有眼，因此养成了一些无伤大雅的小癖好——有的人一边打桥牌，一边嘴里哼哼有声，有的人坚持要用麦秆吸管喝啤酒。以前这些小事常常会惹大班生气，今天却让他感到十分安全。他忘不了那件怪事，非常需要这份安全感。今晚他的牌打得糟透了，搭档又总是吹毛求疵，惹得他大发脾气。他觉得别人看他的眼神很怪异，心想他们准是在他身上看到了异样的东西。

他突然觉得在俱乐部里再也待不下去了。离开俱乐部的时候，他恰好看到医生在阅览室里看《泰晤士报》，可是他不愿意现在过去和医生说话。他一定要去亲眼瞧一瞧那座坟墓是不是真的在那里。他坐上轿子，让轿夫出发去墓园。总不可能两次都看到幻觉，是吧？还有，要叫上那个看园人一起进去，如果没有坟墓，自然什么都看不到，但是如果真的有，他非得把看园人狠狠地揍一顿不可，叫他毕生难忘。然而，他们到处找都找不到看园人，看园人出去了，把墓园大门的钥匙也带走了。大班发现进不了墓园，浑身的力气忽然泄光了，他疲惫不堪地倒进轿子，吩咐轿夫回家。他累坏了，想在晚餐前休息半小时。对，就是这样。听说疲劳过度就会产生幻觉。仆人进来准备他晚餐穿的礼服时，大班凭借意志挣扎着从床上爬起来。今天晚上他一点也不想穿正装，但是最后仍然穿上了：晚餐穿正装的规矩是他定下的，二十年来天天如此，不管发生什么事情都不能破例。晚餐的时候，他要了一瓶香槟酒，喝了以后感觉好多了。饭后，他吩咐仆人端上最好的白兰地，几杯酒下肚，他顿时又有精神了。让幻觉见鬼去吧！他去台球室练了几杆高难度的击球。眼神那么准，身体自然不会有大碍，大班躺回床上，很快就睡熟了。

然而，他突然惊醒过来。他梦到了那个敞开的空墓穴，两个苦力不紧不慢地铲着泥土。他确定自己没有看错。明明是亲眼所见却说是幻觉，这也太可笑了。紧接着，他听见巡夜的更夫敲响了梆子。清脆的声响骤然打破深夜的宁静，把他吓得魂飞魄散。他害怕极了。他害怕这座中国城市里无数条曲折的街道小巷，还有那些飞檐翘角的庙宇，重重屋檐底下暗藏着可怕的东西，庙里的中国恶鬼受尽酷刑折磨，个个面目狰狞。他讨厌那些刺鼻的气味。还有那些人。无数个身着蓝衫的苦力，衣衫褴褛的乞丐，还有穿黑布长衫的生意人和官老爷，他们圆滑世故，笑眯眯地叫人捉摸不透。这些人像是恫吓般朝他扑来。他恨这个国家。中国。当初为什么要来这里呢？此刻他惊恐万分，一心只想离开这里，连一年、一个月也不愿多待。上海总公司的职位又有什么可留恋的呢？

　　"噢，上帝啊！"他大声喊道，"要是我现在安然无恙地在英格兰那该多好啊。"

　　他想要回家，即使是死，也要死在英格兰。他无法忍受和这些眼睛斜长、龇牙大笑的黄种人埋在一起。他想要安葬在家乡，而不是白天看到的那个墓穴里。要是埋在那里，他永远不会安息的。永远！别人的想法和他有什么关系？随便他们怎么想好了。现在唯一要紧的事就是，趁着还有机会，赶快离开这里。

　　他跳下床，开始给公司主管写信，说自己病得很厉害，危在旦夕，得有人接替他的职务。除非万不得已，不然他在这里一刻也待不下去，必须马上回家。

　　第二天早晨，人们发现大班的手里紧紧地攥着这封信。他从桌椅中间滑下去倒在地上，身体硬得像块石头，早就死透了。

（李佳韵　译）

领事 [1]

　　彼得先生此刻正处于怒气冲天的顶峰状态。他已经在领事馆工作二十多年了，历来不得不硬着头皮去应付形形色色让他大伤脑筋的人，诸如任何道理都听不进去的官员，把英国政府当成讨债机构的商人，对一切按规则行事的做法都心怀怨恨，斥之为严重不公正之举的传教士；但是，他自己却根本回想不起来有哪件事情还会弄得他全然不知所措。他原本是个性格温和的人，可他今天却无缘无故地对自己的文书勃然大怒地发了一通脾气，差点儿没把这个欧亚混血的小职员给开除掉，就因为这家伙在一份公函里拼错了两个单词，而且还把这份函件摆在他面前，让他以官方名义签字。他是个认真尽责的人，不会放任自己在四点的钟声敲响之前离开办公室下班；但是，今天一到四点，他就腾地一下站起身来，叫人把他的帽子和手杖送过来。因为那个服务生没有立即把东西送过来，又被他劈头盖脸地臭骂了一顿。人们常说，做领事的人到头来都会变得有点儿怪僻；那些能够在中国生活三十五年之久，却连在大街上问路的中国话都没学会的商人们则深有

---

[1] 收录于 1922 年出版的《在中国屏风上》(On a Chinese Screen)。

体会地说，这是因为领事们都得研习汉语的缘故；毫无疑问，彼得先生的确怪僻得很。他是个单身汉，正因为这一点，他才先后被派去担任一系列职务的，人们认为，鉴于这些职务都具有生离死别的特点，因而不适合已婚男人。他已经单枪匹马地生活了那么久，这使他生来就有点儿孤僻的性格越发严重起来，竟渐渐发展到了毫无节制的地步，有些习惯连素未谋面之人都不免感到震惊。他非常心不在焉。他从不把精力花在自己的住所上，因此，屋子里永远是一派凌乱不堪的景象，他也从不在意自己的饮食；他那几个男佣自己喜欢吃什么，就给他吃什么，而且把一切花销都算在他头上，拼命敲他的竹杠。他一直在不屈不挠地致力于禁止走私和贩卖鸦片，可他却是城里唯一不知情的人，全然不知自己的仆人竟敢把鸦片藏在领事馆里，而且就在领事馆的后门口公然倒卖这种毒品，生意红火。他是个热衷于收藏的人，政府给他提供的那座宅邸里堆满了各式各样的藏品，那都是他一件接一件地收集来的，有锡镴器皿，有黄铜制品，有木雕器具等等；这些是他主要的、正经八百地当作事业来收藏的物品；不过，他也收集邮票、鸟蛋、宾馆的标签，以及邮戳：他夸下海口说，他收藏的邮戳数量在整个大英帝国都无人能比。长年旅居在那些孤寂落寞的地区时，他阅读了大量的书籍，虽然称不上是个汉学家，但他要比他的大部分同事都更了解中国，了解中国的历史、文学，以及中国人；不过，他从这种宽广的阅读面中汲取来的却不是博大的胸怀，而是沽名钓誉的虚荣心。他是个相貌很奇特的人。他身材瘦小、弱不禁风，他走路的样子会让你不由自主地联想到一片在迎风飘摇的枯叶；不仅如此，他那顶蒂罗尔人①的小帽子似乎也有特别怪异之处，上面插着一根公鸡的羽毛，既很老派，也很寒酸，可他却潇洒地把那顶帽子歪戴

---

① 蒂罗尔（Tyrol），奥地利西部与意大利北部相接壤的一个地区，位于阿尔卑斯山中。

在自己的大脑袋上。他的头发已经脱落得超出常人的想象。你看得出来，他那双眼睛，那双蓝而无光的眼睛，在那副眼镜的遮盖下显得视力很弱，此外，他还蓄着一片向下耷拉着、参差不齐、脏兮兮的八字胡，却掩饰不住他嘴角边的那股倔强劲头。这时，他从领事馆所在的这条街道转了出来，接着又径直朝城墙走去，因为在这个人口众多的城市里，只有这里可以轻松自在地散散步。

他是一个习惯于刻苦工作的人，遇到一丁点儿小事都会愁出病来，不过，一般情况下，只要在城墙上走一走，还是能让他得到宽解，稍事休息的。这个城市坐落在一个大平原的腹地，到了日落时分，你时常可以从城墙上眺望远方覆盖着皑皑白雪的群山，那是西藏的崇山峻岭；但他此刻走得很快，既没有左看看、右瞧瞧，也没有留意在他身边欢快地蹦来蹦去的那条肥胖的猎犬。他自言自语地念叨着，语速很快，声音低沉而又单调。他烦躁的原因是，他今天接待了一个自称是俞太太的女士的来访，由于怀着一份领事固有的对精确性的强烈爱好，他执意要称她为兰伯特小姐。单凭这一点，就足以让他们这场有礼有节的对话没法再进行下去了。她是一个英国女人，嫁给了一个中国男人。她两年前随丈夫从英国到了这里，她丈夫以前在伦敦大学读书；来之前，他想方设法地让她相信，他在自己的国家是个了不起的人物，于是，她便遐想着自己会住进一座华丽的宫殿，拥有举足轻重的地位，她怎么也想不到自己竟被带到了一个破旧失修的中国式的屋子，里面住满了人，这真是个大出意外的苦果：这户人家甚至都没有一张外国产的床，也没有刀叉：在她看来，每样东西似乎都很肮脏，而且散发着臭味。发现自己不得不跟丈夫的父母住在一起时，她当即就震惊得目瞪口呆，他还告诉她说，她必须不折不扣地遵照他母亲的吩咐去做；因为完全不懂中文，她在这户人家住了两三天之后才意识到，她并不是丈夫唯一的妻子。他少年时代就结了婚，之后便离开了这座他土生土长的城市，去求取蛮族异邦人的学问了。当她痛苦地谴责他欺骗了自己时，他只是耸了耸肩。只要他愿意，没有任何办法可以阻止一个中国男人娶两个妻子，他还不顾事实地补充道，没有一个中国女人会把这种事情当作受苦受难。正是由于发现了这些情况，她才第一次前来拜访这位领事的。他对她来到此地早有耳闻——在中国，每个人都对每个人的每件事了如指掌——所以，他毫不惊讶地接待了她。他也没有向她表示出多少同情。想到一个外国女人竟然会嫁给一个中国人，他就感到义愤填膺，而且她事先也没有好好调查一番就这么贸然嫁了，这更加让他恼火，就像有人在当众侮辱他一样。论长相，她压根儿就不是那种女人，不会导致你胡思乱想地认为，她会犯下如此愚蠢的错误。她是个举止稳重、体格结实、年纪轻轻的人，个头不高，相貌平平，而且带着就事论事的态度。她穿着一套线条简单朴素而且很贴身的女式套装，一看就是便宜货，头上戴着一顶苏格兰人戴的那种宽顶、无沿的圆帽子。她的牙齿长得不好看，肤色也很黑。她那双手很大，红通通的，而且保养得也很不好。你一看就知道，她以前并非不干粗活儿。她讲的英语带着伦敦东区鼻音很重的乡土味儿。

"你和俞先生是怎么认识的？"领事冷淡地问道。

"唔，你瞧，事情是这样的，"她答道，"我爸爸以前拥有很好的地位，他去世之后，妈妈说：'把这么多房间都闲置着，好像是一种可耻的浪费，我不如在窗口贴一张出租卡吧。'"

领事打断了她的话。

"他寄居过你们家的临时宿舍？"

"唔，那不完全算供人寄居的临时宿舍吧。"她说。

"那就算公寓吧，可以吗？"领事回答道，带着他那不够诚恳、略显自负的浅笑。

这类婚姻通常就是这么来的。随后，由于领事认为她是个愚蠢、庸俗的女人，便干脆直截了当地解释说，根据英国法律，她还不是俞先生的合法妻子，她能够采取的最好办法是，立刻返回英国。她顿时哭了起来，一听她那哭声，他马上就有点儿心软了。他答应下来，同意先把她送交给几位女传教士，让她们在长途旅行中一路照顾她，当然，如果她愿意的话，他可以看看在这段时间里她能不能住在某个传教机构里。但他说这话的时候，兰伯特小姐已经擦干了眼泪。

"现在回英国去又有什么用呢？"她终于说，"我已经无处可去了。"

"你可以去找你母亲嘛。"

"她以前就一直反对我嫁给俞先生。假如我现在非回去不可，那我这一辈子岂不都得听她没完没了地数落这些我最不要听的话了。"

领事马上和她据理力争起来，不料，他越争论，她就越倔强，最后，他终于忍不住发脾气了。

"如果你喜欢留在此地，陪着一个不是你丈夫的男人生活在一起，那是你自己该关心的事，我可就什么都不管了。"

她的反驳常常让他耿耿于怀。

"那你不必费心了。"她说。每当他想起这个女人时，她脸上的那种表情就会复现在他的脑海中。

那是发生在两年之前的事了，自那时起，他又见过她一两次。看来她和自己的婆婆以及她丈夫的另一个老婆都相处得很不好，她是带着一些极其荒谬的问题前来找这位领事的，譬如，按照中国的法律，她该享有哪些权益。他又旧话重提，表示愿意帮助她离开中国，但她还是一口咬定，坚决不肯一走了之，他们的会晤每次都是以领事的勃然大怒而草草收场的。他简直快要倾向于同情那个卑鄙的俞先生了，因为此人不得不在三个好斗的女人之间斡旋以求太平。根据他这个英国老婆的说法，他并非不体谅她。他试图在他的两个老婆面前都表现得不偏不倚。兰伯特小姐的状况并无改观。领事知道，她平常总是穿着中国人的衣服，不过，专程来见他时，她会换上欧式服饰。她渐渐变得极端不整洁了。由于老是吃中国饭菜，她的身体也承受不了，看上去病恹恹的，气色很差。但是，她那天被领进他的办公室时，他着实吓了一大跳。她没戴帽子，头发乱糟糟的。她已经处于一种高度歇斯底里的状态。

"他们在想方设法地要毒死我呢。"她尖叫道，顺手把一碗散发着恶臭味的食物放在他面前。"这碗饭被下毒了，"她说道，"最近这十天来，我一直在生病，我能死里逃生，完全是一个奇迹。"

她向他讲起了自己的亲身经历，谈了很久，说得既十分详细，又有充分根据，足以使他相信：不管怎么样，那两个中国女人为了除掉她们所痛恨的一个外来入侵者，十有八九会采用那些司空见惯的手段。

"她们知道你到这儿来了吗？"

"当然知道，我告诉过她们，我要去揭发她们。"

采取明确果断行动的时刻现在终于来临了。领事摆出官气十足的架势审视着她。

"好吧，你万万不可又回到那边去。我已经忍无可忍，不愿再听你胡说八道了。我依然坚持我的主张，你必须离开这个男人，他根本就不是你的丈夫。"

但是，针对这个女人精神错乱般的冥顽不化，他忽然发觉自己竟束手无策了。他把自己在争论中已经使用过无数遍的那些理由又一条条地重新摆了一遍，可她就是听不进去，于是，像往常一样，他又大发了一通脾气。就在这时，作为对他那个最后通牒、孤注一掷的问题的回应，她说出的那句话使他彻底丧失了他仅存的一点儿镇静。

"可是，到底是什么东西害得你鬼使神差地偏要跟这个男人守在一起？"他高声喝道。

她犹豫了一会儿，眼睛里流露出一种很诡谲的神情。

"长在他脑门儿上的那缕头发，那副模样有点儿说不出来的味道，让我不由自主地喜欢。"她答道。

这位领事从来没有听到过如此令人不能容忍的事情。这确实是最后一根稻草。此时此刻，他撩开大步径直向前走去，想借助散步来消除心头的怒气，尽管他不是一个经常说脏话的人，但他实在控制不住自己了，便恶狠狠地骂道：

"女人真该死。"

（吴建国　董明志　译）

患难之交 ①

三十年来，我一直在研究我的同伴们。我不是很了解他们。如果让我只凭外表来挑选仆人，我肯定会犹豫不决，但是我想，大多数时候，我们都会以貌取人，根据别人的下巴形状、眼神和嘴唇轮廓给他们下定论。我不知道这么做正确的几率是不是更高。小说和戏剧之所以常常失真，就是因为作家把笔下的人物塑造成逻辑自洽的个体，也许他们这么做是迫不得已。他们不能让人物自相矛盾，否则，读者就会看不懂，然而现实生活中，多数人恰恰是自相矛盾的。我们每一个人都是由无序随机、变幻莫测的特质组成的。逻辑学的书籍会告诉你，"黄颜色常由管状物组成"或是"感激之情重于空气"，这些描述都是谬论；但是，在这个由多种互为矛盾的因素所构成、从而形成为自我的混合体中，黄颜色很可能等同于一辆马车，感激之情则意味着下个星期中间的某一天。每当我听到别人说他们看人的第一印象很准，我只会耸耸肩。这些人要么是孤陋寡闻，要么是在夸夸其谈。就我而言，我认识一个人的时间越长，就越捉摸不透他：我的老朋友们就

---

① 1925 年首次发表，收录于 1936 年首次出版的短篇小说集《四海为家之人》(*Cosmopolitans*)。

是我最不了解的一群人。

　　我之所以会想到这些，是因为今天早晨在报纸上读到了爱德华·海德·伯顿在神户逝世的消息。伯顿是个商人，在日本经商多年。我对他了解不多，但是颇感兴趣，因为他曾经让我大吃一惊。要不是他亲口告诉我那个故事，我永远也不相信他会做出那样的事。无论从外貌还是举止来看，他的特质都很明显。要说谁能够做到表里如一，那毫无疑问就是他了。所以，我听说了那件事以后更加觉得震惊。他的个子不高，只有五英尺四英寸 ① 多一点，人很瘦，头发花白，长着一双蓝色的眼睛，红润的脸上有很多皱纹。我猜想我们认识的时候，他大概有六十岁。他的衣着仪表总是非常简洁低调，和他的年纪、地位十分相称。

　　虽然伯顿的办事处设在神户 ②，但是他经常来横滨 ③。有一次，我正好为了等一班船在横滨待了几天，在英国人俱乐部里经人介绍认识了他。我们一起玩桥牌，他的牌技相当好，也不计较输赢。无论是在牌桌上，还是打牌后一起小酌，他总是寡言少语，但是他只要开口，说的话都在理。他有种不动声色的幽默。俱乐部里与他交好的人有很多，他走了以后，大家都夸他是数一数二的好人。我们碰巧都住在格兰德酒店，第二天，他邀我一同进餐。我见到了他的妻子和两个女儿，他的妻子也上了年纪，胖胖的，脸上始终带着微笑。一家人显然非常亲密融洽。我觉得伯顿给我印象最深的一点是，他的性格很温和。他那双友善的蓝眼睛里蕴含着某些令人愉悦的东西。他的声音很温柔，你很难想象他会怒气冲冲地大喊大叫；他的笑容又是如此地和蔼可亲。你会不由自主得被他吸引住，因为你能感觉到他对每个人的

---

① 约为 1.63 米。

② 神户（Kobe），位于日本兵库县东南部的港口城市。

③ 横滨（Yokohama），位于日本神奈川县东部的港口城市。

爱都是发自内心的。他很有魅力，但是一点也不惺惺作态：他喜欢打牌，爱喝鸡尾酒，可以把刺激、有趣的故事讲得头头是道，年轻的时候还是名运动健将。他很有钱，每一分钱都是靠自己的双手挣来的。我想，大家都喜欢他是因为他是那样地弱小，让你本能地想要保护他。你甚至会觉得他是个连一只苍蝇也不忍心伤害的人。

有一天下午，我坐在酒店的休息室里。那时候还没有发生地震①，休息室里摆着真皮的扶手椅。从窗口望出去，熙熙攘攘的港口一览无遗。巨大的远洋客轮从这里启程，驶往温哥华和旧金山，还有几艘客轮经由上海、香港和新加坡前往欧洲。各国商船来来往往，这些船只历经长途航行，船身受海水侵蚀，略显破旧，中式帆船上悬挂着各色船帆，船尾高高翘起，还有数不尽的舢板小船。这幅景象热闹繁忙，可我不知为什么感到很宁静。这里洋溢着传奇的色彩，仿佛只要伸出手就能触摸到形形色色的故事。

过了一会儿，伯顿走进休息室。他看见我，便过来坐到我身边的椅子上。

"你想喝一杯吗？"

他拍拍手招来侍者，点了两杯杜松子汽酒。侍者把酒端上来的时候，外面街上正好走过一个人。那个人看到我，对我挥了挥手，我也向他点头致意。

"你认识特纳吗？"伯顿问我。

"我在俱乐部见过他。听说，他在这里的开销全靠家里定期汇钱。"

"嗯，我想是的。这里有很多像他这样的人。"

"他的桥牌打得很好。"

---

① 指 1923 年的关东大地震。

"这种人一般都很会打牌。去年这里有个人，说来也巧，那个人和我同姓，他是我见过的桥牌打得最好的人。我估计你在伦敦没有碰到过他。他自称名叫莱尼·伯顿。我猜想他肯定经常出入几家高级的俱乐部。"

"我对这个名字没有印象。"

"他的牌技相当好，像是有某种天生的直觉似的。我也说不清楚。我和他打过很多次牌。他在神户住过一段时间。"

伯顿呷了一口杜松子汽酒。

"这事挺有意思的，"他说，"他人不坏，我挺喜欢他的。他总是打扮得体面又漂亮，相貌堂堂，头发是自然卷，一张脸白里透红。女人对他趋之若鹜。他心眼不坏，只是有点放荡不羁，你懂的。当然啦，他喝酒喝得很厉害。这种人都是一个样。家里每隔三个月会寄给他一笔钱，他再去牌桌上赢一点。从我这里赢走的可不少呢，我全都记得。"

伯顿和蔼地笑了笑。我和伯顿打过牌，知道他即使输了钱也从来不计较。他用细长的手指摸了摸刮得干干净净的下巴，手上青筋凸显，皮肤像是透明的。

"我想就是因为这个缘故，他才会在潦倒后找上我，还有一个原因就是，我俩姓氏一样。有一天，他到我的办公室来，让我给他派个活干。我很意外。他对我说，家里不再寄钱来了，所以他想找个差使。我问他多大了。"

"'三十五岁。'他说。"

"'你至今为止做过什么工作吗？'我问他。"

"'呃，没做过什么。'他说。"

我忍不住大笑起来。

"'我现在恐怕帮不了你。'我说，'再过个三十五年来找我吧，到

那时候，我看看要怎么帮你。'

"他站在那里一动不动，脸唰地变白了。他犹豫了一会儿后对我说，他已经有一段时间没在牌桌上交到好运了。他不想老是打桥牌，于是开始玩梭哈①，结果输得精光。现在他身无分文，所有的东西都拿去典当了。他付不起酒店的账单，酒店也不许他继续赊账。他穷得叮当响，如果找不到活干，只能去寻死。

"我上下打量他，发现这个人已经彻底垮了。他酗酒比以前更严重，那副模样像是有五十岁。要是那些女孩看到他现在的样子，肯定不会对他念念不忘喽。

"'除了打牌，你就什么也不会了吗？'我问他。

"'我会游泳。'他说。

"'游泳！'

"我简直不敢相信我的耳朵；这个回答太蠢了。

"'我代表我的大学参加过比赛。'

"我听到这句话，大概明白他想要说什么了。这种人我见多了，他们在大学里很受欢迎，个个自命不凡，其实都是花花架子，我才不会把他们放在眼里呢。

"'我年轻的时候也游得很好。'我说。

"我突然生出个念头。"

伯顿停下话头，转过来看我。

"你对神户熟悉吗？"他问道。

"不熟悉。"我说，"有一次我经过那里，但是只住了一个晚上。"

"那你应该不知道盐屋②俱乐部。我年轻的时候从那里出发，游

---

① 梭哈，一种使用扑克牌的赌博游戏。
② 盐屋（Shioya），地名，位于日本神户市垂水区。

过灯塔，一直游到垂水①湾上岸。那段距离至少有三英里，很难游，因为灯塔周围有很多急流。言归正传，我对那个和我同姓的年轻人说，如果他能够游完这段距离，我就给他安排一份工作。

"看得出来他吃了一惊，有点为难。

"'你说自己游得不错。'我说。

"'但是我现在状态不太好。'他答道。

"我没有说话，只是耸了耸肩。他盯着我看了一会儿，然后点了点头。

"'好吧，'他说，'你希望我什么时候出发？'

"我看了看表，刚过十点。

"'你游这么一段距离只需要一小时一刻钟多点。我十二点半开车到垂水湾，在那里和你会合，然后我们回俱乐部，你换身衣服，和我一起吃午餐。'

"'成交。'他说。

"我们握了握手。我祝他好运，然后他就离开了。那天上午我很忙，等处理完工作赶到垂水湾，刚好是十二点半。其实我根本不用这么匆忙，他一直没有出现。"

"他临阵脱逃了？"

"不，他没有逃，确实去了。不过当然啦，他长年酗酒，生活放纵，身体早就垮了，没能游过灯塔周围的急流。我们差不多在三天后才找到了尸体。"

我有好一会儿什么话也没有说。我有点震惊。然后，我问了伯顿一个问题。

"你和他约定的时候，知道他会淹死吗？"

---

① 垂水（Tarumi），神户市西南部的一个区。

他露出一抹温和的微笑，用那双善良、真诚的蓝眼睛看着我。他的手指搓了搓下巴。

"其实，当时我的办事处没有空缺的职位。"

（李佳韵　译）

凑满一打①

我喜欢埃尔索姆。那是坐落在英格兰南部的一个海滨度假胜地，离布莱顿②不算太远，那个宜人的小镇颇有点儿乔治国王③时代晚期的魅力。不过，这个地方既不喧闹，也不俗艳。十年前，我经常动不动就去那儿，你依然时不时就会看到一幢古老的房屋，很坚固，而且虚于其表，但格调并不令人讨厌（就像一个名门出身的贵妇人，纵然穷困潦倒，但其血统中带有的那种谨慎的骄傲只会让你觉得好笑，而不会冒犯你），它们都是"欧洲第一绅士"④统治时期建造的，一个家道中落的侍臣不妨可以在这里安度晚年。主干街上弥漫着懒洋洋的气息，医生开的汽车似乎有些不合时宜。主妇们悠闲自得地做着家务。屠夫挥动着手臂从南丘羊⑤身上砍下脖子根部最好的肉，主妇们一边望着他，一边和他闲聊，她们也会亲切地问候杂货店老

① 首次发表于 1924 年，收录于 1931 年出版的短篇小说集《六个用第一人称单数写的故事》（ Six Stories Written in the First Person Singular ）。
② 布莱顿（ Brighton ），英格兰南部海滨城市，标志性建筑是英皇阁（ Royal Pavilion ），布莱顿以其密布鹅卵石的海滩而著称。
③ 即乔治四世（ George IV, 1762—1830 ），英国汉诺威王朝国王，乔治三世长子，威廉四世的同母兄，平生沉醉奢华生活。
④ 此为乔治四世的支持者给他的雅称（ the First Gentleman in Europe ），赞赏他衣着雅致、举止高贵；但是，作为君主，他骄奢无度的生活与这个名号正好成为对照。
⑤ 南丘羊（ South Down ），短毛型肉用绵羊品种。因原产于英格兰东南部丘陵地区而得名，原名叫丘陵羊。18 世纪后期育成，是英国最古老的绵羊品种。

板的妻子，一边等着他把半磅茶叶外加一袋盐放进她们的购物网袋。我不知道埃尔索姆过去是否也称得上一个时髦的地方；我去的那个时候肯定不是了；但是，这个地方体面，性价比也高。住在那里的人通常是一些未出嫁或者寡居的老妇人，还有从印度来的平民，以及退伍的士兵，他们既期待八九月份的天气，同时又有些惧怕八月和九月前来度假的人流；不过嫌弃归嫌弃，他们乐意让游客们在自家屋子里借宿，收了房租就可以到瑞士的某个膳宿公寓过几周尘世间的快乐时光。我从来没有见识过那个繁忙时期的埃尔索姆，听说那个时候所有出租房都住满了，穿着夹克衫的年轻人在海岸边漫步，白面小丑在沙滩边上表演，一直到晚上十一点，你都能听到从海豚旅馆的台球房里传来的台球的碰击声。我只见识过冬天的埃尔索姆。靠海的每一栋房子，都是一百年前建造的，刷着粉饰灰泥，装着拱形窗棂，每一幢都张贴着出租告示；海豚旅馆只有一个服务生和跑腿的门童负责接待各方宾客。每天晚上十点一到，门童就会进入吸烟室，看着你，什么都不说，让你不得不起身回房休息。埃尔索姆是个休闲的地方，海豚旅馆也是个令人惬意的地方。想到摄政王①多次带着菲茨尔伯特夫人一路开过来，在旅馆的咖啡厅里喝茶，倒也让人遐想连连。大厅里挂着装裱起来的萨克雷②先生的一封信，上面写着他要一间有一个客厅两个卧室的套房，面朝海景，还要求必须派一辆马车到车站去接他。

　　有一年的十一月里，是战后第二年还是第三年吧，由于突然患上了严重的流感，我去埃尔索姆调养身子。下午到达之后，我放好行李，便到海边去走走。天色阴沉，平静的海面呈现出一派灰色，天气

---

① 摄政王（Prince Regent），指的是乔治四世在其父王乔治三世罹患精神病无法执政而兼任摄政王；菲茨尔伯特夫人是他多年的情妇，俩人曾秘密结婚。

② 萨克雷（全名：William Makepeace Thackeray，1811—1863），英国小说家，作品多讽刺上层社会，主要作品有长篇小说《名利场》和《彭登尼斯》。

寒冷。几只海鸥在贴着岸边飞翔。因为是冬天，帆船的船桅都收起来了，在布满沙砾的沙滩上高高挂起，一间间淋浴房排成了一条长龙，灰色的墙面，显得很破旧。市镇委员会到处投放了一些长椅，但是现在都空着，附近有几个人拖着沉重的步伐在来回走动着，是在锻炼身体。我一路走来，看到了一位上了年纪的上校，长着红鼻头，穿着宽大的运动裤，在大踏步地走着，后面跟着一条猎狗，看到了两位老妇人，穿着短裙，脚上穿着结实的鞋子，还有一位相貌平平的姑娘，戴着苏格兰式的无檐圆帽。我从来没见过这么荒凉的海滩。出租房看上去像浑身透湿、邋遢不堪的老处女，在等待着那个永远不会回来的爱人，甚至连以往宾客盈门的海豚旅馆都好像有些破败荒凉。我的心顿时沉了下来。生活似乎突然间变得索然无味了。回到旅馆，拉开客厅的窗帘，我点上炉火，拿起一本书，想用读书来驱散阴郁的心情。到了该换衣服去吃晚餐的时候，我的心情确实开朗了一些。走进咖啡厅，发现旅馆的客人都已落座就餐了。我随意瞟了他们一眼。只见有一位中年女士独自坐着，有两位老先生，也许是高尔夫球手吧，红红的脸颊，秃顶的脑门，在郁郁寡欢地吃着饭。房间里的其余三个人则坐在拱形窗边，我立马被他们吸引住了。那是一位老先生和两位女士，其中一个年纪大了，大概是他的老婆，另一个年轻一些，也许是他的女儿吧。起先是这位老夫人引发了我的好奇。她穿着肥大的黑丝裙，戴着黑色的蕾丝帽；手腕上戴着沉甸甸的金镯子，脖子上挂着大金链，上面吊着一个大金坠；领口处别着一枚大金胸针。我不知道如今还有谁会戴那种珠宝。我经常路过二手珠宝店和当铺，我会停留一会儿，微笑着打量这些奇怪、老式的物件，牢固、昂贵、模样丑陋，想到佩戴这些首饰的女子早已不在人世了，笑容里又添上了几分哀愁。这些物件告诉了人们，衬垫、荷叶边是在什么时候取代了裙撑，平顶卷边帽是在什么时候取代了宽檐帽的。那时候，英国人喜欢牢固的好东西。他们周日早上去教堂做礼拜，结束后去公园散步。他们的家宴上会准备十二道菜肴，由主人来切牛肉和鸡肉，餐后，会弹钢琴的女士会向在场宾客献上一曲门德尔松①的《无词歌》②来助兴，擅长中音的男士会唱上一曲古老的英国民谣。

年纪轻的那位女士背对着我，起初，我只能看到她那苗条、年轻的身姿。一头浓密的棕色头发，似乎是精心打理过的。她穿着灰色的裙子。他们三个人坐在那儿，在窃窃私语地聊天，此刻，她转过头来，我看到了她的容貌。惊为天人。鼻子坚挺、小巧，脸部线条分明；这时我才看到，她梳着亚历山德拉皇后③的发型。晚餐快要结束了，仨人站起来，离开了餐桌。老妇人翩然走出房间，目光直视着前方，丝毫没有左顾右盼，年轻的那位跟着她。看到她原来也上年纪了，我大吃一惊。她穿的裙子极其简单，裙摆长度比当时的款式稍长，而且剪裁上有点儿过时，收腰比常见的款式更加明显，但这仍是一条女孩子穿的裙子。她个头高挑，颇像丁尼生④笔下的女主角，身材纤细，两腿修长，走路姿态优雅。我之前见过那样的鼻子，希腊女神才有这样的鼻子，她还有美丽的嘴巴，有一双又大又蓝的眼睛。皮肤已经算不上特别紧实了，额头和眼睛周围有几道细细的皱纹，但是年轻的时候，她的皮肤肯定光彩动人。她让你想起了阿尔玛-塔德

---

① 门德尔松（全名：雅科布·路德维希·费利克斯·门德尔松·巴托尔迪，Jakob Ludwig Felix Mendelssohn Bartholdy，1809—1847），德国犹太裔作曲家、德国浪漫乐派最具代表性的人物之一，被誉为浪漫主义杰出的"抒情风景画大师"，作品以精美、优雅、华丽著称。

② 《无词歌》(Lieder ohne Worte)，门德尔松的钢琴小品系列，创作于1829年至1845年间，具有极大的音乐价值，在19世纪极受欢迎。

③ 亚历山德拉皇后（Alexandra of Denmark，1844—1925），是俄罗斯帝国最后一位沙皇尼古拉二世的皇后。

④ 丁尼生（全名：阿尔弗雷德·丁尼生，Alfred Lord Tennyson，1809—1892），是英国维多利亚时代最受欢迎及最具特色的诗人。他的诗歌准确地反映了他那个时代占主导地位的看法及兴趣，这是任何时代的英国诗人都无法比拟的。代表作品为组诗《悼念》。

玛① 所画的五官匀称、精致的罗马美人，虽然她们身着复古的裙子，却依然固执地表露出自己的英伦特色来。这是过去二十五年来我没有见过的完美，带着冷冷清清的感觉。这就如同隽语这种体裁一样，已经死寂消亡。我就像一个考古学家，发现了埋藏已久的雕像，无意中发现过去的时代是这样留存下来的，我感到无比兴奋。消亡最为彻底的，往往只是昨日。

两位女士离开时，那位老先生也站了起来，现在他又回到座位上了。一个服务员给他拿来一杯浓波特酒。他先闻了闻，小口抿着，然后在舌上细细品味了一会儿再咽下去。我仔细地观察了他好一会儿。他个头矮小，比他那位身形高大的妻子要矮得多，身子肥胖不结实，有一头灰白的鬈发。他脸上布满了皱纹，带着有点儿滑稽的表情。他双唇紧闭，脸颊方正。照现在的观念来看，他的着装未免有些太过花哨：穿着黑色天鹅绒夹克，低领的褶边衬衫，系着宽条的黑色领带，还有极其宽大的晚宴西裤。你仿佛觉得，他穿的是一套戏装。他不慌不忙地喝完了那杯波尔多红酒，站起身来，慢慢走出了餐厅。

我很好奇，想知道这些人是谁，穿过大厅的时候，我瞥了一眼访客本。我看到他们三个人的名字是一种女性化的字体写上去的，这大概是四十年前曾经风行一时的学校里教给年轻女子一种有棱有角的写法，他们的名字是：艾德温·圣克莱尔夫妇，以及波切斯特小姐。他们的地址是：伦敦市贝斯沃特区伦斯特广场68号。这些名字和地址肯定是那三个让我饶有兴趣的人的。我问了女经理谁是圣克莱尔先生，她告诉我说，他是本城的大人物。随后，我走进台球房，打了一会儿台球，然后上楼，经过了休息室。先前见到的那两位红脸的绅士

---

① 阿尔玛-塔德玛（Alma-Tadema Lawrence，1836—1912），受封为劳伦斯爵士（Sir Lawrence），荷兰裔英国画家。作品描绘田园史诗，多取材于希腊和罗马古迹。

正在读晚报，那位年纪大的女士手里拿着一本小说，在打瞌睡。另外那三个人则坐在角落里。圣克莱尔太太在织毛线，波切斯特小姐在忙着刺绣，而圣克莱尔先生则在朗读，虽然想尽量不打扰别人，但听上去声音还是很洪亮。我经过的时候，发现他在读《荒凉山庄》①。

　　第二天，我基本在读书、写作，但下午抽空出去走了走，回来的时候，在海边的公用椅子上坐了会儿。天气没有昨天那么冷了，空气宜人。我无事可做，看到远方有个人朝我走过来。是一个男人，走近了我才看清，是一个衣衫褴褛的家伙。他穿着单薄的黑色大衣，头上戴着一顶有点儿破旧的圆顶礼帽。他走路时双手揣口袋里，看上去有些冷。经过我身边的时候，他朝我瞥了一眼，继续向前走了几步，犹豫了一下，然后又停下脚步，转过身来。等到再次出现在我坐着的地方时，他从口袋里伸出手，摸了摸自己的帽子。我看到他戴着破破烂烂的黑色手套，估计他是个经济条件有些拮据的鳏夫。或者说，他从事的也许是殡葬行业，像我自己一样，刚刚流感痊愈，在这里静养。

　　"先生，打扰了，"他说道，"能借个火吗？"

　　"当然了。"

　　他坐在我旁边，我在口袋里找火柴时，他在找香烟。掏出一小盒"金叶"②牌香烟之后，他忽然脸色一沉。

　　"哎呀，哎呀，真扫兴！我的烟都抽完了。"

　　"我给你一支吧。"我笑着回答道。

　　我拿出烟盒，他自己动手拿了一支。

　　"黄金的？"他问道，我合上烟盒的时候，他拍了拍烟盒，"是黄

---

① 《荒凉山庄》(Bleak House)，发表于 1852 年至 1853 年之间，是英国著名作家查尔斯·狄更斯（1812—1870）最长的作品之一，它以错综复杂的情节揭露英国法律制度和司法机构的黑暗。

② 金叶（Gold Flake）为印度帝国烟草公司生产的一种香烟。20 世纪初在印度非常流行，出口至英国、爱尔兰、加拿大等国。

金的吧？这种东西我向来留不住。我之前有过三个。都让人偷了。"

他的目光落在自己的靴子上，神情颇有些惆怅，那双靴子急需修补。他是个身材干瘪、瘦小的家伙，鼻子又长又窄，淡蓝色的眼睛。他的皮肤蜡黄，脸上皱纹密布。我说不上他有多大岁数；他可能是三十五岁，也可能已经六十岁了。他身上没有什么突出的特点，除了他那无足轻重的模样。但是，虽说很明显，他是个穷苦人，但他显得整洁、干净。他值得别人尊重，也很在意自己的社会地位。不对，我觉得他不是一个专门从事殡葬行业的人，我想，他也许是某个律师事务所的职员，最近刚刚安葬了自己的亡妻，是体恤下情的老板送他到埃尔索姆来的，好让他熬过丧妻之痛的头一波打击。

"先生，你在这儿要待很久吗？"他问我。

"十天或者两个星期吧。"

"先生，这是你第一次来埃尔索姆吗？"

"我以前来过。"

"先生，我很了解这里。我可以很自豪地说，这世上没有几个海边度假地是我没去过的，我时常隔三岔五地去这些地方。埃尔索姆可谓天下难寻啊，先生。你会发现，这个地方的人与众不同，都很有修养。埃尔索姆既不热闹，也不俗气，但愿你懂我的意思。先生，埃尔索姆给我留下了许多非常美好的回忆。想当初，我对埃尔索姆可熟悉了。我是在圣马丁大教堂结婚的，先生。"

"是吗？"我有气无力地说。

"先生，那可是一段非常幸福的婚姻啊。"

"我很高兴听你这么说。"我回答道。

"九个月，那场婚姻持续了九个月。"他若有所思地说。

这话谅必有点儿出奇。我并没有满怀热情地翘首期盼他下一步可能要说些什么，因为我已经十分清楚地预见到，他准会毫不吝啬地向我倾诉他的婚姻经历，不过，我这会儿还是在耐心等待着，即使算不上心情迫切，至少也算怀着一份好奇心，目的是为了再增长点儿见闻。他不为所动。他只是轻轻叹息了一声。熬到最后，我打破了沉默。

"周围好像没有多少人嘛。"我说道。

"我喜欢这样。我可不是个喜欢凑热闹的人。我刚才还在说呢，依我看，我已经在一个又一个海滨度假胜地消磨过好多年了，但我从来不在旅游旺季去。冬天才是我喜欢的季节。"

"你不觉得这里的冬天有点儿凄凉吗？"

他转向我，把一只戴着黑手套的手搭在我的胳膊上。

"确实凄凉。但是，正因为凄凉，稍有一缕阳光就特别招人喜欢。"

这话在我听来似乎纯属无稽之谈，我便没去搭腔。他把那只手从我的胳膊上抽了回去，随即站起身来。

"得啦，我不能再这样没完没了地烦你了，先生。很高兴能认识你。"

他彬彬有礼地摘下他那顶脏兮兮的帽子向我致意，然后便信步走开。此时，天有些阴冷起来，我得回旅馆了。我走上宽阔的台阶时，一辆活顶双排座的四轮马车跟了上来，拉车的两匹马瘦得皮包骨，从车里下来的人是圣克莱尔先生。他戴着的那顶帽子，看着就像圆顶礼帽和高顶礼帽两者很不和谐地糅合在一起的产物。他伸出手去扶太太，接着再去扶自己的外甥女。门童在他们身后拿地毯和垫子走进了旅馆。圣克莱尔先生付钱给车夫的时候，我听到他在吩咐对方第二天老时间来，我马上就知道了，他们每天下午都会坐马车外出兜风。如果有谁告诉我说，他们三个都没有坐过汽车，我一点都不会惊讶。

女经理对我说，他们平时喜欢独处，不会主动和旅馆里的其他住客打交道。我信马由缰地展开了自己的想象力。每天三餐我都在观察他们。我看到，圣克莱尔夫妇俩每天早晨都会坐在旅馆门前的台阶顶上，圣克莱尔先生在看《泰晤士报》，圣克莱尔太太在织毛线。我估计，圣克莱尔太太这辈子压根儿就没读过一份报纸，因为他们向来只带着《泰晤士报》，从没见过他们带着别的报纸，而圣克莱尔先生每天带着去城里的当然也是这份报纸。大概在十二点的时候，波切斯特小姐会加入他们。

"埃莉诺，你享受到散步的好处了吧？"圣克莱尔太太问道。

"格特鲁德阿姨，散步确实非常好。"波切斯特小姐答道。

我也明白了，就像圣克莱尔太太每天下午要去兜风一样，波切斯特小姐每天早上都要去散步。

"亲爱的，等你把这一排毛线打完之后，"圣克莱尔先生瞥了一眼他太太手头的毛线活，说道，"我们不妨去散散步，权当在午餐前做一次健身运动。"

"那就太好啦。"圣克莱尔太太回答道。她折叠起手头的活儿，把它交给了波切斯特小姐。"埃莉诺，如果你上楼去的话，顺便把我的毛线活带上去，好吗？"

"当然啦，格特鲁德阿姨。"

"亲爱的，我想，散了步之后，你大概有点儿累了吧。"

"用午餐前，我想先休息一会儿。"

波切斯特小姐走进了旅馆，而圣克莱尔夫妇则沿着海边慢慢向前走去，俩人肩并肩地走到了一个特定的地点，然后又慢悠悠地走了回来。

每当在楼梯上遇到他们其中某一个人时，我都会鞠躬致意，也会收到对方回敬我的彬彬有礼的鞠躬，脸上却没有笑容。有天早上，我冒昧地说了一句"日安"，不料，这句问候语当即就此结束了。如此看来，我似乎无缘与他们当中的任何一个人说话了。但是现在，我感觉圣克莱尔先生时不时就会朝我瞥上一眼，我估计他可能听到过我的名字，于是，我就遐想着，也许是枉费心机的遐想吧，他是怀着好奇心在打量我。过了一两天之后，我正好坐在自己的房间里，那个门童忽然闯进屋来，给我带来了一个口信。

"圣克莱尔先生向您问好，并且请问您能否把《惠特克年鉴》①借给他看看？"

我吃了一惊。

"他怎么会想到我有《惠特克年鉴》？"

"哎呀，先生，女经理告诉过他了，你是写书的。"

我还是不明白这其中的关联。

"告诉圣克莱尔先生，非常抱歉，《惠特克年鉴》我一本也没有，假如我有这本书的话，我倒很乐意借给他。"

瞧，我的机会来了。直到现在，我才满怀着迫切的心情，想得寸进尺地去详细了解这几个天方夜谭式的人物。从前时不时地待在亚洲的核心地区时，我经常会遇见某一个孤零零的部落，他们生活在一个小村子里，周围都是格格不入的异族人口。没有人知道他们是怎么过来的，为什么偏偏在那个地点定居下来。他们过自己的日子，说自己的语言，与附近相邻的部落没有任何交往。没有人知道他们是不是自己的民族在浩浩荡荡地横扫这片大陆时留下的某一支部队的后裔，抑或是曾经在该地区建立过帝国的某些伟人的后代，这些后人已经所剩无几，在那里苟延残喘地活着。他们充满了神秘。他们没有未来，也没有历史。在我看来，眼前这个奇怪的小家庭似乎也具有同样的特

①《惠特克年鉴》（*Whitaker's Almanack*），1868 年起在英国出版的大型年鉴，主要收集英国各类统计、讯息和综述。

征。他们所具有的特点，是一个早已逝去、不复存在的时代的特点。他们不禁使我想起了父辈们爱读的那些休闲、老派小说里的人物。他们属于八十年代，而且自那以来就没有前进过一步。他们居然也经历了最近这四十年，仿佛这个世界已经停滞不前了一样，真是太奇葩了！他们使我回到了我的童年，使我回想起了那些逝去多年的人。我很疑惑，不知这是不是纯属年代造成的距离感，这才使我感到，他们比生活在当今世界的任何人都要怪诞。如果当年有人被形容为"真是个怪人"，老天爷作证，那可是意有所指的。

所以，那天晚上，用过晚餐后，我就走进休息室，大胆地跟圣克莱尔先生说话了：

"抱歉，我没有《惠特克年鉴》，"我说道，"不过，如果我有什么书籍你能派上用场，我很乐意借给你。"

圣克莱尔先生显然吓了一跳。那两位女士的眼睛都盯着自己手头的活儿。全场一片寂静，人人都尴尬地愣住了。

"没关系，不过，那位女经理的确告诉我说，你是个小说家。"

我绞尽脑汁地思索着。我的职业与《惠特克年鉴》之间似乎显然存在某种关联，可我怎么也想不起来。

"想当年，我和特罗洛普① 先生经常在伦斯特广场共进晚餐，记得他说过这样的话，对于小说家来说，最有用的两本书是《圣经》和《惠特克年鉴》。"

"我看到了，萨克雷曾经在这家旅馆住过。"我说道，心里很着急，不想让这场交谈半途而废。

"我一向不大喜欢萨克雷先生，尽管他和我已故的岳父萨金

_____

① 特罗洛普（全名：安东尼·特罗洛普，Trollope Anthony，1815—1882），英国作家，代表作品《巴彻斯特养老院》。

特·桑德斯先生不止一次地共进过晚餐。对我来说，萨克雷的作品太愤世嫉俗了。我外甥女直到今天也没有读过《名利场》。"

波切斯特小姐一听见提到了自己，顿时有点儿脸红了。这时，一个服务员端上了咖啡，圣克莱尔太太转向她的丈夫。

"亲爱的，也许这位先生肯赏脸，愿意陪我们一起喝咖啡呢。"

这话虽然不是直接对我说的，我还是立即答应了：

"非常感谢。"

我坐了下来。

"特罗洛普先生一直是我喜爱的小说家，"圣克莱尔先生说道，"他是一个纯粹的绅士。我钦佩查尔斯·狄更斯。但是查尔斯·狄更斯的笔下永远也描绘不出一位栩栩如生的绅士。据我了解，现在的年轻人认为，特罗洛普的作品节奏有点儿过于缓慢。我的外甥女波切斯特小姐更喜欢威廉·布莱克 [1] 的小说。"

"可惜我还没读过他的书。"我说道。

"噢，我明白了，你跟我一样；你也跟不上潮流啊。有一次，我外甥女要说服我去看罗达·布劳顿 [2] 的一部小说，但我还没看到一百页，就再也看不下去了。"

"艾德温姨夫，我没说我喜欢那本书，"波切斯特小姐自我解嘲地说道，脸又红了，"我只是跟您说了，这本书的内容很放荡，可是，人人都在谈论这本书。"

"埃莉诺，我相信这不是你格特鲁德阿姨想要你读的书。"

"我记得布劳顿小姐有一次跟我说，她年轻的时候，人们说她的

---

① 威廉·布莱克（William Black，1841—1898），英国第一位重要的浪漫主义诗人、版画家，英国文学史上最重要的伟大诗人之一。主要诗作有诗集《纯真之歌》《经验之歌》等。

② 罗达·布劳顿（Rhoda Broughton，1840—1920），威尔士小说家、短篇小说家。故事以耸人听闻和敢于描绘女性欲望著称，被称为"流动书摊女王"。

书内容很露骨，等她年纪大了，他们又说她的书过于平淡，这就很难办了，因为她四十年来写的完全是同一种类型的书啊。"

"哦，你了解布劳顿小姐吗？"波切斯特小姐问道，这是她第一次和我说话，"太有趣了！那你认识奥维达①吗？"

"亲爱的埃莉诺，你接下来还要说什么啊！我敢肯定，你从来就没有读过奥维达的作品。"

"艾德温姨夫，可我确实读过呀。我看过她写的《两面旗帜之下》，我非常喜欢这本书。"

"你倒让我不得不刮目相看了。我真不知道如今的女孩子都成什么样了。"

"您一直说，等我到了三十岁，就给我绝对的自由，允许我想看什么就看什么。"

"亲爱的埃莉诺，自由和放肆是有区别的。"圣克莱尔先生说道，微微笑了笑，目的是为了不让自己的责备显得过于唐突，但还是带着几分严肃。

我至今也不清楚，在如此这般地详细描述这场交谈时，我是否已经准确表达出了我当时的感受，那场交谈确实具有一种令人痴迷的老派的气氛。我完全可以通宵达旦地听他们谈论十九世纪八十年代期间尚属年轻的一代人的腐化堕落行为。要是能看上一眼他们在莱茵斯特广场的那座洋洋大观、室内非常宽敞的豪宅，付出再大代价我都愿意。我应该能认得出客厅里铺着红色织锦的成套家具，每一件都笔直地竖立在指定的位置；那些陈列柜个个都摆满了德累斯顿②瓷器，会

---

① 奥维达（Quida, 1839—1908），英国维多利亚时代的著名女作家。奥维达是一个多产的女作家，从 1863 年出版第一部小说起，陆续出版过四十多部小说和散文集。后文提到的《两面旗帜之下》(Under Two Flags, 1867) 是她的作品之一。

② 德累斯顿（Dresden），在德国是"文化的代言词"，德国十大主要城市之一，以生产瓷器出名。

让我不由自主地回想起我的童年。他们通常都坐在餐厅里，因为客厅只用来举办各类聚会，餐厅里有一块土耳其地毯，有一个巨大的红木餐具柜，由于装了太多的银器而"不堪重负"。墙上的画作肯定会在十九世纪八十年代的学院派中备受亨弗莉·沃德夫人[1]和她叔叔马修的青睐。

第二天早上，我漫步穿过埃尔索姆后面的一条漂亮的街道时，正巧见到了波切斯特小姐，她在散步。我本来可以和她一起走一段的，但是五十岁的小姐和我这样年龄的男人独自走在一起，肯定会让她尴尬。我路过的时候，她向我鞠躬，脸红了。奇怪的是，在她后面几码的地方，我忽然看见了那个滑稽可笑、衣衫褴褛的小个子男人，戴着黑手套，就是之前在海滩上和我说过几分钟话的人。他摸了摸自己那顶破旧的圆礼帽。

"请问，先生，可不可以请你帮个忙，借给我一根火柴？"他说道。

"当然可以，"我反唇相讥地回答道，"不过，我恐怕没有带香烟啊。"

"让我请你抽一支我的烟吧。"他一边说，一边掏出自己的纸质烟盒。那是只空烟盒。"哎呀，哎呀，我也一支不剩了。多么奇怪的巧合啊！"

他继续向前走去，我总觉得他稍许加快了步伐。我马上对他产生了疑虑。但愿他不会去打扰波切斯特小姐。过了一会儿，我心里想着要折回头赶上去，但我并没有真这样做。他是个文明的小男人，我就不信他会自讨没趣地去骚扰一个单身女子。

---

[1] 亨弗莉·沃德（Humphery Ward, 1851—1920），英国小说家，她的叔叔即为诗人、评论家马修·阿诺德（Matthew Arnold, 1822—1888）。

就在当天下午，我又看到他了。我当时一直坐在海滨人行道上。他迈着小步，期期艾艾地朝我走来。那时好像有点儿风，他看上去就像被风儿吹过来的一片枯叶。这回他没有犹豫，而是直接在我身边坐了下来。

"先生，我们又见面了。这个世界真是个小地方。如果这样做不会使你感到不便的话，不妨请你允许我休息几分钟吧。我稍许有点儿累了。"

"这是一条公用长凳，我有权坐在这里，你当然也同样有权坐在这里。"

我没有等他开口向我借火柴，就立马给了他一支烟。

"先生，那就太谢谢你啦！我不得不限定自己，一天不能抽那么多烟，但是，我能享受到抽那几支烟的快乐。人年纪越大，生活的乐趣就越少，不过，我的经验是，人反而可以更加尽情地去享受那些所剩无几的乐趣。"

"这倒是个非常令人宽慰的说法。"

"请问，先生，你就是那位著名作家吧，不知我这样想对不对？"

"我确实是一位作家，"我回答道，"可是，你凭什么会这样想呢？"

"我在画报上看见过你的照片。我估计，你认不出我了吧？"

我又朝他看了看，一个骨瘦如柴、个头矮小的男人，穿着一身整洁、破旧的黑色衣服，长鼻子，一双水汪汪的蓝眼睛。

"不好意思，没认出来。"

"我想，我已经今非昔比啦，"他感慨地说，"曾几何时，我的照片登载在联合王国的每一家报纸上。当然，那些报社的摄影师拍的照片从来就不像你本人。先生，我这么跟你说吧，要不是我看到照片下面有我的名字，我怎么也猜不出来有些照片就是针对我拍的。"

他沉默了一会儿。退潮了，铺满砂砾的海滩的另一边是一溜黄泥。防波堤半埋在其中，宛如史前巨兽的脊梁骨。

"先生，当一名作家肯定是一件极其有趣的事吧。我时常认为，我自己很有写作的天分。我前前后后读了大量的书。我最近没再坚持多读书了。其中一个原因是，我眼睛不如从前那么好了。我相信，如果试一试，我也可以写出一本书来。"

"人们常说，无论什么人都可以写出一本书来。"我回答道。

"写不出一部小说吧，你知道的。我就是个不太喜欢小说的人，我更喜欢历史之类的书。不过，回忆录另当别论。如果有人肯出这笔钱，我倒愿意写一写我的回忆录。"

"写回忆录当下非常时髦。"

"这世上像我这样正反两方面的阅历都很丰富的人并不多。关于这一点，我的确给一家星期天发行的报纸写过信，没想到，他们根本没回我的信。"

他朝我意味深长、评头品足地审视了一番。瞧他那种十分正派的样子，总不至于会开口向我讨要半个克朗①吧。

"当然，你还不知道我是谁吧，先生，对不对？"

"我还真不知道。"

他仿佛在动脑筋思索了一会儿，接着又抚弄着他那副黑手套手指上的几处褶皱，盯着其中的一个破洞看了一会儿，然后才转过身来面对着我，脸上不无羞赧的表情。

"我就是那个大名鼎鼎的莫蒂默·埃利斯啊。"他说道。

"哦？"

我不知道还会冒出什么惊人的话来，因为就我所知，到目前为

---

① 克朗（crown），英国旧制 5 先令的硬币。

止，我还从来没有听到过这个名字。看到他的脸上浮现出失望之色，我也感到颇有点儿尴尬。

"莫蒂默·埃利斯，"他重复了一遍，"你总不会当着我的面说你不知道吧。"

"不好意思，我确实不知道。我大多数时间都不在英国。"

我有些纳闷，不知他的名气究竟从何而来。我把各种各样的可能性在脑海中梳理了一遍。他绝对不可能是一名运动员，因为在英国，唯独只有当运动员的人能真正出名，但他说不定是一名信仰治疗师①，或者是一名台球冠军呢。当然，最默默无闻的人莫过于一名下台的内阁大臣，而他也可能是某一届已经倒台的政府里的贸易委员会主席。但他根本就没有一名政治家应有的派头。

"你的名声就是这么来的，"他愤愤不平地说道，"哼，我以前常常一连好几个星期都是英国最受热议的人。你再看看我。你肯定在报纸上见过我的照片。莫蒂默·埃利斯。"

"抱歉。"我说罢，摇了摇头。

他停顿了一下，目的是为了增强他揭开谜底时的效果。

"我就是那个大名鼎鼎的重婚犯。"

瞧，当一个几乎素不相识的人主动告知你，说他是个大名鼎鼎的重婚犯时，你该怎么回答才好？我承认，我偶尔也怀有这种虚荣心，认为自己一般情况下还不至于窘迫得想不出反驳的话来，但此时此刻，我发觉自己真的无语了。

"先生，我娶了十一个老婆。"他继续说道。

"大多数人都觉得，一个老婆就快要招架不住了。"

"哦，那是缺乏实践。等你娶了十一个老婆，你就会对女人了如

---

① 信仰治疗师（faith healer），通过信仰、祈祷等疗法给人治病的医师。

指掌了。"

"可是，你为什么娶了十一老婆之后就不再娶了呢？"

"你看看，我就知道你准会说这种话。第一眼看到你时，我就对自己说，他是个聪明人。你知道吗？先生，让我一直痛悔不迭的就是这件事。'十一'的确像是个难以解释的数字，是吧？这个数字似乎有点半途而废的意思。瞧，'三'无论什么人都能接受，'七'也不错，人家说，'九'是个幸运数字，'十'也没什么毛病。但是'十一'！让我懊悔的就是这件事。要是我能把这个数字再向上提一提，满满凑成一打，我就什么都不在乎了。"

他解开大衣纽扣，从内侧口袋掏出一个鼓鼓囊囊、非常油腻的皮夹子。他从这只皮夹子里取出了一大叠剪报；那些剪报已经磨损得破破烂烂，布满了折痕，而且也很脏。但他还是把其中的两三张铺展开来了。

"瞧，你看看这些照片吧。我问你，这些照片像我吗？这是一种令人愤慨的侵权行为嘛。哼，光看这些照片，人家还以为我是一名罪犯呢。"

这些剪报的长度真可谓洋洋大观。从报社审稿人的角度看来，莫蒂默·埃利斯当年显然是一则很有价值的新闻。第一份的标题是：《一个频频结婚的男人》；第二份是：《没良心的无赖被绳之以法》；第三份是：《卑鄙流氓遭遇滑铁卢》。

"不是你所说的正面报道嘛。"我嘀咕道。

"我从不关心那些报纸上是怎么说的，"他答道，耸了耸他那瘦削的肩膀，"我自己就认识太多的记者，犯不着去计较这种事情。不，我要怪的是那个法官。他对我的态度十分恶劣，顺便提醒你一下，这对他也没什么好处；不到一年，他就死了。"

我迅速扫了一眼手中的报道。

"我明白了，他判了你五年徒刑。"

"依我看，这个判决简直是辱没法律的尊严，你看看这报纸上是怎么写的，"他用食指朝某一行字点了点，"'三名受害者请求法庭对他从宽处理。'这就表明了她们对我的看法嘛。可是，尽管这样，他还是判了我五年徒刑。还有，你瞧瞧，他是怎么辱骂我的，一个没良心的无赖——我吗？我可是这世上心肠最好的人——他还骂我是一个扰乱社会的害人精，一个有害于民众的危险分子。说他要是有这个权力，他恨不得用九尾鞭抽我一顿。我其实并不在乎他判了我五年徒刑，尽管我无论如何也不会说，这个判决并不算太重，但是，我问你，他有什么权利像那样教训我？不，他没有，我永远也不会原谅他，即使我活到一百岁了，我也决不原谅他。"

这名重婚犯的脸颊涨得通红，那双水汪汪的眼睛里一时间充满了怒火。这是个让他痛心疾首的话题。

"能让我看一下这些报道吗？"我问他。

"我拿出来就是让你看的。先生，我想请你好好看一看。但是，如果你看了之后，还不说我是一个被大大冤枉了的人，唉，那你就不是我原来以为的那种人。"

我把这些剪报逐一翻看了一遍之后，马上就明白了莫蒂默·埃利斯为什么对英国的海滨旅游胜地有如此广泛了解的缘由。这些地方全是他的猎艳场。他的惯用伎俩是，在旅游旺季即将结束的时候赶往某个地方，在一幢空出来的出租别墅里租下一套公寓。显然，他用不了多久就能搭识到某个这样或那样的女人、寡妇、或者老处女，我还注意到，她们当时的年龄都在三十五岁至五十岁之间。她们在证人席上陈述时，都说她们是在滨海区与他初次相识的。他通常会在第一次见面后的两周之内主动向她们求婚，而且很快就会结婚。他会用各种方式骗取她们的信任，让她们把自己的积蓄都交给他去打理，随后，不出几个月，他就会借口要去伦敦出差，从此抛下她们一去不回头。她们当中只有一个人后来又见过他一面，除此之外，她们都是被请去法庭提供证据的，都是在刑事法庭的被告席上再次见到他的。她们都是拥有一定社会地位的女性；其中有一位是一名医生的女儿，还有一位是一名神职人员的女儿；这些人里有的是出租公寓的管家，有的是常年在外四处奔波的推销商的遗孀，有的是已经退休的女装裁缝。就绝大部分人而言，她们的财产都在五百至一千英镑之间，但是，不管原来有多少钱，这些受骗上当的女人最后都被骗得一分不剩。其中有些人竟沦落到了一贫如洗的境地，她们在法庭上讲述了这些实在令人同情的经历。但是，她们都承认，他是个好丈夫。不仅有三个人当庭为他求情，希望法官放他一马，而且还有一个人在证人席说，如果他愿意回来，她随时可以重新接纳他。他注意到我正在读这篇。

"这个女人或许能跟我好好过日子。"他说道，"这一点没有任何疑问。但是，我说了，还是让过去的事情让它过去为好。我承认，没有人比我更喜欢吃羊羔脖子上最鲜嫩的那块肉，不过，我可不太喜欢吃冷了的烤羊肉。"

莫蒂默·埃利斯没有娶上第十二位老婆，因而也没实现他凑成满满一打的愿望，这一点纯属意外，我明白，凑足满满一打才符合他喜欢对称美的心意。原因是，他已经与一位哈伯特小姐订了婚，马上要去做人家的上门女婿了——他向我推心置腹地说："她有两千英镑呢，算有钱了吧，都投放在战时公债①里。"——大家都看到他的结婚公告了，偏偏就在这时，他的那些前妻中有一位突然撞见了他，询问了一番之后，便向警方报了案。就在他的第十二次婚礼即将举行的前一天，他被逮捕了。

---

① 战时公债（war-loan），英国政府在战争时期发行的债券，主要为筹集作战资金。

"她是个坏女人，就是坏，"他跟我说，"她欺骗了我，有点故意伤人的味道。"

"她是怎么骗你的？"

"唔，我是在伊斯特本①与她邂逅相遇的，那是有一年的十二月份吧，在码头上见面的；在交谈的过程中，她告诉我说，她一直是从事女帽生意的，已经退休了。她说，她已经积攒下了数目可观的一笔钱。她不肯确切地说这笔钱究竟有多少，但是，她的话让我觉得，这笔钱大约在一千五百英镑左右。可是，等我和她结婚的时候，你相信吗？她连三百英镑都没有。就是她揭发我的。顺便提醒你一下，我从来没有责怪过他。有不少男人在发现自己遭人耍弄了之后，准会气得大发雷霆。我甚至都没有向她流露出我的失望之情，我一句话都没有说，就一走了之了。"

"不过，我相信，你不会卷走那三百英镑的。"

"嗨，得啦，先生，你应该讲点儿道理才对，"他用深受委屈的腔调回答道，"你总不能指望我用这三百英镑过一辈子吧，何况我和她已经结婚几个月之后，她才说实话的。"

"原谅我冒昧地问一声，"我说，"也请你千万别以为，我这个问题含有贬低你个人魅力的意思，但是——她们为什么要嫁给你呢？"

"因为我向她们求婚了呀。"他答道，显然对我这的询问大为惊讶。

"可是，难道你从来就没有被拒绝过吗？"

"很少。在我的整个生涯中不会超过四到五次。当然，对我物色的人选没有十足的把握，我也不会求婚，但我并不是说，我有时候也

---

① 伊斯特本（Eastbourne），英国英格兰东南区域东萨塞克斯郡最大的镇，是著名的海滨度假胜地。

抽不到中奖的彩票。你总不能指望每次都能一拍即合吧，但愿你明白我这话的意思，我经常浪费好几个星期的时间向一个女人献殷勤，结果却发现无利可图。"

一时间，我不由自主地陷入了沉思之中。不过，我很快就注意到，我这位朋友表情多变的脸上绽开了无所顾忌的笑容。

"我明白你的意思，"他说，"是我这副模样让你大惑不解的吧。你很难说得清她们到底看中了我哪一点。这是小说、电影看得太多造成的结果。你会觉得，女人想要的是那种牛仔类型的男人，或者是富有老派的西班牙情调的男人，炯炯有神的眼睛，橄榄色的皮肤，舞姿潇洒动人。你弄得我要开怀大笑了。"

"那就好极了。"我说道。

"先生，你是一个结过婚的男人吗?"

"我是。不过，我只有一个老婆。"

"凭这一点，你就做不了什么评判。你没法根据单单一个例子来归纳出具有普遍性的结论，但愿你明白我的意思。现在我来问你吧，假如你只养了一条斗牛犬，除此之外，什么狗都没养过，你对狗会了解多少呢?"

这句问话是用来增强效果的，我心里有底，不需要我来回答。为了加深印象，他特意停顿了一会儿，然后才接着往下说。

"你错了，先生。你大错特错了。她们也许会一时兴起，喜欢上了某个好看的小伙子，但她们并不想嫁给他。她们其实不注重外貌。

"道格拉斯·杰罗尔德[1] 这个人虽然很有才气，但长得也很丑陋，他从前就经常说，如果给他十分钟，让他马上和一个女人相处，他可以让室内最英俊的男子灰溜溜地走掉。

---

[1] 道格拉斯·杰罗尔德（Douglas Jerrold，1803—1857），英国剧作家、作家。

"她们需要的不是才气。她们不需要一个懂幽默会逗乐的男人；她们觉得这样的男人不正经。她们不需要一个长得太英俊的男人；她们认为这样的男人也靠不住。这就是她们想要的，她们需要的是一个处事持重的男人。安全第一嘛。然后——是要关注她们。我可能不够英俊，我也不够风趣，但是，相信我，我拥有每个女人都想要的东西——稳重。证据就是，我让我的每一个老婆都觉得很幸福。

"有三个女人当庭为你求情，还有一个愿意重新接纳你，当然靠的是你的优点。

"你不知道，我坐牢的时候有多么焦虑。我满以为在我刑满释放的时候，她一定会在监狱门口等着我，所以，我对典狱长说：'先生，看在上帝的分上，把我偷偷带出去，别让人看见我。'"

他又在抚弄着仍旧戴在他手上的那副手套，目光再一次落在食指部位的那个破洞上。

"先生，这就是住在寄宿公寓里带来的结果。要是没有女人来照顾，一个男人怎么能把自己收拾得干干净净、整整齐齐呢？我结了那么多次婚，所以，如果没有老婆，我是没法过下去的。世上就有一些男人不喜欢结婚。我对这些人无法理解。事实说明，如果你不肯用心去经营，你就不可能真正把一件事情做好，而我就喜欢做一名已婚男人。那些能讨女人欢心的小事情，有些男人嫌麻烦，不愿去做，对我来说却是小菜一碟。正如我刚才所说的，女人要的就是关注。我每次离开家的时候都会给我妻子一个亲吻，回来时，我一进屋就再给她一个吻。我很少两手空空地回家，总要给她带几块巧克力或者几束鲜花。在这方面花钱，我向来不吝啬。"

"不管怎么说，反正你花的是她的钱。"我插了一句。

"是又怎么样？你为买礼物付出的这点儿钱算不了什么，重要的是你投入在其中的这份心意。这才是与女人相处的关键所在。不，我不是一个喜欢自吹自擂的人，但是，我得为自己说句话，我是一名好丈夫。"

我手里依然还拿着关于那场审判的一些报道，便漫不经心地翻了翻。

"我来告诉你，真正让我感到惊讶的是什么吧，"我说，"所有这些女人都是很受人敬重的人，都是有一定年纪、性格文静、举止得体的人。但是，她们与你相识了短短几天之后，也没有去打听一下，就贸然嫁给了你。"

他感慨万千地把一只手搭在我的胳膊上。

"啊，先生，这正是你们这些人想不通的地方。女人都怀有一种渴望出嫁的心思。不管她们有多年轻，或者有多年老，无论她们是矮个子还是高个子，是黑皮肤还是白皮肤，这些都没关系，她们都有一个共同点：她们都盼着出嫁。顺便再提醒你一下，我都是在教堂里和她们结婚的。一个女人只有在教堂里结婚，她才会真正感到安全。你说我压根儿就不是美男子，是啊，我自己从来也没有认为我是个美男子，但是，即使我只有一条腿，而且还是个驼背，我依然可以找到数不清的女人，她们都会争先恐后地抢着要嫁给我。这是她们与生俱来的一种不可理喻的狂想症。这是一种病态的嗜好。哎呀，哪怕我在第二次见面时就向她们求婚，她们几乎也没有一个人会拒绝我，我无非是想在结婚前先把我物色的对象的家底摸清楚了再表态而已。一旦事情传开了，就会有一场闹翻了天的好戏，因为我已经结过十一次婚了。十一次？啊唷，这都不是事儿，还没有凑成满满一打呢。只要我愿意，我结三十次婚也无妨。先生，我这么跟你说吧，一想到我有过那么多的机遇，我就为自己的收敛而感到惊奇。"

"你刚才告诉我说，你很喜欢读历史书籍。"

"是的，这话是沃伦·黑斯廷斯①总督说的，对不对？我读到这句话时感触很深。就像完全适合我的一副手套似的。"

"你从来就没有觉得这些一成不变的求爱套路有点儿单调乏味吗？"

"好吧，先生，我想，我有一颗很有逻辑思维能力的头脑，看到同样的动机是怎样铸成同样的效果的，每次都会给我带来无与伦比的极大快乐，但愿你明白我这话的意思。我来举个例子吧，假如遇到一个以前从来就没有结过婚的女人，我总是把自己装扮成一个鳏夫。这一招就像施展了魔法一样，非常奏效。你瞧，老处女喜欢的是那些对女人有所了解的男人。但是，和寡妇在一起时，我向来都说自己还是个单身汉：寡妇会担心之前结过婚的男人懂得太多。"

我把剪报还给了他；他把那些剪报整整齐齐地折叠起来，重新塞进了那只油腻腻的皮夹子里。

"先生，想必你也知道，我始终认为，他们对我的判决不公平。你瞧瞧他们是怎么评价我的：一个危害社会的害人精、厚颜无耻的流氓、卑鄙下流的无赖。瞧，就请你看看我吧。我问你，我像那种人吗？你了解我，你是一位很善于识别人品的行家，我把自己的所有事情都告诉你了；你认为我是一个坏人吗？"

"我与你萍水相逢，对你的了解还很肤浅。"我用我自认为相当圆通的方式回答道。

"我百思不得其解，不知道那个法官、那帮陪审团，还有那批观众，到底有没有考虑过我这一方的问题。我被带上法庭的时候，观众朝我发出了一片'呸'声，警察不得不护着我，才没有被他们暴打一顿。他们有没有人想过我为这些女人做了些什么？"

---

① 沃伦·黑斯廷斯（Warren Hastings，1732—1818），英国驻印度殖民官员。

“你拿走了她们的钱。”

“我确实拿走了她们的钱。因为人人都得生活，我同样也得生活。但是，用她们的钱作为交换，我给了她们什么呢？”

这又是一句用来增强效果的问话，虽然他看着我，仿佛在等着听回答，但我什么也没说。我确实不知道该怎么回答。这时，他抬高了嗓门，用铿锵有力的口气说起来。我看得出，他不是在开玩笑。

“我来告诉你，用她们的钱作为交换，我给了她们什么吧。我给了她们浪漫。你看看这个地方，”他做了个张得很开、有如环抱的手势，把大海和天际都囊括在内，“像这样的地方，英国有一百来处。你看看这片大海，看看那片天空，看看这些供人寄宿的房屋，看看那座码头和那片滨海区。难道这种景象不让你感到心情沉重吗？这是一派气绝已久的景象。你是因为累坏了身子，才到这里来住上一两个星期的，你当然觉得很不错。可是，你想想所有那些年复一年地住在这里的女人吧。她们没有一点儿机会。她们几乎什么人都不认识。她们只有靠自己的钱来勉强度日，仅此而已。不知你是否知道她们的生活有多糟糕。她们的生活就像那片滨海区一样，顺着一条漫无止境、整齐划一、水泥铺就的步道，连绵不断地从一个海滨度假村走向另一个海滨度假村。即使在旅游旺季，她们也百无聊赖。她们已经被排斥在外了。她们还不如死了为好呢。就在这时，我出现了。顺便提醒你一下，一个女人如果大大方方地承认自己有三十五岁，我才会去接近她、巴结她。我向她们献出了我的爱。啊唷，她们当中的许多人从来还没有体验过一个男人帮她们扣上背后的扣子是什么滋味。许多女人从来还没有经历过在茫茫夜色中坐长条椅上时，有一个男人搂着自己的腰肢是什么感觉。我给她们带来了变化和令人兴奋的东西。我赋予了她们一种前所未有的自豪感。她们之前是被搁置在货架上的过期商品，我不露声色地一路走来，从容不迫地把她们取了下来。一缕阳光照进了她们枯燥乏味的生活，我就是这缕阳光。难怪她们会欣然接受我，难怪她们想让我重新回到她们身边去。唯一告发我的人是那个做女帽生意的女人；她说自己是个寡妇，我的个人见解是，她根本就没有结过婚。你说我用卑劣的手段坑害了她们；哼，我把幸福感和醉人的美事注入了十一个女人的生命，她们根本就没想到自己还有那么一点儿东山再起的机会。你说我就是个混蛋，就是个流氓，你错了。我是一位慈善家。他们判了我五年徒刑；他们应该授予我皇家人道学会[①]的奖章才对。"

他掏出自己那个金叶牌的空烟盒，看了看，伤感地摇了摇头。我把我的烟盒递给他时，他毫不谦让地拿了一支，一句话都没说。我亲眼目睹了一个大男人为情所困、苦苦挣扎的情景。

"我问你，我捞到什么好处了？"过了一会儿，他又接着说起来，"无非是膳宿，外加点儿够买香烟的钱罢了。但是，我那时根本就存不下钱来，落到现在这步田地便是证据，我已经不像过去那么年轻了，而且口袋里连半个克朗都没有。"他用余光偷偷瞄了我一眼。"想不到自己竟沦落到了这种地步，对我来说，真是今非昔比、一落千丈啊。我向来都自食其力，这辈子都从来没有向朋友借过债。先生，我心里老是在犯嘀咕，不知你肯不肯答应我一个小小的请求。迫不得已地开这个口，我也觉得很丢脸，但是，事已至此，要是你肯赏给我一英镑，就是对我莫大的帮助。"

好吧，我从这位重婚犯身上获得的乐趣确实值得我付一英镑，于是，我赶紧把手伸进怀里去掏我的皮夹子。

"我非常乐意帮你这个忙。"我说道。

---

① 皇家人道学会（Royal Humane Society），创立于 1774 年，是一家英国官方慈善机构，创立初期的宗旨是普及急救知识、奖励急救行为，后来表彰的范围逐步放宽，奖励英帝国内拯救他人生命的见义勇为者。

他两眼直勾勾地望着我取出的那沓钞票。

"先生，我猜想，你莫非要凑成两张给我不成？"

"我想，我也许会的。"

我递给了他两张一英镑的钞票，他把钱接过去时，微微叹了一口气。

"对于一个过惯了舒适安逸的家庭生活，不知道该去哪儿投宿过夜才好的男人来说，你不知道这点儿钱意味着什么。"

"但是，有一点我希望你能如实告诉我，"我说道，"我希望你别以为我是在冷嘲热讽，不过，我认为，女人大体上都应了这句至理名言，'施予比获取更能给人以幸福感'，总以为这句话完全可以用在我们这些男人身上。你是怎么说服这些值得敬重，无疑也很节俭的女人，使她们那么放心大胆地把自己的所有积蓄都委托你来打理的？"

仿佛被逗乐了似的，他那张其貌不扬的脸上竟笑开了花。

"好吧，先生，莎士比亚曾经说过，雄心过大，常致失败[1]，想必你也知道这句话的意思，这就是原因。假如你对一个女人说，要是她愿意把钱交给你来运作的话，你可以在六个月之内让她的资金翻一番，她恨不得立刻就把这笔钱交给你。贪婪啊，这就是事情的根由。纯属贪婪。"

从这个可以让人消愁解闷的无赖身边回到圣克莱尔夫妇和波切斯特小姐这边，回到这个满目都是薰衣草香囊和硬裙撑的体面世界，真有一种反差强烈的快感，同时也很有刺激性，令人胃口大开（好比辣酱配冰淇淋）。我现在每天晚上都和他们相伴在一起。两位女士一离开，圣克莱尔先生就会朝我的餐桌频频示意，邀请我过去陪他喝上一

---

① 莎士比亚剧作《麦克白》中原句是："Vaulting ambition, which o'erleaps itself"。

杯波尔图红葡萄酒①。喝完这杯酒之后，我们就走进那间豪华酒吧去喝咖啡。圣克莱尔先生自斟自饮地品着他那杯陈酿白兰地。我如此这般地陪他们一起度过的这段时光令人乏味到了极致，对我来说，反倒具有某种别具一格的吸引力。他们又从那位女经理口中得知，我也写过戏剧。

"亨利·欧文爵士②还在兰心剧院③的时候，我们经常去看演出，"圣克莱尔先生说道，"我曾经有幸见到过他本人。那是在埃弗拉德·米莱斯爵士④带我去嘉里克文学俱乐部⑤用晚餐的时候，他介绍我认识了欧文先生，他当时还没有封爵。"

"艾德温，跟他说说，欧文爵士跟你聊了些什么。"圣克莱尔太太说道。

圣克莱尔先生摆出一副上台演戏的架势，有模有样地模仿起了亨利·欧文，他的模仿能力真的不赖。

"'圣克莱尔先生，你有一张演员的脸，'他跟我说，'如果你真想去登台演戏，来找我吧，我给你安排一个角色。'"说完这话，圣克莱尔先生马上又恢复了他那与生俱来的风范。"这种话足以让一个年轻人高兴得神魂颠倒。"

"可你并没有神魂颠倒啊。"我说道。

---

① 波尔图红葡萄酒（port），一种原产自葡萄牙的高度数红葡萄酒。
② 亨利·欧文爵士（Sir Henry Irving，1838—1905），英国演员和导演，1895 年成为第一位受封爵士的演员。
③ 兰心剧院（Lyceum），伦敦著名剧场，始建于 1765 年。
④ 埃弗拉德·米莱斯爵士（Sir Everett Millais，1829—1896），19 世纪英国画家，是拉斐尔前派创始人之一。其作品题材涉猎广泛，尤以描绘浪漫历史场景和孩童为主题的作品居多，还为维多利亚王朝许多显贵画过肖像。《盲女》是其最著名的代表作。
⑤ 嘉里克文学俱乐部（Garrick Club），1831 年创建，位于伦敦西区。对于英国的绅士来说，嘉里克文学俱乐部是艺术的象征，尤其与剧院息息相关。直到现在，嘉里克文学俱乐部仍然有包含了许多与歌剧以及剧院相关的手稿和文件的图书馆。

"我不否认，假如我当时身处逆境的话，我说不定就放任自己去接受这份诱惑了。但是，我得考虑自己的家族。假如我不进入家族的生意，我父亲会伤心的。"

"你们家族的生意是什么？"我问道。

"先生，我是一名经营茶叶的商人。我的公司是伦敦城里历史最悠久的一家。四十年来，我一直在全力以赴地跟我的同胞们要改喝锡兰红茶的愿望相抗争，我年轻的时候，大家喝的普遍都是中国茶，我要让他们重新喝上中国茶。"

耗费毕生的时间和精力来说服大家购买他们不想要的东西，而不是购买他们想要的东西，我想，这倒确实是他很有魅力的特点。

"但是，我丈夫在他年轻的时候，的确参与过不少业余演出，大家都认为他很机灵。"圣克莱尔太太说道。

"你瞧，我演过莎士比亚的戏剧，有时候也演《造谣学校》①。我绝对不会同意在垃圾剧本中担任角色。不过，那都是过去的事儿啦。我有这份天赋，浪费了未免有点儿可惜，但是，现在已经为时太晚，不好再出这种风头了。我们举办晚宴的时候，我往往会经不住女士们的怂恿，背上一段《哈姆雷特》里面著名的经典独白。但也不过仅此而已罢了。"

哟！哟！哟！我激动不已、心驰神往地遐想着那些晚宴，同时也很想知道我日后是否会受到邀请去参加其中的某一场。圣克莱尔太太对我微微一笑，那种表情一半是震惊，一半是拘谨。

"我丈夫年轻的时候是非常放浪不羁的。"她说道。

"我以前确实喜欢拈花惹草，干过不少荒唐事儿。我认识很多画

---

① 《造谣学校》（*School for Scandal*），由英国剧作家理查德·谢立丹（Richard Brinsley Sheridan，1751—1816）创作于1777年，同年上演，描写英国上层社会的虚荣、贪婪和虚伪。

家和作家，比如，威尔基·柯林斯①，甚至还认识那些专门为报纸撰稿的人。沃茨②为我夫人画过一幅画像，我还买过米莱斯③的一幅画作。我认识好几位拉斐尔前派④的画家呢。"

"你有罗塞蒂⑤的画吗？"

"没有。我钦佩罗塞蒂的才华，但是我不赞成他的私生活。一个我不愿意请到家里用晚餐的画家，我是不会买他的画作的。"

我的脑子开始晕晕乎乎地不听使唤了，就在这时，波切斯特小姐看了看她的手表，说："艾德温姨夫，你今晚不打算念书给我们听了吗？"

我赶紧起身告辞了。

有天晚上，我陪圣克莱尔先生喝了一杯波尔图葡萄酒，在我们边喝边聊的时候，他跟我说起了波切斯特小姐的伤心往事。她跟圣克莱尔太太的一个外甥订过婚，那人是一位有资格出席高等法庭的大律师，不料，在即将结婚之际，他跟家里那个洗衣婆的女儿私通的丑事败露了。

"这是一件很糟糕的事儿，"圣克莱尔先生说道，"一件影响很坏的事儿。不过，我外甥女理所当然地采取了唯一可行的措施。她把他的结婚戒指、书信、照片都退还给了他，并告诉他说，她永远不可能

---

① 威尔基·柯林斯（Wilkie Collins, 1824—1889），英国侦探小说作家，主要作品有《月亮宝石》和《白衣女人》等。
② 沃茨（全名：乔治·费德里科·沃茨，George Frederic Watts, 1817—1904），英国画家，雕塑家。一生对画坛的贡献极大，对后世的画家影响极大。
③ 约翰·艾佛里特·米莱斯（John Everett Millais, 1829—1896），19世纪英国画家，是拉斐尔前派的3个创始人中年龄最小、才华最高的一位，以画风细腻著称，1896年出任英国皇家艺术科学院院长。
④ 拉斐尔前派（Pre-Raphaelite），1848年在英国兴起的美术改革运动，作品以写实的传统风格为主。
⑤ 罗塞蒂（全名：但丁·加百利·罗塞蒂，Dante Gabriel Rossetti, 1828—1882），出生于英国维多利亚时期意大利裔的罗塞蒂家族，是19世纪英国拉斐尔前派重要代表画家。

嫁给他了。她恳求他娶那个被他诱奸过的小姑娘为妻,还说她会把那个小姑娘当作姐妹来看待。这件事伤透了她的心。自那以后,她再也没有喜欢过任何人。"

"那他跟那位小姑娘结婚了没有?"

圣克莱尔先生摇摇头,叹了口气。

"没有,我们之前大大错看了他的人品。一想到自己的外甥竟然会做出这种不光彩的事情,我亲爱的妻子就感到痛心疾首。过了一段时间之后,我们听说他跟一位小姐订了婚,那位小姐的家境很好,她自己就拥有一万英镑。我觉得我有责任要给她父亲写封信去,把事实真相摆在他面前。他却用极其厚颜无耻的口吻给我回了封信。信中说,他宁愿自己的女婿有情妇,婚前有总比婚后有好。"

"后来呢?"

"他们结婚了,我妻子的那个外甥如今是皇家高等法院的一名大法官,他的妻子也成了贵夫人。但是,我们从来不同意接待他们。我妻子的外甥被封为爵士的时候,埃莉诺建议说,我们应该请他们夫妇到家里来吃顿晚饭,但是,我妻子说,他永远都不要来败坏我们家的门风,我支持她。"

"那个洗衣婆的女儿呢?"

"她嫁给了她自己那个社会阶层的人,如今在坎特伯雷开了一家小酒馆。我这个外甥女自己也有点儿钱,便处处替她着想,还当了她第一个孩子的教母。"

可怜的波切斯特小姐。她把自己当成了祭品,心甘情愿地牺牲在维多利亚时代的道德圣坛上,而她自以为表现得很漂亮的那种姿态,恐怕是她从中捞到的唯一好处。

"波切斯特小姐是一个貌美如花、令人惊艳的女人,"我说道,"她年轻的时候肯定十分迷人。不知她后来究竟嫁人了没有。"

“波切斯特小姐以前是人们公认的大美女。阿尔玛–塔德玛[①]对她赞不绝口，想邀请她去为他其中的一幅油画当模特，不过，我们当然不能随随便便地允许这样的事情发生。”圣克莱尔先生的这种口气表明，那位画家的提议深深触犯了他的礼义廉耻观。“没有，除了她那个表哥，波切斯特小姐从来没有喜欢上任何人。她之后再也没有提起过他，自从他们分手以后，这一晃已经有三十年了，但是，我深信不疑地认为，她至今依然还爱着他。她是个忠实可靠的女人啊，我亲爱的先生，一辈子，一场爱，虽说我也深感遗憾，她被剥夺了为人妻、为人母的乐趣，但我不得不佩服她的忠贞不贰。”

但是，女人的心是捉摸不透的，而草率的往往是男人，总以为女人会坚贞不渝地从一而终。艾德温姨夫，你太草率啦。你已经认识埃莉诺很多年了，当年是因为她母亲身患痨病，最终撒手人寰了，你才把这个孤儿接到你在莱茵斯特广场的这座舒适、甚至奢华的宅邸里来的，那时候，她还只是个不懂事的孩子；然而，一旦涉及实质性问题时，艾德温姨夫，你真的了解埃莉诺吗？

圣克莱尔先生向我吐露了这个感人的故事，解释了波切斯特小姐为何至今还是个未出嫁的老姑娘的原因之后，也不过才隔了两天，我下午打了一场高尔夫球，刚刚回到旅馆，那位女经理就万分焦急地迎了上来。

“圣克莱尔先生向你问好，还想请问你一下，是否愿意一回来就火速到楼上的 27 号房间去一趟。”

“当然愿意。怎么啦？”

---

① 劳伦斯·阿尔玛–塔德玛（Lawrence Alma-Tadema，1836—1912），英国维多利亚时代的著名画家，其作品以豪华描绘古代世界（中世纪前）而闻名。

"啊，碰到了一件非常罕见的烦心事儿。他们会亲口告诉你的。"

我敲了敲门。我听到里面传来了一声"请进，请进"，这个声音不禁使我想起，圣克莱尔先生曾经在伦敦或许得上格调最高雅的业余剧团里扮演过莎士比亚戏剧里的角色。我走进房间，发现圣克莱尔太太正躺在沙发上，脑门上敷了一块浸透了古龙香水的手帕，手里还握着一瓶嗅盐。圣克莱尔先生则伫立在壁炉前，看那架势像是要阻止这屋子里的任何人从这里抢走任何一件宝物似的。

"用这种很不讲究礼节的方式请你上这儿来，我必须先向你道歉，但是，我们遇到了极为苦恼的事情，我们认为，你也许能给我们指点迷津，让我们对已经发生的事情有所了解。"

他内心的烦乱一望而知。

"到底出了什么事儿？"

"我们的外甥女，波切斯特小姐，已经跟人私奔了。今天早上，她叫人给我妻子送来了一个便条，说她又犯头疼病了。她只要一犯头疼病，就喜欢一个人待着，绝不允许别人来打扰，所以，直到今天下午，我妻子才过去看她，想看看有没有什么办法能帮她缓解一下病痛。没想到她房间里竟空空如也。她的行李箱已经收拾好了。她那个装银首饰的梳妆盒却不见了。枕头上放着一封信，告诉了我们她这种草率行为的原因。"

"非常抱歉，"我说道，"我确实不知道我能做什么。"

"我们一直有这种印象，你是她在埃尔索姆唯一有点儿认识的男士。"

我顿时悟出他这话的意思了。

"我可没有带着她去私奔，"我说道，"我好歹也是个结了婚的男人。"

"我知道，你没有带着她私奔。乍一得知这件事时，我们以为，大概是……但是，如果不是你，那会是谁呢？"

"我真的不知道。"

"艾德温，把那封信拿给他看看吧。"圣克莱尔太太躺在沙发上说。

"格特鲁德，你躺着别动。否则你的腰痛病会加重的。"

波切斯特小姐患上了"她的"头痛病，圣克莱尔太太患上了"她的"腰痛病。圣克莱尔先生患上了什么样的痛病呢？我愿意出五英镑的赌注来赌一把，圣克莱尔先生肯定患有"他的"痛风病。他把那封信递给了我，于是，我装出一副中规中矩、深表同情的样子，把这封信看了一遍。

> 亲爱的艾德温姨夫和格特鲁德阿姨：
>
> 等你们收到这封信时，我已经远在他乡了。我打算今天上午嫁给一位男士，他对我非常亲切。我知道我做错了，不该像这样逃走，但是，我怕你们会千方百计地设置各种障碍来阻挠我的婚姻，既然木已成舟，没法再让我回心转意了，我不如就这样不告而别吧，免得我们大家都为此而感到不快。我的未婚夫是个性情孤僻的人，那是由于他身体欠佳，长期居留在热带国家而造成的，因此，他认为我们还是私下里悄悄地结婚为好。等你们知道我是多么喜悦、多么幸福时，希望你们能原谅我。请把我的行李箱送到维多利亚车站的行李寄放处。
>
> 爱你们的外甥女
> 埃莉诺

"我永远也不会原谅她，"我把信还给圣克莱尔先生时，他说，

"她永远都别来败坏我家的门风。格特鲁德，我不许你在我面前再提埃莉诺的名字。"

圣克莱尔太太声音很轻地抽泣起来。

"你是不是太冷酷无情了？"我说道，"有没有什么理由能说明，波切斯特小姐为什么就不该结婚？"

"就她这把年纪，"圣克莱尔先生恼怒地回答道，"简直太荒唐可笑了。我们要成为莱茵斯特广场所有人的笑料了。你知道她多大岁数了吗？她已经五十一岁啦。"

"五十四了。"圣克莱尔太太抽抽噎噎地说道。

"她一直是我的掌上明珠。我们待她就像待我们自己的亲生女儿一样。她已经做了好多年的老姑娘了。我觉得，就她这个岁数而言，还在想着婚姻的事儿，那是绝对不成体统的。"

"艾德温，在我们眼里，她一直是个小姑娘。"圣克莱尔太太辩解道。

"她要嫁的那个男人到底是个什么人？这种欺骗行径最令人痛恨了。她肯定一直在我们眼皮子底下跟他搞不正当的男女关系。她甚至都不把他的名字告诉我们。这才是我最担忧的事情。"

我忽然灵机一动。那天早晨吃完早饭后，我出去给自己买香烟，在烟草店里，我意外遇到了莫蒂默·埃利斯。我已经有几天没看见他了。

"你今天看上去挺潇洒嘛。"我说。

他的靴子已经修补好了，均匀地擦上了黑鞋油，帽子也刷得整整齐齐，他当时正穿着领口干干净净的衬衣，戴着一副新手套。我满以为这是他花了我给他的两英镑所产生的好效果。

"我今天上午要去伦敦出差。"他说。我点点头，离开了烟店。

我想起来了，两周之前，在田野里散步时，我遇到了波切斯特小姐，她身后几码的地方就是莫蒂默·埃利斯。有没有这种可能，他们本来是相依相伴地在一起散步的，他们突然看见我的时候，他才故意落在后面的？老天作证，我总算想明白了。

"我记得你说过这话，波切斯特小姐自己也有一笔钱。"我说。

"有一点儿吧。她有三千英镑。"

我现在心里有底了。我怅然若失地望着他们。突然间，圣克莱尔太太大叫一声，随即从沙发上一跃而起。

"艾德温，艾德温，要是他不肯娶她怎么办？"

一听这话，圣克莱尔先生立即用手捂着脑袋，接着便一屁股跌坐在椅子上，人已经处于崩溃状态了。

"这种耻辱会要了我这条老命的。"他呻吟道。

"别弄得这么大惊小怪啦，"我说道，"他肯定会娶她的。他向来都是这么做的。他会在教堂里跟她结婚。"

他们根本没有理睬我在说什么。我估计，他们准以为我突然间变得精神失常了。我现在已经有十足的把握了。莫蒂默·埃利斯终于实现了自己的宏伟目标。波切斯特小姐帮他完成了那个"凑满一打"的心愿。

（吴建国　董明志　译）

我似乎每次都是在游人稀少的淡季来到罗马的。八月或九月里，我在前往另外某个地方的途中，有时会经过罗马，顺便在这里消磨两三天，凭着昔日的老交情去寻访故地，或者再去看一眼我所喜爱的那些画作。这个时节的天气非常炎热，住在城里的居民们成天度日如年地沿着科尔索大街②来来回回地蹓跶。"国家咖啡馆"③里座无虚席，人们围坐在一张张小桌边，往往一坐就是好几个小时，面前放着一只空咖啡杯和一杯水。在西斯廷大教堂④，你时常会看到那些金发碧眼、皮肤晒得黧黑的日耳曼人，穿着灯笼裤，衬衫的领口敞开着，他们是肩上背着帆布背包从意大利那些尘土飞扬的马路上步行过来的观光客。圣彼得大教堂⑤里的那些三五成群的虔诚的信徒，虽然满脸倦容，但心情迫切，是从某个遥远的国度前来朝圣的（旅行费用里包含了所有项目）。这些人由一位祭司负责

---

① 收录于 1931 年出版的短篇小说集《六个用第一人称单数写的故事》(*Six Stories Written in the First Person Singular*)。
② 科尔索大街 (Corso)，古罗马主要街道，也是现代罗马观光、购物的胜地。
③ 国家咖啡馆 (Caffé Nazionale)，又称"佩罗尼＆阿拉尼奥咖啡馆"，罗马科尔索街上的著名咖啡馆。
④ 西斯廷大教堂 (Sistine Chapel)，始建于 1445 年，由教宗西斯都四世发起创建，教堂的名字"西斯廷"便来源于当时的罗马教皇之名"西斯都"。
⑤ 圣彼得大教堂 (St Peter) 是基督教最宏伟的教堂，高耸在梵蒂冈山上，它是许多建筑天才的结晶。

接待，他们说着各种陌生的语言。这个时节的广场大酒店凉爽而又宁静。那几间公用的房间虽然面积宽敞，却光线幽暗、悄无声息。到了下午茶时间，大堂休息区里仅有的客人是一位年轻、帅气的军官和一位长得眉清目秀的女士，他们一边喝着冰镇柠檬水，一边亲密无间地交谈着，声音很低，带有意大利人说话时的那种孜孜不倦的流畅。倘若你上楼去自己的房间看看信、写写信，两个小时之后再下楼来时，他们依然还在那儿侃侃而谈。晚餐前会有几个人悠闲地走进酒吧，但在其余时间里，这里都没人来，因此，酒吧间里的那个服务生有的是时间，可以跟你说说他在瑞士的母亲以及他自己在纽约的经历。你们可以聊人生、聊爱情，以及高昂的酒价。

这次也是这样，我发觉整个酒店简直就是在为我一个人营业。前台接待员先前领我去房间时还对我说，他们早已客满了，但是，等我洗完澡、换好衣服，再次下楼去大厅时，开电梯的操作工，也算老相识了，却告诉我说，住在这里的客人顶多不超过十个。风尘仆仆地经历了南下到意大利来的这趟漫长而又炎热的旅程之后，我感到很累，打算在酒店里安安静静地吃顿晚饭，然后就早点儿上床休息。我走进餐厅时已经很晚了，只见里面规模盛大、灯火通明，但客人却寥寥无几，至多不过三四张餐桌有人坐着。我满意地朝四周打量了一下。要是忽然发觉自己竟天马行空地置身在一个还不算十分陌生的大城市里，而且还独自一人住着一座富丽堂皇、却门庭冷落的大酒店，这种感觉还是挺惬意的。这会使你油然生出一种甘之如饴的自由之感。我感到我的精神有如插上了双翅，欢快地扑腾了几下。来餐厅之前，我已经在酒吧里驻足停留了十分钟，喝了一杯干邑马提尼酒。此时，我又给自己点了一瓶上等红葡萄酒。虽然四肢疲软乏力，我的灵魂对美酒佳肴的反应却好得出奇，我感觉心情也分外轻松起来。我喝了汤，吃了鱼，心中充溢着各种令人愉快的想法。我当时正在忙着写一部长篇小说，于是，脑海里便浮现出了诸多只言片语的对话，想象力也伴随着我要塑造的人物在欢乐地跳来蹦去。我在舌尖反复品味着某个措辞，比品尝美酒还要津津有味。我随即便想到了描绘人物形象的艰难程度，因为你得采用如此这般的手法，方能使读者对这些人物的理解与你一样。在我看来，这一直是小说创作中最难以处理的事情之一。如果你非常细腻地描述一个人的五官特征，读者到底看到了什么呢？我认为他们什么也看不到。然而，有些作家采取的对策是，抓住某个显著的特征，比如：一脸奸笑、一双贼溜溜的眼睛，并浓笔重墨地加以描绘，这个对策虽然有效，却是在回避问题，并没有解决问题。我环顾四周，思忖着我会怎样来描写坐在我周围餐桌上的人。我对面正好有一个人在独自用餐，权当练习一下吧，于是，我便扪心自问，我该采用什么方法来表现他呢。他是个高挑、瘦削的家伙，我认为，这就是人们常说的那种"四肢柔软灵活的人"。他穿着晚礼服，里面是一件上过浆的白衬衫。他的脸很长，浅色的眼睛，淡黄色的鬓发，但是头发越来越稀了，光秃的额角为他的容貌平添了几分高贵的气质。他的五官特征毫不出众。他的嘴巴和鼻子都与其他人一样；他的胡子刮得很干净；皮肤本来是白皙的，但现在已被晒得黧黑。他的外表颇像一个知识分子，但略有点儿平淡无奇的不同之处。他看上去仿佛是一位律师或者大学教师，而且擅长打高尔夫球。我觉得他有很好的品位，也博学多才，在切尔西的午餐会上可能是一个很讨人喜欢的客人。但是，一个笔力雄健的作家究竟应该如何来形容他，用三言两语就能描绘出一幅栩栩如生、盎然有趣、准确传神的形象，这一点我实在想象不出来。或许可以把其余的特征统统舍弃掉，只详细描写那个已然造成了审美疲劳的不同之处，因为从总体上说，这是他给人留下的最与众不同的印象。我若有所思地望着他。突然间，他探过身来，朝我生硬而又不失礼貌地微微鞠了一躬。我有一个让人见笑的习惯，平常一受到惊吓就会满脸绯红，此时此刻，我感觉自己的脸颊已经涨得通红了。我确实吓了一大跳。我刚才盯着他看了好几分钟，仿佛他就是个商店橱窗里用来展示服装的人体模型似的。他肯定会认为我极其无礼。我马上一脸尴尬地向他点了点头，然后扭过脸去望着别处。幸好那个时候服务员给我上菜了。就我所知，我以前从没见过此人。我扪心自问，那个鞠躬是不是因为我一直在盯着他看，让他以为之前在哪里见过我一面，或者我真的碰到过他，而事后又完全忘记了。我不太能认脸，我对这种情况还有的一个借口，就是他看上去和许许多多的其他人并没有什么差别。在一个天气晴朗的星期天，在伦敦附近的任何一个高尔夫球场，你都会看到十几个像他这样的人。

他比我先吃完这顿晚餐。他站起身来，但他在走出餐厅的途中忽然在我的餐桌边停下了脚步。他朝我伸出了一只手。

"你好吗?"他说道，"你刚才进来的时候，我没认出来是你。我不是故意要装作不认识你的。"

他说话的声音很悦耳，有腔有调，这种腔调是在牛津大学培养出来的，许多根本没上过牛津大学的人也很喜欢模仿这种腔调。很明显，他认识我，但同样也很明显的是，他并不知道我还没有认出他来。我这时已经站了起来，因为他比我高出了很多，因而是在居高临下地俯视着我。他很拘谨，似乎有些意气消沉。他身子略有点儿佝偻，由于我本来就觉得，他依稀有几分像是要认错的样子，这就进一步加深了他给我的印象。他的态度带着点儿屈尊俯就的优越感，同时也带着点儿戒心。

"你愿不愿意过来陪我喝杯咖啡?"他说道，"我很孤独。"

"当然愿意，我乐意奉陪。"

他离我而去了，可我还是不知道他究竟是谁，我曾经在哪里见过他。我注意到，他有个很奇怪的地方。在我们用那短短几句话相互问候的时候，在我们握手的时候，以及在他点点头离我而去的时候，他一次也没有笑，脸上甚至连一丝微笑的迹象都找不到。更加近距离地端详了他一番之后，我才察觉到，他自有他长得好看的地方；他五官端正，那双灰色的眼睛很漂亮，他有一副修长的身材；但这并不是我感兴趣的地方。一个愚蠢的女人或许会说，他看上去很浪漫。他会让你想起伯恩-琼斯[1]笔下的某个骑士，虽然他的实际比例要比绘画作品中的骑士大得多，也不像绘画作品中的那些可怜的家伙，看上去个个都像患了结肠炎似的。他这种人会让你觉得，他穿上花里胡哨的舞蹈装一定很招摇，等你看到他真打扮成那样时，你就会发现，他那副模样显得很荒诞。

我不一会儿就吃完了这顿晚饭，随后便走进了休息厅。他坐在一张宽大的扶手椅里，看见我进来了，他便呼唤服务生过来。我坐了下来。服务生过来之后，他点了咖啡和利口酒。他的意大利语说得非常好。我心里就在琢磨着，我该通过什么方式，在不得罪他的前提下，弄清他是谁呢？如果你没有认出别人是谁，人家往往会很不高兴。他们那么看重自己，结果却发现，他们在别人眼里是那么的无关紧要，这不啻为一记沉重的打击。他那口好极了的意大利语使我回忆起了他。我不仅想起了他是谁，同时还想起了我不喜欢这个人。此人名叫汉弗莱·卡拉瑟斯。他在外交部工作，而且身居要职。至于他主管的是哪个部门，我就不得而知了。他曾被委派到不同国家的大使馆去工作，我估计，他旅居罗马是他讲得一口地道的意大利语的原因。我没有立即看出他与外交事务有联系，真是太愚蠢了。他身上处处都有这个职业的标记。他那目空一切的礼节性举止，是经过精心策划，故意

---

[1] 伯恩-琼斯（Burne-Jones，1833—1898），英国画家、图书插画家、彩色玻璃和马赛克设计师，曾深受英国拉斐尔前派画家的影响，其作品堪称英国浪漫主义流派的代表作。

用来惹恼公众的，他那种孤高冷漠的态度，是外交官应有的意识，表明他不可与普通民众同日而语，再加上他偶尔感到不安时流露出的那份戒备之心，那是他唯恐别人没有完全意识到这一点。我认识卡拉瑟斯已经好多年了，但我与他见面的次数并不多，在午餐会上碰到时，我至多不过朝他打声招呼而已，在歌剧院相遇时，他会冷冷地朝我点点头。人们都觉得他很聪明；他确实也很有文化修养。他能如数家珍地谈论一切正面的事情。我之前没有想起他来，实在说不过去，因为他最近摇身一变，竟然成了一名短篇小说家，还为此获得了呼声很高的名望。他的作品起初都发表在那些怀着好意的人们时不时创办的这样或那样的期刊杂志里，他们创办这些刊物的目的，是为了让那些明事理的读者读一些值得关注的东西，不过，一旦刊物的出资人发觉自己赔钱赔得差不多了，刊物也就办不下去了。虽然这些刊物的发行量微乎其微，但是作品发表在这些出言谨慎、印刷精美的页面上，还是能在有限的范围内引起不少关注的。不久后，卡拉瑟斯的这几则短篇故事就汇集成书出版了，居然还引起了很大的轰动。我很少在各家周刊上看到这么众口一致的赞扬话。大多数周刊都为这本书专门开辟了一个专栏，《泰晤士报文学增刊》上发表的关于这本书的书评没有放在那些普普通通的小说评论之中，而是另外为他安排了一个位置，相得益彰地把这本书的书评设置在某位著名政治家所撰写的回忆录的旁边。评论家们喜欢汉弗莱·卡拉瑟斯，就把他吹捧成了文学天空的一颗新星。他们称赞他那别具一格的视角、细致入微的笔触、妙不可言的反讽，以及他那敏锐的洞察力。他们称赞他的文体风格、他的美学意义，以及他所创造的氛围。终于有这样一位作家崭露头角了，他使短篇小说这一在英语国家已经坠入深渊的创作体裁起死回生了，终于有这样一部作品横空出世了，它足以让一个英国同胞满怀豪情指出，这部作品堪与芬兰、俄罗斯以及捷克斯洛伐克同类型的最佳著作相媲美。

三年后，汉弗莱·卡拉瑟斯又推出了他的第二本书，评论家们满意地评论着这两本书的相隔时间：这位作家绝不是一个无耻出卖自己的才华来赚钱的雇佣文人！第二本书获得的溢美之词比他的第一本书或许要平淡一点儿，因为评论家们有时间冷静下来进行自我反省了，但是，那种热情依然足以让任何一个靠自己手中的那支笔来谋生的普通作家大为高兴，毫无疑问，他在文学领域里的地位已经很稳固，名誉也很好。获得最多褒奖的那则故事篇名为《刮脸刷》，所有一流评论家都指出了作者以何等美妙的工笔，在寥寥三四页的篇幅里，就将一个剃头店帮工可悲可叹的心灵赤裸裸地袒露在读者面前。

不过，他最有名、也是篇幅最长的一个故事名为《周末》。这个篇名是他第一本书的书名。故事讲述的是几个人的冒险经历，他们周六下午从帕丁顿火车站①出发，和朋友们一起住在泰普洛②，周一早上又返回伦敦。这个故事写得过于隐晦，内容颇有点儿让人不知所云。里面有一个年轻人，是内阁大臣的一名政务次官，差点儿就要向一位准男爵的女儿求婚了，但最后并没有。另有两三个人用篙撑着一条平底小船漂荡在河面上。他们意有所指地聊了很多，却没有一个人肯把话说完整，他们的言外之意都非常微妙地隐藏在那些省略号和破折号之中。故事里有大量对花园里的花朵的描写，以及对雨中泰晤士河细腻的描绘。这个故事完全是通过那个德国家庭女教师的视角来叙述的，大家一致认为，卡拉瑟斯用非常幽默、耐人寻味的笔触传达了这个家庭女教师的人生观。

卡拉瑟斯的两本书我都读过。我一向认为，主动去了解与自己同

---

① 帕丁顿火车站（Paddington Station，又称 London Paddington），是伦敦中央枢纽火车站和终点站，也是英国乃至世界最早的地铁的发源地和枢纽站。
② 泰普洛（Taplow），白金汉郡的一个村庄，距离伦敦的帕丁顿火车站大约30公里。

时代的作家们正在写什么，这是一个作家理所当然的本分。我是个非常愿意学习的人，我当时觉得，我或许能在这两本书里发现点儿什么对我以后有用的东西。我感到很失望。我喜欢那些有开头、有中段、有结局的故事。我尤其偏爱有特点的故事。我认为，故事有氛围固然很好，但是，如果只有氛围而没有其他内容，那就如同只有画框而没有画；这种作品没有多大意义。不过，也许是因为我自身的不足，我看不出汉弗莱·卡拉瑟斯的作品好在哪里，如果说我之前在描述他的两个最成功的故事时毫无热情，其原因大概还是我自己这颗受了伤的虚荣心在作祟。我心里非常清楚，汉弗莱·卡拉瑟斯把我当成了一个无足轻重的作家。我深信，对我写出的东西，他压根儿连一个字都没有看过。我所欣赏的大众化足以让他认定，他没有必要对我的作品给予任何关注。昙花一现而已，他引起的这场轰动就是这个结果，如此看来，他自己似乎也要面对这种耻辱了，不过，这一点很快便水落石出了：他的那些精湛的作品深奥得使读者大众无法理解。社会中的知识阶层到底有多大，这不好说，但是，这些社会精英中究竟有多少人愿意花钱去捐助他们所喜爱的艺术品，这一点却是明摆着的。品质过于高雅的戏剧难以吸引商业剧院的资助人，却可以招徕一万名观众；那些要求读者必须具有极高的理解水平而不是面向普通民众的书籍，大概只能卖出一千二百册。对于知识分子来说，尽管他们能敏锐地发现美，但他们更喜欢免费进剧院看戏，喜欢从图书馆借书来读。

我可以肯定，卡拉瑟斯不会为这种事情而感到苦恼的。他是一名艺术家。他还是外交部的一位官员。作为一名作家，他的名气已经让人刮目相看了；他不会去关心平民百姓的阅读需求的，何况作品太过畅销可能反而会损害他的创作活动。我推测不出究竟是什么原因促使他想邀请我陪他一起喝咖啡。尽管他的确很孤独，但我应该估计到，他早已把自己的思想当作绝佳伴侣了，我就不信他已经料想到，我可以说出什么让他感兴趣的话来。不过，我还是能看得出来的，他一直在勉为其难地努力着，总想摆出一副平易近人的样子来。他向我提起了我们上次是在什么地方见的面，于是，我们便聊了一会儿我们在伦敦彼此都认识的朋友。他问我怎么会在这个季节来罗马的，我跟他说了缘由。他主动告诉我说，他是当天上午刚从布林迪西^①过来的。我们的交谈并不顺畅，因此，我横下心来，只要一有机会告辞，我就立即站起来，离开他。可是，没过一会儿，我就有了一种奇怪的感觉，我至今也说不清是怎么造成的，他好像意识到了我的心思，便处心积虑地不给我这个机会。我感到很惊讶。面对这种情况，我不得不冷静下来思考了。我注意到，只要我稍有停顿，他马上就提出一个新的话题。他一直在煞费苦心地寻找让我感兴趣的谈资，好把我留下来。他使出浑身的解数，想让气氛和谐起来。谅必他还不至于感到太寂寞吧；凭着他在外交界的往来关系，他肯定认识很多人，总能找到人来陪他共度夜晚的时光。我确实有点儿纳闷，不知他为什么没有去大使馆用晚餐；虽然时值夏季，但那边总该有他所熟悉的人。我还注意到，他一次也没有露出过笑脸。他说话似乎老是带着急切得有些刺耳的口吻，仿佛他连片刻的沉默都感到害怕，仿佛他的说话声可以把折磨他的某种东西暂时排斥在他的脑海之外似的。这就太奇怪了。虽然我不喜欢他，虽然他对我根本算不了什么，而且和他待在一起也让我多少有点厌烦，但我还是违心地略微表示了一点儿关切之情。我用探寻的目光细细打量了他一眼。不知这是不是我自己的幻觉，我在他那双黯淡的眼睛里看到的是那种被吓唬住了的神色，有如一只被追得无路可逃的狗在睃睒地望着你，尽管他五官清秀，表情也把握得那么有分寸，但他的那副神态似乎总让人联想到一颗深陷苦恼的心灵的怪相。我怎么

---

① 布林迪西（Brindisi），意大利东南部港口城市。

也弄不明白。我脑海中闪现出了十多个杂乱无章的想法。我并不是特别富有同情心：犹如嗅到了硝烟味的一匹老战马，我顿时精神大振。我本来一直感到很疲惫，现在却变得愈发警觉起来了。我的识别力已经伸出了触须，在跃跃欲试了。我突然对他的每一个面部表情和每一个手势都敏感地关注起来。我之前也想到过，他是不是写了一部戏剧，想征求一下我的意见，但我马上打消了这个念头。这些趣味高雅的精英分子会莫名其妙地沉湎于舞台脚灯的光华，尽管他们傲慢得根本瞧不起我们这些文学匠人的语言功力，但他们并非不愿意从我们这儿汲取几条有用的小建议。不，这不是他的本意。一个如此富有审美情趣的饱学之士只身一人在罗马，弄不好就会惹上麻烦，于是，我暗自忖度起来，卡拉瑟斯是不是陷入了什么困境，为了使自己摆脱这个困境，大使馆成了他最最去不得的地方了。我以前曾经作过简要评述，理想主义者在情欲方面往往容易轻率行事。他们有时会在警察不便到访的地方寻花问柳。我心里忍不住窃笑起来。一个自命不凡的人若是在这样一种可疑的情景中被逮住了，连天神都会笑话他的。

突然间，卡拉瑟斯说了一句让我错愕不已的话。

"我实在倒霉透了。"他咕哝道。

他没有任何来由地说了这句话。他显然不是在开玩笑。他的腔调里似乎有一种喘不过气来的味道。那声音很像是一阵抽泣。我至今都无法形容猛然听到他说这种话时，我感到有多惊讶。我的感觉就好像你在转过一个街角时，突然遇到一阵狂风迎面扑来，刮得你一下子透不过气来，几乎连站都站不稳。这话说得实在太出乎意料了。不管怎么说，我对此人几乎一点也不了解。我们从来都不是朋友。我不喜欢他；他也不喜欢我。我从来就没有把他看作很有人情味的正常人。一个如此自我克制、如此温文尔雅的人，一个对文明社会的礼仪习俗如此娴熟的人，居然会突如其来地向一个陌生人袒露这种心迹，真是太令人咋舌了。我这个人生来喜欢说话有所保留。不管遭受什么样的苦难，向别人透露我的烦恼，我都会觉得很难堪。我禁不住打了个寒战。他的脆弱惹恼了我。一时间，我竟气得义愤填膺了。他怎么敢把自己内心的痛苦强加在我的头上？我差点儿就要喊出来：

"这关我什么事？"

但我没有这么做。他整个人此时已经蜷缩成了一团，坐在这张宽大的扶手椅里。他那令人肃然起敬的高贵的相貌本来会让人不由自主地想起维多利亚时代某位政治家的大理石雕像，现在却扭曲成了一道道怪模怪样的皱纹，那张脸也松垂下来了。他看上去好像要哭了似的。我犹豫了。我张口结舌了。刚才听他说话的时候，我脸都气红了，现在倒好，我感觉自己又脸色发白了。他真是个值得怜悯的对象。

"我很抱歉。"我说道。

"要是我跟你说一说我的事儿，你介意吗？"

"不介意。"

这个时候用不着再多说什么了。我估计，卡拉瑟斯刚刚四十岁出头。他是个身材匀称的男子汉，看样子有点儿运动员的体魄，而且举手投足间都透着自信。此时此刻，他的模样似乎一下子老了二十岁，而且还不可思议地萎缩了。他让我想起了战争期间看到的那些死去的士兵，死亡竟然使他们变得那么瘦小得出奇。我感到一阵尴尬，于是，我便扭过脸去望着别处，但我总感到他在眼巴巴地望着我，我只好又转回来看着他。

"你认识贝蒂·惠尔顿-彭斯吗？"他问我。

"多年前在伦敦的时候，我时常遇到她。最近没看见过她了。"

"想必你也知道，她现在住在罗德岛[①]了。我刚从那里过来。我

---

① 罗德岛（Rhodes），是希腊第四大岛，希腊最大的旅游中心。在毛姆创作这篇小说的时候（1930年）属于意大利。

之前一直住在她那里。"

"哦？"

他犹豫了。

"我像这样跟你说话，你恐怕会觉得我这人太莫名其妙了吧。我已经忍无可忍了。如果我再不找个人说说，我会发疯的。"

他先前已经要过两杯白兰地加咖啡了，现在他又叫来了服务生，给自己重新点了一杯。休息厅里此时只有我们两个人。我们之间的茶几上放着一盏有灯罩的小台灯。因为这是个公共场所，他说话的声音放得很低。这个地方十分僻静，让人格外有一种莫名的亲密感。我无法完完整整地复述出卡拉瑟斯跟我说的所有原话；我也不可能把那些话全部记住；我还是以我自己的方式来描述吧，这样比较方便。有时候，他自己会欲言又止地不肯把一件事坦率地直接说出来，我不得不去猜一猜他的言下之意。有时候，他会谈到连他自己也弄不明白的事情，而在我看来，从某种程度上说，我对事情的真相似乎反倒比他看得更加清楚。贝蒂·惠尔顿-彭斯具有非常敏锐的幽默感，而他则缺乏幽默感。我听出了许多他一时领会不了的意味深长的话。

我见过贝蒂·惠尔顿-彭斯好多次，但是，我对她的了解主要还是来自道听途说。她年轻时曾经在伦敦这片小天地里引起过巨大的轰动，我经常听人提起她，后来终于见到了她。那是在这场战争结束之后不久，在波特兰广场①的一场舞会上。她那时的名声就已经达到登峰造极的地步了。你随便翻开一份画报，就能看到她的照片，她制造的那些狂热的闹剧则是人们街谈巷议的一个主要话题。她那年二十四岁。她的母亲已经亡故，父亲圣厄斯公爵年事已高，也不太富裕，一

---

① 波特兰广场（Portland Place），位于伦敦城中繁华大街上的著名大厦，是伦敦著名景点之一。

156

年到头大多数时间都待在康沃尔郡^①他自家的城堡里，而她则住在伦敦，与她的一位孀居的姑姑生活在一起。这场战争爆发时，她去了法国。那时候她才十八岁。她在军事基地的一家医院里当过护士，后来又当过司机。她参加过旨在慰问部队官兵的巡回演出；回国后，她在慈善性质的"活人造型"^②表演中当过模特，举办过出售各种物件的拍卖会，还在皮卡迪利大街上卖过旗子。她的每一项活动都受到过大张旗鼓的宣传，她常换常新的每一个角色都被拍摄成了数不胜数的照片。我估计，她当时一定忙得不亦乐乎。不过，既然战争已经结束了，她也就无所顾忌地恣情放纵起来。反正那时候人人都有点儿忘乎所以。年轻的一代人由于卸下了压在他们身上长达五年之久的重负，都沉溺在各种恣肆妄为的玩乐之中。这些活动贝蒂每样都参与。有时候，也不知是出于什么原因，关于他们的报道就出现在报纸上了，而她的名字永远都是头版新闻的标题。那时候，如日中天的夜总会才刚刚勃兴起来，人们每天晚上都必定能在那些地方见到她。她成天过着紧张忙碌、灯红酒绿的生活。这种事情只能用陈腐的语句来形容，因为这本身就是一桩陈腐的事情。英国的民众则以他们别具一格的方式牵肠挂肚地惦记着她，"贝蒂小姐"这一家喻户晓的名字足以说明她当年风靡英伦诸岛的盛况。她去参加婚礼时，女人们都团团簇拥着她，剧院里首次公演时，楼座里的观众都为她鼓掌，仿佛她是一位当红女明星似的。女孩子们都喜欢模仿她的发型，生产肥皂和面霜的厂商们纷纷付钱给她，目的是为了用她的照片做广告来推销其商品。

当然，那些反应迟钝、墨守成规的人，那些怀念、怜惜旧秩序的人，大多对她颇有微词。他们嘲笑她老是喜欢抛头露面、成为万众瞩

---

① 康沃尔郡（Cornwall），位于英格兰西南部，有2000多年的采锡历史，曾是世界最著名的产锡区之一，如今拥有全球最大的温室"伊甸园"。
② 活人造型（Tableaux），指由活人扮演的静态画面、场面或历史性场景，尤指舞台造型。

目的对象。他们说她对自我宣扬怀有一种不可理喻的强烈爱好。他们说她放荡成性。他们说她嗜酒无度。他们说她太爱抽烟。我得承认，我所听到的关于她的这些传闻，可谓事先给我打了预防针，让我对她没有多少好感。有些女人似乎把战争当成了一次可以大显身手、大出风头的机缘，我鄙视这类女人。有些报纸时常登载上流社会的名人雅士在戛纳 ① 散步或者在圣安德鲁斯 ② 打高夫球的照片，我对这些报纸不感兴趣。我向来认为，这些"生气勃勃的年轻人"极其令人生厌。对旁观者来说，这种及时行乐的人生观似乎既很无聊、又很愚蠢，不过，道德家们对之严加苛责也非明智之举。跟这些生活上放浪不羁的年轻后生生气，就像跟一窝小狗崽生气一样，是有悖常理的，因为小狗崽们总喜欢活蹦乱跳地到处瞎跑，在彼此身上翻来滚去，追自己的尾巴。要是它们糟蹋了花坛，或者打碎了某件瓷器，那你也该毅然决然地忍它一忍为好。有些小狗崽会被淹死，因为它们的智商还没达到那种水准，其余的则会渐渐长成为守规矩的狗。他们无法无天的表现仅仅是由于有青春的活力而已。

　　而活力恰恰正是贝蒂身上最光彩照人的特征。热烈奔放的生命力在她浑身上下光芒四射地涌动着，让你看得眼花缭乱。我想，我永远也忘不了她在那场舞会上给我留下的印象，那是我第一次见到她。她就像酒神的一位女祭司 ③。她那无拘无束的舞姿逗得你忍不住要开怀大笑，最让人有目共睹、有心共鉴的是她对音乐的酷爱和她那在翩翩起舞、充满青春活力的四肢。她的头发是棕色的，由于举手投足的力

---

① 戛纳（Cannes）位于法国南部港湾城市尼斯附近，是地中海沿岸风光明媚的休闲小镇。

② 圣安德鲁斯（St Andrews），是坐落在英国苏格兰东海岸的大镇，苏格兰历史上最著名的城镇之一，也是中世纪时苏格兰王国的宗教首都。圣安德鲁斯不但有苏格兰最古老的大学，也由于其在高尔夫运动发展中做出的诸多贡献被称为"高尔夫故乡"。

③ 酒神的女祭司（Maenad），希腊神话中酒神狄俄尼索斯的众女随从。Maenad 一词来自希腊语，意为"发狂"或"疯狂"。

度而稍显凌乱，但她那双眼睛是蔚蓝色的，她那乳白色的肌肤透着玫瑰色的红晕。她的确是一位大美人，然而却一点儿也没有大美人的冷傲。她时不时就会放声大笑，即使不在放声大笑，她也依然满面春风，眼睛里闪动着活灵活现的欢乐之情。她宛如天神们所创办的农庄里的挤奶女工。她具有平民百姓的体力和健康；但她的那种我行我素的举止，那种光明磊落的仪态，却又分明在告诉人们，她是一位出身豪门的千金小姐。我真不知道该如何表达她给我的那种感觉，尽管她显得那么单纯、那么坦然，但她并非不注意自己的身份。我遐想着，如果出现特殊情况，她一定会随机应变地摆出她的尊严，进而变得非常高傲。她对每个人都很妩媚，也许她自己并没有完全意识到这一点，因为她打心底里认为，除此之外，这世上的其他东西统统都无关紧要。我终于恍然大悟，为什么伦敦东区①工厂里的那些姑娘会那么崇拜她，为什么那五六十万民众，尽管只见过照片而从来就没有见过她本人，会怀着那种亲昵、友好的个人感情来看待她。我被人家引荐给她之后，她破例花了几分钟时间与我聊了起来。看到她表现出对你有兴趣的样子，真让人感到特别荣幸；虽然你明明知道，她不可能真像她表面看上去那样十分乐意结识你，或者十分喜欢你所说的话，但你还是觉得她那副模样非常迷人。她就有这种本领，能够跳过与人初次相识时的那几个难以对付的阶段，因此，认识她还不到五分钟，你就感到你已经对她熟悉到了好像知道她所有的人生经历似的。有个人要来找她跳舞，便不由分说地把她从我身边抢走了，她也带着热切而又愉快的表情，投怀送抱地拥入了她那个舞伴的怀抱之中，跟她刚才猛然坐进我身边那张椅子里时的表情一模一样。两周之后，我在午餐

---

① 伦敦东区（East End），英国首都伦敦东部、港口附近地区。曾是一个拥挤的贫民区。街道狭窄、房屋稠密，多为 19 世纪中期建筑。第二次世界大战中，大部分遭受轰炸破坏，后重建。

会上再次见到她时，发现她竟然清清楚楚地记得我们在舞会上那嘈杂的十分钟里具体谈了些什么内容，让我感到非常惊讶。果然是一位具备各种社交风度的妙龄女郎。

我向卡拉瑟斯说起了这件小事。

"她可不是傻瓜，"他说道，"没有几个人知道她有多聪明。她有几首诗写得非常漂亮。因为她那么放浪形骸，因为她那么不计后果，而且无论对谁都那么满不在乎，人们就以为她是个用情不专的轻浮之人。其实远远不是这么回事儿。她机灵得像只猴子。你根本想不到她怎么有时间读了那么多的东西。我估计，对于她的这一面，没有人了解得比我还清楚。我们以前经常利用周末结伴儿去乡下散步，在伦敦的时候，我们时常会开车去里士满公园①，在那里散散步，聊聊天。她特别喜欢花草树木。她对样样事情都很关心。她见多识广，也很通情达理。没有什么话题是她不能聊的。有时候，我们下午去散了步，晚上又在夜总会里相见，她总要喝上两三杯香槟酒，你知道的，这个量就足以把她灌成一个地地道道的醉鬼了，于是，她就成了全场最活跃的中心人物，我不由自主地想到，要是在场的其他人知道，仅仅几个小时之前我们谈得有多一本正经，他们会惊讶成什么样子。这种反差太让人惊奇了。她身上似乎同时并存着两个截然不同的女人。"

卡拉瑟斯说了这么一大通话，脸上没有一丝笑容。他是用那种很伤感的口吻说话的，仿佛他是在谈论一个被不期而至的死神从朝夕相处的亲朋好友间生生夺走了的人似的。他深深叹了口气。

"我如痴如迷地爱上了她。我向她求了六次婚。当然，我知道自己没有机会。我只不过是外交部的一个级别很低的小职员，可我就是

---

① 里士满公园（Richmond Park），是伦敦最大的皇家公园。

控制不住自己。她虽然拒绝了我，但她的态度每次都好得让人吃惊。我们的友情也从来没有因此而受到任何影响。你瞧，她真的很喜欢我呢。我给了她别人给不了的东西。我过去总是觉得，比起其他人来，她其实对我更加情深意浓。我对她真的是一片痴心。"

"我估计，你恐怕不是唯独仅有的一个这么喜欢她的人。"我说，因为觉得自己总该说点儿什么才对。

"当然不是。她经常收到几十封情书，都是她从来没有见过、甚至从来没有听说过的男人写来的，有非洲的农民、有矿工，还有加拿大的警察。各种各样的人都向她求过婚。只要她愿意，她想嫁给谁都可以。"

"听人家说，甚至还有皇室的人呢。"

"没错。她说她受不了皇室的生活。后来，她嫁给了吉米·惠尔顿-彭斯。"

"人们都感到很惊讶，对不对？"

"你认识这个人吗？"

"不认识，应该不认识吧。我也许曾经碰见过他，但我对他没有印象。"

"你不会对他有印象的。他是活在这世上到目前为止最不起眼的家伙了。他父亲是北英格兰那边的一位大名鼎鼎的生产商。在这场战争期间，他赚了不少钱，便买了一个准男爵的爵位。我相信，他这辈子都没发过 H 这个音[1]。吉米和我一起读的伊顿公学，他们费了不少力气想把他培养成一位绅士，战争结束之后，他在伦敦到处乱转，显得很活跃。他总是心甘情愿地自掏腰包举办宴会。只可惜谁也没把他放在眼里。他只是付钱买单罢了。他是个地地道道极其令人厌

---

[1] 英国边远地区或下层人士的口音里常省略 H 的发音。

烦的家伙。想必你也知道,他太古板,客套得让人受不了;他老是弄得你相当不自在,因为他太谨小慎微了,生怕自己做了错事。他穿的每身衣服都像是第一次刚穿上身的,而且每身衣服都有点儿太紧了。"

有天早上,卡拉瑟斯无意间翻开了《泰晤士报》,当他把目光投向当天的热点新闻时,忽然发现有一桩婚事已经安排妥当了,女方是伊丽莎白,圣厄斯公爵的独生女,男方是詹姆斯,约翰·惠尔顿-彭斯准男爵的长子,他顿时惊得目瞪口呆。他立即给贝蒂打了个电话,问她这事是不是真的。

"当然是真的。"她说道。

他感到非常震惊,一时竟不知该说什么才好。她还在电话里继续说着。

"今天的午餐会上,他要把他的家人带过来跟我父亲见面。我敢说,那种情景未免有点可怖得厉害。你也许可以在克拉里奇大酒店 ①请我喝一杯鸡尾酒,帮我壮壮胆子,行吗?"

"几点钟?"他问道。

"一点。"

"行。我在那边等你来。"

她进来的时候,他已经在等着她了。她几乎是连蹦带跳地走过来的,仿佛她的腿脚在发痒,恨不得马上就跳一场舞似的。她满面春风地微笑着。她那双眼睛里洋溢着喜悦的光芒,整个人都沉浸在这种喜悦之中,因为她依然还活着,而这个世界又是如此令人愉快的地方,值得活在其中。她一进来,认出她的那些人立即交头接耳地窃窃私语

---

① 克拉里奇大酒店(Claridge's),始建于 19 世纪初、二战时曾接待欧洲数国流亡王室,伦敦最著名的酒店之一。

起来。卡拉瑟斯真切地感受到，她把阳光和花香带进了克拉里奇大酒店这个精美绝伦、却严肃有余的休息厅里。他都没有来得及向她问声好，就说开了。

"贝蒂，你不能这么做，"他说道，"这件事绝对不行。"

"为什么？"

"他这人太糟糕了。"

"我觉得他不是这样的。我觉得他很好。"

一名服务生走上前来，记下了他们点的酒水。贝蒂用她那双美丽的蓝色眼睛望着卡拉瑟斯，她的眼睛里居然同时交织着既十分放荡、又十分温柔的这两种情感。

"他是这样一个为人所不齿的无赖啊，贝蒂。"

"啊，别再这么犯傻了，汉弗莱。他其实就是个普普通通的人，差不多跟别人一样。我认为你才是个势利小人呢。"

"他那么呆笨。"

"不，他是不太爱张扬。我不知道我要找的丈夫是不是太才华横溢了。我觉得他可以成为一个很不错的陪衬。他长得很好看，而且举止也很儒雅。"

"我的上帝啊，贝蒂。"

"啊，汉弗莱，别说傻话了。"

"你是要假装自己爱上他了吗？"

"我觉得这样做大概才算策略，你觉得呢？"

"你为什么要嫁给他？"

她冷冷地望着他。

"他有大笔的钱款。我都将近二十六岁了。"

再没有什么过多的话可说了。他开车送她回她的姑妈家去了。她举行了一场非常隆重的婚礼，进入威斯敏斯特圣玛格丽特大教堂 ① 的通道两旁排满了密密麻麻的人群，皇室的所有成员几乎都给她送来了贺礼，蜜月是在她公公借给他们的游艇上度过的。卡拉瑟斯申请了海外的一个职位，获准后便被派去罗马了（我的猜测果然没错，他那口令人钦佩的意大利语就是这样学成的），后来，他又去了斯德哥尔摩。他在那里当使馆参赞，在那里写出了自己的第一个短篇故事。

或许是贝蒂的婚事让英国的民众失望了，因为他们期盼她还能再做出一些更加惊世骇俗的事情；或许仅仅是因为，作为一个结了婚的少妇，她再也激发不起大家所喜爱的那种浪漫情怀了；反正事实是明摆着的：她很快就丧失了在公众心目中的地位。你不会再听到太多关于她的事情了。婚后不久，就有谣传说，她马上要生孩子了，然而没过多久，又说她流产了。她并没有完全从社交界销声匿迹；我估计，她依然还会去看望她的诸多朋友，但是，她的各种活动再也不像从前那样引人注目了。毫无疑问，人们已经很少看到她出现在那些趣味低俗的聚会里了，因为混迹在那些聚会里的人大多是些乌合之众，某些声名狼藉的贵族阶层的成员总喜欢和艺术圈里的那些混吃混喝的文人相聚在一起推杯换盏、高谈阔论，还沾沾自喜地以为，他们摇身一变，顿时就风光起来了，不但时髦，而且还显得很有文化修养。人们说，贝蒂渐渐安稳下来了。大家都有些好奇，很想知道她和丈夫相处得怎么样，他们稍一打听就有了结论：他们相处得不怎么好。没过多久，就有流言蜚语说，吉米开始酗酒了，再后来，大约过了一两年之

---

① 圣玛格丽特大教堂（St Margaret's），位于威斯敏斯特大教堂的北面，是忏悔国王爱德华于 11 世纪所建，以绚丽的彩色玻璃而著称一世。这 3 座历史建筑物成为英国的标志性建筑之一，为世人所铭记。从 11 世纪威廉开始，除爱德华五世和爱德华七世外，所有英王都在此加冕登基，当今英女王伊丽莎白二世就是于 1953 年在威斯敏斯特大教堂里举行加冕典礼的。

后，又有内幕新闻说，他患上了肺结核病。惠尔顿-彭斯夫妇去瑞士度过了两个冬天。随后，消息就传开了，说他们已经分道扬镳，贝蒂离家出走，住在罗德岛。偏偏选了这么奇怪的一个地方。

"那种日子肯定很恐怖。"她的朋友们说。

其中有几个朋友时不时地会过去陪她小住几日，回来之后就到处宣扬那座海岛上的风光有多旖旎、那种悠闲的生活有多迷人。话说回来，那种日子当然是非常寂寞的。说来也怪，贝蒂那么才华出众，那么精力充沛，居然就心甘情愿地定居在那种地方了。她在岛上买下了一幢房子。除了几名意大利官员，她谁都不认识，那里也确实没有可以让她去结交的人；但她似乎过得十分开心。前来探望她的那些朋友都百思不得其解。不过，伦敦的生活向来忙忙碌碌，加之大家的记性也都不太好。人们再也无暇去顾及她的事儿了。她已经被大家遗忘了。后来，在罗马，在我遇到汉弗莱·卡拉瑟斯的几个星期之前，《泰晤士报》上登载了一条讣告，通报了第二代准男爵，詹姆斯·惠尔顿-彭斯爵士的死讯。他的胞弟继承了他的爵位。贝蒂一直没有孩子。

贝蒂结婚后，卡拉瑟斯照样还跟她见面。无论他什么时候到伦敦，他们都会一起用午餐。她就有这种本领，即使分别已久，她也能重续友情，仿佛时间的流逝根本干扰不到她，所以，他们每次相见都从来没有任何生分感。有时候她也会问一声，他打算什么时候结婚。

"汉弗莱，你不知道吗？你的岁数越来越大了。如果你不快点结婚，你就要变得像个老姑娘了。"

"你觉得婚姻有什么可取之处吗？"

这可不是一句非常体贴的话，因为他和其他人一样，也听说了她和她丈夫相处得不太好，但她这句回答却伤害了他的自尊心：

"总的来说确实如此。我认为，一场不满意的婚姻大概总比一辈子不结婚要好吧。"

"你很清楚，我无论如何都不会结婚的，你也知道原因。"

"哦，亲爱的，你不是在当面说假话，说你依然还在爱着我吧？"

"我就是在爱着你。"

"你真是个大傻瓜。"

"我不在乎。"

她朝他嫣然一笑。她的眼神总是那副样子，半是取笑，半是柔情，每次都在他心中留下这种快乐的痛苦。可笑的是，他几乎总能为这种感觉定好位置。

"汉弗莱，你真讨人喜欢。你知道的，我对你很忠诚，但是，即使我是个自由身，我也不会嫁给你。"

等到她离开丈夫，自己跑去住在罗德岛上，卡拉瑟斯就不再和她见面了。她从来也没有回过英国。他们依然保持着频繁的书信往来。

"她的信都写得很精彩，"他说道，"你仿佛听到她在说话。这些信就像她本人。聪明、风趣、东拉西扯，但是见识通透。"

他曾经提出想去罗德岛上住几天，但她认为，他最好别去。他明白其中的原因。所有人都知道，他过去一直如痴如迷地爱着她。所有人都知道，他现在依然还在爱着她。他不清楚惠尔顿-彭斯夫妇究竟是在什么情况下分道扬镳的。也许是因为感情不和，夫妻间已经闹得很僵了。贝蒂可能觉得，卡拉瑟斯在岛上现身，会使她的名声大打折扣。

"我的第一本书出版的时候，她给我写来了一封令人陶醉的信。你知道的，我这本书就是献给她的。她对我居然能写出这么好的东西感到很惊讶。人人都在为这本书叫好，她也感到很高兴。我总觉得，她的快乐才是最主要的事情，才会让我感到快乐。不管怎么说，我不是职业作家，想必你也知道：我一向不太看重文学上的成就。"

　　他就是个傻子，我心想，而且还是个爱撒谎的家伙。因为自己的书得到了好评就沾沾自喜，难道他真以为我没注意到他那副志得意满的嘴脸？我不会因为他的那份得意而责怪他，那是完全可以原谅的，可他何必要如此煞费苦心地否认这一点呢。诚然，津津乐道于区区两本书给他带来的这份臭名远扬的快乐，他多半也是为了贝蒂，这一点倒是不用怀疑的。他终于有了一份实实在在的成就可以奉献给她了。他现在可以拜倒在她石榴裙下的，不仅只有他的爱，还有他显赫的名声。贝蒂已经不再那么青春年少了，她都三十六岁了；她的婚姻、她的客居海外，改变了很多事情；她不再被无数的求婚者团团围着了；她已经失去了头上的那道光环，失去了公众对她趋之若鹜的追捧。他们之间的差距已经不再那么遥不可及。这么多年过去了，唯独只有他依然还对她痴心不改。她怎能继续把自己的美貌、智慧、社交风范埋藏在位于地中海角落里的一座小岛上呢，这未免也太荒谬了。他知道，贝蒂是喜欢他的。她总不至于对他的这份一往情深的爱无动于衷吧。他如今可以提供给她的这种生活，他相信，是能够打动她的。他横下心来，要再次向她求婚，要她嫁给他。到将近七月底的时候，他可以脱身离开一段时间。他写信告诉她说，他打算去希腊的海岛上度假，如果她愿意见见他，他就在罗德岛停留一两天，他听说意大利人在那里开了一家非常不错的酒店。他用这种漫不经心的口吻说出了自己的提议，体现出了他灵巧的语言功底。他在外交部受到的训练教会了他该如何避开风险，免得遇事唐突。他从来不会主动让自己陷入进退两难的困境，万一有必要，他随时可以老练地收回自己的话。贝蒂给他回了一封电报。她说，他能来罗德岛真是太好了，当然，他必须过来，而且要住在她家里，至少要住两个星期，并让他发电报告诉她，他将乘哪一班船过来。

卡拉瑟斯乘坐的那艘蒸汽船从布林迪西出发，在晨曦初露之际，终于驶进了罗德岛这片洁净、美丽的港湾，他顿时激动得心潮起伏。他几乎一整夜都没有合眼，早早起床后，他眺望着晨曦中渐渐耸现的巍峨的罗德岛，朝阳从夏日海面上冉冉升起。蒸汽船刚抛下锚，就见一艘艘小船从岛内驶了过来。舷梯已经放下了。汉弗莱从船栏上探过身去，注视着那名医生、几名港监官员、酒店向导等人纷纷顺着舷梯登上船来。他是船上唯一的英国人。他的国籍一望而知。有一个男人刚登上甲板，就立刻迎面朝他走来。

　　"你是卡拉瑟斯先生吗？"

　　"是我。"

　　他正要笑一笑，然后伸出手去与对方握手，但他眨眼间就察觉出，朝他打招呼的这个人同样也是一名英国人，和他自己一样，然而却不是一位绅士。虽说他依然表现得异常客气，态度却本能地变得有点儿生硬了。当然，卡拉瑟斯并没有把这一点告诉我，但我仿佛十分清楚地看到了这个场面，因此，我就毫不犹豫地把它描写出来了。

　　"夫人没能亲自过来接你，她希望你不要介意，不过，这趟船进港也太早了，到我们住的地方去，开车需要一个多小时呢。"

　　"哦，我当然不介意。夫人还好吗？"

　　"很好，谢谢你。你的行李到了吗？"

　　"到了。"

　　"你只要告诉我行李在哪儿就行了，我去叫个人来把你的行李搬到小船上去。你过海关的时候不会有任何问题的。我已经把那种事情都安排妥当了，过了海关，我们马上就走。你吃过早饭了吗？"

　　"吃过了，谢谢你。"

　　此人在发 H 这个音时也不是很准确。卡拉瑟斯很想知道他到底是什么人。你不能说他不够文明，但他确实有点儿不懂礼貌。卡拉瑟斯知道，贝蒂有一座相当大的庄园；也许他是她的代理商吧。他似乎能力很强。他用流利的希腊语向几个搬运工下达了指令，等他们上了船之后，那几个船夫嫌他付的钱不够，想找他再多要点儿，他不知说了句什么，马上就逗得他们哈哈大笑起来，船夫们耸了耸肩，这事就算摆平了。行李没有经过检查，就顺利通过了海关，卡拉瑟斯的那个向导跟几名海关官员握手告别之后，他们便走进一个阳光明媚的地方，有一辆黄色的大轿车已经等在那儿了。

"你打算开车送我去吗？"卡拉瑟斯问道。

"我是夫人的专职司机。"

"哦，我明白了。我刚才不知道。"

他的穿着打扮不像一名司机。他下身穿着白色的帆布裤子，赤脚套着一双帆布便鞋，上身是一件白色的网球衫，没有打领带，领口敞开着，头上戴着一顶草帽。卡拉瑟斯皱了皱眉。贝蒂不该让她的司机穿成这样来开车。诚然，他天没亮就得起床，再说，这一路开到别墅去似乎也很热。也许在正常情况下，他穿的是制服。虽然这名司机的身高不如卡拉瑟斯，卡拉瑟斯自己穿着袜子有六英尺一英寸高，但此人也不矮；不过，他生得膀阔腰圆，粗壮结实，因而显得有点儿矮胖。他其实并不肥胖，只是相当丰满；他看上去似乎有旺盛的食欲，而且吃得也很好。虽然还算年轻，大概三十岁或者三十一岁，但他看上去已经是一个大块头了，总有一天会变得痴肥臃肿起来的。他现在就是个身躯魁梧的壮汉。他那张大脸膛被太阳晒得鳖黑，鼻子又短又粗，还似乎有点儿面带愠色。他上嘴唇蓄着一条短短的黄色八字胡须。奇怪的是，卡拉瑟斯有一种隐隐约约的感觉，似乎以前曾见过他。

"你已经跟随夫人很长时间了吗？"他问道。

“唔，从某种程度上说，也算是吧。”

卡拉瑟斯的态度比先前又生硬了一点儿。他不太喜欢这个司机说话的方式。他有些纳闷，不知他为什么不称呼他为“先生”。恐怕是贝蒂纵容得他有点忘乎所以了吧。对这类事情满不在乎，这是她的风格。但是这种做法不对。他会找机会旁敲侧击地提示她一下的。他们四目相遇的一瞬间，卡拉瑟斯似乎便断定，司机的眼睛里闪烁着一丝乐滋滋的笑意。他想象不出是什么原因。他不知道那人心里装着什么好笑的事情。

“我估计，那边就是希腊骑士团的古城 ① 吧。”他朝那些雉堞错落有致的城墙指了指，悠然神往地说。

“是的。夫人会领你去那边看看的。旺季的时候，来我们这儿的游客多得数不清。”

卡拉瑟斯并不想摆出一副很难接近的样子。他暗暗思忖着，不如自己主动要求坐在这个司机的身边，免得独自一人坐在后面，这样多少会显得友好一些，然而他正要开口时，这事已经由不得他了。司机吩咐搬运工把卡拉瑟斯的旅行包都放在后排座位上，然后自己坐定在方向盘后，说道：“喂，你赶紧上来吧，我们要出发了。”

卡拉瑟斯在他身旁坐了下来，他们随即便出发了，沿着海边的一条白色的公路径直向前驶去。几分钟后，他们就进入了一片视线开阔的原野。他们只顾赶路，谁都没说话。卡拉瑟斯似乎在保持着自己的尊严。他感觉这个司机动不动就会表现得很放肆，万万不可让他有机可乘，得寸进尺地放肆起来。他满以为自己的风度足可以让这些身份微贱之人自惭形秽。他暗自冷笑着，坚忍不拔地认为，用不了多久，

---

① 14 世纪初期，希腊僧侣骑士团开始统治罗德岛，直至 1523 年将控制权让给了奥斯曼帝国；尤其是从 1480 年起，骑士团在岛上修建了强大的防御工事。

这个司机就会口口声声称呼他为"先生"了。不过，这是个让人心旷神怡的早晨；洁白的公路两旁，橄榄树蔚然成行，他们时不时还会穿行在星罗棋布的农舍之间，那些白墙、平顶的房屋，颇有东方韵味，令人赏心悦目。再加上贝蒂正在望眼欲穿地等着他来呢。他心中的那份爱意使他不由得对全人类都仁慈起来，他给自己点上了一支烟之后，觉得主动给司机递上一支，也不失为慷慨之举。不管怎么说，罗德岛毕竟离英国十分遥远，何况现在已经是讲民主的时代了。司机接受了他的馈赠，把车停下来，点上了烟。

"你搞到那种烟草了没有？"他冷不丁地问道。

"我搞到什么了？"

司机顿时拉下脸来。

"夫人专门给你发过电报，让你务必带两磅普莱耶海军烟丝①过来。这就是为什么我要疏通关节，让海关的人不要打开你的行李检查的原因。"

"我根本就没收到这份电报。"

"该死的！"

"夫人究竟要用这两磅普莱耶海军烟丝来派什么用场呢？"

他以倨傲的口吻说道。他不喜欢这个司机的叫嚷声。这家伙居然还斜睨了他一眼，卡拉瑟斯看得懂，此人的眼神里有几分侮慢。

"我们这里搞不到这种烟丝。"他没好气地说。

他带着那种似乎很像在生气的神色，扔掉了卡拉瑟斯递给他的那支埃及香烟，重新开车上路了。他绷着脸，一副闷闷不乐的样子。他从此再也没说话。卡拉瑟斯觉得，自己一心想与人为善的努力其实是

---

① 普莱耶海军烟丝（Player's Navy Cut），英国香烟品牌，于 19 世纪末、20 世纪初在英、德两国十分流行。

犯了个错误。在剩下的路程中，他没再搭理这个司机。他采取了在大使馆当秘书时运用得十分娴熟的那种威仪凛然的态度，每当有英国民众前来向他求助时，他总是摆出这副派头。他们沿着上山的路行驶了一段时间，终于来到一溜长长的矮墙边，随后又顺着墙根开到了一道敞开的大门前。司机径直把车开了进去。

"我们到了吗？"卡拉瑟斯喊道。

"六十五公里的路，在五十七分钟内到达，"司机说罢，微微一笑，出乎意料地露出了他那口很好看的白牙，"鉴于这种路况，还不算太差吧。"

他把汽车喇叭按得震耳欲聋。卡拉瑟斯兴奋得透不过气来。他们驱车驶上一条狭窄的车道，穿过一片橄榄林，来到一幢低矮、洁白、爬满藤蔓的房屋前。贝蒂已经恭候在门口了。他立即跳下车来，在她的两侧脸颊上都亲吻了一下。他一时竟说不出话来了。但他下意识地注意到，门口还伫立着一位上了年纪、穿着一身白色帆布衣裤的男管家，另外还有两名男仆，都穿着富有当地特色的男式多褶及膝白短裙。他们显得既很潇洒，又很别致。不管贝蒂有多放纵她那个司机，她的这个家，一望而知，还是按照文明社会的样式来管理的，符合她的身份。她领着他穿过大厅，大厅面积很大，墙面粉刷得洁白，他依稀看得出，家具都很美观，接着便进入了客厅。客厅的面积也很大，屋顶不高，墙面同样也粉刷得很白，他立刻感受到了这里的舒适和奢华。

"你该做的第一件事，就是过来看看我这边的风景。"她说道。

"我该做的第一件事，就是好好看一看你。"

她穿着一身洁白的连衣裙。她的胳膊、脸蛋、脖子，都被太阳晒得黑乎乎的；她那双眼睛比他以往任何时候看到的都要蓝，牙齿也白得惊人。她看上去气色特别好。她不仅身段苗条，仪容也很整洁。她的秀发已经烫成了波浪形的鬈发，指甲也精心修剪过；卡拉瑟斯一度还很担心，生怕她在这个颇具浪漫色彩的小岛上过着这种随心所欲的生活，早已经变得不修边幅了。

"贝蒂，说实话，你看上去就像十八岁。你是怎么做到的？"

"快乐呗。"她笑道。

听到她这么说，他顿时感到心头一阵剧痛。他不希望她快乐得过了头。他希望由自己来给她快乐。不过，她现在执意要带他到屋外的露台上去了。这间客厅有五扇落地窗，都直通外面的露台，露台旁边便是那座长满橄榄树的山崖，居高临下地俯瞰着大海。山崖下有一片小小的海湾，海湾里停泊着一艘白色的船，平静的水面上倒映着这艘船的倩影。放眼望去，在不远处的那座山岗上，你可以看到一处处白色的房屋，那是希腊人的一个村落，村落的那边是一片蔚为壮观的灰色险崖，凌驾在险崖上的是一座中世纪古堡的雉堞。

"那是当年骑士团的一座堡垒，"她说道，"我今天晚上就带你上那儿去。"

此情此景着实令人兴味盎然。此情此景足以让你激动得喘不过气来。这是一派祥和安宁的景象，然而它又富有一种奇异的生活气息。它的扣人心弦之处不是让你去沉思默想，而是要激发你行动起来。

"我估计，你把那种烟草弄到手了吧。"

他吃了一惊。

"不好意思，我没弄到。我根本就没收到你的电报。"

"可是，我给大使馆发过一份电报，还给伊克斯西尔大酒店发过一份。"

"我住在广场大酒店。"

"这事儿太烦人了！阿尔伯特恐怕要气得大发雷霆了。"

"谁是阿尔伯特？"

"就是他开车接你过来的呀。普莱耶牌是他唯一喜欢抽的烟草，可他在此地弄不到这种烟丝。"

"哦，那个司机啊。"他指着停泊在他们下方的那艘闪闪发亮的船。"那就是你之前跟我说过的那条游艇吗？"

"是的。"

那是贝蒂买下的一艘大型地中海机帆船，加配了发动机组，整体修缮一新。乘着这艘船，她可以在希腊诸岛之间自由往来。她向北最远到过雅典，往南最远去过亚历山大港①。

"如果你抽得出时间，我们带你出海去跑一趟，"她说道，"趁你在这里的时候，一定要去看看科斯岛②。"

"谁为你开船呢？"

"那还用说嘛，我有一整班的船员呢，不过，主要还得靠阿尔伯特。他对发动机之类的东西非常精通。"

不知道为什么，听她又一次说起这个司机时，他隐隐约约总感到有些不舒服。卡拉瑟斯不禁犯起了嘀咕，不知她是否让此人掌握了太多的权力。让一个仆人拥有过多的回旋余地无疑是一大失策。

"你知道吗？我心里老是忍不住在琢磨，我以前肯定在哪儿见到过阿尔伯特。可我就是对不上号。"

她粲然一笑，那双眼睛炯炯有神地闪烁着，带着那种喜出望外的快乐之情，使她那张脸顿时也平添了几分惹人喜欢的坦诚。

"你应该记得他呀。他是露易丝姑姑家的第二号男仆。他以前肯定为你开过无数次门。"

---

① 亚历山大港（Alexandria），是埃及在地中海岸的一个港口，也是埃及最重要的海港，埃及的第二大城市和亚历山大省的省会。

② 科斯（Cos），希腊岛屿。位于爱琴海东南，是多德卡尼索斯群岛中的第二大岛，仅次于罗德岛。

露易丝姑姑就是贝蒂结婚之前与之相依为命的那个姑妈。

"哦，他就是那个男仆吗？我估计，我肯定在那边看见过他，只是当时没留意过他。他怎么会到这里来了呢？"

"我在国内的时候，他就来我们家干活了。我结婚的时候，他硬要跟着我，所以，我带上他了。他给吉米做了一段时间的贴身男仆，后来，我打发他去了一家汽车制造厂，他那时对轿车很入迷，最后，我雇他来做了我的专职司机。现在，要是没有他，我都不知道该怎么办才好。"

"过于依赖一个仆人，难道你不觉得这是一大失策吗？"

"我不知道。我从来没有这么想过。"

贝蒂领他去了早就为他安排得一应俱全的房间，等他换好衣服后，他们悠闲地走下山坡，来到了海滩上。有一条小舢板已经等在那儿了，他们荡起双桨，朝那艘机帆船划去，随后便在那边游泳戏水。海水很温暖，起来之后，他们躺在甲板上晒太阳。这艘机帆船显得相当宽绰，既舒适，又奢华。贝蒂带着他把这条船上上下下看了一遍，后来，他们无意间遇到了正在修理引擎装置的阿尔伯特。只见他穿着一身脏兮兮的工作服，两只手黑乎乎的，脸上也沾满了油污。

"阿尔伯特，出什么故障了吗？"贝蒂说道。

他直起身来，毕恭毕敬地面对着她。

"没出什么故障，夫人。我就是检查一遍。"

"这世上只有两样东西是阿尔伯特的最爱。一样是汽车，另一样就是游艇。这话没错吧，阿尔伯特？"

她朝他嫣然一笑，阿尔伯特的那张苦行僧似的脸也绽开了笑容。他一笑便露出了两排漂亮、洁白的牙齿。

"没错，夫人。"

"你知道吗？他就睡在船上。我们特意为他在船艉修建了一间非常雅致的舱室。"

　　卡拉瑟斯随遇而安地喜欢上了这里的生活。这座庄园原本是贝蒂从一个被阿伯杜勒·哈米德二世[①]流放到罗德岛的土耳其帕夏[②]手里买下来的，贝蒂又在原址上扩建了一排耳房，把它打造成了一幢美轮美奂的豪宅。她开辟出了一个姹紫嫣红的百花园，花园的四周环绕着郁郁葱葱的橄榄林。花园里种植着迷迭香、薰衣草、常春花，她还派人从英国运来了金雀花，当然也种植着本岛得以名闻天下的玫瑰花。她对卡拉瑟斯说，到了春天，这里遍地都盛开着银莲花，有如覆盖着用银莲花织成的地毯。不过，等到她带着他看遍了她的宅院，等到她把种种计划以及她心中正在酝酿着的各项改动方案都告诉了他之后，卡拉瑟斯不禁又感到有些忧虑不安。

　　"你说得就像你打算一辈子都住在这儿似的。"他说道。

　　"说不定我真会这样的。"她笑道。

　　"纯属胡说八道！你年纪轻轻的。"

　　"老伙计，我都快四十啦。"她回答道，口气很轻松。

　　他满意地发现，贝蒂居然有一个水平极高的厨师，更让他高兴的是，连他一贯看重的礼仪感也得到了满足：在装饰华丽的餐厅里与她共进晚餐时，满目都是意大利家具，在一旁伺候他们用餐的是那位举止庄重的希腊男管家，外加两位相貌英俊的男仆，俩人都穿着色彩鲜艳的制服。这幢房屋装潢得也很有品位；室内的必需用品样样都不缺，而且每一件都是上等货色。贝蒂的日子过得相当豪华。他到达后

---

① 阿伯杜勒·哈米德二世（原文 Abdul Hamid，应指 Addul-Hamid II，1842—1918），奥斯曼帝国苏丹，1877 年对俄作战失败后，解散议会，恢复专制制度，建立恐怖统治，推行泛伊斯兰主义，迫害少数民族。其统治年代是帝国历史上最黑暗的时代，史称"暴政时期"。

② 帕夏（Pasha），是奥斯曼帝国行政系统里的高级官员，通常是总督、将军及高官。帕夏是敬语，相当于英国的"勋爵"，是埃及前共和时期地位最高的官衔。

的第二天，当地的总督带着几名随行人员前来赴宴时，她倾巢出动，着实炫耀了一番她家的排场。总督一进屋，两排统一着装的仆人夹道欢迎，这些仆人个个都精神抖擞，穿着浆得笔挺的苏格兰短裙，上身是绣花茄克衫，头戴天鹅绒制服帽。这个阵势简直不亚于一个卫队。卡拉瑟斯喜欢这种堂而皇之的派头。晚宴的气氛也很欢快。贝蒂说得一口流利的意大利语，卡拉瑟斯的意大利语也讲得十分地道。总督随行人员中的那几名年轻军官都穿着军服，显得格外英俊潇洒。他们个个都对贝蒂非常殷勤，她也落落大方、热情友好地对待他们，还跟他们打趣说笑。晚宴结束后，留声机开始播放音乐，他们一个接一个地和她跳舞。

等他们都走了之后，卡拉瑟斯问她：

"他们是不是一个个都神魂颠倒地爱着你啊？"

"这种事情我怎么说得清呢。他们偶尔会旁敲侧击地提亲，说些海誓山盟、永结同心之类的话，我婉言谢绝他们时，他们倒也心平气和地领受了。"

他们不足为虑。那几个年轻的还乳臭未干，那几个不怎么年轻的则又肥又秃。无论他们对贝蒂抱着什么样的感情，卡拉瑟斯眼下都不会相信，贝蒂肯自欺欺人地委身于一个中产阶级的意大利人。岂料，过了一两天之后，却发生了一桩不可思议的事情。他当时正在房间里换衣服准备去用晚餐，忽然听见外面走廊里有一个男人的说话声，他听不清说的是什么，也听不出说的是什么语言，接着就传来了贝蒂爆发出的银铃般的笑声。那是一种很迷人的笑声，是那种浪笑、淫荡的笑，有如一个妙龄女郎的欢笑声，那种笑声含有恣意行乐的成分，极具感染力。但她是和谁在一起调笑呢？你绝不会像那样跟一个仆人调笑的。那种笑含有一种不可思议的亲密感。卡拉瑟斯居然从区区一阵笑声中解读出了这么多内涵，这未免有些奇怪，不过，我们必须记住，卡拉瑟斯非常敏感。他的短篇小说就是以这种笔触而著称的。

没过一会儿，他们便在露台上见面了，为了满足自己的好奇心，他一边摇晃着鸡尾酒，一边搜肠刮肚地思考着该怎么开口。

"你刚才笑得那么忘情，是在笑什么呢？有什么人来了吗？"

"没有。"

她一脸惊讶地望着他。

"我还以为是你认识的哪个意大利军官过来找你消磨时间呢。"

"没有。"

当然，似水流年也在贝蒂身上留下了印迹。她依然很美，但她现在的美是一种成熟之美。她过去总是充满了自信，现在却换成了泰然自若；宁静而致远成了她的一大特征，恰如她那双蓝汪汪的眼睛和她那洁白清秀的容貌一样，是她的美不可分割的组成部分。她似乎已经与世无争了；和她在一起会使你心旷神怡，就像你躺在橄榄树林里眺望着酒红色的大海^①时，也会使你心旷神怡一样。虽然她还和以前一样欢快、风趣，但曾经只有他一个人知道的那种严肃认真的作风，如今却有目共睹了。现在不会再有人指责她是个用情不专的轻浮之人了；无论谁都不可能看不出她具有高雅的品格，甚至具有高贵的气质。这种特质在现代女性身上通常是找不到的，卡拉瑟斯暗自思忖，她就是个返祖的人物嘛；她使他油然想起了十八世纪的那些出身于世家望族的贵妇名媛。她向来对文学作品情有独钟，她在少女时期写出的那些诗作就很优美，读起来朗朗上口。当她告诉他说，她已经在扎扎实实地从事一项历史研究了，他不免有些惊讶，但更多的还是关心。她正在收集整理资料，准备撰写一部有关圣约翰骑士团

---

① 毛姆此处显然套用了荷马对爱琴海的描绘。《荷马史诗》中常将大海描述为"葡萄紫色""酒红色""酒蓝色"等等，即所谓的"史诗套语"（epic clichés）。

在罗德岛的事迹的小说。这篇故事里会出现不少富有浪漫色彩的插曲。她带卡拉瑟斯去了那座古城，领他参观了那些蔚为壮观的雉堞墙，随后，他们便肩并肩地徜徉在那些庄严古朴、气势恢宏的建筑群中。他们沿着肃静的骑士街信步向前走去，两旁美轮美奂的石砌墙面以及琳琅满目的巨幅盾徽，会使人追怀起早已名存实亡的骑士精神。到了那里，她有一件令他意想不到的事情要告诉他。她买下了其中的一幢老房子，并且满怀深情、爱护备至地把它修复成了原来的模样。一走进这座小小的宅院，踏上雕花的汉白玉楼梯，就使你恍若回到了中世纪。院落里有一片矮墙围成的微型花园，里面种植着无花果树和玫瑰花。这是个精巧、隐秘、僻静的去处。从前的那些骑士和东方文明素有来往，久而久之，便学会了东方人的那些遁世隐居的理念。

"觉得在那个别墅里待得厌烦了的时候，我就会到这里来住上两三天，吃点儿野餐。不让人家成天团团围着你，有时候也是一种解脱。"

"但是，你不是孤零零的一个人待在这里吧？"

"差不多是吧。"

屋子里有一间小客厅，家具陈设也很简朴。

"这是什么？"卡拉瑟斯指着放在桌子上的一份《体育时报》，笑着说。

"哦，那是阿尔伯特的。我估计，是他忙着去接你的时候忘记带走了。他订了《体育时报》和《世界新闻》，每周都会寄过来。这是他与时俱进，了解大千世界动态的方式。"

她宽容地笑了笑。这间客厅的隔壁是一间卧室，卧室里除了一张大床，几乎没有别的什么东西。

"这个宅院以前的房主是一个英国人。这就是我之所以把它买下来的原因之一。那个房主是一个名叫贾尔斯·奎恩爵士的人,我的一个祖辈曾经娶了一个名叫玛丽·奎恩的姑娘为妻,她是他的表亲。他们都是康沃尔人。"

贝蒂发觉,要是不懂拉丁语,她就不能顺畅地阅读那些中世纪的文献资料,她的历史研究也就没法进行下去,于是,她便着手学习这门古典语言了。她费了不少工夫,却只学了点儿语法基础知识,后来,她干脆把译文放在手边,直接研读起她感兴趣的那些作家的著作了。这倒是学习一门语言的好方法,我时常感到疑惑的是,学校里怎么不采用这个办法呢。这样可以省去麻烦,免得老是要没完没了地把词典翻来翻去,笨拙地寻找词语的意思了。九个月后,贝蒂阅读拉丁语著作的流利程度,已经和我们大多数人阅读法语书籍的能力不相上下了。想不到这个人见人爱、极其聪颖的美人儿做起事来竟如此认真,在卡拉瑟斯看来,这似乎有点儿滑稽,但他还是被打动了;他真想一把将她揽入怀中,亲吻她,不过在那一刻,他并没有把她当作一个女人,而是当成了一个早熟的孩子,其聪明程度突然间让你高兴得无法自制。但是,事过之后,他回味起了她告诉过他的那些事情。他当然是个非常聪明的人,否则,他也不可能获得他目前在外交部所占据的这个位置。要说他或许曾引起过一时轰动的那两本书并没有什么可取之处,这未免也显得不够大度。倘若说我把他描写得像个大傻瓜似的,那纯粹是因为我恰好不太喜欢他这个人,倘若说我嘲笑了他的小说,那也仅仅是因为那种小说在我看来似乎有些无聊罢了。他有手腕,也有见识。他认为只有一个办法可以说服她跟他结婚。她如今在这个小圈子里处处都得心应手,而且乐在其中,她的各项计划也都很明确;但是,不管她在罗德岛上的这种生活有多井井有条、有多十全十美、有多称心如意,这恰恰正是可以说服她的理由,不妨就用它来破除这种生活对她的诱惑。他有可能获得成功的办法是,去撩拨起她内心深处的那种不安分的因素，英国人的内心深处一般都暗藏着这种不安分的因素。所以，他便向贝蒂谈起了英国和伦敦，谈起了他们共同的朋友，谈起了那些画家、作家、音乐家，这些文人雅士都是他凭着自己在文学上的成就才巴结上的人。他说起了切尔西 ① 的那些放浪不羁的文化人的派对，谈起了歌剧，聊起了大家成群结队 ② 去巴黎参加化装舞会的旅程，或者去柏林观看新上演的戏剧的情景。为了唤醒贝蒂的想象力，他追忆着那种生活是何等的丰富多彩、无拘无束、形式多样，那些人多么有文化修养，多么聪明，而且高度文明。他竭力想让她感受到，她在一个与世隔绝的地方变得越来越迟钝了。世界在急匆匆地向前发展，从一个新颖别致、引人入胜的阶段前进到另一个阶段，而她却固步自封地停滞在原地。大家都生活在一个激动人心的时代里，而她却在错失良机。当然，他并没有直白地告诉她这一点，他要让她自己去做出推断。他说得妙趣横生、兴高采烈；对于好听的故事，他向来有非凡的记忆力；他信口雌黄，说得眉飞色舞。我知道，我并没有把汉弗莱·卡拉瑟斯描绘得多么有才智，反倒把"贝蒂小姐"塑造得那么才华出众了。诸位看官务必相信我说的话，他们就是那样的人。倘若大家普遍都把卡拉瑟斯当成了一个消遣娱乐式的人物，本故事就算成功了一半；人家都愿意看到他那逗人发笑的样子，大家都郑重其事地认为，他说出的那些话都精妙绝伦。当然，他的风趣妙语也只能在交际场上派用场。那种妙语需要有特定的听众，才能明白他的弦外之音，而且还得同样具备他那种独特的幽默感。舰队街上至少有二十名记者能把社交场上最有名的能言善辩之人驳斥得哑口无言；能言善辩是他们的职责

---

① 切尔西（Chelsea），伦敦市的文化区域，位于伦敦市区西南部，泰晤士河北岸，历来是英国艺术家和作家的聚集地。

② 此处原文为法语：en bande，意为"成群结队"。

所在，而精妙地运用语言则是他们每天的工作。报纸上经常登载其照片的那些社交名媛，没有几个能在周薪三英镑的歌舞表演场上找到工作。要宽容地看待业余选手。卡拉瑟斯知道，贝蒂喜欢跟他来往做伴。他们两个人经常在一起谈笑风生。这样的日子一眨眼就过去了。

"你走了之后，我会非常想念你的。"她说话总是这样直言不讳，"能请你到这里来一趟，真让人高兴。汉弗莱，你太可爱了。"

"你才发现啊？"

他暗暗自夸道：他的战术是对的。看到自己如此简单的计谋果然奏效了，他觉得很有意思。像魔法一样管用。平民百姓也许会嘲笑外交部的工作，但毫无疑问，这个地方确实能教会你如何跟那些难以对付的人打交道。他现在只需要瞅准机会就行了。他感觉贝蒂从来没有像现在这样依恋着他。他准备等到本次来访接近尾声的时候再说。贝蒂是个容易动感情的人。她会舍不得他马上就要走了。罗德岛要是没了他，准会显得非常乏味。他走了之后，她还能找到谁在一起说话呢？用过晚餐之后，他们通常会坐在露台上眺望洒满星光的大海；这种气氛很温馨，微风拂煦，空气中弥漫着阵阵幽香：这个时候才是他向她求婚的最佳时机，在他临走之际的前夕。他打骨子里觉得，她会接受他的求婚的。

他在罗德岛上待了有一个多星期的时候，一天早上，他上楼来时，恰好碰到贝蒂也顺着走廊走了过来。

"贝蒂，你从来没有带我去参观一下你的房间嘛。"他说道。

"没有吗？现在就进来看一看吧。我的房间相当舒适。"

她转身进了房间，他便跟着她进去了。她的房间就在客厅的楼上，面积几乎和客厅一样大。房间是按照意大利式的风格装潢的，但就眼前这种样子来看，这里布置得更像是一间起居室，而不像卧室。

墙上挂着几幅精美的潘尼尼①的画作，房间里摆着一两个很美观的橱柜。那张床是威尼斯风格的，漆艺华丽。

"对于一位孀居的贵妇人来说，这张卧榻的尺寸未免太气势磅礴啦。"他故意用开玩笑的口吻说道。

"这张床超级大吧，是不是？不过，这床实在太好看啦，我一咬牙就把它买了下来。花了我一大笔钱呢。"

他特别留意地看了看那张床头柜，只见上面放着两三本书籍，一盒香烟，还有一只烟灰缸，烟灰缸上搁着一只用欧石楠根制作的烟斗。真有意思！贝蒂把一只烟斗放在床边究竟是做什么用的呢？

"快来瞧瞧这个卡索奈长箱②吧。这种漆艺才叫巧夺天工呢，对不对？我一看到它就喜欢得差点儿叫喊起来。"

"我估计，这件家什也花了你一大笔钱吧。"

"我都不敢告诉你我花了多少钱。"

他们即将离开这间屋子的时候，他忍不住又朝那张床头柜瞥了一眼。烟斗居然不见了。

这事儿颇为蹊跷，贝蒂怎么会把一只烟斗放在自己的卧室里呢！她自己肯定不抽烟斗，如果她抽烟斗的话，她就不会对此加以掩饰了，话说回来，她当然能一连说出十多条合情合理的解释来。这只烟斗也许是她正准备送给某个人一个礼物，譬如，送给她的某个意大利朋友，甚或是送给阿尔伯特的，可惜他没能看清那只烟斗是新的还是旧的；或许那就是一个样品，她打算请他带回英国去，让他按照这个样品再买几个同样的烟斗寄过来给她。他满腹狐疑地思索了一会儿，

---

① 潘尼尼（Giovannni Paolo Panini，1691—1765），意大利画家，18 世纪最重要的罗马地形画家。
② 卡索奈长箱（Cassone），起源于意大利文艺复兴时期的一种带盖的长箱，有精致的雕花和装饰。

感到既困惑不解，又有点儿好笑，但他随即就把这事儿完全抛在了脑后。那天他们是打算去野餐的，便随身带着他们的午餐，并且由贝蒂亲自开车带他去观光。他们已经做好了安排，要在他离开之前，带他坐船出海去游玩一两天，好让他亲眼看一看帕特默斯岛①和科斯岛的风光，所以，阿尔伯特一直在忙着检修那艘机帆船的引擎装置。那天他们玩得很尽兴。他们参观了一座已成历史遗迹的城堡，爬上了一座山峰，山上遍地都是长春花、风信子和水仙花，回来时，两个人都累得精疲力竭。晚餐后没待多久，俩人就分开了，卡拉瑟斯直接上了床。他看了一会儿书，然后便关上了灯。但他一直睡不着。罩在蚊帐里很闷热。他翻来覆去怎么也无法入眠。过了一会儿，他转念一想，不如到山脚下的那片小海湾里去游个泳得了。去那儿不过是两三分钟的路。他穿了双帆布拖鞋，拿了一条浴巾。皓月当空，透过橄榄树，他看得见一轮满月熠熠生辉地映照在海面上。在这个月色明媚的夜晚到这片海湾里来游泳不啻为一桩美事，然而，他可不是唯一怀着这种想法的人，因为他还没有走到那片海滩，耳畔就传来了有人在戏水的声音。他感到很窝火，便喃喃地怒骂了一声，准是贝蒂的几个仆人在这儿洗澡，他不能贸然闯过去打扰他们。茂密的橄榄树林几乎一直生长到水边，他伫立在树影里，一时拿不定主意。突然间，他听到了一个声音，顿时把他吓了一跳。

"我的浴巾放哪儿啦？"

是英语。一个女人从水中蹚了出来，驻足在海边停留了片刻。黑暗中，一个男人走上前去，身上没穿衣服，只在腰间围着一条浴巾。那个女人正是贝蒂。她浑身赤条条的一丝不挂。那个男人把一件浴袍裹在她身上，接着便上下翻飞地擦拭着她的身子。在她抬起一只脚穿

---

① 帕特默斯岛（Patmos），是多德卡尼斯群岛最北的岛屿之一，距离罗德岛约300公里。

鞋，接着再换另一只脚站立时，身子就依靠在他的身上，而那个男人为了扶住她，则搂着她的肩膀。这个男人正是阿尔伯特。

卡拉瑟斯立即转身朝山上逃奔而去。他没头没脑、跌跌撞撞地奔跑着。他差点儿没一脚踏空，摔个大跟头。他大口喘息着，活像一头受了伤的野兽。冲进自己的房间后，他一头扑倒在床上，双拳紧握，欲哭无泪、痛苦万分地抽噎着，直到这撕心裂肺的痛苦的抽泣化成了滚滚泪水。显而易见，他仿佛遭受了猝然间发作的歇斯底里症的重创。那种情景一清二楚地暴露在他的眼前，画面那么历历在目，清晰得吓人，犹如狂风暴雨之夜的一道闪电赫然展露出了一片惨遭蹂躏的景色，太清晰了，清晰得令人毛骨悚然。那种男人帮女人擦拭身躯的样子，以及女人依靠在男人身上的样子，都表明那并不是出于情欲，而是一种持续已久的亲昵行为，还有床边的那只烟斗，那只面目可憎的烟斗象征着一种夫妻恩爱的氛围。那只烟斗使人联想到一个男人在入睡前躺在床上一边看书，一边抽着烟斗的情景。还有那本《体育时报》！这就是她为什么要买下骑士街那座小宅院的原因所在，这样，他们就可以像在自己家里一样亲亲热热地在那里共度两三天时光。他们就像一对结婚多年的老夫妻。汉弗莱暗自思忖着，不知这件令人愤恨的事情已经持续多长时间了，突然间，他知道答案了：已经有很多年了。十年，十二年，或者十四年；从那个年轻的男仆初次来伦敦时就开始了，那时候，他还是个毛头小伙子，因此，主动献媚的人绝不是他，这是再明显不过的事情；那么多年来，她一直是英国民众心中的偶像，人人都对她崇拜有加，只要她愿意，可以想嫁给谁就嫁给谁，她其实一直就和她姑母家的二号男仆同居在一起。她结婚之后都让他寸步不离地跟着他。她为什么会突然宣布结婚呢？还有那个由于未婚先孕而流产了的孩子。毫无疑问，这就是她之所以要匆匆嫁给吉米·惠尔顿-彭斯的原因，因为她怀了阿尔伯特的孩子。啊，伤风败俗，伤风败俗啊！没过多久，吉米的身体便每况愈下了，她便想方设法让阿尔伯特做了他的贴身男仆。而吉米是否知道了什么内幕？他是否曾产生过什么怀疑？他成天借酒浇愁，这就是导致他患上肺结核病的缘由；可他是怎么开始酗酒的呢？也许那种事情仍旧只是一种怀疑，因为太丑陋，使他无法面对，他便开始借酒浇愁了。正是为了要和阿尔伯特同居，她才抛弃吉米的，正是为了要和阿尔伯特同居，她才定居在罗德岛的。阿尔伯特，这个指甲破裂，双手沾满修理马达时的油污的家伙，相貌粗俗、身躯矮壮，活像个面色红润、很有蛮力的屠夫，阿尔伯特已经不再那么年轻了，身材也开始发福了，就是个没有教养、举止粗俗的家伙，连说话的口气都那么粗鲁。阿尔伯特，阿尔伯特，贝蒂怎么会看上他这种人呢？

卡拉瑟斯从床上爬起来，喝了几口水。他浑身乏力地瘫坐在椅子上。他对自己睡的那张床都感到无法忍受了。他一支接一支地抽着烟。到了早上，他已经把自己折磨成了一副病恹恹的模样。他压根儿一夜没睡。用人把早餐给他送进屋来；他喝了杯咖啡，却什么也吃不下。没过一会儿，门外便传来一阵清脆的敲门声。

"汉弗莱，下海去游泳吗？"

那兴致勃勃的声音刹那间使他气血翻涌，"嗖嗖"地直冲脑门。他勉强支起身子，去打开了门。

"我今天不想去游泳了。我感觉不太舒服。"

她打量了他一眼。

"啊，我的天哪，看你这气色，好像疲惫到了极点嘛。你怎么啦？"

"我不知道。我想，我一定是有点儿中暑了。"

他的声音有气无力，眼神也很凄惨。她凑得更近了，仔细打量着他。一时间，她什么话都没说。他满以为她脸都吓得发白了。他心里有数。片刻后，她眼中竟淡淡地漾起了一种逗弄人的笑意；她觉得这个场景很滑稽。

"可怜的老伙计，你再去躺一会吧。我叫人给你送几片阿司匹林来。到吃午饭的时候，你也许就感觉好一些了。"

他躺在这间变得愈发昏暗的房间里。他恨不得抛开一切，马上离开这里，这样，他就用不着再看到她那副嘴脸了，然而他眼下还没法脱身离开此地，带他返回布林迪西的那条船，要等到本周末才会短时停靠在罗德岛。他成了一名囚徒。何况第二天，他们还得出海去那几个岛屿上观光。到了那里，即使想逃避她，也无处可逃：从早到晚待在那条机帆船上，大家都近在咫尺，免不了要相互碰面。他无法面对那种情景。他会感到害臊得无地自容。不过，贝蒂大概一点儿不觉得害臊。在刚才那一刻，她明明知道，在他面前什么都隐瞒不下去了，而她却照样笑脸相迎。她就有这个本事，可以把一切都原原本本地告诉你。他可受不了这种事情。这种打击实在太大了。不管怎么样，对于他是否已经察觉到了她的秘密，她不可能有十足的把握，她充其量只是起了疑心；假如他装得好像什么事也没有发生过一样，假如在用午餐的时候，以及在剩下的这几天里，他都一如既往地表现得高高兴兴、嘻嘻哈哈，她就会觉得是她自己想错了。知道自己所知道这些情况就足够啦，再听她亲口说出这种不光彩的事情的来龙去脉，那就无异于雪上加霜，他可丢不起这个脸。岂料，在用午餐的时候，她说出的第一句话却是：

"真扫兴。阿尔伯特说，发动机出了点儿故障，我们这趟航行最终还是没能成行。每年的这个时候，我都不敢乘帆船出海。我们也许要停航一个星期了。"

她说得轻描淡写，于是，他同样也以漫不经心的口气回答道：

"哦，真遗憾，不过，话说回来，我其实并没有把这事放在心上。这里多美啊，说真的，我本来就不太想去。"

他告诉她说，阿司匹林对他很有疗效，他感觉好多了；在那个希腊管家和那两个身穿多褶白短裙的男仆看来，他们一定在欢乐活泼地交谈着，气氛和往常一样。当天晚上，有英国领事前来赴宴，第二天晚上，他们又招待了几位意大利军官。卡拉瑟斯在数日子，在计算还剩下多少个小时。啊，要是那个时刻快点儿到来就好了，他就能义无反顾地登上那艘轮船，从此摆脱每时每刻都在折磨着他的这种厌恶感了！他感到越来越厌倦了。不过，贝蒂的态度依然还是那么镇定自若，他偶尔会扪心自问，她是不是真的知道他已经发现了她的秘密。她说机帆船出了故障的那句话难不成是一句真话，而不是像他之前所认为的那样，只是一个借口？随后接踵而来的那些访客使他们两个人一刻也不能单独待在一起，这会不会也是一种巧合呢？倘若你处事过于圆通，最大的坏处便是，你根本分辨不出别人的表现究竟是正常的反应，还是和你一样也在要计谋。每当他望着她的时候，她总显得那么从容，那么平静，那么毋庸置疑地快乐，使他无法相信那个令人作呕的事实。然而，那是他亲眼看见的事实啊。另外，他还想到了未来。她的未来会怎么样？想想都觉得可怕。这个真相迟早会臭名远扬的。他继而又想到，贝蒂成了人们嘲笑的对象，成了被人唾弃的荡妇，在任由这个粗鲁、庸俗的男人摆布，在渐渐老去，渐渐失去她那美丽的容颜；而这个男人比她还小五岁。总有一天，他会找一个情妇，或许就是她自己的某个女仆，他跟那个女仆在一起时才会感到如鱼得水，而他跟这位名门淑女在一起时绝不会有那种感觉，到那时，贝蒂能怎么办？那时候，她得有什么样的心理准备，才能忍受那么大的屈辱啊！他也许会冷酷无情地对待她。他说不定还会揍她。贝蒂啊。贝蒂！

卡拉瑟斯绞着自己的两只手。突然间，有一个想法涌上心来，这个想法使他满怀悲喜交集之感；他把这个想法撇在一边，但它又重新冒了出来；这个想法始终令他挥之不去。他必须拯救她，他对她爱得太深、爱得太久，因而不可能让她就此沉沦下去，不可能让她像现在这样日渐沉沦下去；他心中油然涌起了一股自我牺牲的豪情。尽管一切已成定局，尽管他的爱情已经死亡，而且还对她产生了一种肉体上的嫌恶感，但他仍想娶她为妻。他苦笑着。他将来的人生会变成什么样？这一点他爱莫能助。他自己不重要。这是唯一可行的办法。他顿时感觉精神大振、意气昂扬起来，虽然还有些底气不足，因为他对如此崇高的思想境界依然心存敬畏，那可是具有神圣的献身精神的人方能企及的境界啊。

他要搭乘的那条轮船定于星期六启航，星期四那天，等到在这儿用晚餐的客人都离开了之后，他说：

"但愿我们明天可以清静地待一会了。"

"实际情况是，我已经邀请了几位埃及人过来做客，他们是来这儿消夏避暑的。其中有一位是前赫迪夫①的妹妹，人很聪明。我相信，你一定会喜欢她的。"

"好吧，那是我待在这里的最后一个晚上了。我们明晚能不能单独待一会儿？"

她瞥了他一眼。她那双眼睛里仍然带着一丝淡淡的欢笑之意，不过，他的态度很严肃。

"悉听尊便。我可以把他们推迟到以后再说。"

"那好，就这么定了。"

他明天清晨就得动身，行李全都整理好了。贝蒂嘱咐他不用再换燕尾服去用餐了，但他回答说，他喜欢穿燕尾服。这是他们最后一次

---

① 赫迪夫（Khedive），1867 年至 1914 年间土耳其苏丹授予埃及执政者的称号。

面对面地坐下来用晚餐。餐厅虽没有过多的装饰，却显得很正式，灯光也调节得朦朦胧胧，不过，仲夏之夜的气氛还是透过敞开的落地窗倾泻进来，为餐厅平添了几分凝重感。这种氛围宛如置身在女修道院的一间隐蔽的雅座餐厅里，仿佛有一位皇室的女性隐居在这家修道院，要把其后半生奉献给虔诚的修行，只是没有过度禁欲而已。用过晚餐后，他们在露台上喝咖啡。卡拉瑟斯已经喝下了两杯利口酒。他此刻感觉非常紧张。

"贝蒂，亲爱的，我有句话要对你说。"他总算开了口。

"是吗？如果我是你，我才不会说出来呢。"

她温情脉脉地回答道。她依旧十分平静，狡黠地望着他，但她那双蓝汪汪的眼睛里却闪烁着撩人的笑意。

"我一定要说。"

她耸了耸肩，不作声了。他发觉自己的声音有些发抖，便恼恨自己这么不争气。

"你知道的，我已经痴恋你好多年了。我向你求过多少次婚，我自己都记不清了。但是，不管怎么说，形势在不断变化，人也在变，对不对？我们两个都不像过去那么年轻了。贝蒂，难道你现在还不愿嫁给我吗？"

她朝他嫣然一笑，这种微笑一直是她如此勾魂摄魄的一大特点；她笑得那么亲切、那么坦诚，而且依然如故，依然还是那么纯真得令人怦然心动。

"汉弗莱，你太可爱了。非常感谢你能再次向我求婚。我都没法向你形容我有多感动。可是，想必你也知道，我是个喜欢按照习惯做事的人，我现在已经养成了对你说'不'的习惯，不行，我改不了这个习惯啦。"

"为什么不行？"

他的口气中似乎颇有点儿咄咄逼人的意味，甚至有不祥的预兆，这才迫使她飞快地瞄了他一眼。她那张脸顿时气得煞白，但她立刻又镇定下来。

"因为我不想。"她笑道。

"你是打算嫁给别的什么人吗？"

"我吗？不。当然不会。"

一时间，她好像不由自主地昂首挺胸直起了腰板，仿佛祖传的自豪感像一股浪潮般在她身上横扫而过似的。接着，她便哈哈大笑起来。可是，她究竟是在笑话她自己头脑里忽然想到了什么，还是因为汉弗莱的求婚有什么让她觉得好笑的地方，除了她自己，这世上恐怕再没有第二个人知道了。

"贝蒂。我恳求你嫁给我。"

"绝不可能。"

"你不能再过这种生活了。"

他把内心所有的痛楚都注入在他的话语中，他那张脸已经拉了下来，一副受尽了折磨的样子。她满怀深情地笑了笑。

"为什么不能呢？别弄得像个大傻驴似的啦。汉弗莱，你知道的，我一向非常喜欢你，可是，你简直就是个老太婆。"

"贝蒂。贝蒂。"

她难道还看不出来，他纯粹是为了替她着想才来求婚的？他勉强说出的那番话，并不是出于爱情，而是出于人皆有之的怜悯心和廉耻感。她站起身来。

"汉弗莱，别惹人烦了。你还是去上床休息为好，你也知道，你明天一早就得起床。我明天早上就不送你了。再见吧，愿上帝保佑你。你能来这里做客，真让人高兴。"

她在他的两侧颊上都亲了亲。第二天早晨，因为八点就得登船，卡拉瑟斯起得很早，当撩开大步走到正门外时，却发现阿尔伯特已经坐在车子里等着他了。阿尔伯特上身穿着一件无袖汗衫，下身是一条帆布裤，头上戴着一顶巴斯克贝雷帽。卡拉瑟斯的行李放在后座上。他转过身去，朝管家打了声招呼。

"把我的行李包放在司机旁边，"他说道，"我坐在后面。"

阿尔伯特什么话也没说。卡拉瑟斯坐上车，他们马上就驱车出发了。他们一到达港口，搬运工们就纷纷奔了过来。阿尔伯特也下了车。卡拉瑟斯凭着自己的身高，居高临下地朝他看了看。

"你不必送我上船了。我自己完全可以应付。这是给你的小费。"

他给了他一张五英镑的钞票。阿尔伯特脸红了。他吃了一惊，很想拒绝，却不知该怎么说才好，做了这么多年的仆人，卑躬屈膝已经根深蒂固。也许他都不知道自己脱口而出的是句什么话：

"谢谢你，先生。"

卡拉瑟斯朝他简慢地点了点头，随即便扬长而去了。他终于逼迫贝蒂的情人称呼他为"先生"了。这一招就好像他已经朝着她那张笑嘻嘻的嘴巴狠狠打了一记，也像把一句轻蔑的申斥当面砸在她的脸上。这一招让他心中充满了苦涩的满足。

他耸了耸肩，我看得出来，即使连这个微不足道的胜利现在看来似乎也是枉费心机。有好大一会儿，我们两个人都默然无语。我没有什么可说的。于是，他又开始诉说起来：

"我敢说，你一定感到非常奇怪，我居然肯把这种事情都原原本本地说给你听。我不在乎。你明白吗？我觉得，这世上再也没有什么事情值得珍视了。我觉得，在这个世界上，人们的礼义廉耻观已经不复存在了。老天爷知道，我不是嫉妒。你有爱情，才会有嫉妒，而我的爱情已经死了。我的爱情在一瞬间就灰飞烟灭了。经过了这么多年的爱情啊。我现在一想起她，还是感到不寒而栗。毁了我的是什么，害得我痛苦不堪的是什么，就是想到她那恶劣得难以形容的堕落。"

如此说来，导致奥赛罗杀死苔丝狄蒙娜的原因就不是嫉妒，而是极度的痛苦，因为奥赛罗没想到他心目中的这位天使般的尤物居然会如此不洁、分文不值①。导致他那颗高尚的心灵破碎的原因是，美德竟会败落到如此地步。

"我原以为她是个举世无双的人。我过去非常仰慕她。我仰慕她的勇气和坦诚，仰慕她的聪明才智和她对美的热爱。没想到，她不过就是个骗子，除此之外，她什么都不是。"

"我有点儿纳闷，不知你这话究竟是不是真心话。难道你认为我们所有人都那么心口一致吗？你是否知道给我印象最深的是什么？我应该这样说，阿尔伯特只是她的工具而已，可以说，就是她通向这个物质化的世俗世界的收费桥；这样才能让她的灵魂自由自在地翱翔在天堂里。或许纯粹是因为他远远在她之下，才使她在与他相处时获得了一种自由感，而她在与自己同阶层的男人相处时，大概缺少这份自由感。人的精神境界非常奇怪，只有当肉体在贫民窟里摸爬滚打了一段时间之后，人的精神境界才能飞升到与之相应的那个高度。"

"啊，别说这种废话了。"他生气地回答道。

"我认为这并不是废话。是我没把这层意思表达好，不过，这种观点倒是无可厚非的。"

"对我有什么用呢。我已经心灰意冷，彻底完蛋了。我已经彻底垮了。"

"啊，胡说八道说。你为什么不写一篇小说来抒发这种情怀呢？"

---

① 奥赛罗（Othello），莎士比亚同名戏剧中的人物，因受坏人挑拨而妒火中烧，丧失理智地掐死了自己心爱的妻子苔丝狄蒙娜，得知真相后悔恨交加，拔剑自刎，倒在苔丝德蒙娜身边。

"我吗？"

"想必你也知道，这就是一个作家所具有的巨大的吸引力，而其他人都没有这种吸引力。每当一个作家碰到了什么让他极其不开心的事情，每当他饱受折磨、痛苦不堪时，他可以把这些都写在小说里，你会惊讶地发现，这是一种多么令人安慰、令人解脱的事情。"

"这样做太荒谬了。贝蒂对我来说就是这个世界上最宝贵的东西。我可做不出这么粗俗的事情。"

他停顿了一会儿，我看得出，他在沉思。我发觉，尽管我的建议使他感到毛骨悚然，但他的确花了一分钟时间，从一个作家的角度，对这种复杂紧要的故事情节审视了一番。他摇了摇头。

"不是为了她，是为了我自己。不管怎么样，我还是有点儿自尊的。再说，这里面也没有什么故事。"

（吴建国　董明志　译）

简
①

　　我仍然清楚地记得和简·富勒第一次见面的情形。那些细节给我留下的印象太深了，我相信自己没有记错，然而现在回想起来，那次见面就像是一场错觉。当时，我刚从中国回到伦敦，应陶尔夫人之邀，与她共进下午茶。那阵子，大家都热衷于室内装潢，陶尔夫人也不甘落后。她以女性特有的无情，态度坚决地舍弃了舒舒服服地坐了许多年的椅子，把结婚至今从未想过要更换的桌子、橱柜和装饰品，以及从小看到大的画作全都丢掉；然后聘请行家把家里装饰一新。完工后的客厅里每一样东西都是崭新的，与她的过往没有任何联系，也没有一样物品承载着她的回忆与情感。那天，她邀请我去她家里看一看时髦、漂亮的新装潢。房间里所有能够酸洗②的东西都酸洗了一遍，不能酸洗的则涂了漆。把每样东西单独拿出来看，都和其他的装饰格格不入，但是所有的东西放在一起，看起来又很协调。

　　"你还记得以前客厅里那套可笑的家具吗?"陶尔夫人问我。

---

① 1923 年首次发表，收录于 1931 年出版的短篇小说集《六个用第一人称单数写的故事》(*Six Stories Written in the First Person Singular*)。
② 一种用酸性溶液除去金属表面污迹和锈斑的方法。

新换的窗帘华丽又端庄，沙发的面料是意大利浮花织锦^①，我坐的椅子是用点针绣法^②绣成的椅面。整个客厅非常漂亮，华而不俗，设计新颖自然，可是我总觉得缺少一点东西。我嘴上连连称赞，心里却更喜欢被丢弃的旧家具上暗淡的印花棉布和我熟悉的维多利亚时代的水彩画，还有那些陈列在壁炉台上滑稽的德累斯顿瓷器。设计师们赚得盆满钵满，但是这些焕然一新的房间里到底缺少了哪一样让我怀念不已的东西呢？是情感吗？我扪心自问。但是陶尔夫人环视一眼新客厅，看起来非常满意。

"你不喜欢这些云石灯吗？"她说，"这灯的光线很柔和。"

"我更喜欢亮一点的灯光。"我微笑着说。

陶尔夫人大笑道："要让光线又亮又柔和可太难了。"

我不知道她今年几岁了。我很年轻的时候，她就已经结婚了，而且岁数比我大很多，可是现在她把我当作同龄人对待。陶尔夫人常常说她从不隐瞒年龄，声称自己今年四十岁，随即又微笑着说，每个女人在报自己的年龄时都会减去五岁。她对染头发的事情直言不讳（她的发色是漂亮的棕褐色，微微泛红），说头发渐渐变白的样子实在太难看了，所以得染一染，等到头发全部变白就不染了。

"到那个时候，别人就会夸赞我的脸一点也不显老。"

她说这话的时候，脸上化了精致的淡妆，眼睛显得分外灵动。她面容姣好，穿着长裙的身姿优雅动人，在云石灯昏暗的光线下，看起来的确如她所说只有四十岁，一天也不多。

"只有在梳妆台前，我才能容忍同时点亮三十二支蜡烛一样刺眼的电灯泡，"她自嘲地笑了笑，"借助明亮的光线，我可以发现脸上第

---

① 一种源于 15 世纪的昂贵布料，先以提花织机织出布料，再用金银丝线以浮雕绣的手法绣出花纹。

② 17 世纪到 18 世纪早期在法国十分流行的刺绣方法，经常用于装饰沙发和座椅的面料。

一抹可怕的事实，然后采取必要的行动给予纠正。"

我们愉快地聊起彼此都认识的朋友，陶尔夫人对我讲了一些近期的花边新闻。我之前在各地奔波，舟车劳顿，此时舒舒服服地坐在椅子上，和这位风趣迷人的女士谈天说地，壁炉里火光明亮，漂亮的茶几上摆放着精美的茶具，这一切是多么地惬意呀。陶尔夫人把我当作了远行归来的浪子，打算好好地款待我。她很得意自己操办的晚宴总是能赢得众人交口称赞。除了精心准备的美酒佳肴，她在安排宾客的座位上也用足了心思，所以很多人觉得参加她的晚宴是一种享受。眼下，她选定了下次宴会的日期，问我有没有想要在宴会上见一见的人。

"不过，我要告诉你一件事。如果简·富勒还在伦敦，晚宴就得延后。"

"简·富勒是谁？"我问道。

陶尔夫人黯然一笑。

"一个让我头疼的人。"

"噢！"

"你记不记得装修前我搁在钢琴上的照片？照片上那个人穿着窄袖紧身裙，戴了条金项链坠子，前额很宽，头发全部梳到脑后，露出两只耳朵，她的鼻子又宽又扁，鼻梁上架副眼镜。呃，那个人就是简·富勒。"

"没装修的时候，你的房间里到处都是照片。"我含糊地说道。

"一想到那些照片，我就浑身发抖。我把它们全都收起来了，用牛皮纸包好了藏在阁楼上呢。"

"那么，简·富勒是谁呢？"我微笑着又问了一遍。

"她是我的小姑。是我丈夫的妹妹，嫁给了一位北方的工厂主，很早就守了寡，她非常有钱。"

"为什么她会让你头疼呢?"

"她品行高洁,但是打扮得土里土气,头脑又迂腐。她的样子足足比我老二十岁,竟然逢人就说我们当年是同学。她很看重家庭亲情,对我关怀备至,因为我是她唯一还在世的亲人。她每次来伦敦都会住在我家里,从来没有想过应该住到别的地方去——她觉得不住在这里会伤了我的心——往往一住就是三四个星期。我们在客厅里消磨时间,她打打毛线,看看书,有时候还非要带我去克拉里奇酒店 ① 吃饭不可,自己却穿得像个可笑的老用人,我尤其不愿意被某些人看到我和她在一起,可是那些人偏偏会坐在我们的邻桌上。开车回家的路上,她说很喜欢请我吃饭,想让我开心一下。还不止这些呢,她住在这里,我就不得不用上她亲手做的东西,什么保暖茶壶套啦、镂空的桌布啦,还有摆在餐桌中间的装饰品。"

陶尔夫人停下来,喘了一口气。

"我想,你这样聪明,肯定能巧妙地化解尴尬吧。"

"啊,难道你不明白吗? 我不可能那样做的。她太善良了,有一颗金子般的心。我对她烦透了,但是无论如何也不能让她看出来。"

"她什么时候到伦敦?"

"明天。"

恰巧就在这个时候,门铃响了。门厅里一阵骚动,过了一会儿,管家把一位上了年纪的女士领进了客厅。

"富勒夫人到。"管家高声宣布道。

"简!"陶尔夫人从椅子上跳了起来,激动地喊道,"没想到你今天就到了。"

"刚才你的管家也这么说。我肯定在信里写的是今天。"

---

① 克拉里奇酒店(Claridge's)是伦敦一家高级酒店,始创于 1812 年。

陶尔夫人立刻变成了机智的陶尔夫人。

"哦，没关系。不管你什么时候来，我都很高兴。幸好，今晚我有空。"

"我不想给你添麻烦。如果晚餐能来个白煮蛋，对我而言就足够了。"

陶尔夫人姣好的面容隐隐地抽搐了一下。一个白煮蛋！

"噢，我不至于只给你吃一个白煮蛋。"

一想到眼前这两位女士是同龄人，我就忍不住暗暗发笑。富勒夫人看起来至少有五十五岁，身材魁梧，头上戴着宽边的黑色稻草帽，黑色蕾丝面纱从帽檐一直垂到肩膀。她的披风有点奇怪，风格简朴，但是装饰烦琐。黑色的长裙非常肥大，好像底下穿了好几层衬裙似的，脚上踩了一双厚实的靴子。她显然视力不好，鼻梁上架着一副很大的金边眼镜，经常透过镜片看人。

"要喝茶吗？"陶尔夫人问她。

"如果不麻烦，请给我一杯吧。我先把披风脱了。"

她摘掉黑色手套，脱下披风。我看到她戴了一根纯金项链，底下挂着一个大金坠子，猜想里边肯定装着她亡夫的相片。她脱下帽子，和手套、披风一起整整齐齐地摆放在沙发的一角。陶尔夫人噘着嘴。显而易见，那些东西和这装饰得富丽堂皇的客厅很不搭调。我不禁猜想，这些不寻常的衣服究竟是从哪里买来的。衣服并不旧，面料看上去很贵，没想到现在还有裁缝在做二十五年前流行的款式。富勒夫人留着中分发型，额头和耳朵露在外面，灰白的头发没怎么打理，显然也没试过马塞尔先生[①]的烫发钳。她的视线落到茶几上，那上面摆

---

① 弗朗索瓦·马塞尔·盖图（François Marcel Grateau，1852～1936），法国理发师。他发明的马塞尔波浪卷在上世纪 20 年代非常流行。

着乔治王朝时期①的银茶壶和伍斯特②瓷杯。

"玛丽恩，上次我给你的保暖茶壶套怎么不见了？"她问道，"你没有用吗？"

"不是的，简，我每天都在用，"陶尔夫人不假思索地说，"可是就在刚才，我们出了点意外。茶壶套烧掉了。"

"可是上次我给你的那只也烧掉了。"

"恐怕你会觉得我们实在太不当心了。"

"不要紧，"富勒夫人微笑着说，"我很乐意再给你做一只。明天我去利伯提百货③买些绸缎。"

陶尔夫人鼓足了勇气才勉强维持住笑容。

"这太贵重了，我用不起。你那位牧师的妻子不需要吗？"

"噢，我刚给她做了一只。"富勒夫人轻快地说。

我注意到她笑起来的时候会露出一排洁白整齐的小牙齿。她的牙齿非常漂亮，笑容也很甜美。

但是，我觉得这个时候应该让两位女士单独相处，便告辞离开了。

第二天，陶尔夫人一大早就打来电话，我听到声音就知道，她非常激动。

"我有个天大的消息，"她说，"简要再婚了。"

"不会吧。"

"今天晚上她的未婚夫一起来吃饭，简会介绍我们认识。我希望你也来。"

---

① 乔治时期是指英国四任乔治国王连续统治的时期。乔治一世（1714～1727），乔治二世（1727～1760），乔治三世（1760～1820），乔治四世（1820～1830）。
② 英格兰伍斯特郡，以出产高品质的瓷器而闻名。
③ 利伯提百货（Liberty's）是一家精品百货商店，于1875年成立，位于伦敦市中心。

"啊，这样不方便吧。"

"不，没问题的。简也让我请你来。你一定要来哦。"

她兴奋极了，咯咯地笑个不停。

"她的未婚夫是谁?"

"我也不知道。简说他是个建筑师。你能想象和她结婚的是怎样的人吗?"

我反正有空，也相信陶尔夫人肯定会备上满满一桌的美酒佳肴，于是就去了。

到了那里，我只看到陶尔夫人一个人。她穿了一件华丽的茶会礼服①，这套服饰对她来说稍显年轻了些。

"简还在对妆容做最后的修饰，我很期待看到你和她见面。她现在既紧张又激动。她说未婚夫非常崇拜她。那个人叫吉尔伯特，简说到他的时候连音调都变了，说话声音直发抖，弄得我很想笑。"

"我有些好奇，很想知道他是个什么模样。"

"噢，我猜得出来。他肯定是个结实的大块头，秃顶，金表的粗链条垂在啤酒肚上。一张胖乎乎、红通通的脸刮得很干净，说起话来像打雷。"

富勒夫人走了进来。她穿了一件质地挺括的黑绸长裙，裙摆很宽，裙裾拖在身后，颈部开了一个小小的 V 字领，看起来很局促，袖子一直裹到手肘。她戴了一条镶钻的银项链，手里拿着一双黑色长手套和一柄黑色鸵鸟羽扇。这身打扮非常符合她的身份（这点很少有人做得到）。你见到她这身穿着，只会联想到一位令人尊敬的遗孀，前夫是家产颇丰的北方工厂主。

---

① 茶会礼服是 19 世纪下半叶到 20 世纪早期在英国流行的一种女性服装，面料轻薄，高贵典雅，通常在家里和亲朋好友用晚餐时穿着。

"简，你的脖子真漂亮。"陶尔夫人温柔地笑着说。

与饱经风霜的脸相比，她的脖子确实年轻得让人难以置信。脖颈的皮肤白皙光滑，完全没有皱纹。我注意到她的头部和肩膀比例匀称，姿态非常优美。

"玛丽恩跟你说过我的事了吗？"富勒夫人笑着朝我看了看，笑容十分迷人，好像我们是认识多年的朋友似的。

"我得向你道声恭喜。"我说。

"等见了我的年轻人之后再向我道贺吧。"

"听到你讲起你的年轻人，真是太甜蜜了。"陶尔夫人微笑着说。

我清晰地看到富勒夫人的眼睛在滑稽的眼镜后面眨了一下。

"别把他想象得太老。你肯定不愿意看到我嫁给一只脚已经进了坟墓的老头子吧？"

她给我们的预警只有这句话。我们确实也没有时间再聊下去，因为这个时候管家突然推开门，高声宣布：

"吉尔伯特·纳皮亚先生到。"

进来的是一位年轻人，穿着剪裁合身的晚礼服，身形纤瘦，个子不是很高，长了一双蓝眼睛，金发微微卷翘，胡子刮得很干净。他不算特别英俊，不过面相友善可亲，再过十年可能会变得面黄干瘦，但是他现在年轻气盛，整个人干净利落，朝气蓬勃，肯定还不到二十四岁。我下意识地以为他是简·富勒未婚夫的儿子（我猜想她的未婚夫是个鳏夫），前来转告父亲突然痛风发作，无法赴宴。然而，他进来后目光立刻落在富勒夫人身上，眼睛神采奕奕，他伸出双手朝她走去。富勒夫人也对他伸出手，害羞地笑了笑，然后转向她的嫂子。

"玛丽恩，这位就是我的年轻人。"她说。

吉尔伯特朝她伸出手来。

"希望您会喜欢我，陶尔夫人，"他说，"简告诉我，您是她唯一还在世的亲人。"

陶尔夫人脸上的神情真是精彩绝伦。她有一瞬间没能掩饰好情绪，先是露出了震惊的神色，然后显得很不高兴，不过这些神情立刻消失了，换上了春风拂面般的热情微笑。亲眼看到良好的教养和社交礼仪是如何顽强地战胜女人的天性，我顿时对她肃然起敬。不过，陶尔夫人的情绪显然还没平复到可以开口说话的地步。要是吉尔伯特觉得有点尴尬，也是情理之中，我正在努力不让自己笑出声来，也顾不上打圆场。唯有富勒夫人从头到尾都很镇定。

"我就知道你会喜欢他的，玛丽恩。没有人比他更热爱美食了。"她又转过去对年轻人说："玛丽恩的晚宴很有名。"

"如雷贯耳。"他笑容满面地说。

陶尔夫人随口答了几句，我们便走下楼去。那顿晚餐的情形太滑稽了，我至今仍然记忆犹新。陶尔夫人不知道究竟是那两个人在合伙捉弄她呢，还是简想看她出丑，故意隐瞒未婚夫的真实年龄。但是简从不开玩笑，也干不出坏心眼的事。陶尔夫人既惊讶又气愤，还很困惑，好在她已经恢复了自制力，无论发生什么事情，她始终牢记自己是完美的女主人，有责任让宴会进行下去。她快活地说个不停，我却在想吉尔伯特·纳皮亚有没有发现，陶尔夫人表现出来的友善只是假象，她在暗地里打量他，狠厉的眼神充满敌意，想方设法探究他内心的秘密。我看得出来她现在怒火中烧，脸上擦了胭脂，又因为愠怒而憋得通红。

"玛丽恩，你的脸很红呢。"简透过又大又圆的镜片温和地看着她。

"我梳妆的时候太匆忙了，肯定擦了太多胭脂。"

"哦，那是胭脂吗？我还以为是你自然的脸色呢，早知道就不说出来了，"简转头对吉尔伯特羞涩地一笑，"你是知道的，以前我和玛丽恩是同学。你看到我们现在的样子肯定无法想象吧？当然啦，这也是因为我的生活一向单调无味。"

我不知道她说这些话是什么意思，也很难相信这些话是真的毫无深意。总之，陶尔夫人被狠狠地激怒了，甚至连面子也顾不得了。她粲然一笑。

"我们都回不到五十岁的时候啦，简。"她说。

如果这话是有意想让这个寡妇感到尴尬，那么陶尔夫人要失望了。

"吉尔伯特让我为了他着想，不要对别人说我已经过了四十九岁。"简的态度非常坦然。

陶尔夫人的手抖了一下，但是她知道该怎么反击了。

"你们肯定差了不少岁数吧。"她微笑道。

"二十七岁，"简说，"你是不是觉得差得太多了？吉尔伯特说我的样子比实际年龄年轻很多。我也跟你说过，我不想嫁给一只脚已经踏进坟墓的老头子。"

我实在忍不住笑了出来，吉尔伯特也笑了。他笑得很自然，带点孩子气，好像无论简说什么他都觉得很有趣。然而，陶尔夫人已经受够了，我担心要是没人打圆场，她会当众失态，于是我努力岔开话题，挽救局面。

"我想，你现在一定忙着置办嫁妆吧。"我说。

"倒也没有。我想在利物浦的裁缝店里量身定做。从第一次结婚到现在，我的衣服都是在那里做的。但是吉尔伯特不答应。他很有主意，当然品位也很好。"

简微笑着含情脉脉地看向吉尔伯特，神情有几分拘谨，仿佛还是个十七岁的少女。

陶尔夫人妆容下的脸色瞬间变白了。

"我们打算去意大利度蜜月。吉尔伯特以前没有机会研究文艺复兴时期的建筑，对建筑师来说，到实地亲眼看一看当然是非常重要的啦。去意大利之前，我们会先去巴黎，在那里定做我的衣服。"

"你们会去很久吗？"

"吉尔伯特请了六个月的假。他总算可以好好地享受一番了，是吧？要知道以前他从来没请过两个星期以上的假。"

"为什么？"陶尔夫人问道。她极力克制着情绪，无奈声音依然是冷冰冰的。

"他没那么多钱，可怜的人啊。"

"哦！"陶尔夫人大声叹道，似乎别有深意。

咖啡端上来了，两位女士结伴上了楼。我和吉尔伯特开始漫无边际地闲聊，男人之间无话可说的时候，都会这样天南海北地闲扯。可是没过两分钟，管家走了进来，递给我一张陶尔夫人写的纸条，上面的内容如下：

立刻上楼来，然后马上离开。把他带走。再不把这件事和简说清楚，我就要发疯了。

我不假思索地扯了个谎。

"陶尔夫人有些头疼，想早点歇息。如果你不介意的话，我们最好现在就向她告辞。"

"没问题。"吉尔伯特说。

我们走去楼上，五分钟后已经站在门口的台阶上了。我叫了一辆出租车，打算捎他一程。

"谢谢，不用劳烦您，"他说，"我去街角坐公交车就行了。"

一听到前门关上了，陶尔夫人立刻开始质问简。

"你疯了吗，简？"她大声喊道。

"我相信，我和多数没有常年住在疯人院里的人一样地冷静。"简从容不迫地答道。

"我可以问一问你嫁给那个年轻人的理由吗？"陶尔夫人问道，虽然态度彬彬有礼，可是语气让人生畏。

"部分原因是，我拒绝他也没用，他不接受。他向我求过五次婚，我没有精力再拒绝了。"

"你认为他为什么这么急着娶你呢？"

"因为他觉得我很有趣啊。"

陶尔夫人气得大叫一声。

"他就是个不择手段的无赖。我差一点就冲他这么说了。"

"你要是那样做就错了，而且很不礼貌。"

"他是个穷光蛋，可是你那么有钱。你不可能被他迷到失去理智，看不出他和你结婚就是为了钱吧。"

简仍然非常镇定，平静地看着焦躁不安的嫂子，丝毫没有被她的情绪感染。

"我不认为是这样，"她说，"我觉得他很喜欢我。"

"你已经很老了，简。"

"我和你一样大，玛丽恩。"简微微一笑。

"我一直很注重保养，相貌比实际年龄年轻得多，没人觉得我超过四十岁。但是即便如此，我也不会异想天开，和比我小二十岁的男人结婚。"

"是二十七岁。"简纠正道。

"你是想说，你相信一个年轻的男人会喜欢上老到足以当他母亲的女人吗？"

"这么多年我几乎都住在乡下，不敢说很了解人性的方方面面。但是他们告诉我，有个人叫弗洛伊德，是个奥地利人，我想……"

没等她讲完，陶尔夫人就无礼地打断了她。

"别犯傻了，简。这太不像话，太难看了。我一直以为你是个理智的人，真的，怎么也没想到你会和年轻的男孩子谈恋爱。"

"可是我并不爱他，也跟他说过了。当然啦，我还是很喜欢他的，不然也不会考虑结婚。我认为应该把我的感受明明白白地告诉他，这样才公平。"

陶尔夫人倒吸了一口冷气，全身的血液瞬间冲上脑门，差点背过气去。她手上没有扇子，便随手抓起一份晚报，一个劲儿地扇个不停。

"如果你不爱他，为什么想要嫁给他？"

"我守寡这么多年，生活一直平静如水，现在想要改变一下。"

"如果你只是为了结婚而结婚，为什么不找一个和你年纪相当的男人？"

"没有任何一个和我年纪相当的男人向我求过五次婚呀。事实上，根本就没有和我年纪相当的男人向我求过婚。"

简说着，轻轻地笑了起来。她这一笑，几乎把陶尔夫人的情绪推到崩溃的边缘。

"不要笑，简，我决不允许你和他结婚。我觉得你的脑子一定出问题了。这太可怕了。"

陶尔夫人终于承受不了，哭了出来。她很清楚到了这个年纪绝对不能哭，眼睛哭肿了，一整天都不会消，丑得不能见人。但是即使她心里很清楚，也无法控制住不哭。简仍然十分镇定，一面透过宽大的镜片看她，一面若有所思地抚平黑绸长裙的裙摆。

"你肯定会过得很不开心的。"陶尔夫人抽泣着说，一面小心翼翼地擦了几下眼睛，生怕弄花了睫毛膏。

"我不这么认为，"简的语调依旧是那样地平静温和，似乎还带着盈盈笑意，"我和吉尔伯特仔细地讨论过这个问题。我一直觉得我是个很好相处的人，他和我在一起应该会很开心、很舒服。他小时候没有人悉心照料过他。我们经过深思熟虑才决定结婚，也都同意以后如果一方想要重获自由，另一方不可以阻挠。"

这时候陶尔夫人终于缓过劲来，又有力气抛出尖锐的问题了。

"他让你每年给他多少钱？"

"我提出每年给他一千英镑，可是他拒绝了。他还很不高兴，说他挣的钱足够自己开销。"

"他比我想的还要狡猾。"陶尔夫人尖酸地说。

简停顿了一下，神情和善又坚定地看着她的小姑。

"亲爱的，你瞧，我们的情况很不一样，"她说，"你没有守过寡，不是吗？"

陶尔夫人微微涨红了脸看她，有些不自在。不过简为人单纯，当然不会含沙射影。陶尔夫人很快又恢复了矜贵自持的姿态。

"我心里很烦，得去休息了，"她说，"我们明天早上再聊。"

"明天早上恐怕不太方便，亲爱的。我和吉尔伯特一早要去领证。"

陶尔夫人诧异地扬起双手，然而，她已经无话可说了。

他们在登记处举行了婚礼，我和陶尔夫人是证婚人。吉尔伯特穿了一套考究的蓝色西装，看起来非常年轻。他显然很紧张。这个时刻对于所有男人来说都是个考验。然而，简仍旧镇定自若得让人赞叹。也许，她和那些时髦女人一样，对频繁结婚早已习以为常了，只有脸上浅浅的红晕才透露出她镇定的表面下掩藏着淡淡的兴奋。这个时刻对于所有女人来说都是激动人心的。她穿着一件裙摆宽大的银灰色丝绒长裙，我打量裙子的剪裁式样，认出这是常年给她做衣服的利物浦裁缝的手艺（那位裁缝一定是位品格高洁无瑕的遗孀）。婚礼的装束通常比较浮夸，简已经尽可能地做了让步，戴了一顶很大的阔边帽，帽子上饰有蓝色的鸵鸟羽毛。但是她戴着金边眼镜，再配上这身打扮，看起来不伦不类。婚礼结束后，主持仪式的登记员和简握手道贺，贺词全是官样文章。我觉得，登记员有点被这对新人的年龄差异吓到了。新郎微微红着脸，亲吻了新娘。陶尔夫人也亲了简一下，她无奈地接受了现实，但是仍然不看好他们的结合。最后，新娘面带期待地看向我。这个时候上前亲吻祝福是再自然不过的事，我也从善如流。但是当我们走出登记处，经过一群面露讥笑、围观新婚夫妇的闲人时，坦白讲，我有些抬不起头，直到坐进陶尔夫人的轿车里才松了一口气。我们开车去维多利亚火车站，这对快活的新婚夫妇要搭两点钟的火车去巴黎。简坚持婚宴就在车站的餐厅里吃，说她不提前到站台候车不放心。出于强烈的家庭责任感，陶尔夫人出席了婚宴，可是没能让气氛活跃起来。她什么都没吃（这不能怪她，餐厅的食物糟透了，再说，我也讨厌午餐时喝香槟），说话声音紧巴巴的。简正好和她相反，认认真真地把菜单看了一遍。

"我一直认为去旅行前，一定要好好地饱餐一顿。"她说。

我们把他们送上火车，挥手道别，然后我开车送陶尔夫人回家。

"你觉得他们能在一起多久？"她问，"六个月？"

"还是期待他们过得幸福吧。"我微笑着说。

"别说笑了，根本没有幸福可言。他和简结婚不为别的，就是为了她的钱，你不也是这么想的吗？他们当然不可能长久。我只希望简到时候不要太痛苦，虽然那也是她咎由自取。"

我哈哈大笑起来。她的话虽然善良，但是用这样的语气说出来，用意再也明显不过了。

"好吧，如果他们维持不了多久，你就可以对她说'我早就对你说过'，也算是一点安慰吧。"我说。

"我向你保证，我绝对不会说那句话。"

"那样的话，你就可以为你的自控力拍手叫好了，也能得到一点满足喽。"

"她又老又土气，无聊透顶。"

"你确定她很无聊？"我说，"她的话确实不多，不过只要开口，说话都是一针见血。"

"我这辈子从来没听她讲过一个笑话。"

吉尔伯特和简度完蜜月回来的时候，我已经再度出发去了远东，这一去就将近两年。陶尔夫人不爱写信，我偶尔给她寄去一张风景明信片，却从未收到过回信。但是，我回到伦敦后，不出一个星期就见到了她。那天，我应邀去了一场晚宴，发现邻座的客人就是她。那场宴会热闹非凡，到场的客人大概有二十四个，像是塞在馅饼里的乌鸫一样吵吵闹闹①。我到的时候已经有些晚了，被黑压压的人群搞得晕头转向，一个人也认不出来。等到所有人入席坐定，我环视围坐在长桌边上的客人，才认出有不少是经常在画报上看到照片的名人。宴会的女主人喜欢邀请一些所谓的名人，那天真可谓各界名流济济一堂啊。我和陶尔夫人久别重逢，照例寒暄了几句，接着，我问起她简的近况如何。

"她很好。"陶尔夫人的声音干巴巴的。

"他们过得怎么样？"

---

① 出自源于 18 世纪的英国儿歌《六便士之歌》(*Sing a Song of Sixpence*)。其中一句歌词唱到："唱一支六便士之歌，黑麦满口袋；24 只乌鸫，烤进一个派。"

陶尔夫人停顿了一下，伸手从面前的碟子上拿了一粒盐焗杏仁。

"看起来很不错。"

"那么，你当初的想法是错的了？"

"我当时说他们不会长久，现在还是这么说。他们的婚姻有违人性。"

"她过得幸福吗？"

"他们都很幸福。"

"我猜你没有经常和他们见面吧。"

"起初，我经常去探望他们，但是现在嘛……"陶尔夫人撇了撇嘴，"简现在可高贵了。"

"这话是什么意思？"我笑道。

"我想，我应该告诉你，今晚简也在。"

"在这里？"

我惊讶极了，又环视一眼桌边的客人。宴会女主人是个快活风趣的人，很难想象她会邀请一位名不见经传的建筑师的妻子参加这样的晚宴，何况对方还是个衣着土气的老女人。陶尔夫人见我困惑不解，不用猜也知道我在想什么。她淡淡地笑了一笑。

"看男主人左边那个人。"

我定睛看去。说来也怪，刚才我被领进拥挤的客厅时，立刻就被这位女士出众的模样吸引住了。我留意到她看我的眼神，像是她早就认识我，可是我肯定没有见过她。她的头发是铁灰色的，显然已经上了年纪，头型很漂亮，剪得很短的头发烫成波浪小卷，簇拥在颊边。她没有刻意掩饰年纪，没有涂唇膏和腮红，也不用粉底，在那样一群人中间格外引人注目。虽然她不是特别漂亮，一张脸饱经风霜，双颊泛红，但是因为不施脂粉，反而有一种自然动人的美。和脸形成鲜明对比的是她白皙的肩膀，那真的太美了，如果一个三十岁的女人生有

211

这样一副肩膀肯定会非常得意。她裙子的式样与众不同，我很少见到这么大胆的设计。领口开得很低，裙摆是时下流行的短款，颜色黑黄相间，看起来就像是化装舞会上的奇装异服似的，但是她穿得非常好看。要是让其他人来穿，肯定很奇怪，然而穿在她身上，却让人觉得非常淳朴、自然。这身装束看起来古怪但不做作，夸张而不炫耀，点睛之笔是她戴的单片眼镜，底下缀着一条黑色的宽丝带。

"你不会说那就是你的小姑子吧？"我倒抽了一口气。

"那就是简·纳皮亚。"陶尔夫人的声音冷若冰霜。

与此同时，简正在说话。男主人带着期待的笑容看向她。坐在她左边的是个头发花白的谢顶男人，一张脸棱角分明、精明能干，他探出身子，急切地倾听她的话。餐桌对面的一对夫妻本来在聊天，现在都停下来专注地聆听。简一说完，这些人就猛地仰倒在椅子里，放声大笑。坐在桌子另一边的一个男人向陶尔夫人示意，我认出那人是一位颇有名气的政客。

"你的小姑子又讲了个笑话哦，陶尔夫人。"他说。

陶尔夫人微笑了一下。

"她真有趣，不是吗？"

"让我来杯香槟，然后看在上帝的分上，告诉我这到底是怎么一回事吧。"

好的，以下就是我了解到的事情经过。蜜月初始，吉尔伯特带着简光顾了好几家巴黎的裁缝店，简按照自己的喜好，定制了若干件式样古板的长裙，吉尔伯特没有反对，不过，劝她再定做一两条他设计的连衣裙。他在这方面似乎挺有本事的，还雇了个时髦的法国女佣。简从来不这样做，她一直是亲自缝补衣服，需要梳妆打扮就拉铃，唤来负责打扫的女佣帮忙。吉尔伯特设计的裙子和她以前穿的衣服完全不一样，不过他没有急于求成，而是谨慎地慢慢改变。简也不是没有顾虑，但是吉尔伯特喜欢她这样打扮，所以她说服自己把长裙放在一边，穿上他设计的连衣裙。这样一来，过去她习惯穿的宽松衬裙也不能穿了，她苦恼地左思右想，最终放弃了衬裙。

"现在，你肯定想不到，"陶尔夫人像是轻蔑地哼了一声，"她在裙子底下只穿了一条很薄的真丝连裤袜。她在这个年纪没得感冒死掉真是奇迹。"

吉尔伯特和法国女佣指导她穿衣打扮，没想到简学得很快。法国女佣对她优美的手臂和肩膀线条赞不绝口，觉得不露出来真是说不过去。

"再等一等，阿尔芳希娜，"吉尔伯特说，"下回我给夫人设计的衣服会展现出她最美的样子。"

简过去戴的镜架眼镜实在是糟透了。任何人戴金边眼镜都不会好看的。吉尔伯特让她试了试玳瑁镜框，但还是觉得不好看。

"年轻女孩戴这个还行，"他说，"但是你年纪太大了，不适合戴镜架眼镜。"他突然灵光一闪。"啊哈，有办法了。你一定要试一试单片眼镜。"

"哦，吉尔伯特，我戴不了那个。"

吉尔伯特跃跃欲试，简看着他，被他身上那股艺术家的兴奋劲儿逗得笑起来。吉尔伯特待她太好了，她想竭尽所能地让他高兴。

"那我就试一试吧。"她说。

他们在眼镜店里挑好合适的尺寸，简神气地戴上镜片，吉尔伯特立刻拍了一下手，当下就在店里，当着目瞪口呆的营业员的面，在她左右脸颊上各亲了一下。

"你太美了！"他激动地喊道。

随后，他们启程前往意大利，在那里研究文艺复兴和巴洛克时期的建筑，快活地度过了几个月。简不仅逐渐习惯了自己的新形象，还发现她其实很喜欢这种风格。她走进酒店的餐厅时，大家都会转过来盯着她看，起初她有点害羞，因为以前从来没有人这样打量过她，可是很快就觉得这种感觉挺不错的。女士们纷纷过来问她裙子是在哪里买的。

"你觉得好看吗？"她谦逊地说，"是我的丈夫为我设计的。"

"如果你不介意，我想照样做一件。"

虽然简多年来都过着清静的生活，鲜少与人交际，但是女人固有的本能一点也不缺。她早就准备好了答案。

"很抱歉，我的丈夫很讲究，不同意任何人模仿。他希望我是独一无二的。"

简觉得她这么说，别人肯定会笑话她，然而他们没有笑，只是答道：

"哦，那是当然，我非常理解。你确实是独一无二的。"

然而，她看得出来，她们在脑海里默默地描摹衣服的式样。她感到很困惑，暗忖自己这辈子还是头一回和别人穿得不一样，不明白其他人为什么非要和她穿成一样。

"吉尔伯特，"她的声音尖锐了许多，"下回我希望你能够设计别人没法模仿的款式。"

"要这样的话，唯一的方法就是设计出只有你才能穿的款式。"

"你做不到吗？"

"如果你能为我做一件事，我就能办到。"

"什么事？"

"把头发剪短。"

我想，那大概是简第一次对他说不。她的头发又多又长，从小就引以为傲。把长发剪短等于彻底断了退路，太激进了。对她来说，最难跨出去的不是第一步，而是这最后一步，但是她做到了。那个时候，她这样说道："我知道玛丽恩会觉得我是个大傻瓜，我也没法再去利物浦了。"他们蜜月归来途经巴黎，吉尔伯特带她去了一家全世界最好的理发店，她紧张极了，心怦怦直跳。等她走出理发店，灰白的长发已经变成利落的短卷，活泼大胆，别具一格。皮格马利翁完成了他的惊世杰作：伽拉忒亚活了[①]。

"好吧，"我说，"但是，这还不足以解释为什么简今晚会在这里，坐在公爵夫人、内阁大臣和一群地位显赫的名人中间，也解释不了为什么她会坐在男主人身边，主人另一侧坐着一位海军元帅。"

"简是个幽默家，"陶尔夫人说，"你没看到她逗得他们大笑不止吗？"

不用猜也知道陶尔夫人现在心里酸得发苦。

"简在信上说，他们度完蜜月回来了，我想，我得请他们来家里吃顿晚餐。其实我不想请他们，可是觉得自己有义务这么做。宴会肯定会很无聊，我不想怠慢重要的客人，也不想让简觉得我连一个像样的朋友也没有。你知道，我请客从来不超过八个客人，但是那次我觉得请十二个人来可能会更加热闹。为了那场晚宴，我忙坏了，一直到宴会上才见到简。我们等了她一会儿——这正是吉尔伯特高明的地方——最终她出现了，缓缓地走进房间。那一刻我惊呆了。她一出场，别的女人瞬间黯淡无光，被衬得又土又俗气，而我就像个浓妆艳抹的老娘们儿。"

陶尔夫人喝了一点香槟酒。

"要是能把那件连衣裙的样子描述给你听就好了。除了她，任何人都无法驾驭，只有穿在她身上才是完美的。还有那片眼镜！我和她

---

① 出自古罗马诗人奥维德的叙事长诗《变形记》。皮格马利翁是位雕刻家，爱上了自己雕刻的女人雕像，给她取名伽拉忒亚，并向阿芙洛狄忒许愿让雕像复活。阿芙洛狄忒满足了他的愿望，赋予了雕像生命。

认识三十五年了，头一回见到她不戴镜架眼镜。"

"但是，你知道她的身材是很不错的呀。"

"我怎么会知道？除了和你第一次见面穿的那身长裙，我就没见她穿过别的衣服。当时你觉得她身材好吗？看她的样子，不是不知道自己一进门就引起了轰动，但是她对大家的反应习以为常。我本来担心晚宴会搞砸，这下放心了，虽然简有点无趣，但是有她这身打扮，餐桌上的气氛也不至于太沉闷。她坐在桌子的另一头，那边不时传来笑声。我很高兴，心想其他人应该聊得不错，可是晚宴结束后发生的事情让我大吃一惊。至少有三位男士对我说，我的小姑有趣极了，还问我她会不会同意他们登门拜访。我整个人都晕头转向，不知所措了。仅仅过了二十四个小时，今晚宴会的女主人就打来电话，她听说我的小姑风趣幽默，眼下就在伦敦，问我能不能请她来午餐会，介绍她俩认识。那个女人的直觉永远是对的：不出一个月，每个人都在谈论简。我今天能够坐在这里，不是因为我和女主人有二十年的交情，也不是因为请过她无数次，而是因为我是简的嫂子。"

可怜的陶尔夫人，眼下的处境真叫人憋屈。此一时，彼一时，如此彻底的翻转就像是有意报复她过去做的一切。我不禁感到好笑，也觉得理应同情她。

"大家都喜欢能让他们开怀大笑的人。"我努力安慰她。

"可是她从来没有让我笑过。"

餐桌的主位又传来一阵哄堂大笑，我猜准是简又说了什么好笑的话。

"你的意思是，只有你觉得她很无趣吗？"我微笑着问。

"你以前想得到她会这么幽默吗？"

"我得承认，我确实没想到。"

"她说的话和过去三十五年里说的一模一样。我不想让自己看起来像个傻子，所以别人笑，我也跟着笑，其实我一点也不觉得好笑。"

"就像维多利亚女王一样①。"我说。

陶尔夫人直截了当地向我指出这个玩笑一点也不高明，于是我另辟蹊径。

"吉尔伯特来了吗？"我问道，一面向餐桌边的客人看去。

"他们请过他，因为没有他陪在身边，简不愿意出门。不过，他今晚去了不知道是建筑师协会还是什么协会的晚宴。"

"我简直迫不及待，想要马上和简叙叙旧了。"

"晚餐后去找她聊天吧。她会邀请你去她的'星期二之夜'。"

"什么'星期二之夜'？"

"每个星期二晚上，她都会在家举办宴会。你在那里可以见到所有听说过的名人。那是伦敦最顶级的宴会。我努力了二十年也没能做成的事情，她只用了一年就做到了。"

"你讲的这些事太不可思议了。她是怎么做到的？"

陶尔夫人耸了耸肩，她的肩膀很漂亮，但是太过丰腴。

"我也希望你能告诉我答案呢。"她答道。

晚餐后，简坐在沙发上，我想穿过人群去找她，但是有人捷足先登了。过了一会儿，女主人走过来对我说："我一定要向你介绍今晚的明星。你认识简·纳皮亚吗？她太风趣了，比你的喜剧有趣多了。"

我被她领到沙发跟前，晚餐时坐在简身边的元帅此时仍然和她在一起，而且丝毫没有要起身的意思。简和我握了握手，把我介绍给他。

"你认识雷金纳德·弗洛比舍爵士吗？"

---

① 英国维多利亚女王（1819～1901）在位期间有不少逸闻趣事。据传，一位王室侍从武官在温莎城堡的晚宴上讲了个不正经的笑话。他讲完后，女王说："我们不觉得好笑。"

我们愉快地聊了起来。简还是我以前认识的那个样子，非常单纯，亲切又真诚，但是与众不同的打扮让她无论说了什么都变得格外有趣。我突然发觉自己笑得乐不可支。简发表了一句评论，说得合情合理，直击要害，不过一点也不幽默，然而她说话的样子，透过镜片平静地看着我的眼神，都让我为之倾倒、身心愉悦。

　　我告辞的时候，她说：

　　"如果你星期二晚上没有更好的去处，请来我家吧。吉尔伯特见到你一定会很高兴。"

　　"等他在伦敦住上一个月，就知道没有比那儿更好的去处了。"元帅说。

　　于是，星期二晚上我拜访了简的宅邸，到的时候已经挺晚了。说实话，我看到这样的场面有点惊讶。宴会上的宾客都是知名的作家、画家、政客、演员和贵妇名媛：陶尔夫人说得没错，这是一场盛会。自从斯塔福德公馆①转手他人之后，我还没在伦敦见过这么盛大的场面。宴会上没有特意安排助兴节目，饮料点心供应充足，但是并不奢靡。简还是一贯地低调安静，看起来很开心。她没有很殷勤地应酬客人，可是大家似乎都乐在其中，愉快轻松的宴会一直持续到凌晨两点才结束。从那之后，我见到她的次数越来越多，不仅经常去她家里，在别处的午餐会或是晚宴上也常常见到她。我对幽默之道略懂一二，想弄明白她独特的幽默感是怎么来的，最后发现她的风趣无法复制，就像某些葡萄酒，只有在特定的产区才别有风味。她不擅长说诙谐警句，应答也不巧妙，评论任何人和事都不带恶意，即便反驳别人，也

---

① 斯塔福德公馆（Stafford House），伦敦西区的一处私人宅邸，始建于1825年，毗邻圣詹姆斯宫（St. James's Palace），曾为宫殿建筑群的一部分。第二代斯塔福德侯爵购得此宅邸，并于1840年建造完工，其后，这里成为伦敦重要的社交中心，名人贵族纷至沓来，英国维多利亚女王也曾造访此处。1912年，宅邸出售给英国实业家威廉·海斯克斯·利华（William Hesketh Lever），改名为兰开斯特府（Lancaster House）。

不会挖苦讽刺。有的人认为，幽默的主旨是不正经，而非言简意赅，但是简从来没有说过一句老派人听了会脸红的话。她的幽默是无意识地流露出来的，没有经过事先算计，好比一只蝴蝶从这朵花飞到那朵花上，说变就变，没有任何方法或意图可循，完全取决于她说话和打扮的样子。吉尔伯特意为她量身定制的服饰炫丽又夸张，让她的诙谐幽默增添了几分耐人寻味，但这只是一部分原因。简现在毫无疑问成了红人，一开口就能逗乐所有人。没有人再奇怪吉尔伯特怎么娶了一个比他大这么多的女人。在他们看来，年龄对于简这样的女人来说不是问题，吉尔伯特能娶到她，运气好得简直让人嫉妒。那位元帅也引用莎士比亚的话对我形容她：'岁月改变不了她的容颜，世俗也束缚不了她的千变万化。'① 看到简这么受欢迎，吉尔伯特很高兴。我们的交往越来越多，我也渐渐地喜欢上了他。他显然不是什么无赖，也没有拜金主义，他不仅为简感到无比骄傲，还全心全意地爱着她，无微不至的关怀让人感动。他是个慷慨无私、心地善良的年轻人。

"你觉得简现在怎么样？"有一次他这样问我，脸上带着孩子般得意的神气。

"很难说你们两个人谁更了不起，"我说，"是你还是她。"

"哦，我算不上什么。"

"别胡说。你不会以为我蠢到看不出让简彻底大变样的人是你吗？也只有你做得到。"

"我做的唯一的一件事情就是看到了别人肉眼忽视的东西。"他答道。

"我能理解你在她身上发现了改头换面的潜质，但是你到底做了什么，让她变得这么幽默呢？"

---

① 出自莎士比亚戏剧《安东尼与克莉奥佩特拉》第二幕第二场。

"我一直觉得她说话很有趣。她一直很幽默呀。"

"这么想的只有你一个人。"

陶尔夫人也并非小肚鸡肠，她承认过去误会了吉尔伯特，现在他们的联系越来越紧密。尽管表面上关系不错，她仍然不看好这段婚姻。我忍不住笑话她。

"为什么呢？我没见过比他们感情更好的夫妻了。"我说。

"吉尔伯特今年二十七岁，正是吸引年轻女孩的年纪。你有没有注意到，那天晚上雷金纳德爵士漂亮的小侄女也去了简的宴会。简对她和吉尔伯特留意了好一会儿，那个时候我就觉得有点不对劲。"

"我觉得简不会畏惧和世上任何一个女孩竞争的。"

"等着瞧吧。"陶尔夫人说。

"之前你说他们只能维持六个月。"

"行吧，现在我延长到三年。"

若是一个人坚持己见，那么我们就希望事实证明他是错的，这就是人性。陶尔夫人太自以为是了。不过，最后心满意足的人不是我，她一直自信满满地预言这对不般配的夫妻很快会分手，事实果真如她所料。然而，命运也很少会以我们希望的方式给予我们想要的东西。虽然陶尔夫人可以骄傲地说她的预言应验了，但是我想她宁愿自己预测错了，因为事情的发展完全背离她的预期。

一天，我接到了她的急报，也正巧我有空，马上去了她家。陶尔夫人见到我走进房间，立刻从椅子上起身向我走来，脚步轻盈敏捷得像只跟踪猎物的豹子似的。我看得出来她很兴奋。

"简和吉尔伯特分手了。"她说。

"这不是真的吧？好吧，还是你说对了。"

陶尔夫人用一种我无法理解的神情看着我。

"可怜的简。"我喃喃地说。

"可怜的简!"她重复了一遍我的话,语气里满是嘲讽,我顿时惊讶到说不出话来。

她费了一些口舌才对我说清楚事情始末。

吉尔伯特前脚刚走,她立刻打电话把我招来。吉尔伯特来的时候脸色苍白,一副心烦意乱的样子。她一看就知道准是出了大事,没等他开口,她就知道他要说什么了。

"玛丽恩,简离开我了。"

陶尔夫人对他微微笑了一下,握住他的手。

"我知道你一定会表现得像个绅士。如果大家以为是你主动抛弃了简,她会陷入可怕的舆论漩涡。"

"我来见你,是因为知道你会安慰我。"

"哦,我不会责备你的,吉尔伯特,"陶尔夫人无比慈祥说,"这种事情早晚会发生。"

他叹了一口气。

"也许是吧。我不可能永远拥有她。她是那样地光彩夺目,我相形见绌。"

陶尔夫人轻轻地拍了拍他的手。他做出的姿态实在太漂亮了。

"接下来要怎么办?"

"唉,她会和我离婚。"

"简总是说,如果你想和年轻的女孩子结婚,她不会阻拦你。"

"你不会认为这是真的吧?我和简在一起以后,再也不愿娶其他人了。"他说。

陶尔夫人面露困惑。

"你的意思是,是你离开了简,对吗?"

"我?我怎么可能离开她。"

"那她为什么要和你离婚?"

"她要嫁给雷金纳德·弗洛比舍爵士了。等离婚手续一办好，就和他结婚。"

陶尔夫人实实在在地发出了一声惊叫，随即因为头晕得太厉害，不得不闻一闻嗅盐。

"你为她做了这么多事，她却要和你离婚？"

"我没有为她做什么。"

"难道你就甘愿被这样利用？"

"我们结婚前就商量好了，如果任何一方想要重获自由，另一方不会阻挠。"

"但是那份协议是为你定的。你比他足足年轻了二十七岁。"

"现在，她用上了。"吉尔伯特苦涩地说。

陶尔夫人先是据理力争，然后又苦口婆心地规劝，但是吉尔伯特坚持认为简不受任何约束，他必须照她的意思去做。他走的时候，陶尔夫人几乎精疲力竭，直到对我原原本本地讲述了整件事情，她的心情才松快许多。她很高兴地看到我和她一样吃惊，如果我没有和她一样对简的行为表现得十分愤慨，她就认定男人都可耻，没有道德观念。正当她焦虑不安的时候，门开了，简跟在管家身后走了进来。她身穿黑白两色的裙子，无疑和目前模棱两可的处境非常相称，然而，裙子式样是那样地新颖别致，帽子的形状又是那样地不同寻常，我一见到她，立刻惊讶得倒吸了一口气。她还是和往常一样平静淡然，走到陶尔夫人面前想要亲吻她，但是陶尔夫人庄严冷漠地往后退了一步。

"吉尔伯特来过了。"她说。

"我知道，"简微微一笑，"是我让他来见你的。我今晚就动身去巴黎，我不在的时候，希望你对他好一点。我担心他一开始会觉得孤单，如果你能帮忙照看他，我就放心多了。"

陶尔夫人紧紧地攥着她的手。

"刚才吉尔伯特来我这里，说了一些我无法置信的事。他说，你打算和他离婚，嫁给雷金纳德·弗洛比舍。"

"你不记得了吗？我嫁给吉尔伯特之前，你建议我应该找一个年纪相仿的男人。元帅今年五十三岁。"

"但是，简，你亏欠吉尔伯特的太多了，"陶尔夫人愤慨地说，"没有他，就没有你现在的样子。要不是他为你设计衣服，你什么都不是。"

"说到这个，他答应会继续为我设计衣服。"简平静地说。

"任何一个女人都找不到比他更好的丈夫了，他对你体贴得不能再体贴了。"

"哦，我知道他一直都很贴心。"

"你怎么能这样绝情？"

"可是，我从来没有爱过吉尔伯特，"简说，"我也总是对他这么说。我渐渐地觉得，需要一个年纪相仿的男人陪伴在身边。我想，可能是和吉尔伯特结婚的时间太久了。年轻人和我没有话题可聊。"她停顿了一下，对我们笑了笑，笑容非常迷人。"当然了，我不会丢下他不管。我和雷金纳德说好了，他有个侄女和吉尔伯特非常般配。我们结婚后，会邀请他们一起去马耳他住——你也知道，元帅即将接管地中海司令部——要是他们彼此看对眼，那也是意料之中的事。"

陶尔夫人轻轻地哼了一声。

"你和元帅商量过吗？如果婚后任何一方想要重获自由，另一方不可以阻挠。"

"我对他提过，"简镇定地说，"但是元帅说，他看上的准错不了，除了我，他谁也不娶。要是有人想要娶我——他的旗舰配有八门十二英寸口径的火炮，他会和那个人在短程射击范围内好好地谈一谈。"

她透过镜片看了我们一眼，那个眼神太妙了，即便知道会惹陶尔夫人生气，我也忍不住哈哈大笑起来："元帅真是个热情率性的人。"

陶尔夫人生气地冲我皱紧眉头。

"我从来不觉得你幽默，简，"她说，"我也不懂为什么大家都觉得你说的话那么好笑。"

"我也不觉得自己很幽默，玛丽恩，"简微微一笑，露出整齐洁白的牙齿，"幸好我能赶在更多人发现这件事之前离开伦敦。"

"如果你能告诉我，你大受欢迎的秘诀就好了。"我说。

简转向我，表情依然是我熟悉的那般平静和亲切。

"要知道，我和吉尔伯特婚后在伦敦定居，大家开始觉得我讲话很幽默，对这些变化最惊讶的人其实是我。过去三十年我都在讲同样的话，没有人觉得好笑。起初，我以为这和我的衣服、短发或是眼镜有关，但是后来发现因为我讲的是真话。难得有人这么做，所以他们觉得我很幽默。总有一天，别人也会发现这个秘密，等到所有人都习惯讲真话了，大家也就不觉得有什么好笑了。"

"为什么只有我觉得不好笑呢？"陶尔夫人问道。

简稍稍犹豫了一会儿，似乎在认真思索让人满意的回答。

"亲爱的玛丽恩，可能是因为你看到了真相，却不知道那就是真相。"简以她一贯温和、友善的语气答道。

这句话真是一锤定音。我觉得简永远都是一语中的。她真的很幽默。

（李佳韵　译）

从林里的脚印①

在马来亚，没有哪个地方比丹那美拉②更迷人了。这里四面环海，沙滩边缘密密疏疏地长着木麻黄树。政府机构仍然在荷兰统治时代建造的旧市政厅③里办公，灰色的碉堡遗迹矗立在山上，葡萄牙人曾经驻扎在那里，凭借地势牢牢地控制住野性难驯的原住民。丹那美拉的历史颇为悠久，中国商人那如同迷宫一般的深宅大院临海而建，在凉爽的夜里，人们可以坐在凉廊上，享受微咸的海风拂面吹过。当地的家族在这里繁衍了三个世纪，许多人已经忘记了他们的母语，彼此之间用马来语和不标准的英语交流。在马来联邦④，昔日的景象只保留在人们祖辈的记忆里，值得庆幸的是，在这里还能依稀寻找到旧日的时光。

长久以来，丹那美拉一直是中东最繁忙的市集，港口帆樯林立，快船和中式帆船往来如梭，在辽阔的中国海上乘风破浪。可是，现在丹那美拉已经死了，这里和其他曾经显赫一时的地方一样，到处弥漫着哀伤和虚无

① 1927 年发表的短篇小说，收录于 1933 年首次出版的短篇小说集《阿金》(Ah King)。
② 比丹那美拉（Tanah Merah），位于马来半岛东海岸，隶属于马来西亚的吉兰丹州。
③ 此处原文为荷兰语 Raad Huis。
④ 马来联邦（1895—1946），由马来半岛上受英国政府控制的 4 个州组成。

的气氛，终日沉浸在回忆中，追忆那段业已消失的辉煌历史。这里变成了一座沉睡的小镇，远道而来的陌生人会渐渐失去自身的活力，不知不觉地掉入小镇轻松、慵懒的怀抱。连年蓬勃发展的橡胶业没有给这里带来繁荣，随之而来的萧条却加速了它的没落。

欧洲人的住宅区寂静无声，四周环境整洁，井然有序。住在这里的白人都是政府职员和公司代理人，他们的房子散落在开阔的草坪周围，那些别墅^①宽敞舒适，掩映在高大的肉桂树中间，精心养护的草地绿油油的，就像教堂周围的草坪一样，确实，丹那美拉的这片角落恬静安宁，有种微妙的与世隔绝的感觉，让人不由得想起坎特伯雷大教堂^②四周的禁地。

俱乐部面朝大海；这栋宽敞、破旧的建筑似乎无人看管，走进来的人会觉得自己是个不速之客。这个地方给人一种印象，像是为了整修已经暂停营业，来客贸然闯进敞开的大门，却发现没有人欢迎他。每天早晨，有几个种植园主从庄园来到俱乐部谈生意，喝完一杯琴司令^③才起身离开。下午晚些时候，可能会有一两个女人坐在这里，默不作声地翻阅过期的《伦敦新闻画报》^④。等到夜幕降临，三五成群的人悠闲地踱进来，无所事事地坐在台球房里，一边看别人打球，一边喝饮料。但是每到周三，这里就变得热闹起来。楼上大房间里的留声唱机乐声袅袅，附近乡下的人都会来俱乐部跳舞。有时候，会有十几对人一同翩翩起舞，甚至还能凑齐两桌桥牌。

我就是在某个周三遇到了卡特莱特夫妇。当时，我借住在一个叫

---

① 特指一种周围常建有游廊的单层坡屋顶住宅。因为其建造方便，在英国各地流行。该建筑的特点是门窗大，室内天花板高，有深檐或游廊，适合在炎热地区居住。

② 坎特伯雷（Canterbury），位于英国肯特郡的市镇。坎特伯雷大教堂是英国最古老的基督教建筑之一。

③ 一种用琴酒（也称杜松子酒）做底酒，加入果汁等调配而成的水果鸡尾酒。

④《伦敦新闻画报》(Illustrated London News)，创办于 1842 年的英国周刊。

盖兹的男人家里，他是警察局局长。那天，我在桌球房里坐着，他进来问我愿不愿意和他们三个人一起打牌。卡特莱特夫妇是种植园主，每周三都会带女儿来丹那美拉的俱乐部放松一下。盖兹说他们人很好，安静又低调，桥牌打得非常不错。我跟着他去了棋牌室，经他介绍认识了这对夫妇。他们已经坐在牌桌边上了，卡特莱特太太正在洗牌，手法非常娴熟，可见牌技一定不赖。她的手掌宽大有力，两只手各抓起半副牌，熟练地把牌角对插，紧接着弹了一下，用一个干脆利落的手势，让纸牌像瀑布一样落下来洗成一摞。

整个过程就像变魔术一样。玩牌的人都知道，只有经过持续不断的练习，才能完美地操控这一系列动作，而能够这样洗牌的人必定是真心喜欢打牌的。

"你介意我和我丈夫搭档吗？"卡特莱特太太问我，"我和他互相赢钱太没意思了。"

"当然不介意。"

切好牌以后，我和盖兹在桌边坐了下来。

卡特莱特太太摸了一张艾斯，随后，她一边轻快灵巧地发牌，一边和盖兹聊起当地的事情。不过，我知道她在观察掂量我。她看起来很精明，但是性情不错。

她大约有五十多岁（虽然生活在东方的人往往老得很快，很难猜出他们的真实年龄），一头白发乱糟糟的，她时常不耐烦地抬起手，把总是落到前额上的一缕头发拂到脑后，让人不禁要想，为什么她不用发夹固定住头发，好免去这些麻烦呢。她的一双蓝汪汪的眼睛很大，但是黯淡无光，还有些疲惫，她脸上皱纹密布，面色灰黄。我觉得，她说话的方式给人一种感觉，在我看来，那种感觉有点刻薄讥讽，但是还没有到出口伤人的地步。总而言之，这个女人很有主见，而且直言不讳，打牌时很爱说话（有的人很不喜欢打牌的时候说话，可是我觉得无所谓，毕竟这是在牌桌上，为什么要像出席追悼会似的沉默肃静呢？），没过多久，我就发现她很会打趣别人，说话尖酸，逗人发笑，但是只要对方不傻，就知道她是在开玩笑，并非有意冒犯。要是偶尔她话里的讽刺意味太浓，听众需要调动所有的幽默细胞去发掘笑点，你看得出来，她也立刻做好了被反击的准备。如果有人恰好巧妙地回敬了一句，把矛头指向她，她那两片又宽又薄的嘴唇会挤出一丝干巴巴的微笑，两只眼睛里顿时放出光来。

我们聊得很投机，我喜欢她的直率和急智巧思，也喜欢她素面朝天的样子。我从未见过哪个女人像她一样对外貌毫不在意，不仅头发乱蓬蓬的，全身上下都邋里邋遢。她穿着高领真丝衬衫，为图凉快，衬衫最上面的几粒纽扣没有扣上，露出了干瘦的脖子；她抽烟抽得很凶，衬衫上皱褶凌乱，到处落满烟灰，看起来脏兮兮的。她起身和别人说话的时候，我注意到她脚下踩着一双厚重的低跟靴子，蓝裙子的裙边已经破了，裙子上沾了灰尘，要好好地刷一下。不过，这些细节都不成问题。她这身打扮非常符合她的性格。

和她打桥牌也是种乐趣。她出牌很快，从不犹豫，不仅懂门道，还很有天赋。她自然清楚盖兹打牌的风格，虽然第一次和我交手，但是也很快摸透了我的出牌习惯。他们夫妇的配合默契得让人赞叹；他谨慎又稳当，卡特莱特太太了解他，所以能放心大胆地出牌，打出既精彩又安全的进攻。盖兹天真地以为对手不会利用他的失误乘虚而入，结果我们完全不是对手，连输两盘，只能强颜欢笑，装作乐在其中的样子。

"我不知道是不是牌有问题，"盖兹终于语带哀怨地说道，"即使拿到了所有的牌，我们还是输。"

"你出牌自然是没问题，"卡特莱特太太说，那双浅蓝色的眼睛毫不遮掩地看着他，"只是运气不好罢了。刚才最后一盘，如果你没有

228

把红心和方块搞混，就可以挽回败局。"

盖兹开始喋喋不休地解释他的坏运气，他运气不佳，连累我也输掉很多钱。他说话的时候，卡特莱特太太手腕灵活地一转，把纸牌摊成一个圆圈，等我们切牌。卡特莱特看了看时间。

"亲爱的，这是最后一盘了。"他说。

"啊，是吗？"她看了看怀表，刚好有个年轻人路过，她扬声叫住他，"哦，布伦先生，请你上楼告诉奥利芙，再过几分钟我们就要走了。"接着，她又转向我。"我们到家大概要花一个小时，可怜的西奥，明天天不亮就要起来了。"

"没关系，我们一星期只来一次，"卡特莱特说，"奥利芙也只有这个时候才能高高兴兴地放松一下。"

我觉得卡特莱特看起来年迈又疲惫。他的个子不高也不矮，头顶光秃锃亮，嘴唇上留着灰胡髭，戴一副金边眼镜。他穿着白色帆布西服，打了一条黑白相间的领带，干净整洁，看得出来他对穿衣打扮比邋里邋遢的妻子更上心。他的话不多，不过很爱听妻子讲刻薄的玩笑话，有时候，他也会漂亮地反击回去。他们的关系显然很亲密。看到一对几近年迈的夫妇相伴数年，感情牢不可破，真是让人高兴啊。

这盘牌只打了两副就结束了。奥利芙从楼上下来的时候，我们刚刚要了最后一轮杜松子酒加苦味滋补药酒。

"妈咪，真的现在就要走吗？"奥利芙问道。

卡特莱特太太慈爱地看着女儿。

"是的，亲爱的。现在差不多八点半。我们到家吃上晚饭得十点多了。"

"讨厌的晚饭。"奥利芙笑嘻嘻地说。

"走之前让她再跳一支舞吧。"卡特莱特提议道。

"不行。你今天晚上必须好好睡一觉。"

卡特莱特微笑着看向奥利芙。

"如果你的妈妈已经决定了，亲爱的，那么我们最好照她的话去做，别再抱怨啦。"

"她就是个说一不二的人。"奥利芙一边说着，一边喜爱地抚摸母亲满是皱纹的脸颊。

卡特莱特太太轻轻地拍了拍女儿的手，又在她手上吻了一下。

奥利芙算不上非常漂亮，但是看上去特别亲切。我猜想她大概有十九、二十岁，脸上还有点婴儿肥，如果身形苗条一些，会更加迷人。她母亲坚毅果敢的气质塑造了自身鲜明的脸部特征，但是她身上完全没有这种气质。她长得像她的父亲，遗传了他深色的眼睛和不太明显的鹰钩鼻，温和的样貌也像他；她脸色红润，眼睛明亮，显然身体强健，充满活力，而她的父亲早已失去了这份活力。她的样子就是最普通的英国女孩，神采奕奕，亲切可人，总是想着纵情享乐。

我和盖兹与他们道别之后，一起走回他的家。

"你觉得这家人怎么样？"他问我。

"我挺喜欢他们的。他们在这样的地方肯定很受欢迎吧。"

"要是他们经常来俱乐部就好了。这家人很少抛头露面。"

"那个女孩肯定闷坏了。倒是她的父母看起来有彼此陪伴就满足了。"

"是的，他们感情很好。"

"奥利芙和她的爸爸简直就像从一个模子里刻出来似的，你说呢？"

盖兹瞥了我一眼。

"卡特莱特不是奥利芙的亲生父亲。他和卡特莱特太太结婚的时候，她的前夫已经死了。奥利芙是她前夫离世四个月之后出生的。"

"哦！"

我大声叹道，极力表现出惊讶、好奇又感兴趣的样子，但是盖兹什么也没有说，我们一路沉默着走回家。进门的时候，仆人在门口迎接我们。我们又喝了一杯苦味杜松子酒，然后坐下来吃晚餐。

　　起初，盖兹表现得很健谈。因为政府颁布了橡胶限产令，所以当地的走私活动非常猖獗，和走私犯斗智斗勇也是盖兹的职责。那天，他们查获了两艘中式帆船，盖兹兴奋得摩拳擦掌。缴获的橡胶堆满了仓库，很快就会被庄严地焚毁。说完这些事，他就无话可说了，我们沉默着吃完晚餐。仆人端来咖啡和白兰地，我们各自点上一支平头雪茄烟①。盖兹靠在椅背上，若有所思地看着我，又低头看一眼他的白兰地。仆人退下了，房间里只剩下我们两个人。

　　"我和卡特莱特太太认识二十多年了，"他缓缓地说道，"她年轻的时候不算难看，也总是邋里邋遢。不过那会儿年轻，也没关系，反倒别有一种魅力。她嫁给了一个叫布朗森的男人，雷吉·布朗森。那个人是种植园主，管着一处在瑟兰丹的种植园。当时，我派驻在亚罗立卑工作，那个地方比现在小得多，估计只有不到二十个英国侨民，但是当地有个挺不错的小俱乐部，大家相处得十分融洽。一直到现在，我仍然清楚地记得第一次见到布朗森太太的情形。那个年代没有汽车，她和布朗森先生结伴骑自行车来到俱乐部。她那时候的样子当然没有现在这么坚毅，身材也苗条得多，气色很好，眼睛非常漂亮——你见过那双蓝眼睛的——还有一头浓密的深色头发。要是她多花点心思打扮自己，肯定会非常漂亮。毕竟，那里最美的女人就是她了。"

　　我回想起她现在的模样，再结合盖兹模糊的描述，设法在脑海中勾勒出卡特莱特太太——彼时还是布朗森太太——年轻时的相貌。我

---

① 一种头尾全都削平的雪茄烟。

在俱乐部看到的卡特莱特太太是个身形魁梧的女人，臃肿发福的身体重重地在牌桌边坐下，弄出很大的动静。我努力地想从她身上找到一点往日的痕迹，想象她青春年少时的步伐该是多么轻盈，身姿又是多么优雅。如今，她长了个四方下巴，鼻子线条硬朗，但是年轻的时候，圆润的面部线条肯定盖住了这些棱角：她圆圆的脸蛋白里透红，浓密的棕发随意地挽在脑后，那样子一定迷人极了。在那个年代，她应该会穿长裙和束腰，头戴阔檐花式女帽。或是，当年马来亚的女人戴的仍然是旧画报上的那种遮阳帽[1]呢？

“我大概有——哦，将近二十年没见过她了，”盖兹又接着说下去，“我知道她还住在马来联邦，但是没想到来这里工作以后会在俱乐部里遇见她，就像多年前在瑟兰丹一样。当然啦，她现在老了许多，模样和以前完全不一样了。看到她的女儿已经长大成人，我真是惊讶得无以复加，忽然就意识到什么是岁月不饶人。上次见到她，我还是个年轻小伙子。现在呢？嘿，再过两三年，我就到退休的年纪啦。听起来有点蠢，是吧？”

盖兹丑陋的脸上露出一抹惨淡的微笑，看我的眼神里似乎有愤懑，好像我能够让滚滚前行的时光驻足不动似的。

“我也不年轻啦。”我对他说。

“你不是一辈子都住在东方。在这儿，人还没到年纪就老了。五十岁的时候，已经成了老头子，到了五十五岁就什么都不是，只剩一堆破烂了。”

然而，我不想听盖兹偏离主题，喋喋不休地唠叨衰老的话题。

“你和卡特莱特太太重逢的时候认出她了吗？”我问道。

“唔，可以说认出来了，也可以说没有。我第一眼见到她，觉得

---

[1] 也称为木髓头盔。早期的欧洲旅行家和探险家在非洲、东南亚等热带地区会戴这种遮阳帽。

似曾相识，但是想不起来究竟在哪里见过。我想，可能是某次度假的时候在船上和她有过一面之缘。但是，她一开口说话，我立刻就想起来了。我记得她冷漠闪烁的目光和清脆的嗓音。她的声音听起来像是在说：'小伙子，你有点傻乎乎的，可是人不坏，说真的，我挺喜欢你。'"

"你从她的声音里可听出不少意思啊。"我笑了一笑。

"那次在俱乐部，她过来和我握手，问我，'你好，盖兹少校？还记得我吗？'

"'当然记得啦'。

"'真是好久不见了。我们都老啦。你见过西奥吗？'

"我一下子没反应过来西奥是谁。我想，我当时的样子肯定很茫然，因为她微微地笑了一下，那种打趣的神情我再熟悉不过了。然后她向我解释。

"'我和西奥结婚了，你知道吧。这大概是最好的选择了。我当时很寂寞，而他也想要结婚。'

"'我听说了，'我说，'祝你们幸福。'

"'哦，非常幸福。西奥太贴心了。他马上就过来，他见到你一定会很高兴。'

"我对她的话不置可否。我以为西奥最不愿意见到的人就是我了，还以为她也不想看到我。不过，女人的心思实在难以捉摸。"

"你为什么说她不想看到你？"我问他。

"我一会儿就说到原因，"盖兹说，"然后，西奥来了。我也不知道为什么叫他西奥，我一直都叫他卡特莱特，也从来没有把他看作别的什么人，只是卡特莱特而已。西奥完全变了样了。你见过他现在的样子。他年轻的时候头发是卷的，模样干净清爽，衣冠楚楚。他身材不错，也保持得很好，像是经常锻炼身体的人。说到这里，我突然想

233

起来，他那时候的样貌还行，算不上很英俊，但是温文尔雅，风度翩翩。所以，我后来看到那个驼背弯腰、形容枯槁，鼻子上架着眼镜的秃顶老头，彻底惊呆了，一点也认不出他。他见到我似乎很高兴，至少是挺有兴致的。他仍然很内敛，不过他以前就是这样，所以我也不意外。"

"'你没有想到会在这里碰到我们吧？'他问我。

"'算是吧，我之前完全不知道你们在哪里。'

"'我们倒是知道一些你的动向，每隔一阵子，就会在报纸上看到你的名字。你一定要来我们家坐一坐。我们已经在这里住了很多年，我想，回英国颐养天年之前，我们会一直住在这里。你后来又去过亚罗立卑吗？'

"'没有。'我说。

"'那个小地方挺不错的。听说现在已经变了很多。我也没再回去过。'

"'那里给我们留下的回忆不是特别美好。'卡特莱特太太说道。

"我问他们想不想喝一杯，然后叫来侍者点了酒。我想你肯定注意到了，卡特莱特太太很喜欢喝酒；我不是说她常常喝得酩酊大醉或是别的意思，而是她喝鸡尾酒①的架势像个男人。我忍不住带着好奇心观察他们。他们看起来很开心，日子应该过得不错，后来，我发现他们的生活挺富足，有辆豪华轿车，回国休假时，花起钱来也很潇洒。他们很亲密。你也知道，看到结婚这么多年的夫妻仍然形影不离，真叫人高兴。显然，他们的婚姻非常幸福，也都很疼爱奥利芙，对她引以为傲，尤其是西奥。"

---

① 原文 stengah 为马来语，指一种用威士忌加苏打水调配而成的鸡尾酒，20 世纪初，在亚洲的英属殖民地非常受欢迎。

"哪怕她只是他的继女？"我问道。

"哪怕她只是继女，"盖兹答道，"可能你以为她会跟他姓吧。其实没有。她叫他爸爸，当然啦，她也只见过这位父亲，但是写信的时候，她的落款总是写奥利芙·布朗森。"

"说到这个，布朗森是怎样的人？"

"布朗森吗？他是个大块头，热情爽朗，说话声音洪亮，笑起来中气十足。他很强壮，喜欢运动。没什么特别之处，不过他为人非常诚实。他的头发是红色的，脸也是红彤彤的。说到这儿，我突然想起来，他出汗特别厉害，简直是汗如雨下。打网球的时候，他习惯随身带条毛巾。"

"这听起来可不太有魅力啊。"

"他长得很帅，身材也不错，平时很注意保持身材。他谈的话题不多，说来说去，只有橡胶和体育，像是网球啦、高尔夫球啦，还有打猎。依我看，他一年到头都不会读一本书的，是典型的公学子弟。我们刚认识的时候，他大概有三十五岁，但是思想就像个十八岁的男孩。你也知道，很多人来到东方以后，似乎就停止成长了。"

我确实见过很多这样的人。身为旅居此地的游客，我最难以理解的事情之一就是，那些秃顶发福的中年绅士说话举止都像学生似的，好像他们第一次穿过苏伊士运河①以后，就再也没有接受过任何新的想法了。虽然他们结了婚，也有了孩子，或许还管理着一大片产业，但是看待人生的态度还像个高中生。

"但是他人不笨，"盖兹又接着说，"对工作上的事了如指掌。他的种植园是全国经营得最好的种植园之一，也知道怎样管理工人。他实在是太好了，即使他真的惹到你，你仍然会喜欢他。而且，他一点

---

① 苏伊士运河地处埃及，连通地中海和红海，是欧亚之间的重要航路。

也不吝啬，总是乐于助人。卡特莱特最初就是受了他的资助才来这里的。"

"布朗森两口子的感情好吗？"

"嗯，应该是。我敢肯定他们感情不错。布朗森的脾气很好，他的太太是个非常快乐、活泼的人，常常直言不讳，这你也是知道的。只要她乐意，就可以表现得很幽默，这点直到现在也没有改变。但是，现在她说话隐隐带刺儿，年轻的时候，还是布朗森太太的时候，她只是单纯地说笑。她总是开开心心的，喜欢玩乐，从来不在乎说了什么，这点倒和她的性格很相称，你懂我的意思。她性格坦率，又很粗枝大叶，所以别人也不会把她的话放在心上。他们看起来是很愉快的一对。

"他们的种植园离亚罗立卑大约有五英里远，通常，他们会在傍晚五点驾着一辆两轮马车来到俱乐部。当地的英国人很少，多数是男人，大概只有六个女人。大家都喜欢布朗森两口子。只要他们一出现，气氛立刻活跃起来。我们在那间小小的俱乐部里度过了很多快乐的时光。后来，我时常会想起那些人，总的来说，派驻在亚罗立卑的日子是我人生中最开心的一段时间。二十年前，每晚六点到八点半的这段时间，亚罗立卑的那间俱乐部里人声鼎沸，热闹程度绝对不输给从亚丁①到横滨②之间的任何地方。

"有一天，布朗森太太对我们说，有个朋友会过来和他们一起住。过了几天，他们带来了卡特莱特。看样子他和布朗森是老朋友，在马尔伯勒公学③或是类似的学校一起上过学，最初，他们还同乘一艘船来到东方。后来，橡胶行情一落千丈，很多人都失业了。卡特莱特也

---

① 亚丁（Aden），今也门港口城市，曾是英属殖民地。
② 横滨（Yokohama），位于日本神奈川县的港口城市。
③ 马尔伯勒公学（Marlborough College），位于英国威尔特郡，成立于1843年。

是其中之一。他有大半年没有工作，陷入了绝境。那时候，种植园主的报酬比现在低，很难攒起积蓄以应对不时之需。卡特莱特去了新加坡。你也知道，大家在萧条时期都会去新加坡。当时的情况真的太糟糕了，我亲眼见过，知道那些种植园主因为付不起一晚的住宿费，只能睡在大街上。他们会在欧洲大酒店①外面拦住陌生人，问他们讨一块钱买点吃的。我想，卡特莱特也有过一段潦倒的经历。

"最后，他写信给布朗森，询问能不能为他干活。布朗森让他来马来亚住一段时间，等到经济好转了再说，至少这里有免费的食宿。卡特莱特立刻答应了，不过布朗森还得寄钱给他买火车票。他到亚罗立卑的时候，口袋里的钱已经所剩无几。我想，布朗森每年大概有两三百元的收入，虽然他的薪水也减少了，但是至少保住了工作，比起大多数种植园主，他的处境算是不错的。卡特莱特刚来的时候，布朗森太太让他就把这里当作自己的家，想住多久就住多久。"

"她人真好啊，是吧？"我评价道。

"非常好。"

盖兹又点上一支平头雪茄烟，给自己斟满酒。夜深人静，四周偶尔传来几声横斑蜥虎②低沉沙哑的叫声，夜晚显得更加寂静，仿佛只有我们坐在这片热带的夜空下，距离人类的聚居地千万里之遥。盖兹久久地沉默不语，最终，我不得不开口说些什么。

"那个时候，卡特莱特是怎样的呢？"我问他，"他肯定比现在年轻，你也说他长得不错，但是他为人怎么样？"

"说实话，我没有特别留意过他。他很有亲和力，也很谦逊，我想你刚才在俱乐部里也注意到了，他的话很少，事实上，那个时候他

---

① 新加坡的一家酒店。始建于1857年，后几经易主，于1918年重新命名为欧洲大酒店。

② 原文是chik chak，一种横斑蜥虎，多生活在热带，晚上常在屋檐下及墙上活动，发出的声音像chik-chak。

也不是非常活跃。他并不讨人厌，挺喜欢看书，钢琴弹得相当好。大家都欢迎他，因为他不会碍手碍脚，也不用别人多操心。他跳舞跳得不错，这点很得女人青睐，玩桌球和网球也很有一手，很自然地就融入了我们的圈子。他算不上顶受欢迎，不过大家都喜欢他。我们知道他穷困潦倒，都很同情他，但是也无能为力。总之，我们很快就接纳了他，几乎忘了他其实刚刚来到亚罗立卑。每天晚上，他和布朗森夫妇一起来俱乐部，和别人一样付钱买酒。我猜是布朗森借给他一笔钱用做平时开销，他也总是彬彬有礼的。我对他的记忆很模糊，因为他真的没有给我留下特别深刻的印象。要知道，在东方，每天都会遇到形形色色的人，他看起来和其他人没有什么两样。他用尽一切办法去找工作，但是毫无所获。实际上，当时哪里都没有工作机会，因此，他有时候看起来挺沮丧的。卡特莱特在布朗森家住了一年多。我记得，他有次对我说过这样的话：

"'我不可能永远和他们住在一起。他们对我实在是太好了，但凡事都有限度。'

"'依我看，布朗森夫妇很高兴有你和他们同住一个屋檐下，'我说，'在橡胶种植园的日子其实没什么乐趣，至于吃喝方面，你一个人也消耗不了多少食物。'"

盖兹又一次停下来，迟疑地看着我。

"怎么了？"我问道。

"我担心我讲不好这个故事，"他说，"东拉西扯地，不知道在说些什么。我不是什么小说家，只是个警察，把当时看到的事实讲给你听罢了。在我眼里，这些背景信息都很重要。我的意思是，了解他们是怎样的人非常重要。"

"当然重要啦。继续说吧。"

"我记得有个人，一个女的，我想她应该是医生的妻子。她问布朗森太太，家里多了个外人，有时候不会觉得烦吗？要知道，在亚罗立卑这种小地方，可聊的话题只有那么几个。如果不讲一讲邻居的闲话，那就真的无话可说了。

"'哦，不会，'她说，'西奥一点也不麻烦。'她转身看着丈夫，布朗森先生坐在一边，擦拭脸上的汗水，'我们很高兴有他做伴，是吧？'

"'他挺好的。'布朗森说。

"'他每天都做些什么呢？'

"'这个，我不太清楚，'布朗森太太说，'有时候，他和雷吉一道在种植园里散步，偶尔打打猎，也会和我聊天。'

"'他很愿意帮忙，'布朗森说，'那天我发烧了，他替我做完了工作。我躺在床上，好好地休息了一天。'"

"布朗森夫妇没有孩子吗？"我问道。

"没有，"盖兹答道，"我也不知道为什么。他们应该养得起孩子。"

盖兹靠在椅背上，摘下眼镜，擦了擦镜片。镜片非常厚，他戴上眼镜，眼睛看起来都变形了。他不戴眼镜的时候，样子也不是特别难看。趴在天花板上的横斑蜥虎发出像人一样的怪叫声，听起来像是痴傻的孩子在嘎嘎地笑。

"布朗森遭人杀害了。"盖兹突然说了一句。

"被杀了？"

"是的，谋杀。我永远也忘不了那个晚上。我、布朗森太太、医生的妻子和西奥·卡特莱特先是在一起打网球，后来又一块打桥牌。那天卡特莱特发挥欠佳，我们在牌桌边坐下，布朗森太太对他说：'好吧，西奥，要是你的牌技和球技一样蹩脚，我们要输得倾家荡产了。'

"我们刚刚喝过一轮酒，但是她叫来侍者又点了一轮。

"'一口气把这杯酒喝光，'她对卡特莱特说，'要是没有最高的大牌^①和边花墩^②，就不要叫牌。'

"布朗森没有来。他骑车去卡普隆取钱给种植园的苦力发工资，他到家后会直接来俱乐部。其实，他们的种植园到亚罗立卑的距离比到卡普隆更近，但是卡普隆的商业更发达，布朗森的银行户头开在那里。

"'等雷吉来了，随时可以加入我们。'布朗森太太说。

"'他今天回来晚了，是吧？'医生的妻子问道。

"'晚了很多。他说来不及回来打网球，但是可以玩上一盘牌。我怀疑他办完事没有直接回家，而是去了卡普隆的俱乐部。现在肯定在那儿喝酒呢，这个坏东西。'

"'不用担心，他的酒量好得很，喝多了也不会醉。'我哈哈大笑。

"'他胖了很多，你是知道的。应该少喝点。'

"桌牌室里只有我们四个人，我们听见桌球房里传来一阵阵欢声笑语。那些人快活极了。快到圣诞节了，大家都有些忘乎所以。俱乐部在圣诞夜晚上还有一场舞会。

"事后，我想起来一件事。我们在牌桌边坐下后，医生的妻子问布朗森太太累不累。

"'一点也不累，'布朗森太太说，'我为什么要觉得累？'

"我不懂她怎么突然脸红了。

"'我担心打网球对你负担太重。'医生的妻子说。

"'哦，不会，'布朗森太太突兀地说，她的语气有点生硬，像是

---

① 大牌，指一门花色中 5 张最高的大牌之一，即 A、K、Q、J 和 10。
② 边花，指将牌以外的三门花色。墩，一名牌手攻出一张牌后，其余每人各打出一张牌，4 张牌构成一个牌墩。

不愿意继续谈论这件事。

"我当时不明白她们在说什么，直到后来才想起这件事。

"我们打了三四盘桥牌，布朗森仍然没有来。

"'不知道他出什么事了，'布朗森太太说，'怎么这么晚还不回来。'

"卡特莱特一直话很少，但是那天晚上，他几乎没有开口说过话。我觉得他应该是累了，便问他今天都做了些什么事。

"'没做什么，'他说，'吃过午饭，我就出门打鸽子去了。'

"'运气怎么样？'我问道。

"'打到半打。它们很怕人。'

"但是，他接着又说：'要我说啊，如果雷吉回来晚了，肯定觉得没必要上俱乐部来。我料想他准是洗过澡了，等我们回到家，他应该已经坐在椅子上睡着了。'

"'从卡普隆骑车回去非常远哪。'医生的妻子说。

"'他从不走大路，你也知道的，'布朗森太太解释道，'他会抄近路穿过丛林。'

"'那条路骑车方不方便？'我问道。

"'啊，很方便，那条路很好走。差不多可以少走两三英里呢。'

"我们刚刚开始打新的一盘，就在这个时候，酒吧侍者走了进来，说外面有个巡佐^①想要见我。

"'出什么事啦？'我问他。

"侍者说他不知道，但是巡佐身边跟着两个苦力。

"'真见鬼，'我说，'要是他没事来叨扰我，我一定要狠狠地骂他一顿。'

———————————

① 巡佐，英国警察职务阶级之一，上级为巡官，下级为基层警员。

"我对侍者说我马上就去，随后打完手上这副牌，推开椅子站起来。

"'我去去就回，'我对他们说，又嘱咐卡特莱特，'帮我发牌，好吗？'

"我走出俱乐部，看到巡佐和两个马来人站在台阶上等我。我问他到底出了什么事。他告诉我这两个马来人来警察局报案，说在通往卡普隆的林间小路上有个白人男子倒在地上，已经死了。你可以想到当时我听到这个消息是多么地震惊。我立刻想到了布朗森。

"'已经死了？'我大声喊道。

"'是的，被射杀了。子弹穿过头部。是个红头发的白人男子。'

"于是，我确定了那个人就是雷吉·布朗森，而且，他们中间有个人知道他种植园的名字，也认出了他就是那个种植园主。这个消息犹如晴天霹雳。布朗森太太还在桌牌室里，不耐烦地等我回去理牌和叫牌。我不安极了，一瞬间真的不知道该怎么办才好。要是事先一点铺垫也没有就直接告诉她这个可怕的噩耗，她肯定会受不了的，但是我束手无策，想不出任何婉转的说法。我让巡佐和两个苦力在原地等我，然后转身走进俱乐部，用尽全力让自己镇定下来。我一进棋牌室，就听到布朗森太太说：'你去了好久呀。'接着，她注意到了我的脸色，又问我：'出什么事了？'我看到她两只手紧紧捏成了拳头，脸色煞白，似乎预感到发生了不祥的事情。

"'出了件可怕的事，'我的喉咙缩紧了，声音变得非常沙哑，怪异极了，'是一场意外。你的丈夫受伤了。'

"她长长地倒吸一口气。那声音听起来不像是尖叫，倒像是整匹绸缎被撕成了两爿。

"'他受伤了？'

"她猛地跳起来，两只眼睛几乎凸出来，死死地瞪着卡特莱特。

被她这么一瞪，卡特莱特的反应也很可怕，他一下子倒在椅背上，脸色惨白得像死人。

"'恐怕伤得非常、非常严重。'我又说了一句。

"我知道必须告诉她实情，当场就要说明白，但是我做不到一下子把实情全都告诉她。

"'他——'布朗森太太的嘴唇颤抖着，几乎语不成句，'他——还有意识吗？'

"我对她看了一会儿，什么话也没有说。我宁愿出一千英镑，也不愿意告诉她答案。

"'没有，我恐怕他已经没有意识了。'

"布朗森太太紧紧地盯着我，像是要看穿我的想法似的。

"'他是不是死了？'

"我想，现在唯一能做的就是把真相说出来，赶紧结束这场折磨。

"'是的，他被人发现的时候已经死了。'

"布朗森太太一下子崩溃了，瘫倒在椅子里，大哭起来。

"'噢，上帝啊，'她喃喃自语道，'噢，我的上帝。'

"医生的妻子走过去，张开双臂搂住她。布朗森太太捂着脸不停地摇头，哭得歇斯底里。卡特莱特面色铁青，一动不动地坐着，他张着嘴，直愣愣地看着她，好像整个人变成了一尊石像似的。

"'噢，亲爱的，'医生的妻子说，'你一定要振作起来呀。'随后，她又对我说，'给她拿杯水，把哈利叫来。'

"哈利是她丈夫，当时在隔壁打桌球。我过去告诉他出事了。

"'喝什么水啊，真见鬼，'他说，'她现在需要一大杯白兰地。'

"我们端来酒，强迫她喝下去。她的情绪逐渐缓和下来，过了几分钟，已经可以让医生的妻子搀扶着去洗手间洗脸了。现在，我终于知道该怎么做了。卡特莱特几乎崩溃是指望不上了。我可以理解他，毕竟布朗森是他最好的朋友，又帮了他那么多，这个消息对他来说太可怕了。

"'伙计，你看样子也要来点白兰地。'我对他说。

"他勉强回过神来。

"'我刚才吓坏了，你懂的，'他说，'我……我没有……'"

他停住不说了，思绪像是飘去了别的地方，脸色仍然白得吓人。他掏出烟盒，想划根火柴，但是手抖得太厉害，几乎划不着火。

"'好的，给我来杯白兰地吧。'

"'拿酒来，'我冲侍者喊道，然后问卡特莱特：'你现在可以把布朗森太太送回去吗？'

"'呃，可以的。'他答道。

"'那就好。我和医生会叫上苦力和几个警察，去发现尸体的地方看一看。'

"'你们会把他送到家里去吗？'卡特莱特问道。

"'我觉得最好直接抬去停尸房，'我还没想好怎么回答他，医生接过话说，'我要做个尸检。'

"布朗森太太从洗手间回来了，我惊讶地发现她的情绪已经稳定了很多。我对她说了我的建议。医生的妻子是个热心肠的人，说要和她一起回去，陪她过夜，但是布朗森太太拒绝了她，说自己完全没有问题，医生的妻子一再坚持——你也知道，有些人一心想要落难的人接受他们的好意，那股劲儿简直不依不饶的——布朗森太太几乎是恶狠狠地拒绝了她。

"'不，不，我必须一个人待着，'她说，'真的。再说，西奥也会在家里。'

"他们坐上马车，西奥提起缰绳，驾车离开。随后，我们也出发了。我和医生坐同一辆马车，巡佐和两个苦力跟在后面。我派车夫去警察局，传令让两个人赶去发现尸体的地方。我们很快就赶上了布朗森太太和卡特莱特。

"'你们没事吧？'我向他们喊道。

"'没事。'卡特莱特答道。

"我和医生继续驾车前行，有那么一会儿，谁也没说话。我们都被深深地震撼了。我还有些担心。无论如何都要找到凶手，但是我预感这不是一件容易的事。

"'你觉得会是团伙抢劫吗？'最后，医生开口问我。

"他大概猜到了我在想什么。

"'肯定是团伙作案，'我答道，'他们知道他去卡普隆取钱，所以在他回来的路上设下埋伏。话说回来，既然所有人都知道他身边带着一袋子钱，他就不应该独自抄近路穿过丛林。'

"'他这样做了好几年了，'医生说，'也不是他一个人这么做。'

"'我知道。重点是，我们要怎样抓住凶手。'

"'你觉得，那两个最早发现尸体的苦力会不会和这件事有关？'

"'不会。他们没那个胆量。我想，两个华人也许会策划这类诡计，但是我不相信马来人敢这么做。他们的胆子太小了。当然，我们会盯牢他们，很快就能知道他们是不是忽然多出了一大笔钱来花天酒地。'

"'这件事对布朗森太太的打击太大了，'医生说，'无论什么时候发生这种事情都很可怕，更何况她有了孩子……'

"'这事我倒不知道。'我打断了他的话。

"'我没有说出来，出于某种原因，她让我不要对外声张。我觉得她在这件事情上的表现很奇怪。'

"我随即想到了之前医生的妻子和布朗森太太的对话，立刻明白了为什么那个好心的女人会那样地不安，担心布朗森太太劳累过度。

"'结婚这么多年才怀孕，太奇怪了。'

"'有时候确实会这样。不过，她知道后可是大吃一惊。当初她来找我，我确诊她怀孕了，她顿时就晕了过去，醒来后嚎啕大哭。我以为她会很高兴呢。她说布朗森不喜欢孩子，也从来没有想要养孩子，她让我答应对这件事情保密，等找到合适的机会，她会慢慢地告诉布朗森。'

"我听了他的话，思索了一会儿。

"'布朗森那么亲切，那么快活，给人感觉他肯定会非常喜欢孩子。'

"'这可说不准。有的人非常自私，认为孩子是个累赘。'

"'好吧，那么布朗森太太告诉他的时候，他有什么反应？是不是很激动？'

"'我不知道她有没有告诉他。她也等不了多久；如果我没有搞错的话，预产期就在五个月以后。'

"'真可怜，'我说，'总之，我认为如果布朗森知道她怀孕，肯定会高兴坏了。'

"我们沉默地驾着马车走了一路，最后来到一处岔路口，通往卡普隆的小路就是从这里分叉出去。我们停下马车，过了一两分钟，巡佐和两个马来人驾着我的马车赶上来了。我们取下马车的前灯照明。我让医生的车夫留在原地照看马匹，让他等警察到了，叫他们沿着小路来找我们。两个苦力提着灯，走在前面，我们跟在后面。这条小路挺宽敞，容得下一辆小型马车通行。大路还没有造好的时候，这条路就是连接卡普隆和亚罗立卑的交通要道，路面坚实平坦，步行很方便。地上到处是细沙，有的地方可以看见自行车轮胎清晰的痕迹。这是布朗森出发去卡普隆留下的自行车印。

"我们一行人走了大约二十分钟，突然，两个苦力大喊一声，猛地停下脚步不动了。即便他们早就知道会看到这幅景象，但是骤然一见还是被吓得不轻。苦力手上的马车灯隐隐约约地照亮了路面，布朗森躺在小路中间；他从自行车上摔了下来，姿势怪异地压在车上。我惊骇得说不出话，医生大概也和我一样。所有人都沉默不语，然而，丛林里嘈杂的声音震耳欲聋；那些该死的知了和牛蛙叫得能把死人也吵醒。即使在平常的夜晚，丛林里的喧闹声也显得十分怪异，因为人们都以为深夜的丛林应该是万籁俱寂的。可是，无形的喧噪声似乎永远不会停歇，敲击着你的神经，让你生出异样的感觉。你仿佛被声音团团包围，无法动弹。不过那天晚上，相信我，我们听到这些声音真的是害怕极了。那个可怜的人倒在地上，早已没了呼吸，丛林里喧闹不休的生灵却在他四周冷漠而凶狠地鼓噪着。

"布朗森脸朝下躺在地上。巡佐和两个苦力看着我，像是在等我下令。我当时很年轻，感到有些害怕。虽然看不到尸体的脸，可我确定他就是布朗森，但是又觉得应该把尸体翻过来确认一下。我想我们每个人都有惧怕的事情；你也知道，我非常不喜欢触碰死人。现在倒是经常做这种事情，但是仍然会觉得有点恶心。

"'毫无疑问，这个人就是布朗森。'我说。

"接着，医生——哦，那天晚上幸亏他在场——他弯下腰，把尸体的头翻过来。巡佐举起灯，照亮了死人的脸。

"'上帝啊，他半个脑袋都被打飞了。'我骇然大叫起来。

"'是的。'

"医生站起身，用路边树上的树叶擦干净双手。

"'他是不是彻底没救了？'我问他。

"'哦，是的。肯定是当场死亡。凶手应该是在很近的距离开的枪。'

"'你觉得他死了有多久了？'

"'不确定，可能几个小时吧。'

　　"'要是他打算六点来俱乐部打牌，我想应该会在五点左右经过这里。'

　　"'没有任何挣扎的痕迹。'医生说。

　　"'没有，不会有的。他是在骑车的时候被击中的。'我盯着尸体看了一会，不禁想到仅仅在几个小时前，总是扯着大嗓门嚷嚷的布朗森还是那样地精神奕奕，充满活力。

　　"'别忘了，他身上还带着苦力的工资。'医生说道。

　　"'我记得的。我们最好搜一下他身上的东西。'

　　"'要把他翻过来吗？'

　　"'等一下。让我们先看一眼四周的地面。'

　　"'我举起马车灯，察看周围的路面。在布朗森倒下的地方，细沙路面上布满了脚印，凌乱不堪；有我们的脚印，也有最早发现他的两个苦力的脚印。我往前走了两三步，看到地上有清晰的自行车轮胎的痕迹；他骑得很稳当，笔直向前。我沿着这条痕迹往回走，在他摔倒的地方往前一点，轮胎的印痕两边各有一个非常清晰的脚印，那是布朗森厚重的靴子踩在地上留下的印记。很显然，他在那个地方停了下来，两只脚踩在地上，然后重新蹬起自行车，车轮剧烈地摇晃了几下，在地上留下一段曲折的痕迹，最后，他连人带车地摔了下来。

　　"'现在可以搜身了。'我说。

　　"医生和巡佐把尸体翻过来，有个苦力把自行车拖走了。他们把布朗森仰面放在地上。我估计他身上的钱一半是纸钞，一半是硬币。硬币应该装在袋子里，袋子挂在自行车上，我瞥了一眼自行车，袋子不见了。他应该会把纸钞塞在皮夹里，厚厚的一沓，我在他身上摸了一遍，但是什么也没找到。接着，我把他所有的口袋都翻过来，几乎每个都是空的，只有裤子右边的口袋里有一点零钱。

"'他平时不带怀表吗？'医生问道。

"'带啊，他当然带的。'

"我记得，布朗森会把怀表链穿过西装翻领上的纽扣洞，他会把怀表、几个印章，还有其他一些东西都放在胸前的口袋里。但是，现在怀表和表链都不见了。

"'行了，这下事情就清楚了，是吧？'我说。

"很显然，他被一伙歹徒袭击了。那些人知道他身上带着钱，行凶后，又把他身上值钱的东西搜刮一空。我突然想起刚才看到的脚印，那些脚印说明他停下车，在原地站了一会儿。我完全可以想象事情发生的经过。先是一个歹徒找了个借口拦住他的车，然后，就在他再次蹬起自行车的时候，另一个歹徒悄悄地从他身后的丛林里钻出来，把两颗子弹射进了他的脑袋里。

"'行了，'我对医生说，'接下来，就该由我出马去抓那伙人了。我对你讲心里话，我真的很希望亲眼看见那伙恶徒被绞死。'

"之后，自然就是展开问讯。布朗森太太向我们提供了证词，但是她说的都是我们已经知道的信息，没有新的线索。布朗森大概在十一点的时候离开住所，打算中午在卡普隆吃顿便饭，然后在五六点之间回来。他让妻子别等他，说他会把钱放在保险箱里，然后直接去俱乐部。卡特莱特也证实了这些细节。他和布朗森太太一起吃了午餐，饭后抽了一支烟，然后带上枪，出去打鸽子。他回来的时候大概是五点钟，也可能还不到五点，然后他洗过澡，换上衣服去俱乐部打网球。他打鸽子的地方离布朗森遇害的地点不远，但是他从头到尾都没有听见枪响。这个信息毫无价值。丛林里知了和青蛙的叫声震天响，要想听到动静，必须距离非常近才行；而且，卡特莱特可能在布朗森遇害之前已经回到家里了。我们也还原了布朗森的行踪。他在卡普隆的俱乐部用了午餐，赶在银行关门前取了钱，接着又去俱乐部喝了一杯酒，然后骑车回家。他乘坐渡船过了河，开船的人记得远远地看到过他，也确定那天没有其他骑自行车的人乘船过河。看来那伙歹徒不是尾随其后，而是埋伏在丛林里等他经过。他沿着大路骑了两三英里，然后拐上小路，那是回家的捷径。

"凶手看样子很熟悉布朗森的习惯，怀疑自然立刻落到了在他的种植园里干活的苦力头上。我们审问了每一个人——问得非常细致——但是，没有在他们身上找到一丁点和案件有关的线索。事实上，大部分人都有可靠的不在场证明，无法证明自己不在场的人也被我以这样或那样的原因排除了嫌疑。亚罗立卑的华人里面有几个有过前科，我也让人调查了他们。但是不知道为什么，我总觉得这件案子不是华人做的。如果他们是凶手，肯定会用左轮手枪，而不是霰弹枪。总之，我在他们身上也没有找到线索。之后，我们贴出了悬赏通告，凡是能给我们提供线索的人可以得到一千元奖金。我以为悬赏令一出，肯定会有很多人来告密，毕竟这么做既帮了警方，还可以赚一大笔钱。不过，我也知道告密人一定会非常小心，只有在确保安全无虞的前提下，才会来告密，所以，我耐着性子等待线索出现。悬赏令也激起了我手下那些警察的兴趣，我知道他们会用尽一切办法，把凶犯抓捕归案。在这种时候，他们比我还要尽心尽力。

"可奇怪的是，悬赏令发出去以后毫无动静，似乎没有人感兴趣。我把撒网的范围扩大了一些。那条大路旁有两三个小村庄，我怀疑凶手可能是村庄里的人。我和几个村长见了面，可是没有获得任何线索。不是他们不想告诉我实情，而是我看得出来他们确实什么都不知道。我又调查了一些平时爱惹是生非的家伙，但是他们和这件案子也毫无关系。我连一点蛛丝马迹都没有。

"'好呀，坏家伙们，'我在驾着马车回到亚罗立卑的路上对自己说，'不必着急，反正绞刑架上的绳子烂不了。'

"'那些歹徒抢走了一大笔钱，但是钱不花出去，放在身边毫无意义。我很了解当地人的秉性，这笔钱在他们手里始终是个诱惑。马来人生性爱挥霍，又嗜赌，华人也是一群赌徒，早晚会有人掏出一大笔钱来花天酒地，那个时候，我就要好好地查一查那些钱的来路。只消问对几个问题，就能把他们吓住，之后，只要我不出差错，就可以轻松地让他们招供。

"现在唯一要做的就是坐下来，等待这件凶案引起的骚动渐渐平息，让凶手以为大家都忘记了这件事。想要挥霍不义之财的欲望会日夜滋长，让人越来越难以忍受，最终再也无法克制。我会照常办公，同时也会继续关注这件案子，迟早有一天，我会亲自抓到凶手。

"卡特莱特带布朗森太太去了新加坡。布朗森生前受雇的公司问他，愿不愿意接替布朗森的工作，他当然回绝了；于是，公司找来另外一个人顶替布朗森，又对卡特莱特说，他可以接手那个人空出的职位，也就是管理卡特莱特现在住的橡胶园。他马上就搬了过去。四个月后，布朗森太太在新加坡生下了奥利芙，又过了几个月，她和卡特莱特结婚了，正好离布朗森过世刚过一年。我惊讶极了，不过仔细想想，也只能承认这的确合情合理。那桩意外发生以后，布朗森太太处处依赖卡特莱特，他为她打点好所有事情。她肯定很孤独，也很迷茫，我敢说，她肯定非常感激卡特莱特的好意，他也确实成了她的精神支柱；至于卡特莱特，他肯定很同情布朗森太太，这种处境对女人来说太可怕了，她无处可去，共同的经历把他们牢牢地拴在一起。他们完全有理由结婚，结婚可能也是双方最好的选择。

"我的计划没能实现，杀害布朗森的凶手似乎永远也抓不到了。当地没有人的花销超出合理的范畴，如果真的有人把那笔巨款藏在地板底下，那么他的自制力简直异于常人。又过了一年，这件凶案差不多已经被人遗忘了。真的有人可以沉住气，过了这么久也不露出一点尾巴吗？太不可思议了。于是，我开始怀疑杀害布朗森的是一伙流窜作案的华人，他们可能已经离开这里，去了新加坡，抓住这伙人的希望非常渺茫。最后，我终于放弃了。回头想想，这桩案子和其他劫案没有两样，一般来说，这类案件都不太可能抓到犯人，因为没有任何线索，要是犯人最终落网，那一定是他粗心犯错。如果是激情作案或是仇杀，那么可以找到有动机对受害者下手的那个人，但是这件案子不是这样的。

　　"失败了没必要怨声载道，我告诉自己要用常理对待这件事，尽可能地忘掉它。没有人喜欢失败，但是我失败了，只能尽量不把它当作一回事。就在那个时候，我们抓到了一个华人，他把可怜的布朗森的怀表拿去当铺典卖。

　　"我说过，布朗森的怀表和表链都被凶手拿走了，当然了，布朗森太太向我们详细地描述过那两样东西。怀表是本森牌①的半猎式怀表，透过表壳上的圆形窗口可以看到指针，另外还有一条金表链，三四个印章和一只硬币盒②。当铺的老板很精明，那个华人拿出怀表，他一眼就认了出来，找了个借口把人稳住，同时悄悄地叫人来报警。那个人立刻被抓了起来，扭送到我跟前。我见到他，像是见到了久别重逢的兄弟一样。我这辈子还是第一次仅仅是因为看到一个人就这么高兴。我对罪犯谈不上有什么好恶感，事实上，我还挺同情他们的，因为在这场猫抓老鼠的游戏里，所有的王牌都握在警察手里；不过每次抓到犯人，我也感到无比满足，就像在牌桌上打出了一记精彩绝伦的配合一样。这桩谜案终于要水落石出了，因为即便凶手不是

---

① 本森牌（J. W. Benson），英国知名钟表品牌，由詹姆斯·威廉姆·本森（James William Benson）创立于 1847 年，曾为多家欧洲皇室制造钟表。

② 通常为银制的小扁盒，拴在怀表链一端，可以装 5 到 6 枚金镑（旧时英国的金币，面值 1 英镑）。在维多利亚时期（1837～1901）和爱德华七世时期（1901～1910），这种硬币盒非常流行，是绅士身份地位的象征。

这个华人，我们也可以通过他顺藤摸瓜，找到真凶。我笑容满面地看着他。

"我问他怀表是哪儿来的。他说是从一个不认识的人手里买来的。这番辩解未免也太拙劣了。我对他大致讲了讲情况，表示可能会以谋杀罪起诉他。我有意想要吓唬他，也确实达到了目的。他最后说了实话，怀表是他捡来的。

"'捡来的？'我说，'很好。在哪儿捡到的？'

"他的回答让我大吃一惊，说是在丛林里捡到的。我哈哈大笑，反问他真的以为会有人把怀表丢在丛林里吗？然后他告诉我，他沿着小路从卡普隆来到亚罗立卑，在丛林里看到有个东西在闪光，那东西就是这块怀表。这太奇怪了。为什么他偏偏会说在那个地方发现了怀表呢？这要么是真话，要么就是狡猾至极的辩词。我问他表链和印章在哪里，他立刻掏了出来。他被我吓得不轻，脸色惨白，浑身发抖。这个走路内八字的小个子不可能是杀人凶手，要是连这点也看不出来，那我就太蠢了。但是他害怕成这样，说明他还隐瞒了一些事情。

"我问他怀表是什么时候发现的。

"'就在昨天。'他说。

"我又问他，为什么要走从卡普隆到亚罗立卑的小路。他说，他之前在新加坡工作，因为父亲病了，所以回到卡普隆，来亚罗立卑也是为了工作。他父亲的朋友是个木匠，给了他这份工作。随后，他又把新加坡同事和木匠的名字告诉我。这番话似乎合情合理，而且不用费什么力气就能查证是否属实，所以，他不太可能是在撒谎。我当然也想到了另一件事，如果他说的都是真的，那么这块怀表丢在丛林里已经一年多了，肯定不会完好无损。我想要打开表壳，但是怎么也掀不开。当铺的老板也来了警察局，就在隔壁房间里候着。幸亏他懂得一点制表的门道。我叫他来看一看这块表；他一打开表壳，就吹了记口哨，怀表的各个部件都覆上了一层厚厚的铁锈。

"'这块表不行啦，'他摇着头说，'走不了啦。'

"我问他怀表怎么会锈成这样，不等我多说一个字，他已经给出了答案，这块表是长年累月置于潮湿的环境里才会变得锈迹斑斑。我把犯人关押起来，算是给他一个警告，又派人去请他的雇主来，随后，我给卡普隆和新加坡各发去一封电报。等待回复的时候，我尽可能地把事情梳理了一遍。我倾向于相信那个华人的说辞。他之所以会害怕，可能是因为知道不该把捡来的失物卖掉。即使一个人是清白的，面对警察也会紧张；我不知道大家对警察是什么看法，他们和警察在一起总是不太自在。但是，如果犯人真的在丛林里捡到了怀表，那么肯定有人把表扔在那里。这就很有意思了。就算凶手觉得留着怀表不安全，完全可以把金表壳熔掉，当地人很容易就能办到。至于表链，那种式样的表链太常见了，凶手也知道很难顺着这条线索追查。全国每一家珠宝行里都有类似的表链。当然，还有一种可能，他们行凶后逃进丛林，匆忙中掉了怀表，不敢回去找。不过，我觉得这个猜测站不住脚：马来人常常把东西藏在莎笼^①里，华人的外套也有口袋。而且，凶手进了丛林以后，就会知道没必要匆忙行事，他们很可能埋伏在那里静待时机，行凶后当场分赃。

"几分钟后，我派人去请的那个雇主到了警察局，证实了犯人的话。不到一个小时，卡普隆那边的回复也来了。当地的警察见过了犯人的父亲，老人说他的儿子去了亚罗立卑，在一个木匠身边工作。到目前为止，犯人的证词似乎都是真的。我又把他提出监狱，说准备带他去发现怀表的地方，他必须准确无误地指认出捡到表的位置。我带

---

① 也作纱笼，指马来西亚人和印度尼西亚人裹在腰或者胸以下的长方形的布，类似筒裙，男女均穿。

了三个人，把他和其中一名警察铐在一起，其实我没有必要这么做，因为这个可怜虫吓得直哆嗦。我们驾着马车来到小路和大路交汇的地方，下了马车，沿着小路往前走；在距离布朗森遇害地点不到五码^①的地方，那个华人停了下来。

"'就在这里。'他说。

"他指着丛林，我们跟着他往林子里走。大约走出十码，他指着两块大石头中间的缝隙说，就是在这里发现了怀表。他能注意到这个地方有块表真是非常地巧，如果他的话是真的，那么很像是有人故意藏在这里的。"

盖兹停下来，若有所思地看着我。

"如果当时你在那里，你会怎么想？"他问我。

"我不知道啊。"我答道。

"好吧，我来告诉你，我是怎么想的。如果怀表藏在那个地方，那么那些钱也可能就在附近。看样子值得我们找一找。在丛林里找东西好比大海捞针，相比之下，俗话说的"在干草堆里找一根绣花针"容易得就像是茶闲饭后的消遣游戏，但是我想要试一试。我把所有人都调动起来，解开了华人的手铐，让他也加入我们的行动。我让三个手下去找，自己也没有闲着。我们排成一列——总共五个人——在布朗森遇害地点前后五十码的范围内，从路旁往两边的丛林里推进一百码，仔细搜查每一寸土地。我们在枯叶堆里翻找，搜查每一处灌木丛和石头底下，就连树洞里也不放过。我知道这个方法很笨，成功的可能性只有千分之一；我唯一的希望就是，任何人在杀了人之后都会紧张和害怕，如果他想把赃物藏起来，肯定想要尽快藏好，所以，他会选择第一眼看到的能藏东西的地方。凶手把怀表塞在石缝里就是这个

---

① 码，长度单位。1 码等于 0.9144 米。

原因。我下令在这片面积有限的区域内搜索，理由也只有一个：发现怀表的地点离小路非常近，说明凶手想尽快藏好赃物。

"于是，我们接着搜寻。我渐渐地感到又累又恼火。每个人都汗如雨下。我渴得要命，可是身边又没有东西可以解渴。最后，我决定放弃这个馊主意，至少那天不再找了。就在那个时候，那个华人——小伙子的眼力肯定非常好——从喉咙里发出一声惊叫。他弯下腰，从盘根错节的树根底下扯出一团烂糟糟、臭烘烘的东西。那是一只钱包，在雨水里浸泡了一年，被蚂蚁、甲虫，还有不知道什么虫子啃过，彻底湿透了，散发出一股恶臭，但是那肯定是只钱包，布朗森的钱包，里面装的是他从卡普隆的银行里取出的新加坡纸币，已经臭烂成一团，看不出原来的样子了。现在，只剩硬币没有找到，我敢确定就藏在附近，但是没必要再找了。我发现了一个很重要的事实，不管是谁杀了布朗森，都没有从中得到钱财。

"你记不记得我对你说过，我注意到自行车轮胎的宽痕两边各有一个布朗森的脚印？他在那个地方停下车，很可能和某个人说了一会儿话。他体重很重，两个脚印非常清晰，应该不是在松软的沙地上踩了一脚就蹬车离开，而是在那里站了一两分钟。我原本猜想，他停下车和一个马来人或是华人聊了一会儿，可是越想觉得越不对劲。他为什么要那样做呢？当时，布朗森着急回家，虽然他人很好，但也不会和当地人很亲近。他们只是主仆关系。我一直没有想明白脚印的由来。现在，我突然醍醐灌顶。凶手杀害布朗森不是为了钱，如果布朗森停下自行车和某个人说过话，那个人只有可能是他的朋友。我终于知道了谁是凶手。"

我一直认为侦探故事是最有趣、构思最巧妙的一类小说，也很遗憾自己没有写这类故事的才能，不过，我读过很多侦探小说，可以这么自夸，几乎每次我都能在谜底揭晓之前猜到真凶。眼下，尽管我已经预感到盖兹要说什么，但是最终听到他说出来的一瞬间，我承认，我仍然感到了震惊。

"他遇到的人是卡特莱特。卡特莱特当时在打鸽子。他停下车，问他在打什么，等他再次蹬起车子往前骑，卡特莱特举起枪，把两发子弹送进了他的脑袋。接着，卡特莱特拿走怀表和钱，伪装成团伙劫财的假象，匆匆忙忙地把东西藏在丛林里，然后沿着丛林边缘一路走到大路上，回家换上网球服，驾车载布朗森太太一起去俱乐部。

"我记得他那天打网球打得很糟糕，为了避免刺激到布朗森太太，我谎称布朗森受了伤，没有死，他一下子瘫倒在椅子里。如果布朗森只是受伤，也许还可以说话。哦，我敢打赌，那个时候他肯定觉得天都塌了。孩子是卡特莱特的。单看奥利芙的长相就知道了：嗨，你也看出来了。医生说，布朗森太太得知自己怀孕后非常不安，再三让他保证不会告诉布朗森。为什么呢？因为布朗森知道，这个孩子不可能是他的。"

"你觉得，布朗森太太知道是卡特莱特杀了她的丈夫吗？"我问道。

"她肯定知道。我回想起那天晚上她在俱乐部的一举一动，我敢肯定她知道内情。她表现得很不安，但不是因为布朗森被杀，而是听说他受了伤。后来，我说他被人发现的时候已经死了，她立刻松了口气，号啕大哭起来。我了解那个女人。你看她那个方方正正的下巴，你觉得她像是不敢铤而走险的人吗？她的意志像钢铁一般坚硬。是她指使卡特莱特动手杀人，事先就计划好了每一个细节和每一步棋。卡特莱特完全为她所控，直到现在也是如此。"

"不过，你的意思是，当时你和其他人都没怀疑过他们之间有私情吗？"

"完全没有。完全没有。"

"既然他们彼此相爱，又知道她怀孕了，为什么不干脆离开这里呢？"

"怎么可能？财政大权握在布朗森手里，她和卡特莱特一分钱也没有，更何况卡特莱特没有工作。你觉得他背上那种丑闻还能找到工作吗？他走投无路的时候，是布朗森接济了他，他却拐跑了他的妻子。他们离开这里肯定活不下去。但是万一事情暴露，他们也承担不起后果，唯一的活路就是把布朗森除掉。所以，他们就这么做了。"

"或许他们可以寄希望于布朗森心怀慈悲，对他们网开一面。"

"是可以这么做，但是我想，他们肯定羞愧得无地自容。布朗森对他们太好了，为人又正直，我觉得他们宁可杀了他，也不忍心告诉他真相。"

我思索着盖兹的话，有那么一会儿，我们都陷入了沉默。

"那么，后来你是怎么做的呢？"我问道。

"我什么都没有做。我又能做什么呢？证据是什么？我们找到的怀表和纸币吗？任何人都能轻而易举地把这些东西藏起来，事后又不敢回来取。凶手可能拿走那袋硬币就满足了。那些脚印？也许布朗森在那里停下车，点了支香烟，或是有棵树倒在路上，他停车等了一会儿，让碰巧遇到的苦力把树搬开。谁又能证明，那个品行端正、受人尊敬的女人在丈夫离世四个月后生下的孩子不是她丈夫的孩子呢？陪审团不会判定卡特莱特有罪的。所以，我什么也没说，大家也淡忘了这桩谋杀案。"

"我觉得卡特莱特夫妇不会忘记这件事的。"我说道。

"要是他们不记得了，我也不会惊讶。人的记忆短得惊人，如果你想听听我的专业意见，我可以这么说，假如某个人确信谁也发现不了他犯了罪，他就不会深深地悔过自责。"

我又回想起下午遇到的那对夫妻，男的上了年纪，干瘦秃顶，鼻梁上架着金边眼镜，女的白发苍苍，打扮邋里邋遢，说话直率，笑起来既和蔼又尖刻。很难想象这样的两个人在遥远的过去曾经陷入一段狂乱的激情，唯有这个理由才能解释他们的行为，他们为此沦落到这般田地，成了残忍冷血的杀人凶手。

"你和他们在一起的时候，没有觉得有点不舒服吗？"我问盖兹，"我不是有意苛责啊，可是我得说，我觉得他们不是好人。"

"你要是这么想就错了。他们人很好，大概是这里最好的人了。卡特莱特太太非常善良，也很风趣。我的职责是防止犯罪，以及在犯罪发生后，把案犯捉拿归案，我接触过很多犯人，知道他们未必就比其他人坏。一个品性正直的人可能受到环境影响犯下罪行，如果被发现了，他会受到惩罚，但他依然是个正直的人。当然啦，社会自会惩罚那些违反法律的人，这没有错，可是一个人的行为并不代表他的本质。如果你像我这样当了这么多年的警察，你会发现，重要的不是人们做了什么，而是他们是怎样的人。幸好，警察不用管人的思想，只管行为。要是哪天警察连人的思想也要管，这性质就完全不一样了，执行起来也难多了。"

盖兹轻轻地弹掉雪茄的烟灰，对我笑了笑，笑容里混杂了苦涩和嘲讽，可是我不反感那样的笑。

"你知道吗？有份工作是我绝对不想做的。"他说。

"什么工作？"我问道。

"上帝的工作，末日审判①，"盖兹说，"我可干不来那个差事。"

（李佳韵　译）

---

① 基督教认为，当世界末日来临时，上帝会对世人进行审判。

机会之门①

他们搞到了一个没有人的头等间。运气着实不错，因为他们随身带了很多行李，除了阿尔班的手提箱和旅行袋，还有安妮的梳妆箱和帽盒。行李车厢里另有两只大旅行箱，里面装的是随时会用到的东西，阿尔班把剩下的行李寄存在一家代理那里，运抵伦敦后，由代理保管，直到他们安顿下来。他们的东西实在太多了，有画作、书籍、阿尔班在东方收集的珍藏品，还有他的枪支和马鞍。他们再也不会回宋都拉了。阿尔班仍然像以前一样出手阔绰，赏给搬运工一大笔小费，然后走去书报摊前买报纸。他买了《新政治家》②、《国家》③、《闲谈者》④、《速写》⑤，还有最新一期的《伦敦信使》⑥。他回到车厢，把一摞报纸统统扔在座位上。

"路上只有一个小时。"安妮说。

"我知道，可就是想买。我已经忍了很久

---

① 作者在 1931 年创作的短篇故事，最早收录于 1933 年出版的短篇小说集《阿金》(*Ah King*)。
② 《新政治家》(*The New Statesman*)，在伦敦出版的英国政治和文学周刊，创刊于 1913 年。成立初期曾得到爱尔兰作家萧伯纳的资助。
③ 《国家》(*The Nation*)，20 世纪初在美国出版的文学周刊，是《纽约晚报》的文学增刊。
④ 《闲谈者》(*The Tatler*)，1901 年首次出版的英国新闻周刊，关注上流社会生活和政治新闻。
⑤ 《速写》(*The Sketch*)，1893 年首次出版的英国社会周刊，内容涵盖上流社会生活、戏剧、电影和艺术研究。1923 年到 1924 年之间，英国著名作家阿加莎·克里斯蒂为该周刊撰写了 40 多个短篇故事。
⑥ 《伦敦信使》(*The London Mercury*)，1919 年首次在伦敦出版的英国文学月刊，刊登小说、诗歌、散文、书评等。后期，杂志社陷入资金困境，1939 年 4 月出版了最后一期月刊。

了。想想明天一早，我们就能看到当天的《泰晤士报》、《快报》^① 和《邮报》^②，多么美好啊！"

她没有回答，阿尔班看见两个人往这里走过来，于是朝他们转过身去。那两个人是夫妻，从新加坡启程就和他们一路同行。

"过海关顺利吗？"他兴高采烈地对他们喊道。

那个男人似乎没有听见他的话，径直往前走，他的妻子回答了阿尔班：

"很顺利，他们没有找到香烟。"

她看到了安妮，对她友好地笑了一笑，便走开了。安妮顿时涨红了脸。

"我是担心他们想和我们坐一块，"阿尔班说，"尽量不要让别人进这个房间。"

她神色古怪地看着他。

"我觉得你不用担心，"她回答道，"没有人会进来的。"

他点了支烟，靠在房门上，脸上挂着愉悦的笑容。邮轮驶过红海，穿越运河^③ 的时候，海上刮起了凛冽的寒风，男人们纷纷穿上保暖的衣服，安妮看惯了他们穿白色帆布西装的体面模样，惊讶地发现他们换了衣服后全变了样，变得糟糕透顶。领带难看极了，没有一个人的衬衫是合身的。法兰绒长裤邋里邋遢，高尔夫球外套破旧不堪，一看就是廉价货，蓝色哔叽西服显然是乡下裁缝的手艺。大多数乘客在马赛^④ 下了船，船上只剩下十几个人，有的人在东方住了太久，觉得沿着海岸旅行一趟对他们有好处，还有的人与安妮和阿尔班一

---

① 《快报》(The Express)，1900 年首次在伦敦出版的英国报纸。
② 《邮报》(The Mail)，1896 年首次在伦敦出版的英国报纸。
③ 此处指连接红海和地中海的苏伊士运河。
④ 马赛 (Marseilles)，位于地中海沿岸的法国港口城市。

样，口袋里的钱不多，所以直接去蒂尔伯里①，这会儿，有几名乘客在站台上散步。他们头戴遮阳帽或是有双层帽檐的特莱帽②，身穿长大衣，也有人戴着扁塌不成形的软帽和圆顶硬礼帽，帽子脏兮兮的，还显小。见到他们这副打扮真叫人震惊，他们看起来就像是平庸的乡下人。不过，阿尔班俨然已是一副伦敦人的派头。他时髦的长大衣上没有一丁点灰尘，黑色的洪堡帽③像是新的一样，完全看不出是三年没有回过英格兰的人。衬衫的领子不松不紧，丝质印花领带打得规矩齐整。安妮看着他，忍不住暗自赞叹，他真的帅极了。阿尔班差不多有六英尺高，身材苗条，深谙穿衣之道，衣服的剪裁也十分考究。他的发色很淡，头发仍然相当浓密，眼睛是蓝色的，皮肤微微泛黄，年轻时皮肤白里透红的男人随着年岁渐长，都会变成他现在的肤色。他的脸上没有血色，头形漂亮匀称，脖子修长，喉结略微突出；他长得很好看，然而令人印象更深刻的是他身上卓尔不凡的气度。他五官端正，鼻梁笔直，额头宽阔，所以格外上镜。从照片上看，他确实非常英俊，其实真人没有那么好看，可能因为眉毛和睫毛的颜色太淡了，嘴唇又太薄，但是他的样子看起来很聪明。他不仅相貌优雅，还有一种超凡脱俗的气韵，非常动人。大家常常觉得诗人就应该是长得这个样子的；安妮和他订婚后，她的女伴问她，阿尔班是个怎样的人，她形容他长得像雪莱④。此时，他转过身来看她，蓝眼睛里有一丝笑意，迷人极了。

"在这样的日子里回到英格兰多好啊！"

现在是十月份。他们乘坐汽船，横渡英吉利海峡，海水是灰色

---

① 蒂尔伯里（Tilbury），英国埃塞克斯郡的港口城市，靠近泰晤士河的入海口。

② 一种亚热带地区常见的宽边软帽，透气防晒，以尼泊尔的特莱地区命名，双层帽檐能更好地遮挡阳光。

③ 一种由毛毡制成的凹顶硬礼帽。在 20 世纪早期，洪堡帽是上层社会男士的日常礼帽。

④ 珀西·比希·雪莱（Percy Bysshe Shelley，1792～1822），英国著名的浪漫主义诗人。

的，天空也是灰色的，空气中连一丝风也没有。渔船一动不动地停泊在平静的水面上，仿佛这片海上从来不曾有过狂风巨浪。沿岸的植被绿得不可思议，不过这种绿色是明亮舒适的，和东方的丛林颜色不一样，那种绿更加浓重，更加肆意张扬。沿途时不时经过的一些红色小镇像家一样温馨。小镇对背井离乡的人们友好地微笑着，欢迎他们远道归来。汽船驶入泰晤士河口，埃塞克斯郡富饶的平原跃入眼帘，过了一会儿，他们看见了肯特郡沿岸的乔克教堂[1]，教堂孤零零地仁立在饱经风霜的树木中间，远处是郁郁葱葱的科伯姆森林[2]。一轮红日低悬在薄雾弥漫的沼泽地上，而后夜幕降临。火车站的弧光灯在黑暗中投下一团团又冷又硬的亮光。搬运工穿着脏兮兮的制服，费力地把行李搬上搬下，胖乎乎的站长戴着圆顶硬礼帽，神气十足，这幅景象真让人高兴啊。站长吹响了哨子，挥动手臂。阿尔班走进车厢，舒服地坐进安妮对面的角落。火车缓缓地开动了。

"我们到伦敦是六点十分，"阿尔班说，"七点应该能到杰明街。然后，我们有一个小时的时间梳洗换装，八点半就能在萨沃伊[3]吃晚餐了。今晚来瓶香槟酒，宝贝儿，我们要美餐一顿。"他轻轻地笑了起来。"我听说，斯特劳德一家和蒙迪一家约定在特罗卡德罗烤肉餐厅[4]共进晚餐。"

他拿起报纸，问她想不想看一份。安妮摇了摇头。

"累了？"他微笑着问她。

"不是。"

"兴奋吗？"

---

[1] 乔克教堂，也称圣玛丽教堂（St. Mary's Church），位于英国肯特郡的乔克村庄附近，已有1000多年历史。
[2] 位于英国肯特郡罗切斯特市西郊。
[3] 萨沃伊酒店（Savoy Hotel），位于伦敦市中心的豪华酒店。
[4] Trocadero Grill Room，位于伦敦沙夫茨伯里大街上的高档餐厅，于1896年开张。

她不想回答他，只是微微地笑了一笑。阿尔班低下头去，从报纸上出版社的广告开始看起，安妮知道他现在无比满足，这些报纸让他觉得和这个世界又有了联系。他们在宋都拉也会看这几份报纸，可是要等上六个星期才能收到，虽然也能了解到他们关心的时事，但是过期的报纸时时刻刻提醒着他们漂泊在外的事实。然而，这些报纸是新鲜出炉的，连味道也不一样，纸张挺括，看起来就很舒服。他迫不及待地想要一口气全都读完。安妮望向窗外。夜里的乡村一片漆黑，除了玻璃上映出的车厢灯光，几乎什么都看不见。紧接着，火车驶过一处城镇，许多寒碜的小房子扑入眼帘，一幢接着一幢，延绵数英里，处处可见亮着灯的窗户，屋顶上耸立着一排排烟囱，在夜幕下构成一组乏味枯燥的图案。他们经过了巴金[①]、伊斯特汉姆[②]和布罗姆利[③]——经过站台的时候，她看到站台上的地名竟然起了一阵颤栗，真是太可笑了——然后，到了斯特普尼[④]。阿尔班放下了报纸。

　　"我们还有五分钟就要到啦。"

　　他戴上帽子，把搬运工搁在行李架上的东西拿下来，他看着她，眼睛闪闪发亮，嘴唇微微动了动。安妮看得出来，他正在极力压抑着内心的激动。随后，阿尔班也朝窗外望去，火车经过灯火辉煌的大街，有轨电车、公交车和小货车挤成一团，把马路堵得水泄不通，街上到处是黑压压的人群。太壮观了！商店里灯火通明，小贩们推着小车，在人行道上吆喝叫卖。

　　"这就是伦敦。"他说。

　　他牵起安妮的手，轻轻地握了一握，脸上的笑容温柔极了，安妮

---

① 巴金（Barking），位于伦敦东郊的地区。
② 伊斯特汉姆（East Ham），伦敦郊区。
③ 布罗姆利（Bromley），位于伦敦郊区的城镇。
④ 斯特普尼（Stepney），位于伦敦东部，曾经是贫民区。

觉得她必须得说些什么。她尽量让自己表现得轻松一些。

"你现在是不是觉得有点不舒服？"

"我不知道究竟是想哭，还是想吐。"

到芬乔奇街火车站^①了。他放下车窗，向搬运工挥手示意。伴随着刺耳的刹车声，火车慢慢地停下来。搬运工打开车厢门，阿尔班把行李一一递给他，然后跳下车，以一贯绅士礼貌的姿态把手伸给安妮，扶她下到站台上。搬运工跑去拿推车装行李，他们站在站台上，脚边堆着大大小小的箱子。两个之前同船的乘客走过他们身边，阿尔班对他们挥了挥手。其中一个男人对他僵硬地点了点头。

"多好啊，我们再也不用假装对那些讨厌的人彬彬有礼了。"阿尔班漫不经心地说。

安妮飞快地瞥了他一眼。这个人真是难以理喻。搬运工推来小车，把行李放上去，他们跟着搬运工去取另外两只大行李箱。阿尔班紧紧地挽着妻子的手臂。

"啊，伦敦的味道。真是美妙极了！"

车站里熙熙攘攘，他们夹在人群里被推来挤去，可是他乐在其中。弧光灯的光线十分明亮，灯下的阴影清晰又浓重，这一切都让他欣喜若狂。他们走到大街上，搬运工去叫出租车。阿尔班注视着马路上的公交车和在混乱的车群里奋力指挥的警察，眼睛里闪烁着光芒，那张气度不凡的脸上的表情好似灵感顿现。出租车来了。司机旁边的位子上堆满了他们的行李，阿尔班给了搬运工两个半先令，然后上了车。出租车拐了个弯，驶上格雷斯丘奇街，他们在坎农街遇到堵车，不得不停下来。阿尔班突然放声大笑。

"你怎么了？"安妮问。

---

① 位于伦敦市东南部乔芬奇街（Fenchurch Street）上的火车站。

“我实在是太兴奋了。”

他们沿着堤岸①一路前行。这片区域安静很多。车窗外不断有出租车和小轿车疾驶而过。有轨电车的铃声在他听来如同天籁之音。在威斯敏斯特桥那里，车子穿过议会广场，之后又经过了静谧的圣詹姆斯公园。他们在杰明街上的酒店订了一间房间。前台接待领他们上楼，搬运工把行李提了上来。房间里有两张单人床和一间浴室。

“看起来不错，”阿尔班说，“在我们找到公寓或是别的住所之前，这个地方应该够住了。”

他看了看怀表。

“亲爱的，你看，要是我们同时打开行李，肯定会互相妨碍。我们的时间很充裕，你梳洗换装肯定比我久。你先用房间，我去俱乐部看看有没有我的信。晚礼服就在手提箱里，我只要二十分钟就可以洗漱完毕，换好衣服。这样安排，你满意吗？”

“很好。没问题。”

“我会在一个小时之内回来。”

“好的。”

他从口袋里掏出一直带在身边的小梳子，梳理了一番自己的金色长发，然后戴上帽子，朝镜子里看了一眼。

“要不要我帮你放浴缸水？”

“不用，不必麻烦了。”

“好吧。一会儿见。”

他走出了房间。

等他离开后，安妮把梳妆箱和帽盒搁在她的大行李箱上，拉了一下铃绳。她没有摘掉帽子，直接坐下来，点了支烟。仆人听到铃声，

---

① 堤岸（Embankment）指维多利亚堤岸，伦敦的河滨道路，位于泰晤士河北岸。

上来问有什么事，她让仆人把搬运工叫来。搬运工来了，她指了指行李。

"你把那些东西先搬到楼下大堂去。我一会儿再告诉你要做什么。"

"好的，夫人。"

她给了搬运工两个先令。搬运工把大行李箱提出房间，然后带着其他东西走出去，随手关上了房门。有几滴眼泪顺着她的脸颊淌下来，她摇了摇头，擦干眼泪，重新扑上粉。现在她需要冷静。看到阿尔班主动地提出要去一趟俱乐部，她感到很高兴，这就让事情变得简单多了，也给了她一点时间理清思绪。

现在，是时候把几个星期前就做好的决定付诸行动了，她必须要说出那些可怕的话来，非说不可，她忽然害怕起来，心沉了下去。她很早就想好了要对阿尔班说的话，每个字都在心里重复过一百遍，从新加坡到伦敦漫长的一路上，她每天都要对自己说上三四回，可是她还是害怕把事情会搞成一团糟。她特别害怕和阿尔班争执，一想到那个场面，她就觉得不舒服。不管怎样，她有一个小时的时间让自己镇定下来。阿尔班会指责她冷酷无情、不可理喻。但是她别无选择。

"不，不，不！"她大声喊道。

她害怕得浑身发抖。突然，她看到自己又置身在那栋别墅里，坐在以前坐过的地方，仿佛一切回到了最初的时候。午餐时间快到了，再过一会儿，阿尔班就要从办公处回来了。宽敞的凉廊是他们的起居室，想到他即将回到这么雅致的家里，她就觉得很开心，虽然他们已经在这里住了十八个月，但是她知道阿尔班仍然对她布置的房间赞不绝口。百叶窗放下来，遮挡了正午炽热的阳光，柔和的光线从窗叶的缝隙里流淌进来，给人一种凉爽而安宁的感觉。安妮很讲究家居布置，因为殖民地公职机构①调派职务的缘故，他们不停地从一个地区搬到另一个地区，很少会在同一处地方住上很久，尽管如此，每到一处新的地方，她都满怀热情地把新家布置得漂亮又舒适。她的审美观念很现代。前来拜访的客人看到他们家里没有常见的小摆设都很惊讶，看到颜色鲜亮的窗帘更是大吃一惊，安妮把玛丽·罗兰珊②和高更③淡色调的复制画镶在镀银画框里，用一种别出心裁的方式挂在墙上，客人也无法理解这种装饰风格。安妮很清楚，几乎没有人赞同她的布置，住在华莱士港和彭伯顿的那些循规蹈矩的夫人都觉得这种装饰既古怪又做作，一点也不得体；不过，她不在乎别人怎么说。他们会慢慢地改变看法的。小小地颠覆一下他们的观念不是坏事。此刻，她环顾宽敞的长廊，像是艺术家欣赏自己最满意的作品一样，满足地叹了一口气。长廊上的色彩活泼鲜明，明亮开阔的空间闲适宁静，既感到让人神清气爽，又恰到好处地留出了想象的余地。三只大花盆里插满了黄美人蕉，使得整体的色彩搭配更加完美。她的视线在摆满书籍的书架上停留了片刻；这架子书也是让殖民地的那些人坐立不安的东西，在他们看来，这上面的书不但稀奇古怪，而且大部分都太沉重了，安妮朝那些书深情地望了一眼，仿佛它们是有生命的东西一样。接着，她瞥了一眼钢琴。琴谱还摊开搁在谱架上，大概是德彪西④的作品，阿尔班去上班前曾弹过这首曲子。

---

① 英国殖民地公职机构（the Colonial Service）由英国殖民部主管，负责管理英国的殖民帝国。其正式名称于 1954 年改为"女王陛下的海外文职机构"（Her Majesty's Overseas Civil Service）。

② 玛丽·罗兰珊（Marie Laurencin, 1883～1956），法国女画家，风格深受立体派和野兽派的影响，画作以粉色调为主，呈现出现柔美、优雅的女性气质。

③ 保罗·高更（Paul Gauguin, 1848～1903），法国印象派画家。

④ 阿希尔–克洛德·德彪西（Achille-Claude Debussy, 1862～1918），法国作曲家，是 19 世纪末 20 世纪初最有影响力的作曲家之一。

阿尔班被任命为达喀塔尔的地区长官①时，安妮在殖民地的朋友都来安慰她，因为那是宋都拉最偏僻的地区。总督②署设在镇上，达喀塔尔和镇上既不通电话，也不通电报。不过安妮喜欢那个地方。他们在那里住过一段时间，她希望在阿尔班下次休假回国之前能够一直待在那儿，待满十二个月。达喀塔尔的面积有英格兰的一个郡那么大，海岸线很长，海上星罗棋布地散布着很多小岛。一条宽阔的河流蜿蜒穿过这片土地，两岸群山起伏，山丘上覆盖着茂密的原始森林。驻地在河流上游很远的地方，当地有一排中国人的店铺，一处掩映在椰子林间的原住民村庄，还有地区长官的办公处和别墅、职员宿舍和兵营。再沿河往上游走几英里，有一座英国人管理的橡胶种植园，支流的岸边有一处伐木场，场主和助手都是荷兰人，这些人就是他们仅有的邻居了。橡胶种植园的汽船每个月往来两趟，他们和外界的定期联络全靠这艘船。这里的生活虽然孤独，但是非常充实，并不枯燥。拂晓时分，马儿已经整装待发，他们在凉爽的清晨骑马踏上林间小径，那时，丛林还未彻底从热带夜晚的神秘气氛中苏醒过来。回到家，他们洗个澡，换身衣服，然后一起享用早餐，之后，阿尔班出发去办事处上班。上午，安妮通常会写写信、做做家务。从来到这里的那天开始，她就深深地爱上了这个国家，她花了很多精力学会了和当地人交流，从他们那里听来很多关于爱、嫉妒和死亡的故事。她的想象力也随之自由驰骋。当地人还对她讲述了许多传奇故事，那些事情就发生在不远的过去。她沉浸在那些陌生人的传说中潜心钻研。安妮和阿尔班都读过很多书。家里的藏书在当地可谓相当丰富，而且，他们几乎每次收到从伦敦寄来的邮件，里面都会附有几本新书。他们差

---

① 由英国殖民地公职机构委任、负责管理殖民地中某一个地区的行政长官。

② 在英国各殖民地，总督是最高统治者，也是该殖民地公职机构中级别最高者。

不多网罗了所有值得一读的书。阿尔班还喜欢弹钢琴。作为业余爱好者来说，他的琴技算是相当不错的。他学得很认真，触键柔和舒缓，辨音能力也很敏锐；他能毫不费力地看懂乐谱，每次他练习新曲，安妮都喜欢坐在他身边，看着琴谱，聆听音乐。不过，最快乐的事情要数在达喀塔尔四处游历，有时候，他们会外出半个月。他们乘坐三角帆船顺河而下，穿梭在岛屿之间，在海里游泳、钓鱼，或者划船逆流而上，行到河面变成浅滩的地方，两岸树林相距咫尺，仰头只能看见一线天空。船到此处，船夫只能撑篙前行，晚上，他们就在当地人家里过夜。他们在河流凹处的水潭里游泳，河水清澈极了，就连水底闪着银光的细沙也能看得见。那个地方是那样地安静、迷人、远离尘嚣，让人想要永远留在那里。然而，有时候他们也会一连数日徒步穿越丛林，住在帆布帐篷里，尽管林中蚊子肆虐，还有吸血的蚂蟥，他们依然觉得很快乐，即使躺在行军床上也照样酣然入睡。结束旅行回到家里也非常愉快，他们的家舒适整洁，井井有条，置身其中心情愉悦，从伦敦寄来的信件和报纸静静地等待他们拆阅，还有那架钢琴，也在家里迎接他们回来。

那时，阿尔班就会坐到钢琴面前，手指跃跃欲试地渴望触摸琴键。他弹奏斯特拉文斯基[1]、拉威尔[2]和达律斯·米约[3]的作品时，安妮感觉他在旋律里融入了一些属于他的东西，有夜里丛林的声音、河口的黎明、繁星点点的夜晚，还有森林里如水晶一般清澈的水潭。

---

[1] 伊戈尔·费奥多罗维奇·斯特拉文斯基（Igor Fyodorovich Stravinsky，1882～1971），美籍俄国钢琴家、作曲家及指挥家，西方现代派音乐的重要人物。斯特拉文斯基出身于俄罗斯，第一次世界大战期间在瑞士居住，1939 年起定居美国。

[2] 约瑟夫·莫里斯·拉威尔（Joseph Maurice Ravel，1875～1937），法国作曲家和钢琴家。他的音乐以纤细、丰富的情感著称。

[3] 达律斯·米约（Darius Milhaud，1892～1974），有犹太血统的法国作曲家，风格深受爵士乐和新古典主义乐派的影响。二战爆发后，米约在 1940 年移居美国。

有时候，大雨一连几天倾盆而下。每当这种时候，阿尔班就会潜心学习中文。学会了中文，他就能和当地的中国人用他们的母语交谈，安妮则会做很多之前没有时间做的事情。下雨的日子里，他们的关系变得更加紧密。在一起总有说不完的话，分开做各自的事情时，又能愉快地切身感觉到对方近在咫尺。他们的关系非常融洽。雨天把他们困在家里，两人反而感觉像是融为了一体似的，共同面对这个世界。

　　他们偶尔会去华莱士港。虽然去那里可以解解闷，但是回到家里安妮会更开心。她在那里感觉很不自在，心里清楚他们遇到的每一个人都不喜欢阿尔班。那些人都是从小地方来的中产阶级，平庸又无趣，她和阿尔班有很多高雅的爱好，生活过得充实又多姿多彩，而那些人对这些东西不感兴趣。不仅如此，他们中间还有很多人思想狭隘，心怀叵测；但是，她和阿尔班大部分的人生里都要同那些人打交道，她真的很讨厌他们对阿尔班这么不友好。他们说阿尔班自负狂妄。其实，他对他们总是和颜悦色，可是安妮知道那些人讨厌阿尔班热情友好的态度。他表现得活泼些，他们就说他是装腔作势，若是拿他们打趣，又说这是嘲讽消遣。

　　有次，他们暂住在总督府上，总督的妻子汉内夫人挺喜欢安妮，对她讲起了这件事。可能是总督让妻子给安妮提个醒。

　　"亲爱的，你要知道，你的丈夫没能和大伙打成一片真是可惜。他很聪明；可是，如果他不在别人面前显摆这点，不是更好吗？就在昨天，我的丈夫还对我提过他：我当然知道阿尔班·托瑞尔是公职机构里最聪明的小伙子，但是让我最生气的人也是他。我是总督，可是每次他和我说话，都让我觉得自己在他眼里就是个大傻子。"

　　最糟糕的事情莫过于安妮知道了总督对阿尔班的评价有多差。

　　"他并不想表现得高人一等，"安妮微笑着回答，"他一点也不自负。我想，是因为他的鼻梁太挺，颧骨太高，所以才给人留下那种印象。"

"要知道，俱乐部的人也不喜欢他，叫他'涂脂抹粉的雪莱'。"

安妮涨红了脸，眼睛里蓄满泪水。她之前听说过这件事，当时就生气极了。

"我认为这实在太不公平了。"

汉内夫人拉起她的手，充满关爱地轻轻握了一下。

"亲爱的，你要明白，我不是想让你难受。你的丈夫可以平步青云。要是他再多一点人情味，事情就会容易很多。他为什么不踢足球呢？"

"他不爱踢足球，只喜欢打网球。"

"可是他给人的感觉不是那样的，他让人觉得这里没人配得上和他打球。"

"好吧，的确没有。"安妮被她的话刺痛了。

阿尔班的网球打得相当出色，在英格兰的时候就打过很多场锦标赛。安妮知道，每次他把那些吵吵嚷嚷的大块头打得满地找牙，就会感到极其满足。他可以让他们中间打得最好的人洋相百出，在球场上把对手惹得火冒三丈，安妮其实也知道，他有时候就是克制不住要使坏。

"他确实有点显摆，是不是？"汉内夫人问。

"我觉得他不是这样的。你要相信我，阿尔班一点都不知道别人不喜欢他。就我所见，他对每个人都彬彬有礼，非常友好。"

"这正是他最招人厌的地方。"汉内夫人冷冷地说。

"我知道大家不怎么喜欢我们，"安妮勉强地笑了一笑，"我很难过，但是我真的不知道该怎么做。"

"这不是针对你，亲爱的，"汉内夫人喊道，"大家都喜欢你，所以才能容忍你的丈夫。你那么好，谁会不喜欢你呢？"

"我不知道他们为什么会喜欢我。"安妮说。

然而，她这话说得不够真诚。她有意扮出可爱的小女人姿态，心里则是欢腾地冒着泡泡。那些人讨厌阿尔班，因为他身上总是有一种卓尔不群的气质，他喜欢艺术和文学；可是他们不懂，觉得那些东西都很娘们儿气。他们讨厌阿尔班，也是因为他的能力远在他们之上，受到的教育程度比他们好。那些人觉得阿尔班高人一等；好吧，他确实高人一等，但不是他们想的那样。他们之所以对安妮网开一面，是因为她长得难看又毫不起眼——她这样形容自己，其实她并不难看，或者说，即使她真的丑，那也是讨人喜欢的丑。她长得像只小猴子，不过是很可爱的小猴子，也很平易近人。她最有魅力的地方是她娇小玲珑的身材，还有那双眼睛。她长了一双深棕色的大眼睛，清澈又明亮，眼睛里总是透露出快乐和活泼的神采，有时候也会变得很温柔，流露出怜悯和同情的迷人神色。她的肤色很深，一头鬈发差不多是黑色的；小小的鼻子肉厚圆润，鼻孔很大，嘴巴也很大。她机敏又活泼，兴致盎然地和殖民地的那些夫人聊起她们的丈夫、仆人和在英格兰的孩子，也会装作欣赏的样子聆听那些男人对她讲故事，即便那些故事她早已听了无数遍。他们觉得安妮人很好，却不知道她背地里是怎样刻薄地嘲笑他们，也绝对不会想到，她把他们看作一群狭隘、粗鄙又自以为是的人。东方在他们眼里毫无魅力，那是因为他们眼光粗俗，只看重物质享乐。罗曼司就在门口徘徊，而他们挥挥手把它赶走，就像打发纠缠不休的乞丐一样。她对那些人漠不关心，常常在心里默念兰德[①]的诗：

> 我热爱大自然，其次是艺术。

[①] 瓦特·萨维吉·兰德（Walter Savage Landor，1775～1864），英国诗人和散文家。

她琢磨过和汉内夫人的谈话，不过总的来说，汉内夫人的提醒没有触动她。她寻思着是否要对阿尔班提一提这件事；她一直觉得奇怪，他怎么就没有察觉出来大家都讨厌他呢，但是，她又担心如果告诉了阿尔班，他就会处处在意。阿尔班从未注意到俱乐部里的人对他的态度很冷淡。他们在他面前拘束不适。每次他一出现，大家就很尴尬，而他快快乐乐地毫无察觉，对每个人都热情得很。实际上，他对这些人视若无睹，这点很奇怪。他对安妮不是这样的，还有一小撮伦敦的朋友，他和那些人都相处得很好，可是他从来没有清醒地认识到殖民地的这些人，总督署的官员、种植园主和他们的妻子，他们也是人。在阿尔班眼里，这些人就像是游戏里的棋子。他同他们一起大笑，拿他们打趣，态度既亲切又宽容。安妮轻轻地笑起来，心想阿尔班就像是预备学校的校长，带领一群小男孩出去野餐，努力想让每个人都玩得开心。

她担心即使把这件事情告诉了阿尔班也毫无益处。他无法掩饰真实的情感，而安妮却高兴地发现她在这方面颇为得心应手。对这些人还能怎么样呢？来殖民地的那些男人都是从二流学校毕业的，对生活一无所知，活到五十岁还是一副傻头傻脑的样子。他们中的多数人都喜欢酗酒，读的东西完全不值得一看，他们的理想就是要和其他人平起平坐，对一个人最高的评价就是"人很好"。要是有人对精神层面的东西感兴趣，他们就觉得那人自命清高。他们互相之间眼红嫉妒，心里满是精明的算盘。那些女人也是可怜，总是为了微不足道的事情和别人一争高下。她们的社交圈比英格兰最小的小镇上的圈子还要迂腐，个个表面上假正经，暗地里心怀鬼胎。即使这些人不喜欢阿尔班，又有什么关系呢？他们还是得忍气吞声，因为阿尔班太能干了，他聪明过人，精力充沛。谁也不能说他的工作做得不好。迄今为止，他在每个职位上的表现都很出色。阿尔班心思细腻，想象力丰富，所以能够明白当地人的想法，让他们按照他的话去做，其他人都做不到这一点。他在语言方面也很有天赋，会说当地所有的方言，不仅了解官场套话，还熟悉官话里细微的差异，在典礼上的致辞也很得体，既奉承了长官，又让他们对他刮目相看。阿尔班还很会组织事务，不怕承担责任，假以时日，他肯定会被擢升为参政司^①。他在国内也有点人脉；父亲生前是准将，在战争中殉职了，虽然他除了工资，没有其他的收入，但是他认识一些有头有脸的朋友。提起那些人，阿尔班总是带着一丝调侃的意味。

"民主政府的好处之一就是，"他说，"只要有权力的支持，有才能的人就会得到应有的回报。"

毋庸置疑，公职机构里最能干的人就是阿尔班，看样子他最后肯定能坐上总督的位置。安妮心想，现在大家讨厌他高高在上的姿态，等到他成了总督，这种做派就恰如其分了。他们会听命于阿尔班，阿尔班也会有办法让别人尊敬他、服从他。安妮没有被设想的未来搅得目眩神迷，相反地，她认为那是他们应得的权利。如果阿尔班成了总督，她成了总督夫人，那就太有意思了。这是多好的机会啊！那群总督署的职员和种植园园主只会听命盲从，如果总督府变成了文化中心，那么他们也会跟风模仿，如果总督青睐饱学之士，那么所有人都会从善如流。她和阿尔班会保护当地的艺术，把那段业已消失的历史留下的纪念物小心翼翼地收集起来。这个国家将会经历无法想象的变化。他们会恪守秩序与美，全力发展它，同时，也会让手下的人逐渐爱上这片美丽的土地，爱上当地浪漫的民族，理解音乐的意义。他们还会培育文学，创造美。这个国度即将步入黄金时代。

突然，安妮听见了阿尔班的脚步声，立刻从白日梦里惊醒过来。

---

① 由英国殖民政府任命的高级官员，长期驻扎在殖民地。

这一切仍然是遥远的未来，阿尔班现在只是个地区长官，他们过好当下的生活才是最重要的。她听见阿尔班走去浴室冲凉，过了一会儿，他换上了衬衫和短裤走了进来，金发还是湿漉漉的。

"午餐准备好了吗？"他问。

"已经好了。"

阿尔班走到钢琴前坐下，弹起早晨弹过的那首曲子。清凉悦耳的音符在闷热的空气中缓缓流淌而下，让人感觉置身于一座井然有序的花园里，眼前是遮阴蔽日的参天大树，人工水景优美雅致，休闲步道两旁竖立着一座座仿古典式的雕像。阿尔班的指法里蕴含着一种独特的温柔和细腻。就在这个时候，领班仆人进来宣布午餐时间到了。他从琴凳上站起来，和安妮手拉着手走进餐厅。天花板上垂下来的布屏风 ① 懒洋洋地扇动着。安妮看了看餐桌，色彩鲜艳的桌布上摆着造型有趣的餐盘，一派欢乐活泼的气氛。

"上午的工作有什么好玩的事情吗？"她问阿尔班。

"没什么。只有一桩水牛案。哦，普林派人叫我去趟种植园。有几个苦力砍了橡胶树，他想让我调查一下。"

普林是上游橡胶种植园的经理，安妮和阿尔班时常会去他的种植园里留宿。有时候，普林想解解闷，也会来下游吃顿晚餐，在地区长官的别墅里住上一晚。他们都很喜欢普林。他今年三十五岁，红彤彤的脸上皱纹深如沟壑，头发乌黑。他没怎么受过教育，不过生性快活、随和，因为两天的路程之内能见到的英国人只有他，所以他们别无选择，只能把他当作朋友。起初，普林在他们面前有点拘束。在东方，消息传得很快，早在阿尔班和安妮来达喀塔尔之前，他已经听说

---

① 过去在东南亚等地常用的一种风扇，用树叶或是布片做成，吊在天花板上。通常由仆人操纵扇风。

了他们是品位高雅的知识分子，不知道该怎么面对他们。普林可能不知道自己很有魅力，其实魅力可以取代很多值得称赞的品质，阿尔班的心思细腻婉约，尤其喜欢普林这一点。普林则觉得阿尔班比预想中更加平易近人，至于安妮，她的魅力自然不消说。阿尔班会弹奏雷格泰姆①给普林听，他在总督面前才不会做这种事情呢，两个人还会在一块玩多米诺骨牌。阿尔班和安妮第一次在达喀塔尔各地游历时，提出想要去橡胶园住几天，普林觉得最好提前告诉阿尔班，他在和一个当地女子同居，还和她有了两个孩子，他会尽量不让他们出现在安妮的视野里，但是没办法把他们送走，因为无处可送。阿尔班听了哈哈大笑。

"安妮绝对不是那种女人。你别想着把他们藏起来。安妮喜欢小孩子。"

很快，安妮就和那个娇小漂亮又腼腆的当地女子成了朋友，常常和她说些悄悄话，一聊就聊上很久。两个小孩子也很喜欢她，和她玩得很开心。她经常在华莱士港买些可爱的玩具送给他们。普林看到安妮微笑宽厚的样子，再想起殖民地其他白人女子对他们嗤之以鼻的嘲讽，惊讶得简直要晕倒了。他欣喜若狂，对他们感激涕零，不知道该怎么表示才好。

"要是所有的知识分子都和你们一样，"他说，"我巴不得见到的每个人都是大知识分子呢。"

想到他们一年后就要永远离开达喀塔尔，普林就觉得不快活，要是下一任地区长官是结了婚的人，他的妻子可能看不惯普林放着好好的单身生活不过，偏要和当地女人鬼混，而且，他还相当地迷恋那个女人。

---

① 早期爵士音乐，多在钢琴上演奏，20世纪初由非洲裔美国音乐家发展而成。

然而，最近橡胶园的苦力有些不安分。他们都是中国人，受到一些思想的影响，变得难以管教。阿尔班不得不给其中一些人安上各种罪名，把他们送进监狱。

　　"普林对我说，等那些人的合约一到期，他就把他们统统送回中国，再找爪哇人代替，"阿尔班说，"我想他的决定是对的。爪哇人温顺多了。"

　　"不会有麻烦吧？"

　　"哦，不会的。普林知道该怎么做，他又是说一不二的性格，不会允许那些苦力胡来。再说，有我和警察支持他，那些中国人不会耍什么花招，"他笑了一笑，"这叫做外柔内刚。"

　　他话音刚落，外面突然传来一声喊叫，随即响起一阵喧哗，脚步声纷至沓来，叫喊声、吵闹声，乱作一团。

　　"大人，大人。"

　　"究竟出什么事啦？"

　　阿尔班从椅子上一跃而起，迅速走到凉廊上。安妮紧紧地跟在他身后。台阶底下围着一群当地人，有巡佐和三四个警察，还有船夫和几个村里的人。

　　"怎么了？"阿尔班大声问他们。

　　有两三个人齐齐高声回答他。巡佐把其他人推到一边，阿尔班看到地上躺着个身穿衬衫和卡其布短裤的男人。他冲下台阶，认出了那个男人是普林种植园的助理。他是个混血儿，眼下已经昏迷了，短裤上都是血，半边脸颊和头上也糊满了凝结的血块。

　　"把他带上来。"安妮叫道。

　　阿尔班一声令下，其他人把这个男人抬上凉廊，平放在地板上，安妮在他脑后垫了个枕头，叫人去端水，顺带把急救药箱取来。

　　"他死了吗？"阿尔班问。

"没有。"

"最好给他喝点白兰地。"

船夫带来的消息骇人听闻。橡胶园的中国苦力突然造反，袭击了经理的办公室。普林被杀了，这个叫欧克利的助理勉强捡回了一条命。那伙暴徒打劫办公室的时候，他正巧迎面撞上，看到普林的尸体被扔出窗外，吓得拔腿就跑。有几个中国人发现了他，立刻追了上来。他奔到河边，跳进汽船的时候受了伤。船上的人抢在那些中国人跳上船之前驶离了岸边，以最快的速度来到下游求援。离开种植园的时候，他们望见几幢办公建筑都起了火。毫无疑问，苦力把所有能烧的东西全烧掉了。

欧克利呻吟了一声，睁开眼睛。他是个肤色黝黑的小个子男人，五官扁平，头发又密又硬，一双大眼睛是当地人的模样，此刻，他的眼睛里充满了恐惧。

"没事了，"安妮对他说，"你现在很安全。"

他叹了口气，微笑了一下。安妮清洗干净他脸上的血迹，在伤口上涂了一些消炎药。他头上的伤不是很严重。

"你现在能说话吗？"阿尔班问他。

"等一下，"安妮说，"还要检查一下他的腿。"

阿尔班命令巡佐赶走聚集在凉廊上的人。安妮撕开他一侧的裤管，布料已经和凝血的伤口黏在一起了。

"我的腿血流如注。"欧克利说。

好在只是皮肉伤。阿尔班的手法很娴熟，虽然伤口又开始出血，但是他们成功地止住了血。他给伤口贴上敷料，绑上绷带。巡佐和警察把欧克利抬上长椅。阿尔班给他喝了杯白兰地兑苏打水，很快，他就有力气开口说话了。欧克利知道的消息不比船夫多，普林死了，种植园成了一片火海。

"那个姑娘和她的孩子怎么样了？"安妮问他。

"我不知道。"

"哦，阿尔班。"

"我必须出动警察。你确定普林已经死了吗？"

"是的，先生。我亲眼所见。"

"暴徒手上有枪吗？"

"我不知道，先生。"

"'你不知道'是什么意思？"阿尔班生气地吼道，"普林有把枪，不是吗？"

"是的，先生。"

"种植园里肯定还有好几把枪。你有一把，不是吗？总监工也有一把。"

那个混血儿陷入了沉默。阿尔班严厉地看着他。

"该死的中国人有多少？"

"一百五十个。"

安妮不明白他为什么问这么多问题，这简直就是浪费时间。现在重要的事情就是把苦力召集起来去上游的种植园，准备船只，同时给警察发放弹药。

"您有多少警力，先生？"欧克利问。

"八个，还有一名巡佐。"

"我可以一起去吗？这样就有十个人了。我已经包扎好了，应该能行的。"

"我不会去的。"阿尔班说。

"阿尔班，你必须去。"安妮大声喊道，她不敢相信阿尔班居然会说出这样的话。

"胡闹。疯子才会去。欧克利显然一点用也没有，再过几个小时，他肯定会发烧，去了也是累赘。那样一来，我们只有九个人了。可对方是一百五十个中国人！而且他们手里有枪，有充足的弹药。"

"你怎么知道？"

"显而易见，他们做好了万全的准备才会造反。如果没有准备好就动手，那也太愚蠢了。"

安妮瞠目结舌地看着他。欧克利眼里满是疑惑。

"那你准备怎么做？"

"好在我们有汽船。我派人驾船去华莱士港请求增派支援。"

"但是增援至少要两天才能到啊。"

"哎呀，那又能怎么办呢？普林已经死了，种植园烧成了一片白地，就算我们现在去也做不了什么。我会派个当地人去侦察一下，看看那伙暴徒到底在干什么。"他对安妮笑了一笑，笑容依旧十分迷人。"相信我，亲爱的，多等一两天，那群恶棍该受的惩罚一点也不会少。"

欧克利张开嘴巴想要说什么，但他或许没那个胆量。他不过是一个混血的种植园助理，而阿尔班是地区长官，代表总督的权威。他转头看向安妮，安妮在他的眼睛里看到了急切的恳求。

"可是那群人可以在两天内犯下最可怕的暴行，"安妮大喊道，"让人无法想象的暴行。"

"不管他们做了什么，都会付出应有的代价。我向你保证。"

"哦，阿尔班，你不能光坐在这里什么也不做。我求求你，马上出发吧。"

"别傻了。就凭八个警察和一个巡佐绝不可能平息暴乱，我没有理由去冒险。我们只能坐船去种植园，你想想，他们肯定会发现我们的。岸边的白茅丛就是最好的掩护，他们只要藏在里面一通乱射就行了。我们一点胜算也没有。"

"先生，我担心如果两天内没有人去镇压，那些人会以为我们软弱可欺。"欧克利说。

"需要你发表意见的时候，我会问你的，"阿尔班尖刻地说，"依我所见，你遇到危险掉头就跑，什么也没做。我很难相信危难临头你会有什么用。"

混血儿的脸涨得通红，再也没有开口说话，他笔直地看着前方，眼里满是不安。

"我去办公室了，"阿尔班说，"等我写好简报，立刻派人送去下游。"

他对巡佐下达了命令。他们说话的时候，巡佐就一动不动地站在台阶顶上。他接到命令，对阿尔班敬了个礼，转身跑开了。阿尔班走去小过道上拿遮阳帽。安妮立刻跟上他。

"阿尔班，看在上帝的分上，听我说一句吧。"她低声说道。

"亲爱的，我不想对你发脾气，但是现在时间真的很紧。你还是管好自己的事情吧。"

"你不可以什么事情都不做，阿尔班。你必须去。不管有多么危险。"

"别犯傻了。"阿尔班怒气冲冲地说。

他从来没有对安妮发过火。安妮抓住他的手，不让他走。

"我跟你说过，去了也没用。"

"你不明白。种植园里还有那个姑娘和普林的孩子，必须把他们救出来。让我和你一起去吧。否则暴徒一定会杀了他们的。"

"他们可能已经被杀了。"

"噢，你怎么可以这样冷血！哪怕只有一线希望，也必须一试。这是你的职责。"

"我的职责是理智行事。我不会为了一个当地女人和她的混血孩子，拿自己和手下的性命冒险。你当我傻吗？"

"他们会说，你不去是因为害怕。"

"谁是他们？"

"殖民地的每一个人。"

他轻蔑地笑了一下。

"你还不知道吧，我从来没有把他们的想法放在眼里。"

安妮久久地看着他，像是要彻底认清眼前的人似的。他们结婚八年了，她对阿尔班的每一个表情和每一个想法都了如指掌。她看进他蓝色的眼睛里，像是看着一扇打开的窗户一样。安妮的脸色突然变得煞白，甩开他的手，掉头就走。她一言不发地回到凉廊上，像猴子一样难看的脸上满是恐惧。

阿尔班去了办公室，在报告里简明扼要地叙述了事情经过。几分钟后，一艘汽船轰鸣着朝下游驶去。

接下来的两天仿佛漫长得没有尽头。从种植园逃出来的当地人不断带来各种消息，但是这些人要么激动过头，要么吓破了胆，无法从他们的讲述中得知可靠的真相。种植园里死了很多人。总监工也被杀了。大家众说纷纭，尽是些骇人听闻的暴行。安妮无从得知普林的女人和那两个孩子的下落，一想到他们可能面对的命运，她就不寒而栗。阿尔班把所有能够召集到的当地人都叫来了，给每个人配备了剑和长矛，还征用了一些船只。形势很严峻，但是他依然非常冷静。他觉得自己能做的都已经做了，剩下的就是照常过日子。他仍然去办公室办公，时不时会坐在钢琴前弹奏一曲，每天清晨，他仍然和安妮骑马出行，似乎忘了不久前的争执是他们结婚至今第一次发生的严重的意见分歧。阿尔班以为安妮已经领会了他决定的高明之处，两个人在一起的时候，他依旧和以前一样爱说笑，热情又快活，提起那伙暴徒，他的话里话外都是阴冷的讥讽：等到秋后算账，他们中有很多人

283

会宁愿自己没有生在这个世界上。

"他们会受到怎样的惩罚？"安妮问。

"这个嘛，他们会被绞死。"阿尔班厌恶地耸了耸肩膀。"我向来讨厌去现场观刑，总觉得很不舒服。"

他们把欧克利挪到床上，由安妮亲自照料。阿尔班很同情他，或许是为自己一时恼火而失言感到歉疚，所以对他特别和气。

第三天下午，他们用完午餐正在喝咖啡，阿尔班敏锐听到由远及近的汽船马达声。就在这个时候，有个警察快步跑来报告说，总督的汽船来了。

"终于来了。"阿尔班喊道。

他像道闪电一样冲了出去。安妮拉起一扇百叶窗，朝河上望去。此时声音越来越清晰，不多一会儿，她看见汽船驶过河道拐弯的地方，阿尔班站在浮桥上，跳上三角帆船往汽船划去，等汽船抛下锚，他登上了汽船。安妮对欧克利说，增援的人来了。

"他们去种植园的时候，长官会一起去吗？"他问安妮。

"当然会去。"安妮冷淡地答道。

"我觉得不一定。"

安妮心里有些不舒服。这两天她一直极力克制住自己不哭出来。她没有再回答欧克利的话，径直走出了房间。

过了一刻钟，阿尔班带着警察队的队长回来了。队长接到命令，率领二十个锡克兵前来镇压暴乱。斯特拉顿队长是个脸红红的小个子男人，长了一双罗圈腿，小胡子也是红色的。安妮经常在华莱士港遇到他。他精神抖擞，风度翩翩。

"嗨，托瑞尔夫人，事情真是一团糟啊，"他一面和安妮握手，一面欢快地大声地说，"我来啦，带了我的人，全副武装预备大干一场。小伙子们，上啊！这儿荒郊野岭的，你有什么喝的吗？"

"来人。"安妮微笑着，扬声唤来仆人。

"我先来一大杯冰镇的、稍微带点酒精的饮料，然后坐下来说正事。"

他精神焕发的样子让人十分欣慰。种植园的暴乱打破了这里的宁静，斯特拉顿的出现就像是一阵风吹散了笼罩在别墅上空的愁云惨雾。仆人端着托盘走进来，他给自己调了杯威士忌苏打。阿尔班对他简明扼要地讲述了事情经过，用词十分精准。

"我得说我很佩服你，"斯特拉顿说，"换做是我，肯定忍不住带上八个警察，去把那些家伙狠狠地揍一顿。"

"依我看，这么做纯属没头没脑的冒险。"

"安全第一嘛。是不是，小老弟？"斯特拉顿爽朗地说，"我很高兴你没去冒险。我们遇上这种事的机会可不多。要是你想一个人独吞功劳，那就太奸诈了。"

斯特拉顿队长认为应该立刻动身去上游镇压暴乱，但是阿尔班对他指出这么做不妥当。汽船的马达声会惊动暴徒，岸边茂密的草丛给那些人提供了很好的掩护，而且暴徒有充足的枪支弹药，可以让他们的登陆过程变得困难重重。把队伍暴露在对方的火力下毫无意义，必须要记得对手是一百五十个不怕死的人，一不小心就会中埋伏。阿尔班对他说了自己的计划，斯特拉顿仔细地听着，时不时地点头。这个计划显然很巧妙，从背后发动攻击，打他们一个措手不及，几乎不费一兵一卒就可以解决他们。要是他不采纳，那就是傻子了。

"可是你为什么不亲自去呢？"斯特拉顿问。

"就靠我手下的八个警察和一个巡佐？"

斯特拉顿没有回答。

"不管怎样，你的计划不错，就这么定了。离出发还早，托瑞尔夫人，如果您允许的话，我想洗个澡。"

他们在日落时分出发。斯特拉顿队长率领二十个锡克兵，阿尔班则带着他的警察和召集来的当地人。夜里没有月亮，四周一片漆黑。汽船后面跟着阿尔班征用来的独木舟，他们打算驶出一段距离后，换乘独木舟。最重要的是不能发出声音，以免惊动对方。汽船大约开出三个小时之后，所有人都坐上了独木舟，悄悄地划桨前行。种植园占地很广，他们抵达了外围，悄无声息地摸上岸。向导带领他们走一条小路。这条路非常狭窄，又荒废多时，走起来很困难，他们只能排成一列前进，中途两次被溪流拦住去路，不得不涉水而过，最后迂回地来到苦力寮的背后。他们计划黎明发起进攻，于是，斯特拉顿下令暂时休整。夜里很冷，他们在树林里等了很久，终于浓重的夜色似乎变淡了，虽然仍旧看不清每一棵树，但是可以隐约分辨出黑暗里树木的轮廓。斯特拉顿原本靠着树干坐在地上，此时悄悄地对巡佐下了令，没过几分钟，所有人都集合起来，继续往前走。突然，他们发现来到了大路上，于是，组成四人一组的队列前行。天边破晓了，天光稀薄，四周的景物看起来像苍白的影子。队长轻声发令，一行人都停下来。在这里已经看得见苦力寮了。所有人都鸦雀无声。他们蹑手蹑脚地靠近，然后再度停下。斯特拉顿对阿尔班笑了一笑，眼睛闪闪发亮。

"那群混蛋还在做梦哩。"

他让部下站成一排，子弹上膛，随后他朝前跨出一步，举起手。卡宾枪瞄准了苦力寮。

"开火。"

子弹哒哒哒呼啸而出。寂静中突然爆发出一阵喧哗，中国人全都拥了出来，喊叫着挥舞手臂，然而让阿尔班困惑不解的是，冲在最前面大吼大叫着朝他们挥拳头的是个白人。

"那他妈是谁？"斯特拉顿喊道。

那胖乎乎的大块头男人穿着卡其布裤子和背心，撒开两条胖腿，拼尽全力朝他们奔来，他边跑边挥动双拳，大声喊道：

　　"卑鄙的家伙！该死的混蛋！①"

　　"我的天啊，是范·哈瑟尔特。"阿尔班说。

　　那个人是伐木场的荷兰经理。他的伐木场在一条主要的支流边上，离这里有二十英里。

　　"你们他妈的在干什么？"荷兰经理跑到他们跟前，气喘吁吁地喊道。

　　"你他妈的怎么会在这里？"斯特拉顿反问他。

　　斯特拉顿看见中国人四下逃散，命令部下把他们全部围拢起来，然后转向范·哈瑟尔特。

　　"这是怎么回事？"

　　"怎么回事？怎么回事？"荷兰人火冒三丈地喊道，"我还想问你呢。你和你该死的警察大清早来这里朝我们开枪，你们他妈的在干什么？射靶练习吗？你们差点杀了我。白痴！"

　　"来支烟吧。"斯特拉顿说。

　　"范·哈瑟尔特，你怎么到这里来了？"阿尔班又问了他一遍，他困惑极了，"这些人是从华莱士港派来镇压暴乱的警力。"

　　"我怎么到这里来的？我用脚走来的。不然你以为我是怎么来的？该死的暴乱。我已经全都解决了。如果你们来就是为了这事，现在可以带上该死的警察回家了。刚才一颗子弹险些擦着我的头皮飞过去。"

　　"我没搞明白。"阿尔班说。

　　"没什么好明白的，"范·哈瑟尔特的火气还没有消，怒气冲冲地

_____

① 此处原文为荷兰语。

说道，"有几个苦力跑来伐木场，说中国佬杀了普林，还他妈把这地儿全烧了，所以我带上助手、总监工，还有一个借住在我那里的荷兰朋友，来看看到底是怎么一回事。"

斯特拉顿队长睁大了眼睛。

"你们就这么溜达进来的吗？像来野餐一样？"他问道。

"得了吧，你不会以为我在这个国家待了这么多年，会让几百个中国人吓破胆吧？他们看到我吓得魂儿都没了。有个人胆子挺大，敢拔出枪指着我，我一枪打爆了他的头，其他人马上就投降了。领头的几个已经被我绑了起来。我打算今天早上派条船去下游，让你们来拿人呢。"

斯特拉顿目瞪口呆地看了他很久，突然爆发出一阵大笑，笑得眼泪都流下来了。荷兰人起先还对他怒目而视，接着自己也笑了；他长得胖，笑起来中气十足，浑身的肥肉都跟着一颤一颤。阿尔班气极了，绷着脸看他们。

"普林的女人和孩子怎么样了？"他问。

"哦，他们没事，都逃走了。"

所以说，当初安妮歇斯底里地恳求，他没有因此改变主意是多么地明智。那些孩子当然没事啦，他从来没想过他们会有事。

范·哈瑟尔特一行人启程返回伐木场，随后，斯特拉顿也带着二十个锡克兵坐船离开了，留下阿尔班和他手下的警察在种植园处理善后事宜。阿尔班写了份简报，让斯特拉顿捎给总督。要处理的事情太多了，看样子他得在这里住上好长一段时间；可是种植园的房子全烧了，他只能住在苦力寮里，心想安妮最好别来陪他。他给安妮捎去一张便条，叮嘱她别来种植园，还告诉她可怜的普林的女人安然无恙。他很高兴这个好消息能让安妮放心。阿尔班立刻开始工作，展开初步调查，审问了一大堆证人。然而，过了一个星期，他接到命令让他立刻去华莱士港。前来传令的汽船会带他走，他沿途可以去见一见安妮，但是只有一个小时。阿尔班有些不快。

"我不明白，为什么总督不能让我留在种植园把事情查清楚，非要让我去一趟呢？简直就是添乱嘛。"

"哦，这个嘛，我们这位总督从来不在乎给属下添多少麻烦，是吧？"安妮微笑着说。

"这就是官僚作风。本来我想带你一起去，亲爱的，只是我在那里一分钟也不会多待。我想尽快收集齐证据，呈给治安法院。在这样的国家里，我认为让不法分子及时得到法律的制裁是非常重要的。"

汽船抵达华莱士港，港口警察告诉阿尔班，港务局长有一张给他的便条。便条是总督秘书写来的，称总督阁下希望阿尔班抵达后，在方便的时候尽早去见他。当时是早上十点钟。阿尔班去了一趟俱乐部，他洗好澡，刮过脸，换上一身干净的白色帆布西装，把头发梳理得整整齐齐，然后叫了辆人力车，吩咐车夫去总督办公室。到了那里，立刻有人把他引进秘书办公室。秘书和他握了握手。

"我这就去告诉总督阁下您已经到了，"秘书说，"您先坐一会儿吧。"

秘书走出房间，没过多久，他又回来了。

"总督阁下马上就会召见您。我要继续写信了，您不介意吧？"

阿尔班对他笑了一笑。秘书对他的态度不是很热情。他等待的时候抽了支烟，沉浸在思绪中自得其乐，心想初步调查做得不错，他对这些事情也很感兴趣。过了一会儿，勤务兵进来说，总督准备好见他了。阿尔班站起来，跟着他走进总督办公室。

"早上好，托瑞尔。"

"早上好，先生。"

总督坐在大书桌后面，对阿尔班颔首致意，请他坐下。总督整个人都是灰白色的，花白的头发、苍白的肤色、灰白的眼睛，看起来像是热带的阳光把他晒得褪色了；他在这个国家生活了三十年，从公职机构最底层一级一级地升到现在的位置；他现在的样子既疲惫又消沉，就连声音也是灰暗沉闷的。阿尔班挺喜欢这位总督，因为他话不多；他不觉得总督聪明过人，但是没有人比总督更了解这个国家，何况他经验丰富，很好地弥补了才智上的短板。总督看着阿尔班，好一会儿没有说话，阿尔班不由得冒出个奇怪的想法，他觉得总督此时很尴尬。他差一点就想要抢在总督之前开口。

"我昨天见过了范·哈瑟尔特。"总督突然说道。

"是吗，先生？"

"我想听你讲一讲发生在艾路德橡胶园的事情，还有你采取的对策。"

阿尔班思路清晰，也很冷静。他有条不紊地开始陈述事实，描述准确，用词都经过斟酌，讲得非常流利。

"你手下有一名巡佐和八名警察，为什么不立即赶去暴乱现场呢？"

"我认为没有理由冒那样的险。"

总督苍白的脸上浮现出一抹浅笑。

"要是总督署上下的官员都是这样，没有理由就不去冒险，那么这里也不会是大英帝国的海外行省了。"

阿尔班沉默着没有说话。要和一个满嘴胡言乱语的人好好说话真的太难了。

"我很想听一听你做这个决定的理由。"

阿尔班镇定地阐述了观点，确定自己这么做没有错。他把暴乱刚刚发生时对安妮说的那些话讲给总督听，不过增加了很多细节。总督全神贯注地听他讲述。

"范·哈瑟尔特带着他的助手，一个荷兰朋友，还有当地的监工，他们似乎很快就平息了暴乱。"总督说。

"那只是运气好，但不代表他聪明。他那样做完全就是疯了。"

"你没有意识到吗？让一个荷兰种植园主做了本应该由你来做的事情，整个总督署都因此沦为了笑柄。"

"没有，先生。"

"你也成了整个殖民地嘲笑的对象。"

阿尔班笑了一下。

"我对那些人的看法不屑一顾，不管他们如何奚落我，我都不会放在心上。"

"一个政府官员是不是可堪大用，很大程度上取决于他的声望，如果他背上了懦夫的耻名，恐怕声望也荡然无存了。"

阿尔班的脸红了一下。

"我不太清楚您这番话的意思，先生。"

"我做了详细的调查。我见过了斯特拉顿队长、欧克利——就是可怜的普林的助手，也和范·哈瑟尔特谈过。现在也听过你的辩词了。"

"我不认为刚才是在为自己辩护，先生。"

"请不要打断我的话。我认为你的判断错得离谱。事实证明，这件事的风险非常小，可是无论风险多大，你都应该面对。处理这类事情，最重要的是要迅速和坚决地应对。你请求警察队支援，在他们到达之前什么都没做，这背后的动机是什么，我没兴趣知道，但是我得说，你在公职机构里恐怕是不堪重用了。"

阿尔班震惊地看着总督。

"换做是您，在那种情况下，您会亲自去吗？"他问。

"责无旁贷。"

阿尔班耸了耸肩膀。

"你不相信?"总督厉声问。

"我当然相信你,先生。但是请允许我这么说,如果您不幸殉职,殖民地将会蒙受难以弥补的损失。"

总督用手指敲着桌面,朝窗外看了一会,又回头看阿尔班。他再次开口的时候,语气仍然是客气的。

"托瑞尔,我认为你的性格不适合这里混乱无序的生活。听我一句劝,你应该回国。凭你的能力,我肯定你很快就能找到合适的工作。"

"我不理解您的意思,先生。"

"哦,得了吧,托瑞尔,你又不笨。我尽量不想让你为难。为了你的妻子,也为了你自己,我不希望你因为懦弱而背上被开除公职的耻辱离开殖民地。我在给你主动请辞的机会。"

"非常感谢您,先生。可我不准备接受您的好意。如果我主动辞职,就等于承认自己犯了错,承认你对我的指责是合理的。但是我不认同。"

"随你怎么说吧。我已经仔细考虑过这件事了,也下定了决心。我不得不开除你,有关文件很快会下来。在此期间,你要回驻地去,等接替你的人到任,把工作交接给他。"

"非常好,先生,"阿尔班说,眼睛里闪过愉悦的光芒,"您希望我什么时候回驻地呢?"

"马上。"

"您不反对我走之前去俱乐部吃顿午餐吧?"

总督惊讶地看着阿尔班,他很恼火,可又情不自禁地生出一丝敬佩。

"当然可以。我很抱歉,托瑞尔,这件不幸的事最后会这样收场,总督署失去了一位公认的热爱工作的职员，而他原本可以凭借机智、聪颖和勤奋官居高位。"

"我想，阁下没有读过席勒^①吧。您可能没有听过席勒的名言：mit der Dummheit kämpfen die Götter selbst vergebens."

"什么意思？"

"大意是：面对愚蠢，神祇们的斗争也是徒劳无功。"

"再见。"

阿尔班微微一笑，自信满满地离开了总督的办公室。总督免不了好奇，那天晚些时候，他问秘书阿尔班是不是真的去了俱乐部。

"是的，先生。他在那里用了午餐。"

"这要有点勇气才做得到啊。"

阿尔班走进俱乐部的时候神采飞扬，吧台边上站了一群人，他加入了他们，和以前一样轻松友好地同他们聊天，有意想要化解大家的尴尬。自打斯特拉顿回到华莱士港，讲了他在上游的经历，这些人就一直在议论阿尔班，不断地嘲笑他、讽刺他。大多数人厌恶阿尔班傲慢的态度，看到他这回栽了个大跟头，都像打了胜仗似的得意扬扬。然而，他们没料到阿尔班会在这个时候出现，看到他还是那副自信的样子，既惊讶又困惑，好像感到尴尬的人应该是他们似的。

有个人明知故问，问阿尔班来华莱士港做什么。

"哦，我来是为了艾路德橡胶园的暴乱。总督阁下想要见我。可惜他和我意见不合。愚蠢的老家伙把我开除了。等他任命的新地区长官一到，我立刻就回国。"

有那么一瞬间，大家都陷入了尴尬。有个人心地还不错，说道：

---

① 弗里德里希·冯·席勒（Friedrich von Schiller，1759～1805），德国著名诗人和哲学家，德国启蒙文学的代表人物之一。

"我真为你难过。"

阿尔班耸了耸肩。

"我亲爱的朋友，面对一个十足的蠢货，还能怎么做呢？只能让他自尝苦果喽。"

秘书尽可能婉转地把这些事情转述给上司听，总督听后笑了起来。

"勇气真是奇怪的东西。我宁可对着自己开一枪，也不愿意在那个时候去俱乐部，面对那样一群人。"

两个星期后，他们把安妮精心布置的装饰都卖给了新任的地方长官，剩下的东西打包好装进木箱和行李箱，乘船来到华莱士港，等候当地去新加坡的轮船。牧师的妻子邀请他们去家里住，但是安妮拒绝了，坚持要住在酒店。他们到华莱士港才一个小时，总督的妻子派人捎来一封短信，邀请安妮去总督府上喝茶，信里的口吻非常亲切。安妮去了。起先只有汉内夫人在场，很快，总督也来了。他对安妮即将离开这里深表遗憾，还说一想到她为什么要走就很难过。

"您这么说真叫人感动，"安妮笑得很开心，"但是请别以为我会为此难过。我完全支持阿尔班，他做得非常对。希望您不会介意我这么说——我认为您对他的处置很不公平。"

"相信我，我也不想那样做的。"

"我们别再说这件事了吧。"安妮说。

"你们回国后有什么打算？"汉内夫人问道。

安妮愉快地打开了话匣子，像是无忧无虑似的。她看起来对回国的事很感兴趣，非常开心，说话风趣极了，还时不时地开些小玩笑。告辞的时候，她对总督和总督夫人的关照表示感谢。总督一直送她到门口。

第三天，他们在晚餐后登上了干净舒适的小客船。牧师和妻子来到码头为他们送行。他们走进船舱，看见安妮的铺位上有只大包裹，收件人是阿尔班。他拆开包裹，发现里面是一只巨大的粉扑。

"看哪，我想不出谁会送给我们这个东西，"他哈哈笑着说，"亲爱的，这肯定是给你的。"

安妮飞快地看了他一眼，脸色顿时变得煞白。那群浑蛋！怎么可以这样过分？她硬是挤出一丝笑容。

"这东西可真大，是吧？我这辈子还没见过这么大的粉扑呢。"

但是等到船驶出港口，阿尔班离开了船舱，安妮随即把粉扑狠狠地扔进海里。

此时此刻，他们回到了伦敦，宋都拉远在九千英里以外的地方，可是安妮一想起那只粉扑，仍然气得攥紧拳头。不知道为什么，在她看来那个恶作剧是最卑劣的。把那种可笑的东西送给阿尔班实在太刻薄了，涂脂抹粉的雪莱；多么狭隘，多么恶毒的心思。那就是他们所谓的幽默吗？这件事情最伤安妮的心，即使过去了这么久，她仍然觉得要抱紧自己才不会哭出来。突然，她吓了一跳，阿尔班开门进来了。她仍旧坐在之前坐的椅子上，没有动过。

"嘿，你怎么没有梳洗？"阿尔班环视一眼房间，"连行李也没有打开。"

"不必了。"

"到底是为什么呀？"

"我不会整理行李的，也不会留在这里。我要离开你了。"

"你在说什么啊？"

"我一直坚持到现在。我决定回到伦敦之前什么都不说，所以紧紧闭上嘴，我忍无可忍，但是仍然忍住了。不过现在一切都结束了。我已经做得够好了，我们回到了伦敦，现在我可以走了。"

阿尔班困惑地看着她。

"安妮，你是疯了吗？"

"哦，我的上帝，我都忍受了些什么呀！去新加坡的船上，所有的官员都心知肚明，甚至连中国服务生都知道。在新加坡，酒店里的人看我们的那种眼神，我不得不忍受那些人的同情和怜悯，他们无心的失言，还有意识到失言以后的那种尴尬。天呐，我恨不得杀了他们。回国这一路更是漫长得不堪忍受。船上没有一个人不知道的。他们对你是那样地蔑视，又自以为是地来安慰我。还有你，你自我感觉那么好，什么都看不到，什么都感觉不到。你的脸皮一定有犀牛皮那么厚吧。看到你开心地说个不停，我痛苦极了。我们就是贱民，到处被人鄙视。而你看起来还任由别人怠慢。怎么会有这么不知羞耻的人呢？"

安妮怒火中烧。现在，她终于不用再戴着那副冷漠而骄傲的面具了，她抛开克制，说话毫不留情。伤人的话语从她颤抖的嘴唇中间源源不断地涌出来。

"亲爱的，你怎么会变得这么可笑呢？"阿尔班微笑着，和善地说道，"你肯定是太紧张了，整天神经紧绷才会生出那些念头。为什么不告诉我呢？你就像个乡下土包子，第一次来伦敦以为所有人都盯着自己看呢。没有人在意我们，即便有人那样想，那又有什么关系呢？傻瓜说的话有什么可在意的呢？还有，你觉得他们在说什么呢？"

"他们说，你是被开除的。"

"好吧，这个不假。"阿尔班笑起来。

"他们说你就是个懦夫。"

"那又怎么样呢？"

"哈，你看，这也是真的。"

阿尔班若有所思地看了她一会儿，微微抿紧了嘴唇。

"你为什么会这样想呢？"他尖锐地问道。

"我在你的眼睛里看到了，就在消息传来的那天，你拒绝去橡胶园，我跟着你到过道里拿遮阳帽，我恳求你去种植园，觉得无论多么危险你都必须去。就在那个时候，我突然在你的眼睛里看到了恐惧。我差点吓昏过去。"

"如果我毫无意义地拿性命去冒险，那就真的成傻子了。为什么要那样做？我在意的东西没有受到威胁。勇气是愚蠢的人身上最突出的美德。我觉得那一点也不重要。"

"你在意的东西没有受到威胁？你怎么可以这样说？如果真是那样，那么你整个人生就是一场空。你放弃了所有你支持的东西，所有我们一起支持的东西。你让我们大失所望。我们的确认为自己高人一等，比其他人都好，因为我们热爱文学、艺术和音乐，不愿意被卑劣的忌妒和粗俗的八卦围绕，我们的确珍爱精神世界，热爱美。那就是我们的精神食粮。那些人嘲笑我们，挖苦我们，那是必然的。无知平庸的人看见别人对他们不懂的事情感兴趣，自然会生出憎恨和害怕。我们不在乎，认为他们不懂什么是美和艺术。我们鄙视他们，也有权利鄙视他们，因为我们比他们优越，比他们高贵，比他们聪明，比他们勇敢。但是，你不比他们优越、高贵、勇敢。危难临头，你像只被抽了一鞭子的野狗，夹紧尾巴溜走了。在所有人中间，最不应该怯懦的人就是你。现在那些人可以尽情地鄙视我们，他们有权利这么做，鄙视我们和所有我们支持的东西。他们可以说艺术和美毫无用处；到了紧要关头，我们这种人都靠不住。他们一直在寻找机会，想要狠狠地咬我们一口，而你给了他们这个机会。现在这些人就可以说，他们早知道会有这么一天。他们赢了。以前，我听见他们叫你'涂脂抹粉的雪莱'，非常生气。你知道他们这么叫你吗？"

"当然知道。那太粗俗了，可我完全不在乎。"

"可笑的是，他们的直觉居然是对的。"

"你是说，在过去几个星期里，你心里一直藏着这些话？我真没想到你能做到这一步。"

"所有人都反对你的时候，我不能离你而去。我太骄傲了，坚持不肯放下。我对自己发誓，不管发生什么都会跟随你直到回家。这一路上我受够了折磨。"

"你不再爱我了吗？"

"爱你？我现在一看到你就觉得恶心。"

"安妮！"

"上帝知道，我爱过你。八年来，我是那样地爱你、仰慕你，觉得你完美无瑕。你是我的一切。我相信你，就像有些人相信上帝那样虔诚。可是那天，当我在你的眼睛里看到了恐惧，当你对我说，你不会为了一个被包养的女人和她的混血孩子拿自己的性命冒险，我整个人都垮了，就像是有人猛地把我的心脏扯出胸膛，在上面重重地践踏。就是那个时候，阿尔班，你亲手扼杀了我对你的爱。我的心彻底死了。自那以后，每次你吻我，我要攥紧拳头才能忍住不把脸别开。一想到更亲密的事，我就觉得恶心。我憎恨你自满得意，憎恨你可怕的冷漠。如果那只是一瞬间的软弱，事后你为此感到羞耻的话，也许我可以原谅你。我原本应该痛苦万分，可我是那么地爱你，觉得应该同情你。但是你一点也不知道廉耻。现在，我什么都不相信了。你就是个愚蠢、虚伪、装腔作势的俗人。我宁愿自己是平庸的种植园园主的妻子，只要他具备普通人都有的美德就行，也不要做你这个骗子的妻子。"

阿尔班没有回答。渐渐地，他的脸开始垮塌。帅气端正的五官扭曲成可怕的样子。他突然呜呜地哭了起来。安妮轻轻地叫了一声。

"不，阿尔班，别这样。"

"哦，亲爱的，你怎么可以对我这样残忍？我爱你，愿意用一生取悦你。没了你，我会活不下去的。"

安妮抬起手臂，像是要挡开迎面一击似的。

"不，不，阿尔班，你别想打动我。我不会改变主意的。我必须离开你，没法和你再过下去了。和你在一起，我觉得害怕。我忘不了那件事。实话告诉你吧，我现在对你只有轻蔑和反感。"

阿尔班跪倒在她脚边，想要抱住她的膝盖。安妮倒抽了一口气，从椅子上跳起来。阿尔班埋在空荡荡的椅子里，哭得撕心裂肺。他的哭声太可怕了。安妮泪如雨下，她不想听见他歇斯底里的恸哭，捂住耳朵，跌跌撞撞地冲向门口，跑了出去。

（李佳韵　译）

后　记

　　以《月亮和六便士》《人生的枷锁》等长篇小说闻名于世的英国作家毛姆在短篇小说创作上也是一流的。一九五一年，他亲自甄选九十一篇精品佳作，汇集为三大卷本《短篇小说全集》。一九六三年，英国企鹅出版公司将其作为四大卷本重新刊印。三年前的一天，著名翻译家吴建国教授告诉我，九久读书人有意将该《短篇小说全集》翻译出版，问我有无兴趣和勇气牵头，尽快组织人员做成这件事。我二话没说，非常爽快地答应下来，根本没有充分考虑可能会遇到的各种困难。

　　众所周知，毛姆的短篇小说大体可分为三种类型：以欧美为背景的"西方故事"，以南太平洋、东南亚和中国、印度等为背景的"东方故事"以及"阿申登间谍故事"。这些故事：1）内容源于生活又高于生活。既能满足读者的猎奇心理，激发其心灵共鸣，也能帮助读者认识历史原貌，感悟人生；2）语言谐谑风趣，寓庄于谐，就连讥诮、讽刺也不乏幽默感，意味深长；3）半数以上采用了第一人称讲述，亲切自然，仿佛在和家人以及朋友们闲聊社会各个阶层的世情风貌和生活姿态；4）具有一种愤世嫉俗、悲天悯人的基调，人情味浓郁，道德意义深刻，而且结局出人意料，非常契合普通读者的心理诉求和审美品位。掩卷之余，令人难以忘怀。迄今为止，不仅在欧美各国一版再版，而且被翻译成多种文字，在世界各地广为流传。

我们本次翻译任务所恪守的一个总原则可以用四个字来概括：达信兼备。所谓"达"，意思是译文语言须符合汉语的"语文习惯"。用钱钟书先生的话来讲就是，译文语言"不因（英汉①）语文习惯的差异而露出生硬牵强的痕迹"。所谓"信"：一是译文语义"不倍原文"；二是译文语效与原文相同或相似。用钱钟书先生的话来讲就是，尽量"完全保存原作风味"。实话说，译文语义"不倍原文"，做到这一点不是太难；难就难在使得"译文语效与原文相同或相似"，其前提自然是译文语言须符合汉语的"语文习惯"。众所周知，毛姆的短篇小说语言清新流畅、简洁朴实、诙谐幽默、通俗易懂，鲜有诘屈聱牙的辞藻堆砌以及艰涩难懂的句法结构，可读性极强。这也是他能够拥有众多读者的重要原因。这就是说，若要译好毛姆的短篇小说，就必须全力保存其语言风格，即要在译文语义"不倍原文"、译文语言须符合汉语"语文习惯"的同时，尽最大努力实现"译文语效与原文相同或相似"。

值得一提的是，我们经过反复讨论，最后决定将英国企鹅四卷本《毛姆短篇小说全集》拆分成 7 册，其中第一卷拆分成第 1—2 册；第二卷拆分成第 3—4 册；第三卷不作拆分，为第 5 册；第四卷拆分成第 6—7 册。而且，我们将每一册都加以命名。我本人主译第 1 册《雨》，邀请哈尔滨工业大学齐桂芹副教授主译第 2 册《狮子的外衣》，山东大学赵巍教授主译第 3 册《带伤疤的男人》，上海海事大学青年教师李佳韵和才女董明志女士主译第 4 册《丛林里的脚印》，上海交通大学王越西教授主译第 5 册《英国特工》，上海电机学院李和庆教授主译第 6 册《贪食忘忧果的人》，上海海事大学吴建国教授主译第

---

① 作者加。

7 册《一位绅士的画像》。

最后，请允许我借此机会表示我由衷的谢意。首先，感谢九久读书人和人民文学出版社，感谢他们"为人作嫁衣"的奉献精神，感谢他们"吹毛求疵"的敬业精神。第二，感谢各位译者，感谢他们不畏艰难的笔耕，以及他们的家人所给予的莫大支持。最后，衷心感谢作为读者的您，如蒙批评指正，我和各位译者将倍感荣幸！

薄振杰

2020 年 3 月